당신은 언제 행복하실 거예요?
저는 지금 당장 행복하려구요.

노희경 2022.6

우리들의 블루스

2

노희경 대본집

우리들의 블루스 2

초판 1쇄 발행 2022년 7월 15일
초판 5쇄 발행 2024년 5월 28일

지은이 | 노희경
펴낸이 | 金滇珉
펴낸곳 | 북로그컴퍼니
책임편집 | 김옥자
디자인 | 김승은
주소 | 서울시 마포구 와우산로 44(상수동), 3층
전화 | 02-738-0214
팩스 | 02-738-1030
등록 | 제2010-000174호

ISBN 979-11-6803-034-3   03810

노희경 대본집

우리들의 블루스

2

북로그컴퍼니

〈우리들의 블루스〉가 나를 또 한 뼘 키웠다

책을 내면서 부끄러움이 앞다투어 튀어나온다. 제주어를 모르면서 제주 배경 이야기를 쓰겠다고 한 것(어이없고 감사하게도, 대사 대부분은 배우들이 직접 제주어를 공부해 연기한 것이다), 임신 중단 경험은커녕 고민조차 하지 않았으면서 영주와 현의 이야기를 섣불리 선택한 것, 친구와 틀어진 인연을 바로잡지 않고 흘려보낸 일이 흔했으면서 미란과 은희에겐 군이군이 관계를 이어가라 등 떠밀어 종용한 것, 영옥 정준 영희의 이야기를 써놓고도 장애인과 그의 가족들의 아픔을 여전히 잘 모르는 것, 자식을 잃은 춘희 맘을 내 어머니를 통해 보았으나, 그건 남의 집 불구경만큼이나 피부에 와닿지 않는 아스라한 정도쯤.

이런 부끄러움과 동시에 반사적으로 수십 개의 변명도 마구 튀어 오른다. 드라마는 수기가 아니지. 작가는 관찰자지. 하지만, 나는 한수처럼 가족 때문에 남에게 눈치 보며 손 벌려 빚을 얻어봤고, 은희처럼 사랑이 이뤄지지 않아봤고, 영주와 현이처럼 부모 가슴에 팔뚝만 한 대못을 박아봤고, 내 선택이 누군가에겐 힐난거리가 되었던 일도 겪어봤고, 자식은 아니었지만 가족 때문에 부모 때문에 호식처럼 가슴 치며 제 뺨 치며 울어도 봤고, 인권처럼 부모가 죽고 나서야 철이 들었고, 선아처럼 우울증을 앓진 않았지만 공황장애로 부지불식간 땅이 꺼지는 공포를 수시로 당하는 형제를 수년간 곁에서 지켜봤고, 동석처럼 날 낳아준 사람을(내 경우는, 아버지였지만), 이 갈며 수십 년간 자다가도 미움에 눈을 부릅떠봤고, 옥동처럼 글자도 모르는, 열두어 살 때부터 남의 집 일을 했던, 별것을 넣지 않고 된장 하나로도 된장찌개를 기막히게 끓이는 어머니도 두어봤다. 관찰과 수기와 해결될 수 없는 논란거리들이 마구 뒤엉켜버렸다. 글 쓰는 내내 일필휘지는 꿈도 못 꾸고, 쓰고 또 쓰고, 지우고 또 지우고의 반복과 부끄러움과 변명

만이 함께했다. 삼십 년 가까이 글 써도 노하우라곤 없는, 늘 전작을 뛰어넘어야한단 과제가 장애물이, 페널티가 되는. 그래도 시간이 가고, 끝을 맞으니 다행이지 않은가. 곧 이 드라마가 사람들의 뇌리에서 잊혀질 건 더더욱 다행이다. 사람들은 새로운 드라마를 보며 더 즐겁고 더 많이 행복해져야 하고, 나는 쉬어야 할때가 왔으니. 이 대본집은 그냥 기록일 뿐, 두고두고 남겨지기 위함은 아니다.

감사도 있다. 내게 다가온 모든 인연, 상처보단 경험이 된 숱한 조각조각의 사고와 마찰들, 수십 년간 미움뿐이었던 아버지조차도. 아버지 당신이 없었다면내가 미움을 어디서 배우고, 미움이 화해의 욕구나 방증과 다름 아니란 걸 어디서 알 수 있었겠는가. 대본의 구멍을 메워준 배우분들과 한결같이 나를 믿어주는 김규태 감독님, 이동규 대표님, 장정도 씨피님, 김양희·이정묵·박장혁·김진한·유영종·함민 감독님과 김향숙 기사님, 최성권 음악감독님과 숱한 스태프분들은 말해 무엇 할까. 함께 몇몇 에피소드를 고민하고 만들어준 리나·성민·정미·시영 작가와 만만찮은 작가를 시종일관 웃음으로 대해준 은영·성민·송이·경희 피디에겐 단순하지 않은 미안함과 고마움이 교차한다.

전엔 글 쓸 때만 살아 있는 것 같았는데, 이젠 쉴 때도 살아 있는 걸 느껴보려한다. 이런저런 모양의 구름이 시시각각 떠도는 하늘과, 길거리를 휘젓고 다니는 청춘들을 노인들을 노동자를 꽃잔디 보듯, 가만 긴 시간 보며 멍 때리고도 싶고, 주목처럼 근사하지 않은 멋대가리 없는 가로수 플라타너스의 허리나 발꿈치 정도를 만져보고 싶고, 때론 우러러보고, 기대보고도 싶다. 나는 글 쓰기 위해태어난 사람이 아니라, 행복하기 위해 태어났으므로. 〈우리들의 블루스〉가 나를또 한 뼘 키웠다.

2022년 초여름, 노희경

Q 〈우리들의 블루스〉를 집필하게 된 계기는 무엇인가요?

언제부턴가 주인공 두 사람에게 집중된 이야기가 재미없어졌다. 실제로 우리 모두는 각자의 삶의 주인공이다. 출연진 누구도 객으로 취급하고 싶지 않았다. 그 문제의식이 이야기의 처음 출발이었다.

Q 15명 주인공들의 에피소드가 각자 있지만, 이들의 관계가 조금씩 엮이는 독특한 옴니버스 구성의 드라마인데요, 새로운 시도를 하게 된 소감과 집필하실 때 가장 신경 쓰신 점이 있으신가요?

창작자는 늘 새로운 것을 만들어내는 사람이어야 한다. 새로운 구성, 새로운 시선, 새로운 장르.. 그 갈구 속에서 이런 구성을 선택하게 됐다. 몰입력이 높은 단막의 장점과 매 회차 궁금증을 가지고 전개되는 미니시리즈의 장점을 어떻게 하면 섞을 수 있을까가 가장 큰 고민이었고 마지막까지 고민이었다.

Q 드라마의 제목을 〈우리들의 블루스〉라고 지은 이유가 있을까요? 제목에 어떠한 의미가 담겨 있는 건지요?

블루스는 서민의 음악이다. 테마를 가진 각각의 서민들의 이야기를 한 곡의 음악처럼 들려주고 싶었다.

Q 제주, 오일장을 배경으로 한 이유가 있을까요? 드라마 집필을 위한 취재 과정도 궁금합니다.

몇 년간 겨울철이면 제주 지인의 펜션에서 글을 쓰면서, 매주 오일장을 돌아다니며 제주에 흠뻑 빠졌다. 풍경만이 아니라, 그들만의 독특한 제주 궨당문화(모두가 친인척인 개념)도 부러웠다. 남이 아닌 우리라고 여기는 궨당문화는 사라져가는 한국의 뜨끈한 정서를 보는 듯했다. 수십 명의 선장, 해녀들, 생선장사, 은행원 취재는 물론, 지방방송에서 만들어낸 수십 년간의 오일장 다큐, 만물상 다큐들을 일 년에 걸쳐 백여 편 이상 찾아보면서, 오일장 속 사람들의 동선, 말투, 심리, 애환에 공감하려 했다.

Q 배우들의 캐스팅 이유가 궁금합니다. 배우의 어떤 면이 드라마 속 캐릭터와 잘 어울릴 것 같다고 생각하셨는지? 또 함께 작업을 하시면서 발견한 배우들의 매력이 있으신가요?

이번에 함께한 배우분들은 작가라면 누구라도 함께하고 싶어 하는 배우분들이다. 감독과 나의 선택에 그분들이 응해준 것에 감사한 마음이다. 많은 시청자는 〈우리들의 블루스〉에 나오는 배우분들의 연기를 의심하지 않을 것이다. 그래서, 내가 고민한 건, 단 한 가지뿐이었다. 그분들이 어울리는 배역, 능숙한 배역이 아닌, 지금까지 영화나 드라마에서 잘 안 했던 역할을 주자, 배우들이 고민하게 하자, 그래서 시청자가 새롭게 보게 하자. 배우분들은 힘들었겠지만, 내 욕심은 채워진 듯하다.

함께 드라마를 해본 적이 있는 한지민 배우는 이번엔 능숙해지고, 깊어지고, 확신에 차 있고, 다채로워졌다. 후반부에 터질 영옥의 이야기는 한지민이 아니었다면 쓸 수 없었을 이야기다.

김혜자 · 고두심 선생님은 연기가 아닌 자신들의 속내를 보여주셨다. 고개 숙여 경의를 표한다.

처음 작업해본 이병헌 배우는, 진짜 연기 보는 맛이 있다. 한 씬 한 컷, 그가 연기해내는 동석인, 깊고 앙칼지고 익살스럽고 울림이 있다. 엔딩 부를 보면, 배우 생활 백 년은 더 할 것 같다. 무진장하다.

차승원 배우가 내 작품에 어울릴 수 있을까, 의문이었다. 그런데 나와 호흡을 서너 번은 맞춰본 배우처럼 잘 어우러졌다. 중년의 초라함과 삶의 고단을 넘어, 순수하고, 맑기까지 한 한수를 차승원 배우 아니면 누가 했을까 싶다.

신민아 배우는 나와 제작진을 깜짝 놀라게 했다. 대체 이 배우는 언제 그렇게 세밀해진 건지, 언제 그렇게 차분하고 당차진 건지. 보기 전까지, 신민아 배우의 연기는 아무도 예측할 수 없을 것.

김우빈 배우는 글 쓰기가 가장 편했다. 연기로는 아무도 본 적 없지만, 실제로는 모두 다 아는 김우빈의 실제 성격을 그냥 정리하고, 나열하면 됐었다. 몸은 물론 마음까지 건강한 김우빈의 매력을 가감 없이 보여줄 수 있어 즐거웠다. 고통스런 시간을 지나, 다시 화면에 컴백한 그를 격렬히 환영한다.

엄정화 배우는 연습 때부터 이미 미란이었다. 아마 그렇게 되기까지, 그는 숱하게 대본을 보고 또 보고 했을 것이다. 미란과 은희의 에피소드 중 6, 7분이 넘은 긴 씬이 있다. 대본 쓸 때 옆에 와 있었던 듯, 작가의 호흡의 의도를 그대로 읽어낸 그 씬은, 그야말로 압권이다.

이정은 배우는 내가 본 배우 중 가장 투지와 열정이 있는 배우다. 〈우리들의 블루스〉에서 아마 분량이 가장 많았을 것. 그만큼 믿고 의지했다. 한수와 은희 편에서 이정은 배우가 보여준, 중년의 첫사랑에 대한 회환은 설레고 시다. 이제 할리우드까지 진출, 축하한다.

최영준·박지환 배우의 발견은 쾌재다. 그들의 연기를 기대 없이 보다가 시청자는 아마 기분 좋게 뒤통수를 맞을 것이다. 그리고 그들과 함께 엉엉 울지도 모르겠다. 긴 무명의 시간은 이제 갔다.

노윤서, 배현성, 기소유, 보기만 해도 기분 좋아지는 이 청춘 배우들과 아역 연기자는 믿기지 않을 만큼 완벽하게 영주와 현, 은기를 연기했다. 숱한 오디션을 통해 이 둘을 찾아낸 연출부에게 감사한다. 연습 때 한 조언을 잊지 않고 연기에 담아낸 똘똘함도 고맙다.

그리고 특별한 영희를 연기한 귀여운 은혜씨, 그의 그림만큼 엣지 있는 연기
가 기특하고 감탄스럽다.

일러두기

1. 이 책의 편집은 노희경 작가의 집필 방식을 따랐습니다.

2. 드라마 대사는 글말이 아닌 입말임을 감안하여, 한글맞춤법과 다른 부분이
   라 해도 그 표현을 살렸습니다. 지문의 경우 한글맞춤법을 최대한 따르되, 어
   감을 살리기 위해 고치지 않고 그대로 둔 경우도 있습니다.

3. 대사와 지문에 등장하는 말줄임표나 쉼표, 느낌표와 마침표 등의 문장부호
   역시 작가의 집필 의도를 살리기 위해 그대로 실었습니다.

4. 이 책은 작가의 최종 대본으로, 방송된 부분과 다를 수 있습니다.

살아 있는 모든 것은 다 행복하라!

이 드라마는 인생의 끝자락 혹은 절정, 시작에 서 있는 모든 삶에 대한 응원이다. 응원받아야 할 삶이 따로 있는 것이 아니라, 오직 지금 이 순간 살아 있다는 것만으로도 삶은 때론 축복 아닌 한없이 버거운 것임을 알기에, 작가는 그 삶 자체를 맘껏 '행복하라!' 응원하고 싶다.

낼모레 죽을 거라는 말기 암 선고를 받은 일흔 중반의 옥동,

청소년기 어머니의 재가로 상처받고 이후 첫사랑부터 만나는 여자들에게 족족 채이고 가진 것이라곤 달랑 만물상 트럭 하나와 모난 성깔뿐인 마흔 초반 솔로인 동석,

남편은 물론 자식 셋을 먼저 보내고 마지막 자식마저 이제 곧 보낼 처지인, 오래 산 게 분명한 죄라는 걸 증명하는 일흔 초반 춘희,

하루 이십 시간 생선 대가리를 치고 내장을 걷어내 평생 형제들 뒷바라지하고도 기껏 생색낸다는 말을 듣는 오십 줄의 처녀 은희,

수십 년 우울증에 시달리면서도 이 앙다물고 버틴 삶인데 그로 인해 이혼을 당하고 자식마저 양육할 수 없단 판결을 받은 선아,

가난한 집안에서 홀로 잘나 대학을 나왔지만 그래봤자 월급쟁이 인생에, 골프 선수 꿈꾸는 능력 좋은 딸이 있지만 뒷바라지에 허리가 휘고 다리가 꺾여 첫사랑을 속이고 돈을 빌리려는 삶 자체가 초라한 기러기아빠 한수,

해녀로 물질하며 깡 좋아 먹고사는 것은 두려울 것 없지만 사랑하는 남자가 선뜻 결혼하자고 프러포즈해도 마냥 기뻐할 수 없는, 평생 혹 같은 다운증후군 언니를 가진 영옥과

큰 욕심 없이 남들 다 서울로 갈 때도 고향 제주와 가족들 지키겠다며 선뜻 배꾼으로 남아 고작 욕심이라곤 사랑하는 여자와 제주 이 바닷가에서 단둘이 오손도손 소박한 신혼을 꿈꾼 게 전부인데 그마저도 야멸차게 거부당한 정준에게도,

배 속 아이라도 애 죽이는 게 어디 쉬운가? 자신들도 애 낳는 게 무섭지만 나

름 고심해 애 낳기를 결정했는데, 고등학생이 무슨 애를 낳고 키우냐? 학교와 남들도 모자라 아버지들에게까지 손가락질받는 영주와 현이에게도,

자식 잘못 키웠다 욕하는 남들은 그렇다 치자, 죽자 사자 키워놓은 자식에게 마저도 아버지가 해준 게 뭐 있냐? 이제부터 내 인생 간섭 마라! 온갖 악담을 듣고 무너지는 아버지들 방호식과 정인권은 물론,

부모 형제 남편 자식에게까지 맘적으로 버려지고 오갈 데 없어 죽고 싶은 맘으로 마지막 실오라기라도 붙잡듯 찾아온 베프(미란의 입장에선) 은희에게 위로는커녕 귀찮고 이기적인 년이란 소릴 들은 미란과

어느 날 아무 영문도 모르고 엄마와 아빠를 떠나 낯선 제주 할머니 집에 떨궈진 일곱 살 은기까지.

작가는 무너지지 마라, 끝나지 않았다, 살아 있다, 행복하라, 응원하고 싶었다.

따뜻한 제주, 생동감 넘치는 제주 오일장, 차고 거친 바다를 배경으로 14명의 시고 달고 쓰고 떫은 인생 이야기를 옴니버스라는 압축된 포맷에 서정적이고도 애잔하게, 때론 신나고 시원하고 세련되게, 전하려 한다. 여러 편의 영화를 이어보는 것 같은 재미에, 뭉클한 감동까지, 욕심내본다.

미란과 은희

서울에서 미란이 제주로 은희를 보러 왔다. 누가 봐도 서로가 서로에게 베프인 미란과 은희. 우리 평생 친구 하는 거다. 너한테 진 빚 죽어서도 갚을 게. 소녀 시절. 은희는 미란에게 그렇게 절절한 맹세를 했었다. 철없어 한 짓이라기보단 그땐 정말 그럴 맘이었다. 그런데, 세월이 삼십 년 흐른 지금도 그러냐고, 누가 묻는다면? 은희는 '그럼!'이라고 명쾌하게 대답할 수가 없다. 이유를 꼽으라면 너무 많다. 뻑하면 남잘 갈아치우며 이혼하는 것도 싫었고, 늘 남들에게 관심받는 것도 싫었고, 긴 듯 아닌 듯 자신을 깔보는 듯한 말투도 싫었고, 무엇보다 자기가 낳은 애를 제가 안 키우고 남편에게 맡긴 것도 싫었다. 하지만, 그걸 이제 와 까발려 뭐 할까 싶다. 구질스럽기밖에 더 하겠는가. 그냥 참고, 의리 좋은 년 소리 듣는 게 낫다. 어차피 둘 다 늙어가는 마당이고, 미란이 서울살이 하는 까닭에 몇 년에 한 번 보는 게 전부이니, 대충, 남에게도 자신에게도 절친, 베프라고 우기며, 넘어가고 싶다. 그런데, 그럴 수 없는 일이 벌어졌다. 미란에게 성질날 때마다 미란을 이중인격자, 치졸한 년, 잘난 척하는 년 하며, 씹어 조진 일기장을 그만 미란이 죄다 깡그리 보고 만 것이다. 젠장, 이렇게 끝내고 싶진 않았는데…

고미란 (여, 사십 대 후반, 마사지숍 운영)

제주 푸릉 태생. 이쁘고, 천성이 낙천적이고, 당차고, 똑똑하고, 화끈하고, 유머러스에 장난기 많고, 아쌀하다. 미란은 어려서부터 모든 이들의 부러움의 대상이었다. 푸릉을 넘어서서 서귀포에서 가장 넓은 정원이 있는 집에, 서귀포 부시장을 지낸 고급 공무원인 아버지와 대학교수였던 엄마, 늘 전교 일등을 안 놓치는 멋진 오빠(현재 부모와 오빠는 미국에서 이민생활을 한다), 게다가, 점입가경으로 미란은 잘 놀고, 이쁜 데다, 공부까지 잘하고, 가난한 은희, 인권, 호식과도 격의 없이 지내는 정말 퍼펙트한, 인성 좋은 멋진 친구였다. 그런 미란에게도 고민이 없는 건 아니었다. 밖에서 보면 늘 인자할 것 같은 아버진, 가끔 술을 마시면, 엄마를 팼고, 엄마는 제 아픔을 숨겼다. 남들 알면, 어쩌니? 엄마는 자신보다 남이었다. 그런 어느 한 날, 미란은 은희에게 이런 집안의 비밀을 털어놓았다. 근데, 은희가 하는 말, '니네 아버지 하는 짓을 사진으로 찍으라. 그래서, 무사 그리하맨? 하고 물으맨, 그 사진을 보며 영원히 아방을 원망하려고 한다, 그리 말하라. 그것도 안 통하맨 신문사에 제보한다, 그러라. 〈부시장의 민낯〉이란 제목으로!' 하하! 그런 신박한 방법이?! 미란은 은희의 조언을 실행에 옮기고, 아버진 딸년의 진심 어린 협박에 그날로 술을 끊었다. 그리고, 미란의 집안은 더욱더 퍼펙트해졌다. 미란에게 은희는 그렇게 베프가 됐다. 똑똑하고, 당찬 은희, 돈이 있어 대학을 갔다면 최소 장관은 할 아이, 미란은 은희를 두고 서울에 있는 대학으로 가며, 정말 맘이 아팠다.

서울에 와서도 미란은 제 인생이 유년 시절처럼 찬란할 줄 알았다. 그런데, 삶은 녹록지 않았다. 세 번의 결혼과 이혼 그리고 지금은 혼자. 대학 시절 만나 처음 결혼한 첫사랑은 변호사였는데, 사무장과 바람이 났다. 까맣게 모르고 있다가, 딸 지윤이 열 살 때, 야근한다는 남편에게 미란이 서프라이즈를 한다고 야밤에 사무실에 불쑥 갔다 둘의 애정행각을 보고 말았다. 미란은 구차해지기 싫어, 이혼을 요구했고, 남편은 거절하지 않았다. 위자료도 충분히 줬다. 이후, 남편은 변호사 일을 접고 프랑스로 애인과 유학을 가서, 거기서 정착했다. 미란은, 이혼의 상처가 컸지만, 은희에게나 하소연을 했을 뿐, 가족은 물론 엄마에게조차 말하지 않았다. 엄마는 이제 그만 행복해도 돼. 나 때문에 속 썩는 짓은 그만. 덕분에 사정 모르는 엄마는, 성격 차이로 이혼했단 미란을 탐탁지 않아 했다. 미란은 서운했지만, 홀홀 털었다. 딸 지윤이만 있으면 됐다 싶었다. 그런데 초등학교를 졸업한 지윤이, 갑자기 친부가 있는 파리로 가고 싶단다. 한국 학교생활은 숨이 막힌다고 했다. 미란은 딸을 친부에게 보내고 싶은 맘이 추호도 없었지만, 숨이 막힌다는 말엔, 잠을 수가 없었다.

이후, 마사지숍을 운영하다 친구 소개로 사업하는 남자를 만나, 결혼해서 이삼 년 살았다. 근데 어느 날 집에 은행 직원들이 와서, 차압 딱지를 붙이는 게 아닌가? 이후 알게 된 진실, 미란이 모르게 미란의 명의로 빚진 것도 허다했다. 미란은 그와 다시 이혼했다. 이혼하지 않으면, 그의 빚 수십억 원을 미란이 다 갚아야 했다. 그럴 돈도 그럴 맘도 없었다. 미란은 다시 상처받았지만, 가족은 물론 남들, 은희에게조차도 이혼 사유를 첫 남편처럼 성격 차이라 말했다. 아니나 다를까, 모두 이해하지 못하겠단 얼굴들이었지만, 제가 선택한 남자의 무능과 사기행각을 시시콜콜 말하긴 싫었다. 세 번째 결혼은 일 년 전 이혼한, 마사지숍의 손님으로 온 외과의사였는데, 결혼해서 딱 일 년 살았다. 결혼은 그만 하고 싶어, 따라다녀도 한사코 싫다 했는데 자살 시도까지 하는 바람에 결혼했다. 내가 뭐 그리 잘났다고, 이렇게 튕기나 싶었다. 근데, 남자가 애를 갖고 싶어 했다. 혼전에 그렇게 애만은 안 된다고, 난 내 딸 지윤에게 해준 게 없어서, 씨 다른 형제만이라도 안 만들어주고 싶다고 사정사정했는데, 혼전엔 그러마 했던 남자는 결혼 후 맘이 변해, 끝없이 애를 요구했다, 그렇다면 안녕! 미란은 세 번째 남자와도 그렇게 헤어졌다. 그리고, 헤어진 남자들은 현재 모두 웬수가 아닌 친구로 남았다.

살 부비고 산 남자들은 저마다 자신들이 미란의 베프라 우기지만 천만의 말씀이다. 그녀의 베픈 어려서도 지금도 오직 은희 하나. 가난하면서도 늘 당당했던 아이, 버리고 싶을 만큼 징글징글한 가족의 생계를 모두 거뜬히 짊어진 아이, 자수성가해 주변을 돕는 아이, 내가 부르면 언제든 제주에서 서울로 한달음에 달려오는 아이, 이젠 늙어버린 나를 늘 이쁘다고 치켜세우며 소피 마르소를 닮았다고 하는 아이, 정은희. 힘들고 외롭고 서글플 때도 미란은 굵고 거침없는 은희 목소리만 들으면, '야, 기운 내, 새끼야! 니 옆엔 내가 있잖아! 의리!', 그 소리만 들으면 다시 깔깔댈 힘이 났다. 그날도 그랬다. 딸이 파리의 소르본 대학에서 수석으로 졸업식을 한다고 해서, 오 년째 못 보다 가기로 했는데, 졸업식 이후 딸의 소원, 두 달간 세계일주를 같이 하기로 해서, 여비 마련하려 잘나가는 마사지숍까지 정리했는데, 딸이 결혼까지 생각하는 프랑스 남자친구도 너무 보고 싶었는데, 남편이 전화해 하는 말. '지윤이가, 졸업식장에 내 와이프랑 있고 싶대, 세계일주도 나랑 양엄마, 남친이랑 가고 싶대, 남자친구는 당신이 세 번이나 결혼한 줄 모른다고... 근데 엄마가, 이 남자 저 남자랑 살았다고 말하긴 죽기보다 싫다고... 미안하다고 우네..' 미란은, 그 전활, 백화점에 있는 여행사 안에서 들었다. 벌써 지윤이 줄 선물과 모녀가 함께 세계일주 갈 물품들도 다 샀는데..
그날도 여지없이 미란은 은희가 보고 싶었다. 그래서, 제주로 향했는데...

정은희 (여, 사십 대 후반, 생선가게 운영)

미란이 첫 번째 이혼할 때까지만 해도, 은희는 완벽한 미란의 편이었다. '감
히, 우리 미란이한테 상철 주다니! 이 개자식!' 은희는 미란보다 더 길길이 뛰며,
첫 남편을 욕하고 맘 아파 진심 울었다. 그리고 평생 그렇게 의리를 지키며 한편
이 될 줄 알았다. 그런데, 사람 일 장담하면 안 된다 했던가? 언제부턴가, 은희는
미란이 이해되지 않았다. 정확한 시점도 기억난다. 지윤이를 제가 안 키우고, 전
남편에게 보낸 그때, 미란은 술 취해 시원섭섭하다고 했다. 섭섭만이 아니라, 시
원? 에미가 돼서 이건 뭐지? 이기적이다 싶었다. 이후, 두 번째 이혼 사유가 성
격 차이인 것은 더더욱이 이해가 안 됐고, 세 번째 이혼 사유가 애를 낳기 싫어
서란 말도 이해가 안 됐다. 연하남과 결혼하며, 애를 안 낳겠다니, 그러려면 첨부
터 결혼한 게 잘못이란 생각을 지울 수 없다. 이 일 말고도 은희가 미란에게 실
망한 자잘한 일들은 너무도 많았다. 일 년 전이었다. 새벽부터 죽어라 일해 피곤
해 죽겠는데, 갑자기 오후에 미란에게서 문자가 왔다. '니가 보고 싶어, 죽을 것
같아.' 가슴이 쿵 했다. 이혼의 상처 때문인가? 얘가 왜 이러지 싶었다. 그래서,
놀라 전화를 해도 안 받고, 문자를 해도 답이 없고.. 은희는 그길로 팔던 생선을
내팽개쳐놓고 비행기를 타고, 제주서 서울까지 한달음에 달려갔다. 그런데 미란
의 집에 도착해 문을 여는 순간, 깔깔대는 미란의 웃음소리와 박수 소리! 그리고
방 안 가득 들어찬 미란의 친구들! 이건 뭐지 했는데, 이유를 들으니 더 화가 났
다. 미란이 제 친구들과 의리 게임을 했다나. 제 방에 있는 친구 중, 필요할 때 당
장 달려올 친구를 가진 자가 이기는 게임이란다. 미란은 제가 이겼다며, 깔깔대
고 웃었고, 은희는, 화가 나 머리꼭지까지 돌았다. 그 밤 돌아오는 비행기 안에
서, 잊은 줄 알았던 미란에게 받은 자잘한 어릴 적 상처들이 떠올랐다. 고딩 시
절, 비 오는 날, 미란이랑 같이 집에 가기 위해 청소 당번도 아닌데, 같이 청소하
고 기다렸는데, 미란이가 다른 친구들과 햄버거를 먹으러 간다며 가버린 일, 그
때, 친구들은 은희도 데리고 가자 했는데, 미란인 '은희 넌 돈 없지?' 하며 빗속

에 은희를 두고 가버렸다. 그때 빗속을 걸어 집까지 오며 얼마나 초라했던지.. 이 일만이 아니다. 친구들과 미팅한다고 해서, 없는 돈에 원피스까지 사 입고 갔는데, 남자애가 하나 덜 왔다며, 미란인 다른 애들은 놔두고, 콕 집어 은희보고 집에 가라 했다. '은흰, 남자 안 좋아해. 그지, 은희야?' 미친년, 남자 안 좋아하면 내가 첨부터 미팅을 왜 나와? 그뿐만이 아니다, 한수와 첫 키스를 했다고 했을 때도 미란은 툭 상처 되는 말을 했다. 한수가 성선이에게 관심받으려고 너랑 입을 맞춘 거지, 진짜 니가 좋아 입맞췄을 리 없다고, 정신 차리라나... 친구들의 말도 떠올랐다.

호식　미란인, 지가 공주, 은희 넌 무수리로 안다.
인정　이쁜 미란이가 은희 너랑 다니는 이윤, 못생긴 니가 있어야 지가 더 돋보이기 때문이야.
호식, 인정　미란인 너를 친구는커녕 시다바리, 가방모찌로 안다.

어쩌면 그 모든 말들이 사실인지도.... 그런 미란에 대한 부정적인 생각이 들 때마다, 은희는 미란에게 고마운 것들을 생각해내 덮었다. 중학교 때 여자는 고등학교 갈 필요 없단 부친의 청천벽력 같은 선언. 미란은 물에 제초제를 두 방울 타 은희에게 먹이고, 부친을 찾아가, 은희가 고등학교 못 가 자기 집에서 죽으려고 약을 먹었다며, 생쇼를 해주었다. 결과는 부친의 백기. 은희는 결국 고등학교에 갔다. 이후, 아버지가 돌아가셔서 더는 학업을 할 수 없어 중단했을 때도, 미란은 학교 수업 후 은희를 찾아와 공부를 가르쳐 고등학교 검정고시에 합격하게 해주었다. 어디 그뿐이랴, 버스비도 없는 은희는 빽하면 미란의 부친 차를 얻어 타고 학교를 갔고, 미란이 싸 온 도시락을 얻어먹었고, 학용품이 없어, 문방구에서 도둑질을 했을 때도, 미란은 자기가 했다며 문방구 아저씨에게 울며불며 대신 무릎을 꿇어주었다.

이즘 은희는 미란이만 생각하면, 머리가 아팠다. 밉기만 하면 차라리 속 편하고 좋았을 텐데, 고맙기까지 한 미란이 인생의 숙제처럼 느껴졌다. 그래서, 그렇게 속이 시끄러울 때마다 일기장에 그 맘을 적었다. 욕도 하고, 원망도 하고 미워도 하고. 그러며 스스로에게 다짐했다. 난 의리 없는 인간, 은혜 안 갚는 인간이 젤 싫다. 미란이가 어쩌든 저쩌든 난 의리를 지키고, 받은 은혜를 갚아야 한다(물론, 이렇게 쓸 때마다 의리도 지킬 만큼 지켰고, 은혜도 갚을 만큼 다 갚은 것 같다는 생각을 지울 순 없었지만). 미란이에 대한 서운함은 무덤까지 덮고 가자. 치졸하게, 어린애들처럼 옛날 일 꺼내 무엇 하나. 어차피, 갠 서울, 난 제주 사는데... 잘 만나지도 못하는데... 나이 오십 돼서, 쌈질을 할 것도 아니고... 참자, 참자, 참자... 이 또한 다 지나가리라... 은희는, 그 다짐이 평생 지켜질 줄 알았는데...

❀ 줄거리 ❀

아무것도 해준 것도 없는 딸 지윤이가 자랑스럽게도 대학을 수석 졸업한단 소식을 듣고, 미란은 들떠서 은희에게 전화를 했었다. 그러며 딸의 졸업선물로 파리로 가서, 두 달간 세계일주를 할 거라 했다. 은희는 잘됐다 싶었다. 간만에 이기적인 미란이가 딸에게 빚을 갚나 보다 했다. 그런데, 갑자기 제줄 온단다. 딸에겐 왜 안 가냐 했더니, 일 때문이란다. 역시, 이기적인 기집애. 그래도 은희는, 미란이 있기로 한 삼 일간, 미란을 잘해서 보낼 참이었다. 나는 의리가 있으니까, 나는 은혜를 알고, 치졸한 애가 아니니까. 마중도 나가고, 음식도 장만하고, 비싼 회도 준비했다. 삼 년 만에 제주에 온 미란은 여전히 화사하고 이쁘고, 은희에게도 살가웠다. 그래, 쇼윈도 우정일지언정(은희의 입장) 즐겁게 지내다 보내자. 사실 미란인 같이 놀기엔 더없이 재밌는 애니까. 가수 지망생 저보다 노래도 잘하고, 춤도 잘 추고, 누구에게나 살갑고... 삼 일 지칠 때까지 놀다 보내자 싶었다. 그런데, 미란이 온단 소식을 알고부터 주변이 너무 짜증 나게 했다. 공부하려고 할 때 공부하란 소리 들으면 딱 하기 싫은 법인데, 친구들이 하나같이 인권, 명보, 성배, 옥동 춘희삼춘, 정준까지, 미란이 오는 걸 반가워하고, 들떠하고, 은희에게 잘해주라, 너한테 미란이밖에 더 있냐? 세상에 미란이 같은 친구 없다, 니가 미란이 아니면 고등학교 검정고시로라도 졸업할 수 있었겠냐? 니가 미란이가 싸 온 도시락 먹어, 키가 그만큼 자란 거지, 안 그랬으면, 땅꼬마였을 거다 등등.. 온갖 말로 신경을 건드렸다. 생각해보면, 늘 그랬다. 친구들은 나랑 놀다가도 미란이가 오면, 모두 미란이만 봤다. 하다못해 내 동생들까지 제 누나보다 미란이었다. 생전 누나가 뭐 먹고 사는지 아는 척도 않다가, 미란이가 온다니 돈도 없는 것들이 한우를 짝으로 들고 오고.. 싸가지 없는 새끼들. 더 화가 나는 건, 은희가 무슨 생각을 하는지도 모르고, 한결같이 은희 편에 선 미란의 상냥함과 넘치는 배려심이었다. 니들 은희한테 왜 그래? 나한테 잘하면 뭐 하니, 난 갈 사람인데, 은희한테 잘해야지! 은희야, 너 동생들한테 서운했겠다. 에구, 이쁘고 의리 있는 우리 은희. 덕분에 은희는 자신이 더욱 이상한 인간이 되는 듯했다. 호식이 그때 은희 귀에 팩트를 말했다.

호식　봐라, 봐, 미란이 쟨 꼭 저렇게 말해서, 지가 돋보이게 한다니까, 너보다. 이상하게 널 물 먹이고.. 계획적인 것도 아니고, 뭐야.. 진짜...

은희는 호식이 동조하는 것도 짜증 나 버려, 지랄한다 욕을 했는데, 호식이 진지하게 말했다. 미란인 니가 의릴 지킬 만큼 좋은 애가 아니라고, 지윤이 낳을 때 제주서 서울 가 산구완한 걸로, 아니, 세 번 결혼식 할 때마다 외국에 있는 부모 대신해 수발든 걸로 넌 이미 미란에게 진 빚을 다 갚고도 남았다고... 자신은, 이미 오래전에 미란이가 별로였다고.. 그러며 자신도 모르는 어릴 적 얘길 해댔다. 내용인즉, 어려서 미란이 가난한 은희의 도시락을 싸 왔는데, 은희가 농담 삼아 소시지가 없네! 그 말 했다고 미란이가 도시락을 뺏어서, 은희가 굶었다는 얘기였다. 은희는 그 말을 듣고... '내가 잘못했네, 그건! 얻어먹는 주제에!' 했다. 그런데 호식 왈, 그건 니가 니 자신한테나 할 수 있는 말이지, 친구가 할 수 있는 말은 아니란다. 그러며 밥 대신 물 먹으러 나가는 은희 등에 대고 미란이 '얻어먹는 주제에!'라고 말했다고 했다. 그러며 자신은 그때부터 미란이 인간성이 진짜 별로였다고. 은희는 호식에게 뭘 그런 걸 가지고 그러냐, 어릴 때 그럴 수도 있지, 했지만, 그 말이 상처가 됐다. 어떻게 지가 나한테 친구라며 그런 말을 할 수가 있는가. 그 밤 은희는 일기장에 미란을 이중인격자 같은 년이라고 욕을 바가지로 했다.

미란은 제주공항에서 자신을 향해, 손을 흔드는 은희를 보는 순간, 눈물이 왈칵 날 만큼 좋았다. '그지, 나한텐 늘 저렇게 밝게 나를 맞아주는 절친 은희가 있지. 나도 혼자가 아니지' 싶었다. 미란은, 시시콜콜 지윤의 일을 은희에게 떠벌리지 않았다. 온갖 사람들이 은희에게 기대 사는데, 나라도 짐 주지 말자. 그냥 철

없는 친구처럼, 놀다 웃다 가자 싶었다. 그래서 파리 못 가는 이유도 그냥 제 탓으로 돌렸다. 그것 때문에 나중에 은희에게 생각 없는 년 소릴, 이기적인 년 소릴 들을 줄은 알지 못하고서... 그런데 은희의 일기장을 보고 말았다. 늘 새벽일을 하느라, 꼴이 말이 아닌 은희 집을 치워주다 우연히 보게 된 일기장엔 미란에 대한 원망과 포한이 상세히 쓰여 있었다. '이기적인 새끼, 이중인격자, 자신만 아는 새끼, 관종, 친구를 가방모찌로밖에 생각 안 하는 인간 등등.' 설마, 이 미란이가 진짜 나인가? 은희에게 다른 미란이란 친구가 있는가? 확인하고 확인했지만, 내용상 누가 봐도 고미란, 자신이었다. 그 밤, 미란은 다리가 떨리고, 온몸에 힘이 쪽 빠졌다. 애 대체 뭐지? 배신감도 일었다. 세 번의 이혼보다 더, 상처가 됐다. 오십 년 인생이 송두리째 진흙탕에 처박히는 느낌이었다. '은희, 이년과 제대로 한판 붙어? 말어?' 그 밤, 옆에서 자는 은희를 보며, 미란은 생각이 많았다. 결론은 대충 넘어가자였다. 은희가 일기장 마지막에 쓴 말처럼, 이 또한 지나가게 놔두자 싶었다. 지윤이 일로 피폐해진 몸과 마음 때문에, 싸울 힘도 없었고, 애기 때부터 지금껏 근 사오십 년 우정, 정리할 거면 고상하게 정리하자 싶었다. 아니, 어쩌면, 이것도 추억이 될 수 있으리라 기대했다. 나중엔 결국 화해되리라, 믿고 싶었다. 그런데, 그럴 수 없는 일이 벌어졌다. 다음 날, 미란이 왔다고 친구들이 모인 술자리가 화근이었다. 명보(미란인 명보의 첫사랑이었다. 물론 그 시절 같은 학교 다니는 남자애들한테 미란인 대개가 다 첫사랑, 아니 가질 수 없는 짝사랑이었겠지만)가 술을 먹고 갑자기, 술집에서 사라져, 찾아 나섰는데, 술집 담벼락에서 울고 있는 게 아닌가? 그래서 사연을 물으니, 사실 자기 아내와 자긴, 금실 좋은 게 아니라, 금실 좋은 척하는 쇼윈도 부부란다. 그러며, 실은 아내 인정(같은 동창)은 의부증이 있어, 자신이 맞고 산다나... 그러며, 팔뚝을 보여주는데 이빨 자국이 선명했다. 미란인, 그 상처를 보자 왈칵 울음이 났다. 명보가 너무 안쓰러웠다. 그래서 '어머, 불쌍한 내 친구..' 하며 안아줬는데, 이걸 그만 은희와 인정이 보고만 것이다. 사태는 일파만파, 인정이 다짜고짜 '이 화냥년이!' 하며 미란의 머릴 뜯고, 얼굴을 할퀴고, 미란도 순간 인정의 머릴 뜯어버렸다. 미란은 머릴 뜯으면서도, 속이 상했다. 이래선 안 되는데, 당하고 말자, 멈춰야지 하는 생각도 들었다. 그러나, 이미 물은 엎질러지고, 미란인, 지윤과 은희에 대한 화까지, 인정에게 쏟아부었다. 결과는 둘 다 상처만 남았다.

그리고 그 밤, 은희가 인정의 편에 섰다. 너 인생 왜 그렇게 사냐. 명보 얘길 했는데도, 남의 남편 안은 건, 정신 있는 년이 할 짓이 아니란다. 은희의 본심이 드디어 터져 나오나 싶었다. '남의 남편? 난 맞고 사는 친구 안은 건데?' 미란은 이제 은희와 진짜 한판 맞짱을 뜰 시간이 도래했음을 직감했다. 피하지 말자, 그래, 한판 붙어보자, 화끈하게. 미란은 책꽂이에 꽂힌 은희의 일기장을 꺼내, 은희 앞에서 차분히 읽기 시작했다.. 은희의 얼굴이 파랗게 질리는 걸 보면서.... 그런 은희를 비웃고 싶었지만, 은희를 믿어왔던 시간이 무너지는 슬픔은 어쩔 수가 없어서.. 자기도 모르게 눈가가 붉어졌다. 은희는 알까, 지금 내 맘이 어떤지... 과연, 우린 서로 없이 행복할 수 있을까? 이 상처를 안고, 사오십 년 우정을 지켜낼 수 있을까?

영옥과 정준 그리고 영희

그냥 둘이서 지금처럼 이렇게 가볍고 경쾌하게 심각하지 않고 쿨하게 아슬 아슬하고도 짜릿하게 동네 사람들 눈 피해 잠자리나 하면서 깔깔대고 즐 겁게 지내면 될걸. 왜 정준은 결혼을 하자고 해서, 내 속을 뒤집는 건지. 나는 안다. 결혼은 둘만 좋다고 되지 않는 일. 가족과 가족이 만나는 일. 나는 나도 버거운 내 가족 영희를 그들과 만나게 하고 싶지 않다. 같이 안 살면 되지 않을까? 잘하면 영희의 존재를 영원히 숨길 수도 있지 않을까? 그런 궁리가 한창인데... 갑자기 영희가 내게로 온다. 잠시인 줄 알았는데, 다신 저 살던 시설로 돌아가지 않겠단다. 더는 정준에게 숨길 수도 없게. 내 인생을 망치는, 짐 같은, 쌍둥이 언니 영희 이년, 대체 어쩌면 좋은가?

박정준 (남, 서른셋, 선장)

천성이 맑고 따뜻하고, 그렇다고 능력이 없는 것도 아니고, 하는 일마다 열심이고 성실해 누구에게나 신뢰가 높다. 건강하게 농사짓는 아버지 어머니(육십대, 정준이 사는 항구와 떨어진 윗동네에서 기준과 함께 산다)가 계시고, 자신과 함께 뱃일하고 잡일하는 동생 기준이 있다.

제주 사람 대부분이 그렇듯 서너 개의 직업을 동시다발적으로, 다시 말해, 돈되는 일은 다 한다. 물질하는 해녀들을 바다와 육지(제주는 제주와 다른 섬들도 다 육지라 부른다)로 데려가고 데려오며 뱃삯을 받고, 바다 나가 낚시를 해서 인근 횟집에 활어나 선어를 대고, 은희의 생선가게의 경매를 돕고, 함께 오일장에서 일당을 받고 생선을 팔기도 한다. 공부에 관심이 없어, 육지로 유학을 안 나간 것도 있지만, 바람 없는 육지에 가면 머리가 아팠다. 뼛속 깊이 제주 사람인 것. 버려진 버스를 리모델링 해 이쁘게 카페처럼 꾸며 바닷가에 살 만큼 낭만도 있다. 곧 배 살 때 빌린 은행 대출을 갚고, 다시 대출받아 바닷가 근처에 십팔 평짜리 아파트도 살 계획이다. 그걸 사면 지난 일 년간 지켜보기만 했던 영옥에게 결혼하자 프러포즈 할 생각이다. 영옥이도 그 사실을 아냐고? 모른다.

　정준은 영옥이 첫눈에 맘에 들었다. 육지 처녀가 물질한다고 하는 것도 이쁜
데, 털털하고, 어른들하고 잘 놀고, 물질도 욕심껏 성실히 잘하는 데다 자신에게
눈웃음을 치며 '헤이, 선장' 하고 부를 땐 애간장이 닳았다. 그럼에도 불구하고,
지난 일 년간 지켜보기만 한 건 섣부른 사랑에 데인 까닭이다. 고등학교 때 첫사
랑이 제주대를 간다더니, 저 몰래 서울에 있는 대학에 원서를 넣고 붙자, 연락을
끊었다. 그러며 온 문자. '난 제주가 싫어.' 그는 한동안 실연의 상처로 술을 마시
며 폐인처럼 되어 부모님 속을 썩였다. 그리고 이후, 사랑의 상처는 사랑으로
극복하자 싶어, 자신을 좋다고 쫓아다니는 동네 옷가게 여자를 또 만났는데, 지
루하고 별로였다. 그래서 헤어지자 했는데, 그 애가 손목을 그어, 동네가 발칵 뒤
집어지고(그 앤 그 일 이후, 제주시로 나가더니, 다른 남자와 결혼해 잘 산다), 그때 결
심했다. 이제 장난 같은 사랑은 그만. 나처럼 제주를 떠나지 않을 여자를 사랑하
고, 나 좋다는 사람 만나지 말고, 내가 좋은 여자 만나자. 그렇게 결혼 조건은 그
두 가지면 된다. 쓸데없는 연애로 시간 낭비 말자.
　어쨌든, 그런 조건으로 지켜본 영옥은 그에게 딱이었다. 맬 웃는 얼굴로 난 제
주가 넘 좋아, 여기서 죽을 거야, 입에 달고 사는 것도 좋고, 시종일관 그녀만 보
면 기분이 좋아져, 자신도 모르게 입꼬리가 올라가니 됐다, 이 여자다 싶었다. 그
래서, 조만간 영옥에게 나 어떠냐? 사귀자 하려는데, 동생 기준 왈, 영옥이 좀 헤
퍼 보인단다. 바다에서 정치망 작업하는, 강릉에서 온 배선장과 빽하면 제주시
로 놀러를 다닌다나? 그거야 뭐 둘이 사귀나 물어보고, 그래서 사귄다면 접어야
지 별수 없지 싶은데, 다시 들리는 소문, 해녀 할망들 사이에서 영옥이 거짓말을
한다는.. 누구에겐 부모님이 서울 동대문에서 옷장사를 한다고 하고, 또 마트의
누구에겐 화가라 했다 하고, 형제도 있다고 했다가 없다고 했다가... 그것도 모
자라, 점입가경, 영옥에게 시시때때로 걸려 오는 전화(물질할 때도 영옥의 태왁 안
에서 전화가 울렸다)의 상대가 혹시 남편이거나 자식일지도 모른다는 소문까지...
이건 뭐지 싶다. 그렇다고 일 년간 지켜본 그녈 소문에 파묻어버릴 순 없는 일,
그는 부딪혀보기로 하는데...

이영옥(여, 삼십 대 중반, 애기해녀 1년차(하군))

 정준은 영옥이 가끔 쌈닭 같긴 해도 천성이 밝고 맑고 재밌고 아쌀하고 귀엽고 무조건 사랑스럽다지만, 그건 사랑의 콩깍지가 씌인 탓, 그리고 언니 영희를 대하는 자신의 험한 꼬라질 보지 못한 까닭인 걸, 영옥은 명명백백 알고 있다. 남들 앞에선 온갖 밝은 척 착한 척 내숭 떨지만, 저 깊은 속내는 음흉하고 야멸차고 이중적인, 저만 아는 이기적인 못된 기집애. 엄마 아빠는 늘 그랬다. 장애아이는 부모가 가족이 선택하는 게 아니라고. 장애아이가 지상에 오기 전 하늘에서 제 부모를 제 가족을 선택한다고. 누가 장애 가진 나를 감당할 수 있지, 누가 날 감당할 만큼 착하지? 엄마 아빠 영희가 우릴 선택했다 했다. 우리 가족은 영희가 선택할 만큼 착하다 했다(그래서 그녀의 닉네임은 어려서부터 착한 영옥이었다. 강요된 착함. 짜증 나는 애칭이다). 그렇다면 영희의 선택은 잘못된 거다. 부모님은 착하지만 일찍 죽어버렸고, 언니 영희를 스리슬쩍 보호시설에 버리고 싶은 나는, 절대 착하지 않으니.

 옷장사를 하던 부모님(아버지는 장사치였지만, 엄마는 화가였다. 그러나 영희의 병원비며 치료비 때문에 화가이길 포기하고, 아버지 따라 장사치가 되었다)은 영옥이 열두 살 때 새벽시장을 다녀오다 과로로 졸음운전을 해 길거리에서 비명횡사했다. 부모님이 죽었단 소식은 경찰로부터 영희가 먼저 전화로 전해 들었다. 서너 살의 지능을 가진 영희는 그 소식을 듣고도 울지도 않고 감사합니다, 배운 대로 전화를 끊고, 양푼에 밥을 맛나게 비벼 먹으며, 해맑게, 자다 일어난 영옥에게 '엄마 아빠가 주주주, 죽었대. 죽는 게 뭐야?' 물었다. 영옥은 부모님 장례식장에서 피를 토하듯 엉엉 울었던 기억이 지금도 선명하다. 부모님이 돌아가셔서 슬프기도 하지만, 영희를 데려가지 않은 원망이 더 컸다. 그리 죽으시려면, 영희 저년도 데려가시지.

 이후, 영옥과 영희는 이모네 살았다. 그러던 어느 한 날, 학교를 마치고 영희와 집에 왔는데(영희는 영옥과 같은 학교에 다녔다. 친구도 없이, 늘 영옥 곁에 껌딱지처럼 붙어 있어, 덕분에 영옥도 늘 친구가 없었다) 이모네 식구들(이모, 이모부, 동갑내기 남자 사촌)이 지들끼리 삼계탕을 먹고 있었다. 이모는 자꾸 살이 찌는 영희에게 칼로리 많은 삼계탕은 금물이라 안 줬다 했지만, 그때 영옥에게 그 말은 모두 변명 같았다. 사촌 남자애가 마지막 남은 닭다릴 들고 뜯으려는 순간, 식탐 많은 영희가 잽싸게 닭다릴 뺏어 뜯고, 사촌이 '야, 이 병신, 바보, 거지야!' 하며 다시 닭다릴 잡았다. 순간적으로 영희가 밥상을 뒤엎고, 이모 가족들이 놀라고, 영희가 다시 닭다릴 잡으려는데, 영옥이 영희의 닭다릴 뺏어, 사촌의 얼굴에 던지며 소리쳤다. '우리 엄마 아빠 집 판 돈 내놔! 여기서 안 살아! 집 판 돈 내놔!' 영옥도 알고 있었다. 집 판 돈은 없었다. 엄마 아빠의 집은 전세였고, 그 전세금은 부모님 차에 치인 사고 피해자에게 위자료로 들어갔다. 다 알면서 생떼를 쓴 건 사촌이 반사적으로 내지른 '병신'이란 소리 때문이었다. 어쨌든, 영옥은 그길로 영희의 손을 잡고 이모 집을 나왔다. 이모가 답답해 소릴 치며 '가지 마, 애가 어려서 그런 건데, 뭘 그걸 갖고 화를 내, 너는?!' 하며 소맬 끌었지만, 영옥은 야멸차게 뿌리쳤다. 갈 데도 없으면서, 오기만 남아선. 영옥은 나오자마자 집 나온 걸 후회했지만, 돌아갈 수 없었다. 병신이라니, 바보라니. 모순이다. 자신도 영희가 병신 같고 바보 같고 짐 같단 생각을 갖고 있으면서, 남들 그런 건 왜 그리 못 참겠는지... 그 밤, 영옥과 영희는 한강의 이 다리와 저 다릴 걷고 걸었다. 그리고 영옥은 다짐했다. 영희를 버리리라. 그래서 영옥은 영희를 지하철에 두고 내렸다. 그때 버렸어야 했나. 결론은 못 버렸다.

둘은 그렇게 18살까지 보육원에서 지냈다. 영희를 놀리는 애들과 영옥은 매일 싸우다시피 했다. 지긋지긋한 싸움이었다. 그리고 이후, 영희는 보육원에서 하는 발달장애인 보호시설 은혜의 집으로, 영옥은 일거릴 찾아 인천 시계공장으로 그리고 다시 강원도 카페로 옷가게로 그리고 현재는 제주로 내려와 해녀 학교를 나와 애기해녀가 되었다(밤엔 실내포장마차를 한다). 남들이 보면 먹고살기 위해 흘러흘러 제주로 온 듯 보이지만, 내심 영희에게서 멀어지고 싶은 계획적인 이주였다. 영희와의 접촉은 거리만큼 멀어졌다. 첨엔 한 달에 두 번 시설을 찾았고, 몇 년 후엔 한 달에 한 번, 다시 몇 년 후엔 두 달에 한 번, 그리고 제주 온 후로는 딱 한 번밖에 가지 않았다. 영희가 끝없이 전화해 왜 안 오나? 하면, 물질해서 못 간다고, 비가 와 비행기가 못 뜬다고, 서울은 비가 안 온다고 하면, 서울은 안 와도 제주는 온다고 하고, 니가 시설에 살려면 난 돈을 벌어야 한다고, 그렇게 갖은 거짓말을 했다. 보육원 때부터 영희를 이뻐하던 장선생님이 다행히도 시설로 옮겨 영희를 알뜰살뜰 케어하고 있는 것도 한몫했다. 미련한 이영옥. 영원히 그렇게 점점 영희와 멀어질 수 있다고 착각하다니.

이영희 (여, 삼십 대 중반, 영옥의 쌍둥이 언니, 다운증후군이면서, 그림작가(본인 생각, 남들에겐 그냥 그림 좋아하는 사람일 뿐))

나는 사람들과 영옥과 다르게 생겼다. 나는 미간이 넓고 피부가 나쁘고 눈도 나쁘고 말도 더듬고, 숫자를 잘 못 세고 뚱뚱하다. 그래서 사람들은 나를 이상하게 빤히 본다. 내가 별짓을 안 했는데도 싫어하는 눈치다. 살아생전 엄마 아빠는 나만 보면, 말씀하셨다. 영희야, 넌 특별하단다. 맞다, 난 특별하다. 특별히 이상하게 생겼다. 특별하단 뜻은 남들과 다르단 뜻이다. 나는 보통이고 싶다. 사람들 관심 안 받는 들풀이고 싶다. 하지만, 아무리 내가 원해도 난 보통이 될 수 없다. 그게 속상하다. 그래서 가끔 죽고 싶다. 그러나 나에겐 착한 영옥이가 있다. 이쁜 내 동생. 눈도 반짝이고 코도 뾰족하고, 13살 때 보육원에 나를 버리려다가, 안 버린 착한 내 동생. 생각만 해도 웃음이 나는 내 동생. 엄마가 그립고 아빠가 그립고 동생이 그리워 엄마의 그림을 보다가, 나는 그림작가가 됐다. 아무도 모른다. 나는 혼자만 그림을 그린다. 내 그림은 수천 점(공책에 빼곡한)이다. 현재 내가 작가인 건 아무도 모른다. 남들에겐 알리고 싶지 않다. 내가 작가가 된 건, 동생 영옥이가 젤 먼저 알아야 하니까(영옥이 뜸하게 오기 시작한 삼사 년 전부터 그림을 그렸다, 진짜 잘 그릴 때까지 영옥이 제 그림을 보고 깜짝 놀랄 때까진 영옥에게 그림을 보여주지 않으리라 작심하고, 지금껏 그림을 보여주지 않았다).

근데, 동생이 또다시 약속을 어겼다. 지난달도 첫 번째 토요일에 온다더니 오지 않고, 지지난달에도 온다고 하고선 오지 않고, 계속 오지 않았다. 나는 셋 이상은 숫자를 못 세지만, 영옥이 세 번보다 훨씬 더 많이 약속을 어겼다는 것은 안다. 은혜의 집 식구들은 오늘도 가족들과 전화를 하고, 외박을 나갔다. 부럽다 못해 화가 난다. 착하게 은혜의 집 친구들과 안 싸우고 장선생님 말 잘 들으면 보러 온다고 하고선, 내가 아무리 장선생님 말을 잘 들어도 동생 영옥은 오지 않았다. 차비가 없어 못 오나, 비행기는 비싸다던데. 그럼 나한테 말하지, 복지관에 알바 청소 나가서, 모아논 돈도 있는데. 나라에서 준 장애인연금도 있는데. 근데 어느 날부터 자꾸 그런 생각이 들었다. 영옥이가 엄마 아빠처럼 죽었나? 그래서 전화를 걸어 물어봤다,

영희	(진지하게) 여, 영옥이, 너너너... 어, 엄마 아빠처럼.. 주, 주, 주, 죽었냐?
영옥	(대수롭지 않게) 아니.
영희	그그 근데, 왜, 왜, 왜, 어, 어, 어, 언니 보러 아, 아, 안 오냐?
영옥	바빠. 일이 많아.
영희	아... 너너너, 많이 바쁘구나. 이, 일이, 마, 많구나. 그그 그럼, 모, 모, 못 오겠네.

나는 동생이 바빠서 못 온단 소릴 진짜 믿었다. 그래서, 내가 동생에게 가야겠다고 생각했다. 주소를 아니까. 동생이, 보내준 택배 상자의 주소를 아니까. 그래서, 복지관 알바 갔다가 동생에게 가기 위해 택시를 탔다. 그리고 기사에게 말했다. '제제제제, 제, 주도 서귀포시 푸푸푸릉리..' 그런데 웬걸, 이 택시 기사가 나를 제주도가 아닌, 경찰서에 데려다주는 게 아닌가. 그리고 다시 보호시설, 은혜의 집. 나는 울었다. 밥도 먹기 싫었고, 그림도 그리기 싫었고, 씻기도 싫었다. 사랑하는 가족을 볼 수 없는 삶이라면 당장 죽어도 아쉬울 게 없었다. 오직 영옥이만 보고 싶었다. 그렇게 몇 날 며칠이 지나고, 장선생님이 말했다. 영옥이한테 가자. 눈물이 쏙 들어가게 기분이 좋았다. 야호! 브라보!

❀˙ 줄거리 ❀˙

영옥은 평생 영희 때문에 맘이 무겁고 머리가 등이 무거워 그런지, 세상 모든 관계가 다 가벼웠으면 싶었다. 그래서, 해녀할망들에게도 제 처질 곧이곧대로 말하고 싶지 않았다. 굳이 말해서, 동정 사고, 혀 끌끌 차는 소릴 들을 필요 있나. 그래서 부모가 있다, 형제가 없다, 거짓말하면서도 죄책감 같은 건 없었다. 그래서 내가 싫어 말 안 걸면 말지 뭐. 영희 넌 싫다고 나한테까지 말 안 건 사람 때문에 혼자 있는 건 이골 난 삶인걸. 운명공동체 해녀, 필요 없다. 나는 해녀질도 그저 직장이다. 이 바다 아님 저 바다로 가면 되지 뭐, 제주는 넓으니. 그래서, 설레는 얼굴로 정준이, 배선장과의 관계를 물으며 바닷가를 걷자 그럴 때 그게 순정 있는 말 없는 남자의 데이트 신청인 줄 뻔히 알면서도, 모르는 척 배선장과는 안 사귀지만, 니가 뭔 상관이냐? 또 푼수처럼 내 전 남친도 너처럼 키가 컸는데, 전에 내가 사귀던 애는 음악 했다, 괜히 안 해도 될 얘길 했다. 난 이런 애니까, 감당 못 할 거 같으면 함부로 접근하지 마. 의도가 있었다. 예상대로 정준은 충격을 받았는지, 뱃일할 때도 아는 척을 안 했다. 서운했지만, 잘됐다 싶었다. 근데 며칠 후 다시 제 앞에 온 정준이, 편하지만 강단 있게 물었다.

솔직히 전 남친들 얘기 듣는 게, 맘이 좀 안 좋다. 누나에게 과거가 있어서가 아니라.. 혹시 내가 눈치가 없어 누나가 내가 싫단 얘길 돌려서 표현하는데 못 알아듣는 건가 싶어서? 그럼 말해달라. 나는 누나가 좋아서 사귀고 싶은데, 싫다면 다신 얼씬거리지 않겠다.. 그 순간이었다. 영옥이 발걸음을 멈추고 정준의 눈을 빤히 몇 초간, 제대로 본 건. 그리고 결국엔 자신이 이 솔직하고도 순수한 정준을 미치게 사랑해버릴 거라는 확신이 든 건. 하지만, 영옥은 상큼하게 대답했다. 만나는 동안 예의 없이 양다리 같은 건 안 걸치겠지만, 내가 때가 되면, 내 얘길 해줄 테니, 나에 대해 꼬치꼬치 묻지 마라. 그저 말하기 싫은 사연이 있겠거니 생각해라. 그리고 심각한 거 딱 질색이니(결혼 얘긴 하지 말란 경고였는데, 정준은 그 말뜻을 몰랐다), 우리 가볍고 즐겁게 만나자. 그 말에 정준이 고개를 끄덕이고, 영옥은 그런 정준이 귀여워 먼저 가볍게 입을 맞추고 말았다.

그리고 뜨거운 연애가 시작됐다. 그러다, 영옥이 물질하는 중에 욕심을 내다 미역에 감기는 사건이 나고, 춘희와 다른 해녀들에 의해 목숨을 구하는 일이 발생하면서, 영옥은 물질이 그냥 돈이나 버는 일터가 아닌 운명 혹은 목숨공동체란 걸 몸으로 체험하게 되고, 그 계기로, 영옥은 춘희에게만은, 영희 얘길 할 수밖에 없었다. 수시로 시도 때도 없이 걸려 오는 전화(영희의 전화)를 정준은 궁금하면서도 묻지 않아주었다. 언젠간 말할 때가 오겠지.. 숨겨둔 진실은 세상에 없으니... 어떤 사연이든 내가 품으면 그뿐. 그렇게 생각했다. 그리고, 문제의 그날이 왔다. 최근 일이 많아 이 주 만에 공공칠 작전처럼 사람들 눈을 피해, 간만에 정준과 모텔 잠자릴 하는 날이었다. 영옥은 그날 하루 종일 맘이 설렜다. 밤새 거릴 돌아다니고, 거리의 악사 음악에 맞춰 춤도 추고 웃고, 술을 마시고, 잠자리까지. 즐거웠고, 이뻤다. 그런데, 은혜의 집 장선생님의 전화가 왔다. 아, 분위기 깨는 이 반갑지 않은, 짜증 나는 전화. 영옥은 욕실에서 샤워하는 정준에게 먼저 갈게 하며 모텔을 나와 장선생님의 전화를 받았다. 늘 영옥의 편에 서서, 따뜻한 말을 해주던 장선생님은 그날따라 목소리가 굳어 있었다.

영옥 제가 안 가려는 게 아니고, 지금 성게철이라 바빠서.. 담 달에 성게철 끝나면 갈게. 영희한테, 잘 설명 좀,

장선생 영희가 일주일을 밥도 안 먹고 창밖만 보고 있어. 저러다, 병나. 니 언니, 심장, 간, 위장 다 안 좋은 거 알잖아. 만나. 그리고 여기 시설 리모델링 때문에 모든 원생들 이 주간 귀가 조치야. 나도 어머니가 쓰러져 시골집에 가야 하고. 차치하고, 니가 바쁘면 내가 데려다줄게. (전화 뚝!)

영옥은 화들짝 놀라 다시 전활 했지만, 장선생님은 전활 받지 않았다. 그리고 온 문자, 〈낼 오후 2시, 비행기 끊었다〉. 하늘이 샛노랬다. 드디어 정준이 영희의 존재를 알게 되겠군. 영옥은 영희가 창피했다. 가족을 창피해하는 게 부끄러워도 영희는 창피해하지 않을 수가 없었다. 엎친 데 덮친 격, 그날 각자의 차로 집으로 오는 길에 정준이 전화로 말했다. 얼굴 보고 말하기 부끄러워 전화로 한다며, 결혼하잔다. 그렇게 내가 심각해지지 말자 했는데, 결혼이라니. 영옥인 잘됐다, 이 김에 그냥 헤어지자 싶었다. 격정적인 섹스 후, 곧바로 이별. 이건 좀 너무하다 싶지만, 어차피 헤어질 건데 뭐. 영옥인, 설레서 프러포즈 하는 정준의 전화를 그냥 끊어버리며, 바로 정준에게 야멸차졌다. 맘이 안 아픈 건 아니었지만, 그런다고 질질 끌기도 싫었다. 질질 끌다 보면 예전처럼 내가 당한다. 스물네 살 그때 제 언니 영희를 보고, 스리슬쩍 연락을 끊은 이 년 사귄 남친, 서른 살 때 영희와 놀아주며 선량한 척 자신에게 환심을 사곤 동거까지 했으면서도 결국엔 영희가 싫다며 떠난 개자식에게 당한 것처럼.

담 날은 물질하는 날, 영옥은 정준을 본척만척했다. 늘 하던 '헤이, 선장'이란 인사도 안 했고, 눈도 안 마주쳤다. 정준은, 돌아버릴 것만 같았다. 물질을 마치고, 해녀들을 피해, 정준이 영옥의 팔을 끌어 둘만 있는 장소에서 소리쳤다.

정준 (울 것 같이, 맘 아픈, 화를 간신히 참고, 낮게) 뭐 하는 짓이에요?! 왜 모른 척해?

영옥 (어이없단 듯, 남 대하듯) 질척대지 마. 누구든 한쪽이 싫다면 무조건

깨지기로 했잖아, 우리. 아냐? (가려는데)

정준 (다시 잡아 세우며, 화 참으며) 왜 그래요? 어제까진.

영옥 (말꼬리 자르며, 짐짓 야멸차게) 어제까진 니가 좋아 죽겠었는데, 갑자기 싫어졌어. 심각해지지 말쟀지? 근데 웬 결혼?

정준 (눈가 붉어, 화가 나도 참고, 안 돼도 애써 침착하려 하며) ...아, 그것 땜에! 좋아, 좋아요. 결혼하지 마, 그럼! 그냥 지금처럼.. 이대로, 이렇게 만나, 그냥. 됐죠.. 이제?

영옥 (별일 아니란 듯, 담백하게) 이미 늦었어. 헤어져. (가려는데)

정준 (다시 팔을 잡아 돌리고, 속상해, 버럭) 얘기해요, 좀!

영옥 쌍둥이 언니가 온대, 데리러 가야 돼.

정준 (이상한, 뭐지 싶은) 쌍둥이.. 언니가.... 있었어요?

영옥 있었어.

정준 왜 얘기 안 했어요?

영옥 (미간을 찡그리며, 아무렇지 않게) 안 하고 싶어서.

영옥은 그길로 정준의 팔을 뿌리치고 차를 타고 떠났다. 정준은, 곧 다른 일을 해야 했지만, 그길로 차를 몰아 영옥을 뒤따랐다. 내가 저를 얼마나 사랑하는데, 이렇게 헤어질 순 없었다. 그리고, 공항을 가서, 영옥과 영옥의 언니를 만났는데.. 영옥의 언니, 영희가 이상하다, '얜 뭐지? 왜 영옥일 안 닮았지?' 순간 머릿속이 하얘졌다. 그때, 영옥이 싸한 눈빛으로 영희에게 '내 친구' 하며 그를 소개했고, 영희가 방긋 웃으며 다짜고짜 그를 안았다. '이건 뭐지? 내가 어떻게 반응해야 하지?' 그때, 영옥이 그런 그를 빤히 보며 니까짓 게 별수 있냔 투의 목소리로 말했다. '놀랐나 봐? 다운증후군 첨 봐?' 그리고, 그길로 영옥이 영희와 차에 올랐다. 정준은, 아차 싶어, 정신 차리고 영옥의 차를 세우려 했지만, 영옥은 이미 그에게 실망한 표정이 역력한 얼굴로 떠나버렸다. 정준은, 그 밤 혼자 자신의 버스에서 인터넷으로 다운증후군을 검색하고, 다운증후군 영화를 보고, 다큐를 보며, 영희를 공부했다. 아이큐가 낮고 죽는 순간까지 고쳐지지 않는다는 말엔 실망했고, 유전이 아니란 말엔 자신도 모르게 안도했다. 지금처럼 언닌 시설에 살고, 우린 우리끼리 살고, 그럼 되지 않을까? 정준은, 그렇게 맘을 정리하고, 영옥일 찾아갔다. '우리 다시 만나요.' 근데, 영옥이가 너무 싸늘하다. 그러며 자기가 스물넷에 만난 놈, 서른에 동거한 놈과 정준이 똑같이 후지다고 했다. 딴 놈 이야기에 동거한 남자가 있었다는 얘기도 화나는데 후진 게 같다니? 그 말은 더 화가 났다. 왜 그렇게 생각하냐고? 화를 참고, 물으니, 제 언니를 첨 봤을 때 놀란 내 눈빛이 놈들과 똑같았다나.. 정준은 화도 나고 울고 싶었다. '나도 놀라죠! 난 멍청해서, 다운증후군이 뭔지도 모르는데! 그럴 수 있잖아요?! 놀랄 수 있잖아요!' 정준은, 악을 쓰며 울어서라도 영옥을 잡고 싶었다. 그래서 키스를 하려 했는데, 저를 슬며시 밀치며, 영옥이 싸늘히 하는 말, 자기랑 결혼하려면 영희와 같이 살아야 한다. 정준은 순간 다시 할 말을 잃었다. 머릿속에 순한 부모님이 스쳐갔다. 할 말 잃은 정준을 문밖에 놓고, 영옥이 문을 쾅 닫았다.

사실, 영옥은 정준이 저를 좋아하는 만큼 정준이 애타게 좋았다. 그리고 영희랑 같이 살 맘이 추호도 없다. 그런데 왜 그런 말을 했을까, 그냥 어깃장이고 시험이다. 저도 못 하면서 남더러.. 대책 없는 모순덩어리, 이영옥. 빨리 은혜의 집 수리가 끝나, 영희(자신을 만나, 좋아서, 계속 춤을 추는)가 갔으면. 근데, 그날 잠자리에서 영희가 싱글거리며 하는 말,

'나 나는, 이, 이제 주, 죽어도, 너, 너랑 살어. 이, 이제 은, 은혜의 지, 집은 절대로 다 다신, 안 가'.

영옥은 가슴이 쿵 떨어졌다. 앞뒤 분간 못 하는 영희 애, 한다면 하는 앤데, 이를 어쩌나.

춘희와 은기

할머니라고 해도 전화로 어쩌다 목소릴 듣고 화상통화나 서너 번 해봤을까, 실제론 단 한 번 본 적도(은기 두 살 때 아빠 엄마가 제주에 은길 데려왔다지만, 은기 기억엔 없으므로, 은기 입장에선 생판 모르는 사이) 없는데, 갑자기 엄마가 할머니 집에 2주간 은기를 맡겼다. 서럽기 그지없다. 춘희 역시, 단 하나뿐인 손녀 은기가 이쁘긴 해도 낯설긴 마찬가지, 애 키운 지 오래돼 애한테 뭘 해줘야 좋아할지 당최 모르겠는데.. 애는 뻑하면, 성질을 피고, 징징대고 울고, 떼를 쓰고, 그래도 며느리가 2주면 데려간다니, 버텨봐야지 했는데, 웬걸 며느리가 오지 않는다.

현춘희 (여, 일흔 초반, 상군 해녀)

말수 적고, 일을 하는 것도 사람을 대하는 것도 까탈스럽지 않고 그저 무던하다. 어려선 명랑하단 소릴 듣기도 했지만, 세파가 그녀를 그리 말없이 덤덤히 큰 어른으로 만들었다. 집이 좀 살았으면 양장 같은 기술이라도 배웠겠지만 형편 안 되는 집에서 태어나 열셋에 보말 주우면서 시작한 물질이 벌써 60년. 지금은 먼바다까지 나가는 해녀 중에 해녀, 상군 해녀. 그러나, 물질로 돈 버는 것도 다 옛말, 요즘 바다엔 물건도 많이 없고, 양식도 많아, 돈이 안 된다. 서운하지 않다. 그리 잡아먹으니 없을 만도 하다 받아들인다. 생계를 위해서도 있지만, 시간 죽이는 데 노동만큼 좋은 게 없어서, 옥동과 여기저기 밭에 날품을 팔러 다니기도 하고, 은희 가게에서 생선 다듬기(염장 생선(말린 생선) 만드는 것)를 하기도 하고, 또 그것들을 오일장에 내다 팔기도 한다.

가난한 집에 열여덟에 시집와서 억척스럽게 살며 아들 넷을 낳았지만, 현재는 마흔에 얻은 늦둥이 막내 만수만 남았다. 결혼 후 십 년 만에 얻은 귀한 쌍둥이 아들들은 초등학교 때 홍역을 쌍으로 앓더니 갑자기 한꺼번에 죽고, 둘째, 아니 셋째(은희 인권 호식의 동창) 만영이는 애지중지 키워놨더니, 스물이 되기도 전에 술 먹고 고랑에 빠져 죽었다. 그리고, 셋째가 가버린 그해, 덜컥 남편이 폐병으로 죽었다. 인생 참 뜻대로 되지 않았다. 그래도 그녀는 자식이 있으니 살았다. 무엇보다 친구 옥동 팔자도 비슷해서, 인생이란 원래 그리 힘든 것이려니 받아들였다.

막내 만수는 학생 땐 참 지독히도 그녀 속을 썩이며 학교도 안 가고, 쌈질하고, 다니더니 성인이 돼서는 에미 돈을 몽땅 털어 양식사업으로 말아먹고, 반드시 성공해 오겠다며 목포로 떠나 덤프트럭 기사가 됐다. 그리곤, 에미한테 말도 없이 여자를 얻어 결혼해 살더니(식은 안 올리고, 신고만 한 것), 은기를 낳아 들고는 오 년 전(은기 두 살 때) 밝은 얼굴로 찾아왔었다. 그러며, 하는 말, '애는, 이제 고만 낳을라고요.' 그녀는 잘했다 했다. '많이 낳지 마라. 나는 멋모르고 많이 낳았다. 그냥 애는 낳으면 저 알아서 크는 줄 알았고, 머리가 모잘라 나 죽고 자식 죽고 그리 순서대로 갈 줄 알았지, 자식 먼저 보낼 수도 있단 생각은 추호도 못했다. 잘했다, 잘했다, 자식은 근심이다, 은기 하나로 족해라.' 담 날 만수가 목포로 돌아가며 말했다. '어멍, 나중에 내가 돈 벌어서, 제주에 큰 집 짓고 우리 다 같이 삽시다.' 춘희는 철든 아들이 너무나 기특했다. 이후, 순하고 밝고 이쁜 며느리는 열흘에 한 번씩은 꼭꼭 전화를 해왔고, 설 같은 때가 되면 소박한 선물도 보냈다. 만수도 한 달에 두어 번은 귀여운 은기의 동영상을 보내며 연락을 해오거나 이 년에 한 번 정돈 잠깐이라도 혼자 다녀갔다. 욕심 없는 그녀는 이게 행복이구나 싶었다. 그러던 어느 날, 꿈을 꿨다. 꿈인즉슨, 만수가 제주에 땅을 보러 와선, 자기가 돈을 제법 모았다며, 은기가 학교 들어가는 내년에는 어멍 모시고 제주서 같이 산단다. 그러며, 농사를 지을 생각인데, 브로콜리 농살 지을지, 비트 농살 지을진 춘희보고 정하란다. 춘희는 그 꿈속에서 간만에 깔깔대며 호탕하게 웃었다. 그리고 그 꿈을 깬 후엔, 그것이 마치 사실인 양, 같이 살아도 나는 물질을 해야지, 장살, 품팔일 해야지 다짐하고 다짐했다.

그런데, 어느 날 갑자기 며느리 해선이 손녀 은기를 끌고 와 덜렁 남겨놓곤 지혼자 목포로 돌아갔다. 은기아빠 덤프트럭 일이 많아 전국을 떠돌고, 자기는 큰 마트 매니저 일을 하는데, 이번에 자기 마트가 새로이 내부 단장을 하는 바람에 밤새는 일이 많아, 은기를 맡길 데가 없어 그러니, 딱 2주만 맡아달란다. 그러며, 애가 얌전하니 큰 속 썩을 일은 없을 거란다. 근데, 은기 이놈, 하루만 맡아봐도 알겠다, 얌전하긴 개뿔... 반찬 투정에 잠투정, 화장실도 가리고 잠자리도 가리고, 춘희마저도 낯을 가리며 맘을 안 주고, 허리 아파 죽겠는데 업어달라며 오만 심술을 부리는데 이런 상전이 없다. 그래도 2주 그것 못 참을까, 참아보려는데, 자꾸 의심이 든다. 만수는 왜 통화가 안 되지? 며느린 혹시 바람이 나 은길 버린 건 아닌가?

손은기 (여, 일곱 살, 춘희의 손녀, 유치원생)

목포에서 엄마 아빠랑 산다. 아빠 집인 제주도는 두 살 때 왔다 하는데 기억에 없고, 할머니 춘희는 가끔 일 년에 한두 번 아빠가 해주는 화상통화로 본 게 전부다. 또래에 비해서 늦된 편이라 아직 한글도 더듬더듬 읽고 숫자도 10 넘어가면 잘 모른다. 춤추는 걸 좋아하지만, 수줍음이 많아, 남 앞에선 안 하고 엄마 아빠한테만 보여준다. 아빠는 큰 덤프트럭 장거리 운전을 해 자주 못 보지만, 그래서 볼 때마다 더 반갑고 더 좋다. 어느 날 아빠가, 은기의 팔에 볼펜으로 一心(이 그림은 은기아빠 만수의 팔에 있는 문신이다. 만수는 고향을 떠나며 엄마 춘희를 잊지 않기 위해 춘희에게 있는 문신(제주 해녀들끼리 서로 공동체를 다지며 어려서 새긴 것, 그래서 조악한 그림 같은)과 같은 걸 문신가게에서 새겼다, 이 사실을 춘희는 몰랐는데, 나중에 며느리에게서 전해 듣게 된다)을 그림 그리듯 써주며 말했다. '은기야, 내년에 초등학교 들어갈 때는 제주도로 이사하자.' 은기는 목포에 친구가 많아, 제주도가 싫다 하니, 아빠가 다시 말했다. '제주도 바다에는 달님이 백 개씩 뜬다? 엄청 멋있는데! 너 진짜 그거 보러 안 갈래?' 은기는 그 말에 혹했다. 달님 하나도 이쁜데 백 개의 달님이라니! '좋아!' 은기는 그렇게 아빠에게 제주 이사를 허락했다.

그러던 어느 날, 엄마가 새벽부터 은기를 깨우더니, 목포병원으로 데리고 갔다. 병실(중환자실)에 아빠가 누워 있었다. 코에 호스를 꽂고, 머리엔 붕대를 감고, 손엔 링거를 꽂고, 얼굴은 피멍이 들어 퉁퉁 붓고, 다리는 깁스를 하고. 은기는 뭐가 뭔지도 모르면서 무서웠다. 그때, 아빠가 웃으며 힘들게 말했다. '울면 바보. 웃어야지. 아빠 그래야 기운 나서 집에 가는데.' 은기는 웃고 싶지 않았지만, 차라리 울고 싶었지만, 아빠가 그래야 낫는다 하니, 시키는 대로 억지웃음을 지었다. 아빠를 본 건 그게 마지막이다. 집에 와서 엄마가 말했다. 아빠가 계단에서 굴러 다쳤다, 가벼운 감기 같은 병이 아니라 좀 오래 병원에 있어야 하지만, 괜찮다, 곧 집에 올 거다. 은기는 엄마 말을 그대로 믿었다. 그리고 그 밤, 엄마와 외할머니가 다투는 소릴 들었다. 외할머닌 의사가 은기아범 창자가 터져, 수술도 안 되는 상황이라는데, 맘에 준비를 해야 하지 않냐 했고, 엄마는 맘에 준비는 무슨 맘에 준비냐? 사람 목숨은 하늘이 정하는데 의사 지가 뭐 다 아는 것처럼 말하나! 난 절대 맘에 준빈 안 한다며 소릴 쳤다. 그러자, 다시 외할머니가 말했다. 나는 허리 수술해 은기를 볼 수도 없으니, 그럼 은기라도 친가에 맡겨라. 일하고 애비 병 수발하고, 은기까지, 그러다 너 죽는다 했다. 은기는 그 말들이 다 무슨 뜻인지 알지 못했다. 늘 그렇듯 외할머니와 엄마가 다투나 보다 했다. 그때, 은기는 다음 날이 유치원에서 수영장을 가는 날이라서, 병원 다녀오는 길 엄마가 사준 래시가드에만 관심이 쏠렸다. '이거랑, 같은 걸 산 애는 없겠지?, 내 게 젤 이쁘겠지? 다들 부러워하겠지?' 은기는 그날 들떠 래시가드를 입고 잠이 들어버렸다. 은기가 잠에서 깬 눈을 떴을 땐 제주행 페리 위였다.

❀ 줄거리 ❀

목포에서 제주 가는 페리 위에서 자다 깬 은기는 서럽게 울며 엄마에게 따졌다. '왜, 내가 유치원 친구들과 수영장을 못 가냐고?! 왜? 내가 혼자 친할머니네 가냐고?! 난 친할머니 본 적도 없는데?!' 엄마는 그만 울라고 했지만, 사람들이 본다고 했지만, 은기는 '나도 안 울고 싶은데, 자꾸 눈물이 난다고!' 하며 더 울었다. 너무 서러웠다. 유치원도 가고 싶고, 엄마와 떨어지기도 싫었다. 엄마가 다시 말했다. '2주만 있으면 돼, 열 밤하고 네 밤만 자면 엄마 온다고. 할머니한테 아빠 병원에 있단 말은 하지 마, 할머니 기절해 쓰러지면 큰일 나. 알았지? 할머니한텐 아빠 아프단 얘기 않기다. 약속해' 했다. 은기는 화가 나, 다 말해버릴 거라고 윽박을 질렀다. 그러자 엄마가 다시, 말했다. 손가락 걸고 엄마와 약속을 지키면, 열 밤하고 네 밤 후에, 아빠와 같이 와선, 달 백 개를 보러 가자고. 은기는 그 말에 얼른 손가락을 걸었다. 달 백 개라니! 그것도 엄마 아빠와 같이! 눈물이 쏙 들어갔다.

　춘희는, 며느리가 두고 간 은기를 보며, 한숨이 나왔다. 그래도 난생처음 하는 부탁이니 안 들어줄 수가 없었다. 오죽하면, 애를 맡길까 싶었고, 직장생활 잘해서 돈을 벌어야 내년에 제주 오죠 하는데는, 춘희도 넘어갔다. 그래, 까짓 2준데 죽이 되든 밥이 되든 봐보자 싶다. 근데, 도저히 이놈 은기의 비위를 맞출 수가 없다. 떠난 엄마를 찾으며 지 짐가방을 안고 울고, 마당가에 앉아 울고 난리도 아니다. 혼을 내면 안 울까 싶어, 농 삼아, '이제 니 엄마 도망갔다, 이제 넌 할머니랑 살아야 된다. 맘 단단히 먹어' 하니, 더 서럽게 운다. 아이고, 애기 울음을 간만에 들어 그런지 골이 다 아프다. 그래서 약 먹고, 울던지 말던지 니 맘대로 하라 그리고 자버렸는데, 지도 지쳤는지 곁에서 자고 만다. 귀연 것. 그러나, 귀연 것도 잠시, 은기는 다시 떼를 쓰기 시작했다.

　그 맛난 자리젓을 줘도 냄새난다 싫다 하고, 조각 비누 모아논 건 더럽다 하고, 밤에 창문에 나무 그림자가 바람에 휘청이는 걸 보곤 귀신이라고 기겁을 했다. 그러다 사달이 났다. 춘희가 행주를 빨아, 삶는데, 은기가 와서, 물었다. 왜 옷을 끓이냐고? 그래서, 춘희가 말했다. 깨끗하게 할라고 끓인다. 그랬더니 은기가 자기 옷도 깨끗하게 한다며 삶는 물에 제 옷 래시가드를 넣는 게 아닌가. 그래서, 결국 래시가드가 손바닥만 하게 쫄아버리고 색깔도 얼룩져버렸다. 사고는 지가 쳐놓고, 울기는 왜 또 우는지, 그 밤, 은기는 '엄마한테 갈 거야!'를 수백 번 부르며 울었다. 춘희도 그 참엔 못 참고 화가 나, '울지 마라게!' 하며 등짝을 쳐버렸다.

　은기는 서럽고 서러웠다. 유치원도 못 가고, 춘희가 물질할 땐 새벽에 같이 일어나(안 일어나면, 할머니가 손에 물을 묻혀, 거친 손으로 거칠게 은기 얼굴을 세수하듯 부벼서 일어나게 했다) 춘희의 물질이 끝날 때까지 해녀의 집에 있어야 했고, 오일장이 있을 때, 할머니와 거지처럼 난전에 앉아 있어야 했다. 오일장에서 은기를 보는 사람들마다, 지들끼리 뭐라 뭐라 쑥덕이는 것도 듣기 싫었다. '저기 저 브로콜리 하는 할망네도 며느리가 잠깐만 손자 맡아주세요, 하더니 남자랑 바람나서 도망갔다던데..', '그 할망이 그래서 허리가 나가서두 브로콜리 했구나?', '쌈만 하던 만수가 어째 장가를 잘 갔다 싶었다, 결국 이혼했나 보네? 여자가 도망

갔나', '애 들어?', '애가 뭘 알어?' 등등. 그 말들은 춘희에게도 상처가 됐다. 그러나 어쩌랴, 지 입 갖고 지가 말하는 걸. 춘희는, 그런 말에 은기가 상처받는 걸 고스란히 보았다. 그래서 말해주었다. '저 인간들은 주둥이를 꿰매야 한다, 한 귀로 듣고 한 귀로 흘려라.' 그러나 은기의 눈엔 춘희도 똑같았다. 혼내지 않으니까. 물건 팔며 웃기도 하니까. 그래서, 춘희가 장사하는 틈을 타, 여기저기 쏘다녔다.

춘희가 다시, 은기를 찾은 곳은 인권의 순대가게였다. 인권이 말로는 침까지 흘리길래 몇 개 썰어줬더니 안 먹는단다. 춘희가 먹어라, 했더니 거지 아니다, 할머니가 돈 줘라. 엄마 아빠가 돈 내고 먹는 거라고 가르쳐줬다, 한다. 춘희는 그 말이 맞다 그러며 인권에게 돈을 주고 순대를 받아, 은기를 먹였다. 똥집 같은 입으로 오물오물, 그 모습은 정말 요망지게 이뻤다. 그렇게 약속한 2주가 지났다. 해선은 일이 생각보다 늦어진다고 전화했다. 은기는 거짓말쟁이 수첩에 엄마를 적었다고! 벌받을 거라고! 화를 내고 끊었다. (은기는 수첩에 거짓말한 사람들 이름을 적고, 벌을 받으라 기도한다. 할머니는 시장에서 원래 만 원인 걸, 싸게 판다고 하고선, 구천 원을 안 받고 만 원을 고스란히 받는 걸 보고, 못 믿을 사람이라고 생각해, 이미 수첩에 적어뒀다).

춘희도 약속한 2주가 지나가자 브로콜리 할망네 이야기가 슬슬 거슬리기 시작했다. 세 번 전화 걸면 한 번만 전활 받는 며느리가 아무래도 의심스러웠다. 그래서, 은기에게 물었다. '니 어멍, 아니, 니 엄마, 다른 아저씨 있어?' 발끈한 은기가 그런 게 아니라는데, 그런 게 아니면 뭔가 다른 게 있는 건가? 싶은 게 도무지 의심이 사라지지 않았다. 하지만 은기는 도통 입을 안 연다. 고집 센 년. 춘희는, 담 날 은기에게 새 래시가드를 사주었다. 애들은 원래 기분 좋으면 뭐든 말하게 돼 있다. 이걸 사주고 해변에 가서 물놀이 시켜주고 꼬셔봐야지, 대체 지 엄마 아빠한테 뭔 일이 있는지. 그러나 은기는 기분이 좋아도, 엄마가 말하지 말랬다며, 엄마와의 비밀이라며 입을 다물었다. 엄마랑 비밀? 그게 뭘까, 춘희 속이 한없이 타 들어갔다. 그런 춘희의 속을 알 리 없는 은기는 그날, 처음 본 제주 애(엄마가 도망갔다던 브로콜리 할망네 손녀)랑 친해져선 신나게 물장구를 치고 제주 와 첨으로 신나게 놀았다. 그러다, 은기가 아빠 말이 생각나 물었다.

은기　　야, 근데 너 달 백 개 떠 있는 거 본 적 있어?

제주애 (이상한) 야, 달 한 개야...

은 기 (발끈해서) 목포는 달 한 개, 제주는 백 개지!

제주애 너 바보구나? 제주에 달이 백 개면, 너 제주에 온 지 2주나 됐다며, 넌 왜 못 봤니? 달은 밤마다 머리 위에 뜨는데?

은 기 ???

　그 밤 은기는 하나뿐인 제주의 달을 보며 불안했다. 2주가 지나서도 안 오는 엄마도 거짓말쟁이, 달이 백 개라는 말을 한 아빠도 거짓말쟁이면, 난 어떻게 되는 걸까? 병원에서 곧 다 나아, 엄마 아빠가 함께 날 데리러 제주에 오겠다고 했는데, 그 말도 거짓말이면 대체 난 어떻게 되는 걸까? 울음이 절로 났다. 그래서, 작심하고 엄마에게 전화를 해 악을 썼다.

　'엄마, 나 데려가, 은기 데려가! 여긴 집도 더럽고, 할머니가 밥도 안 주고, 나 보고 거지라 하고, 엄마가 아저씨랑 도망갔다고 하고, 밥도 개밥을 주고! 엄마 나 데려가!' 근데, 엄마가 그냥 전화를 끊어버린다. 이게 뭔 일인지? 일곱 살 은기 인생에 최대 환난이 찾아왔다. 그리고, 그 밤 그 전화 내용을 다 들은 춘희도 뭔가 불길한 느낌을 받는데...

옥동과 동석

남들은 아무리 미운 엄마라 해도 엄마가 암에 걸려 결국 병원 의사로부터 사형선고(의사는 엄마가 지금 당장 돌아가셔도 이상할 게 없다 했다)를 받게 되면, 그간 쌓아뒀던 원한을 풀고 화해를 한다는데, 그건 남 얘기. 동석은 엄마와 그럴 맘이 추호도 없다. 엄마의 사형선고를 듣고 동석은 오직 한 생각만 했다. 마지막으로 대차게 한번 붙어보리라. 그간 살면서 나한테 미안은 했는지, 날 사랑은 했는지, 나에게 상처 준 걸 알기는 하는지, 내 인생이 이렇게 망쳐진 게 엄마 당신 때문인 걸 인정은 하는지, 꼬치꼬치 물어서, 답을 들으리라. 그래서, 기필코 미안했다 잘못했다 사괄 받으리라. 그런데, 내 엄마 강옥동씨, 낼모레 죽는다는데, 나한테 할 말 없냐니까, 없단다. 미안은 하나니까, 염병 지랄을 한다. 그러며 죽기 전 소원이니, 나보고 이복형제(내겐 웬수 같은) 집에 자신을 데리고 가달란다. 와, 썅! 이건 선전포고다. 좋다, 썅, 살아 있는 모든 날 어디 한번 악랄하게 피 터지게 붙어보자, 그래! 동석은 죽음을 앞둔 엄마와 이길 수도 없는 싸움에 기꺼이 뛰어드는데..

강옥동 (여, 일흔 중반, 작은 밭에 이런저런 고추, 감자, 깨농사 등등을 지어서, 오일장에 내다 판다, 동석의 엄마)

남들이 벙어리라 할 만큼 말수 적고(혼자선 자주 구시렁대지만), 투박하고, 감정 없는 사람처럼 무뚝뚝하며, 그저 일만 한다. 남들 눈엔 순해 보여도, 동석에겐 살갑지도 그닥 순하지도 않다. 취미라곤 종일 바다를 보거나, 하늘의 구름, 밭의 꽃이나 보며 앉아 있기가 전부. 무학에 일자무식. 목포 태생.

뱃일하는 엄마 아버지를 열 살 때 집에 화재가 나 잃고, 동생과 단둘이 남의 집 일이나 식당 일을 하며 살다(동생은 목포서 살다, 몇 달 전 암으로 죽었다. 죽기 전 그렇게 언니 옥동을 찾았다는데, 글 모르고 길 모르는 옥동은 갈 엄두가 안 났다. 그리고 부고를 들었다), 동네 사람이 막일하는 동석아버질 소개시켜줘 제주로 시집와 지금껏 산다. 동석아버진, 제주에 와 남의 배를 탔다. 그는 남들한텐 호인이었지만, 여잘 너무도 좋아했다. 살림 차린 여자만 해도 족히 열둘. 옥동은, 첨엔 울고불고 여자들과 싸우고, 동석아버지 팔을 물고 뜯었지만, 나중엔 포기했다. 치매 걸린 시어머니와 애들 건사를 해야 했다. 근데 태풍에 남편이 죽었다. 미운 남편도 죽으니 아쉬웠다.

이후, 물이 무섭다는 딸년을(자신도 무서워, 그동안은 밭일만 했는데) 끌고 바다로 들어가 함께 해녀가 됐다. 먹고는 살아야 하니까. 근데, 이게 또 무슨 일, 딸년도 바다에서 목숨을 잃었다. 물질 시작할 때 바다에선 욕심 내면 안 된다고 그렇게 무던히 상군 할망들이 가르쳤는데, 딸년은 전복에 욕심내다 그만 물속에서 숨을 거뒀다. 고작 열아홉에. 죽어가면서도 뭐 하러 지랄한다고 전복은 쥐고 있었는지.. 남편 죽인 바다는 안 무섭더니, 딸년 죽인 바다는 정이 떨어졌다. 어떻게 살지? 거친 동석이 저 새낀 어찌 키우지. 그때였다, 더는 삶에 자신이 없어진 건. 그래서, 남편의 친구 박선주가 같이 살자는 말에 덥석 그러자 했다. 그와 산단 건 첩이 된단 거고, 그의 병든 아내 수발(거의 식물인간)을 해야 한단 거고, 남의 자식을 내 자식처럼 키워야 한단 거고, 동네에서 남편 친구와 붙어먹는 걸레 같은 년 소릴 들어야 한단 거였지만, 마다하지 않았다. 동석일 키울 수 있고, 다시 바다에 들어가지 않을 수 있으면 그것으로 됐다. 그까짓 개 *, 쌍 *, 창녀 소리 듣지 뭐. 옥동은 야멸차게 시어머닐, 근처 사는 시동생에게 보내버리고, 그길로 거적때기 같은 짐을 리어카에 싣고 박선주의 집으로 향했다.

근데 인생의 환난은 이후로도 끝나지 않았다. 이복형제의 원망(나중에 사업한다고 박선주의 집이며 논을 다 팔아, 육지로 나감), 본처의 병 수발, 이후 선주의 죽음, 밑도 끝도 없는 동석의 포한. 그래서일까, 병원 의사가 슬픈 눈으로 '할머니, 병원에서 더는 해드릴 게 없네요. 맛난 거나 많이 드세요' 할 때, 슬프기보단, 아프던 속도 편했다. 아, 이제 끝나는구나, 이 지겨운 인생. 근데, 아들 동석이 새끼가 시비를 걸어온다. 제 인생이 엿 같고 지랄 같은 건 다 엄마 때문이라나. 그러든 말든, 옥동은 개의치 않았다. 사실이 아니니까. 미안하다고 말하란다. 미안할 게 없는데.. 짧게 남은 인생 한두 달도 시끄럽게 생겼다. 조용히 가고 싶었는데, 그것도 못 하게 된 이 별난 인생.

이동석 (남, 사십 대 초반, 트럭 만물상)

 누나가 죽은 지 한 달도 안 된 어느 날, 길거리에서 교복 입은 누나 또래만 봐도, 물질하는 어린 해녀만 봐도, 눈물이 나고, 맘이 아리던 그 시간, 학교 끝나고 집으로 가는 오름에서 다짜고짜 윗마을 종철 종우 형제 새끼가 제 친구들을 끌고 나타나, 사정없이 그를 팼다. 코가 무너지고, 눈가가 입가가 찢어지고 아랫니가 빠졌다. 맞으면서 때리면서 '이 미친 새끼들, 니들 뭐야? 왜 패! 왜 날 패!' 영문을 몰라 물었는데, 그중 한 놈이 하는 말. '니 엄마가 얘네(종철과 종우를 턱으로 가리키며) 아버지랑 붙어먹었잖아! 걸레처럼!' 그리고 다시 발길질을 하고 침을 뱉고 돌아섰다. 뭔 소린지, 몰랐는데, 집에서 엄마가 짐을 실은 리어카를 끌고 온다. 그리고, 집에서 삼촌이 할머니를 업고 가며 하는 말. '어떻게 우리 형 친구 박선주 집에 첩살이 들어가나! 어머닐 이렇게 버리고(사실 버린 건 아니지, 아들한테 보낸 건데, 옥동은 그리 생각했다)! 동희 죽은 지 한 달도 안 돼서, 독해도 어떻게 그렇게 인간이 독하냐!' 그러며 조카 동석을 본 척도 않고 가버리는 게 아닌가. 사태 파악이 됐다. 동석은, 옥동의 리어카 앞을 피투성이로 가로막았다. '가지 말고 대답해! 진짜 엄마 박선주랑 잤어? 진짜 그 집에 첩 살러 가!' 옥동은 말이 없었다. 울지도 않았다. 그저 넋이 좀 나간 듯한 멍한 얼굴로 빤히 남 보듯 동석을 쳐다보곤 다시 길을 갔다. 동석이 리어카를 잡아 엎어버리고 악을 쓰며 짐들을 짓밟아버렸지만, 옥동은 다시 짐을 리어카에 담으며 말했다. '그 집 가면, 이제 니 에민 작은어멍이라 부르라. 이제부턴 종철 종우 어멍이 니 어멍이다.' 그 말만 하곤 옥동은 다시 휘청휘청 리어카를 끌고 박선주의 집으로 향했다. 그런 옥동을 한참 지켜보던 동석이 달려가 리어칼 뺏어, 끌었다. 그리고 눈물 그렁해 이를 앙다물고 살기 가득해 낮게 말했다. '내가 제줄 떠났으면 좋겠지? 집을 나갔으면 좋겠지? 어림없어? 누구 좋으라고? 엄마, 종철 종우 새끼, 박선주 좋으라고? 절대 그렇겐 못 해? 어디, 같이 한번 살아봐?' 그는 박선주의 집으로 들어가, 이후, 맘껏 삐뚤어졌다. 그리고 그때부터 그의 삶이 맘대로 안 되는 건 다 엄마 탓이 됐다. 종철 종우와 뻑하면 붙었고, 학교 대신 거리나 오락실을 방황했다. 그때 그 즉시 제주를 떠나 영영 다시 돌아오지 말았어야 했는데... 그랬다면 선아도 안 만나고 참 좋았을 건데...

선아와 재구 사건이 있던 날, 그는 더는 제주에 있을 수 없었다. 사방 어딜 봐도 숨을 쉴 수 없을 만큼 맘이 아팠다. 그래서 집에 와 집을 털었다. 부잣집 박선주답게 금붙이도 현찰도 많았다. 그는 책가방에 그것들을 마구 집어 담았다. 그때, 건넌방에서 종철 종우모의 기저귀를 갈던 옥동이, 그를 막아섰다. '뭐 하는 짓이라?' 동석이 눈알이 벌게 말했다. '같이 육지로 가. 안 그럴 거면 비켜.' 옥동이 먹먹히 그러나 별말 없이 그를 보더니 미친놈, 하며 다시 건넌방 종철 종우엄마의 기저귀를 갈러 갔다. 자식인 나를 따라나서야지, 미친놈 소릴 하며 비키다니. 또 상처를 받았다. 그렇게 새아버지의 집을 털어 서울에 왔으면, 잘돼야 했으련만, 그는 하는 일마다 안 됐다. 섣불리 시작한 고물상도 망하고, 택시 기사 면허를 사려다 사기당하고, 다시 선아를 만나 상처받고, 그리고 다시 제주. 은희누난, 인권 호식형은, 시장에서 보면 서로 본척만척 인사도 안 하는 동석과 옥동을 보고 살벌한 모자지간이라 혀를 내둘렀다. 그러던 어느 날(선아를 다시 만난 얼마 후) 춘희할망에게서 전화가 왔다. 니 어멍이 아파 같이 병원 와(왔는데), 병원서 보호자를 데려오라 한단다, 의사가 꼭 보호자를 보고 해야 할 말이 있다 한다나. 그러며 안 오면, 밤새 기다릴 거란다. 그래서, 마지못해 갔는데, 의사 왈, 어머닌 오늘 죽어도 이상할 게 없는 상태란다. 그러며 재작년 암 판정을 받았는데, 항암을 엄마가 거부했단 말도 덧보탰다. 아무렇지 않았다. 스스로 생각해도 이상할 정도로 담담했다. 춘희할망이 그런 동석을 보며, 니 에미가 곧 죽는다는데 너는 어찌 눈물도 안 흘리냐? 아이고 개놈이네, 이거 하며 혀를 찼다. 그럼 뭐 눈물이 안 나는데, 안 나는 눈물을 만들어 쇼를 해요? 동석이 툭 받아쳤다. 그때 옥동이, 말했다. '니 알다시피 난, 일자무식이라 배도 못 탄다. 나 좀 종철이 종우한테 데려가라.' 이 노친네가 끝까지, 날 돌아버리게 할 참이군. 한동안 잔잔하던 그의 가슴에 다시 들불 같은 미움이 번졌다.

❧ 줄거리 ❧

옥동의 사형선고를 들은 그날 술자리에서, 은희누나 인권 호식형은, 엄마를 이해하고, 이젠 화해하라 했다. 너도 나이가 마흔이 넘었으면 이제 철 좀 들라 했다. 엄마도 여자라 했다. '엄마가 왜 여자야? 엄마가 남자한테나, 박선주한테

나 여자지, 뭐 자식한테도 여자야?! 말도 안 되는 소릴 하고 있어, 쌍!' 엄마 죽음 후회한다고 그들은 후회할 짓 말라고 이구동성 말했지만, 엄마 죽고 나서 후회할 테니, 입 닥치라고 했다. 미친 새끼, 이상한 새끼, 아니, 지도 애 있는 선아를 찝적대면서, 왜 지 엄마가 재가한 건 이해를 못 해, 나중에 선아가 자식한테 니가 니 엄마한테 했듯 똑같이 당할 거다, 이 미친놈아. 그렇게 은희가 마지막 비수를 그한테 꽂았을 땐 더는 못 참고, 그 자릴 떠 바다로 갔다.

그리고, 작심했다. 좋다, 가자, 하루 이틀 이 노친네 데리고, 종철 종우가 있는 목포로 그래 가보자. 그리고 가는 길 위에서 그동안 가슴에 못처럼 박혔던 포한도 꺼내 물어보자. 그간 살면서 나한테 미안은 했는지, 날 사랑은 했는지, 나에게 상처 준 걸 알기는 하는지, 내 인생이 이렇게 망쳐진 게 엄마 당신 때문인 걸 인정은 하는지.. 그래서, 미안하다, 잘못했다, 죽을죄를 지었다고 하면, 그래, 평생의 내 한도 이제 그만 바다에 던져 거품처럼 사라지게 하자. 우리 둘 모자 관계 그렇게 끝내자. 그래그래 오래 괴로웠다. 그만하자.

근데 꿈이 너무 컸나? 가는 길부터 쉽지 않다. 뱃시간이 다가오는데도 이복형제 준다며 깨며, 참기름, 춘희할망에게 산 냉동문어, 옥돔 말린 걸 바리바리 챙기며 제 부아를 돋우고, 갑자기 춘희할망도 같이 가야 한다 하고, 춘희할망도 뭘 그렇게 챙기는지, 꾸물대고, 그래서 배를 놓치고, 다음 배를 타긴 탔는데, 종철 종우가 사는 목포엘 가니, 집 주소를 모르고, 전화하라 하니, 놈은 전화를 안 받고, 나중에 전활 받아선 집이 이사 갔다 하고, 그러다 밤이 되고, 모텔서 자자니까, 돈 아깝다고 굳이굳이 트럭서 잔다 하고, 오줌을 아무 데나 싸면 되지, 요강을 만들어달라 하고, 사사건건 그를 괴롭히려고 작정한 듯 일이 벌어졌다. 엄마에게 해댈 질문이고 뭐고, 지금이라도 당장 이 여정을 다 포기하고, 이 노친네를 길바닥에 버리고 가고 싶은 맘이 굴뚝 같았다. 그래도 참았다. 이게 진정 마지막이니까. 그리고, 춘희가 자버린 시간에 용기 내 물었다.

동석 (화를 참고, 애써 덤덤히 바다나 보며, 어렵게, 맘이 왠지 아프지만, 안 아픈 척, 툭툭) 의사가 낼모레 ..죽을지도 모른다는데 나한테 할 말 있음 좀 하셔. 들어줄게.
옥동 (바다나 보다) 없어.

동 석   (위가 찔린 듯 아픈, 미간을 찌푸리고 보며, 어이없이) 설마.. 미안은 하
        지?
옥 동   (바다 보다, 동석을 힐끗 보며, 덤덤히 그러나 어이없단 투로) 뭐래.. 이
        게?
동 석   (화보단 믿기지 않는) 진짜 ..없다고?
옥 동   (어이없는, 낮게, 툭) 염병 지랄하네. (휙 일어나 트럭으로 가, 누워버
        리는)

동석은 피가 거꾸로 솟는 듯했다. 그래서, 옥동을 따라 벌떡 일어나 차 문을
열고 조수석에 누운 옥동을 화를 참고 가만 보았다. 그리고 말했다.

동 석   나한테 상처 준 건 알아?
옥 동   (어이없단 듯 그저 보기만 하는, 전혀 미안하지 않은, 왜 그런 질문을
        하냐는 듯, 빤히 보는)

동석은 옥동의 그 눈빛 속에서 분명히 알아들었다. 미안하지 않구나, 이 노친
넨. 사과할 맘이 없구나, 이 노친넨. 그렇다고 물러설 내가 아니지. 그렇다면 조
용히 안 끝나겠군, 이 여행. 어디 끝까지 붙어보자. 그는 자는 춘희할망도 벌떡
깨울 만큼 차 문을 쾅 소리 나게 닫아버렸다. 그리고, 담 날 그들은 다시 길을 떠
나는데... 과연 이 여행에서 동석과 옥동은 화해를 할 수 있을까.

씬   장면(Scene)이라는 의미. 같은 장소, 같은 시간 내에서 이루어지는 일련의 행동이나 대사가 한 씬을 구성한다.

C.U   클로즈업. 배경이나 인물의 일부를 화면에 크게 나타내는 것을 말한다.

점프컷   연속성이 없는 두 장면을 붙이는 편집 방식이다.

인서트   화면의 특정 동작이나 상황을 강조하기 위해 삽입한 화면. 인서트 화면이 없어도 장면을 이해하는 데에는 별다른 지장이 없으나 인서트를 삽입함으로써 상황이 명확해지는 한편 스토리가 강조된다.

(E)   대사와 음악을 제외한 효과음(Effect)을 뜻하며, 보통 등장인물은 보이지 않고 소리만 나는 경우에 사용한다.

플래시백   회상을 나타내는 장면. 지금 일어나고 있는 사건의 인과를 설명할 때 쓰이기도 하고, 인물의 성격을 설명하기 위해 쓰이기도 한다.

플래시컷   화면과 화면 사이에 들어가는 순간적인 장면. 극적인 인상이나 충격 효과를 주기 위해 삽입되는 매우 짧은 화면을 지칭한다.

F. I.   페이드인(Fade-In). 어두웠던 화면이 점차 밝아지는 상태를 말한다.

F. O.   페이드아웃(Fade-Out). 화면이 점차 어두워지면서 장면이 바뀌는 것을 말한다

(N)   내레이션을 지칭하는 용어로, 장면 밖에서 들려오는 목소리를 나타낸다

몽타주   따로따로 편집된 장면들을 짧게 끊어서 붙인 화면을 말한다.

(O.L)   오버랩(Overlap). 현재의 화면이 사라지면서 뒤의 화면으로 바뀌는 기법이다.

11부 ─────── 동석과 선아
그리고 영옥과 정준

잘해줄 생각 말고, 싫다는 짓 하지 마.
그리고 젤 중요한 거, 심각해지지 마.
지금처럼 늘 밝고, 재밌게 만나.

자막 : 동석과 선아 그리고 영옥과 정준

씬1.   강남 일각, 푸드트럭 앞, 새벽.

주인, 프라이팬에 계란이며 햄을 굽는 모습들이 컷컷 보이는, 동석과 지나
가던 직장인들, 토스트를 사기 위해 서 있고, 선아, 한쪽에서 동석을 편하
게 보는, 주인, 장인처럼 재빠르게 토스트 두 개를 구워, 동석에게 주면,

동 석   수고하세요. (하고, 토스트를 받아서, 선아에게 주고, 둘이 그걸 먹으며, 차
를 둔 강남 일각의 주차장으로 걸어가면서, 어색해서 더 투박하게 말하는,
마치 남 일처럼) 우리 엄마도 너 같을까?

선 아   (토스트 먹으며, 무심히 보는)

동 석   (어색해 투박해지지만, 어두운 건 아니다, 토스트를 먹는 데 집중하며, 짐
짓 남 일처럼 툭툭 말하는) 내가 널 보는 내내, 골이 딩딩거릴 정도로 머
리 아프게 그런 생각이 드는 거지... 우리 어멍.. 니가 니 아들 열일 생각하
는 것처럼.. 나를 단 한 번만이라도 그렇게 살갑게 애틋하게... 생각했던 적
이 있었을까? ..뭐, 그런 시답지 않은 생각이.. 나이 사십 훌쩍 넘어 이런 얘
기 하는 게 좀 덜떨어져 보이고 또라이 같나?

선 아   (토스트 먹으며, 걸어가며, 동석이 안쓰럽기도 하지만, 귀여운, 작게 웃으
며, 동석 보며) 전혀.

동 석 뭐 또라이라고 해도 할 말 없는데 궁금하드라고. 그 노친넨 날 보며, 대체 뭔 생각을 하나?

선 아 (안 보고, 토스트 먹으며, 가볍게) 그렇게 궁금하면 직접 물어봐?

동 석 (멈춰 서서, 답을 안 해주는 선아를 맘에 안 들게 보고, 토스트를 제 입에 다 쑤셔 넣고, 선아 것도 뺏어서 제 입에 다 털어 넣고, 우적우적 씹으며 가면서) 됐다 그래.

선 아 ... (가며, 어쩌면 남 말 하듯, 편하고, 처지지 않게) 아빠 돌아가시고 나서, 계속 머릿속에서 이런 질문이 생기드라. 아빠는 내가 싫었나? 아빤, 세상에서 내가 젤 이쁘다 그랬는데.. 그건 새빨간 거짓말인가? 왜 사랑하는 딸을 두고 혼자 바다로 차를 몰았을까?

동 석 (무심한 듯, 걸어가는)

선 아 (짐짓 가볍게) 그러다, 생각을 정리했지... 나를 사랑했지만, 내가 상상할 수 없을 정도로 정말 사는 게 너무너무 힘들었나 보다... 그러다가도 또 우울이 오면, 뒤죽박죽.. 다시, 아빨 원망했어. 힘들었다고 말해주지, 그럼 내가 안아라도 줬을 텐데.. 아빠 옆에 내가 있어, 외로워하지 마 하면서, (상상하며, 서글픈 미소) 없는 애교도 더 떨었을 텐데.. 그러다 또... 다시.. 내가 물어볼걸? 왜 안 물었을까? 자책이 됐어. 술 마시고, 큰아빠랑 싸울 때, 달려들어가, 왜 그러냐고? 뭐가 화났냐고? 뭐가 아빨 이렇게 힘들게 하냐고, 피하지 말고, 물어볼걸... 물어볼걸 하면서.

동 석 ...

선 아 (짐짓 가볍게, 너무 처지지 않게) 오빠 엄마한테 물어봐.. 오빠도 자식인데.. 그때 왜 그렇게 버려뒀냐고.. 나중에 나처럼 안 물어서.. 후회 말고.

동 석 (답답한, 투박하지만, 무겁지 않게) 후회는 무슨.. 아, 됐어. 그냥 이렇게 남처럼 살다 죽음 장례나 치러주고 말지 뭐. 평생 말 없는 노친네.. (화도 나는) 장날 장에서 봐도 생판 모르는 남처럼 번번이 아는 척도 안 하는데.. 행여 내가 그딴 걸 물으면, 살갑게 대답을 해주겠다. 아마 그러겠지.. (멈춰 서서, 선아 보며) 뭔 소리야, 이 자식이! 하는 얼굴로 날 빤히 보고 눈만 소처럼 (눈을 움직이며, 옥동 흉내) 꿈벅꿈벅... (다시, 걸으며, 생각만 해도 싫은 듯 고개 젓고, 답답한) 됐다 그래. (하다, 어색한 듯, 수줍기도 해, 괜히 투박하게, 묻는) 근데.. 넌 가끔 내 생각은 했냐?

선 아 (작게 웃으며) 이 얘기 했다.. 저 얘기 했다.. 왜 그래?

동 석   (어색하게 웃으며, 가볍게) 생각했냐고?

선 아   (편한) 가끔.

동 석   쭉 아니고?

선 아   (웃으며, 고개 젓고) 가끔.

동 석   야, 한 번쯤은 거짓말이라도 좀 쭉이라고 해봐라. 자식아.

선 아   (웃으며) 못해. 거짓말.

동 석   하라면 해봐. 좀.

선 아   (웃으며) 계속, 줄곧, 죽 했어.

동 석   새끼... (편하게 웃고, 걷는)

씬2.   선아의 집 안, 아침.

선아, 주방에서 커피기계에 커피를 만들며, 과일을 사 왔는지, 봉투에서 과
일을 꺼내 닦는, 동석, 거실 쪽에서 어색하게 서성이며, 집 안에 있는, 열이
사진, 선아 사진이며, 장난감 등을 들어서 보고, 창가로 전경을 보는,
한쪽에 러닝머신 있는(6부, 선아의 집 나올 때부터 있기)

동 석   (바깥 풍경 보며) 동네 좋네, 조용하고..... 근데 좀 기분이 이상하다야. 모텔
        도 아니고, 폐가도 아니고, 어릴 적 내 방도 아니고, 오락실, 길거리도 아니
        고... 너는 주방에서.. 나는 여기 거실에서.. 이렇게 있는 게.. 뭐랄까 엄청 이
        상해.

선 아   (주방에서, 커피 준비하며, 동석 보고, 웃으며) 뭐가?

동 석   (소파에 앉아, 주방 쪽 선아 보며, 농반진반) 그냥 뭐랄까.. 엄청, 우리 둘이
        가 ..정상적으로 보이잖아. 같이 살거나 연애하는 사이처럼.... 불륜 같지도,
        떠돌이들 같지도 않고...

선 아   (작게 피식 웃고, 과일을 접시에 담으며) 오빠, 결혼해야겠다. 정착할 데가
        필요한가 보다.

동 석   (소파에서, 창가 보며, 웃으며) 결혼함 좋지... (웃으며, 장난) 여보! 물 가져
        와!

* 점프컷 - 시간 경과 》

선아, 동석, 소파에 앉아 커피를 마시는,

동석   (커피를 마시다, 선아를 보는, 내심 좀 놀란) ...

선아   (동석을 편안하게 보다, 차분히 말하는) ...열이 곁에.. 있게.

동석   (가만 빤히 보는, 조금은 서운한, 그러나 담담히 맘 추스르는, 커피를 마시는)

선아   선배가 개업하는 인테리어 사무실에서 같이 일하자고 해서, 일자리도 생겼고.

동석   (다시, 커피를 마시며, 서운함 감추고, 짐짓 편하게) 다시, 제주 내려갈 이유가 없어졌네.

선아   (차분히, 편하게) ..어.

동석   (짐짓 가볍게) 그럼.. 그래야지 뭐. 엄마가 애 옆에 있겠다는데 누가 말려... (커피 마시고) 근데, 언제 그렇게 하기로 생각을 정리한 거야?

선아   (조금은 미안한, 너무 무거운 맘은 아니다, 편하게, 커피를 마시고) 한강에서.. 해 볼 때..

동석   (씁쓸한 웃음, 농담처럼) 나는 그때 너한테.. 예전처럼 다시 한번 진하게 반했는데.... 넌 그때 다시 여기 남을 생각을 했네...

선아   (가만 보는, 편안한)

동석   (베란다 창가를 보며, 커피 마시고, 짐짓 가볍게, 대수롭지 않은 듯 툭, 선아 안 보고) 폐가 연세로 얻은 건, 어쩔 거?

선아   글쎄..

동석   나 주라.

선아   (편하게, 작게 웃으며) 오빠가 쓰면 좋지.

동석   (보고, 편하게) 니 방은 어디야?

선아   (턱으로, 제 방 쪽을 가리키며) 근데... 저긴 안 들어가고 싶어.

동석   왜?

선아   (어색하게 웃으며) 좋은 기억이 없어서.

동석   ..아 ..전남편.

선아   열이 방이 저쪽인데(턱으로 가리키고) 저 방에서 잘까 봐. 아님, 이 소파에서 자거나..

동 석   방 좀 봐도 되지? (하고, 일어나, 열이 방으로 가서, 방문을 열어 보면)

＊ 점프컷 – 열이의 방 안 》

잘 정돈된, 그러나, 열이 침대가 있어, 비좁아 보이는,

동 석   (문 닫고, 선아에게) 니 방도 봐도 되지? (하고, 선아의 방 쪽으로 가는)
선 아   (왜 저러나 싶어, 동석을 보는)

＊ 점프컷 – 선아의 방 안 》

동 석   (문 열고, 주변 보면, 두꺼운 커튼이며, 어두운 이불 등, 실내가 답답하게
        느껴지는) 선아야, 이 방 침대.. 거실로 옮겨줄까?

＊ 점프컷 – 몽타주 》

1, 거실.
동석, 선아, 힘을 합쳐서, 매트리스를 거실로 끌어내는,

2, 거실.
선아가 가지고 나온, 침대의 시트를, 동석과 선아가 함께 바꾸는,

3, 거실.
동석, 새로운 색깔의 커튼으로 거실 커튼을 바꾸는,
선아, 옆에서 커튼 자락을 들어주며,

선 아   잘 끼워.
동 석   (일하며) 잘 끼우고 있는데.. 그런 말 하지 마. 잘하던 것도 내팽개치고 싶
        으니까.
선 아   (웃으며) 안 할게. 잘하고 있어.
동 석   (웃으며, 일하는)

4, 거실.

동석, 땀 흘리며 호스로 베란다 창을 물 뿌려 닦는, 옆에서 선아가 막대로 창을 닦으면, 물을 일부러 뿌리고, 선아, 놀라 물러섰다가, 다시 일하는, 그러다 문득, 얼른 동석의 물 호스를 뺏어, 물을 뿌리는, 동석, 얼굴이 쫄딱 젖고, 선아, 웃고,

5, 침실.
동석, 땀 흘리며, 거실 소파를 옮긴 후, 소파를 움직여, 침실을 거실로 만들어놓은, 선아, 문 열어 보고, 편하게, 박수 치고,
동석, 땀 흘리고, 일어나 나가며, 웃으면서, 선아와 하이파이브를 하는,

6, 선아의 욕실(거실에 있는).
동석, 샤워를 하는, 노크 소리 나고,

7, 욕실 앞 + 거실, 낮.
선아, 새 칫솔 하나를 바닥에 놔두고 가는, 동석, 문 열리고, 손만 나와, 칫솔을 들고 들어가, 문 닫는, 다시, 문 열리면, 동석이 옷을 다 입고, 수건으로 머릴 말리며, 나와 주변을 보면, 침실로 변한 거실이 보이는, 침대 옆에 이부자리가 깔린, 선아, 샤워한 모습으로, 물을 마시며, 침대맡에 쪼그리고 앉아, 창밖을 보는, 동석, 선아 보고 시계 보면,

선아   (창밖 보며) 좀 자고 가라고. 밤새 나 때문에 한숨도 못 잤잖아. (돌아보며) 목포에서 제주 가는 배는 낼 아침에도 있잖아. 밤까지 좀 자.
동석   (어색하지만) 그래야겠다.. (하고, 바닥에 깔린 이부자리에 누우려 하면)
선아   (편하게) 수건은 제자리.
동석   (벌떡 일어나, 목욕탕에 갖다 놓고, 와서, 이부자리에 눕는)
선아   (그런 동석을 보고, 귀여워, 마음이 따뜻해지는, 일어나, 거실 커튼을 닫고 (커튼에서 햇빛이 새어 나오는) 동석을 볼 수 있는 침대 쪽에 모로 누워, 동석을 보는)
동석   (천장 보고 누워, 잠시, 뭔가 생각하다, 선아를 보며, 담담히) 살다가.. 동네 오빠 필요하면, 전화해. 오늘처럼 힘 쓸 일 있어도, 전화하고. 제주 여행 와서 회 먹고 싶고, 어디 좋은 데 가고 싶고,

선 아	(동석을 따뜻하게 보며, 고마워, 살짝 눈가가 붉어지는) 남자가.. 그리워도.. 전화할게.
동 석	(가만 선아를 보는, 맘이 촉촉해지는, 짐짓 농담처럼) 꼭!
선 아	(가만 동석을 보고, 웃으며) 꼭! ...
동 석	... (따뜻하게 웃고, 다시 창가 쪽 보고, 편하게) ...움직여야 돼. 오늘처럼. 그럼 졸려. 잡생각 들면, 죽어라 몸을 움직여. 움직이는 데 장사 없어. 난 맬 움직여. 안 그럼, 잡생각이 너무 나, 안 아픈 사람도 병들어.
선 아	(자신을 생각해주는 게 맘이 따뜻해지는, 고마운, 고갤 끄덕이는, 편하게 눈가 붉어지는)
동 석	이 큰 집이 무서우면... 작은 데로 옮기고, 이 훤한 낮에도 불이 막 꺼지면,
선 아	(이어서 바로 말하는, 차분히) 착각이다! 큰소리로 그래볼게. 그래도, 안 되면 오빠한테 ...전화할게.
동 석	(선아 보며) 그럼 내가 욕을 대바가지로 해줄게, 정신 차려, 새끼야! 하고.
선 아	전화 ..자주 할게.
동 석	(말꼬리 끊으며, 돌아누우며) 쓸데없는 약속 하지 말고, 자, 임마. (하고, 눈 감는)
선 아	(그런 동석의 등을 가만 보고, 눈 감는, 편안하고, 따뜻한)

* 점프컷 – 시간 경과, 선아의 거실, 오후 》
선아, 곤하게 자고 있는,
동석, 자며 뒤척이다, 시계 보면, 다섯 시가 넘어가는,
일어나, 앉아, 선아를 보는데, 선아, 미간을 찡그리고 자는,
동석, 조심스레 선아의 미간을 엄지손가락으로 펴주면, 선아, 편안해지는지 미간을 펴주는, 그리곤 선아를 보는데, 귀엽고, 안쓰런, 웃음 짓고,

동 석	얼마나 이뻐, 이러고 자면...

가만 손 내리고 안쓰럽고 그렇게 보는, 선아의 이마며, 얼굴 구석구석, 손도 가만 보는, 그러다, 미련이 자꾸 남을까, 그냥 벌떡 일어나 옷 들고 나가는,

* 점프컷 – 다시 시간 경과 》

자는 선아의 머리맡의 핸드폰에 톡이 온,

씬3.   고속도로 + 달리는 동석의 차 안, 저녁.

동석, 노래를 들으며 가고 있는, 운전에 집중하며 가는, 그때, 자동차 하나
가 동석의 차 앞으로 급하게 끼어들면, 동석, 놀라, 급하게 차를 움직여, 갓
길에 차를 박을 듯이 세우고, 화가 나, 가는 차에 경적을 울리는,

동 석   아 저걸 진짜 콱! 죽는 줄 알았네... (하고, 다시, 차를 운전해, 룸미러, 백미
러를 확인하며, 진지하게 운전해 가는)

동 석   (E) 선아야, 오빠, 밤배 탈라고 너 안 깨우고 그냥 간다. 니 차는 제주 가서
보내줄게. 살다가.. 만만한 동네 오빠 필요하면, 전화해.

씬4.   달리는 택시 안, 저녁.

선아, 잘 차려입고, 창가에 머릴 기대고 동석의 톡을 따뜻하게 그렇게 보
며 가는,

동 석   (E) 오늘처럼 힘 쓸 일 있어도, 전화하고... 남자가 그리워도.. 전화하고. 다
시, 우울증이 와서, 눈앞이 깜깜해지면, 전화해. 어떻게든 살려고 해봐. 선
아야, 난 너 때문에 이제 ..나중도 믿게 됐다. 우리 나중에.. 나중에.. 또 보
자. 그때까지 잘 살고.

선 아   (한없이, 동석이 따뜻하고, 고마운, 편안해지기도 하는)

씬5.   아이스크림 카페 안 + 밖, 밤.

선아(열일 이쁘게 보고 있고), 열이(말 쿠션을 안고, 아이스크림만 먹고 있

는) 옆에 나란히 앉아 있는, 카페 밖의 차 안에서 태훈, 두 사람을 보는, 선아에게 미안한, 안쓰런 맘이 있는 게 역력한, 시선 돌려, 옆에 있는 서류를 들어 보며, 일하는,

* 점프컷 ≫

열　　(아이스크림만 맛없게 먹다가, 선아를 보며, 좀 시무룩한)

선아　(따듯하게 보며, 웃음 띠고) 열이, 엄마 사과 안 받아줄 거야?

열　　(보고, 고개 젓는)

선아　받아줘?

열　　(울 것 같은 얼굴로, 고개 끄덕이는)

선아　(작게 웃고, 짐짓 가볍게) 근데, 왜 시무룩해? 엄마 보고 웃지도 않고.

열　　..그냥.

선아　(가만 이쁘고 안쓰럽게 보며, 설명하려 하는, 애써 가볍게) ..열아, 엄마.. 아픈 거 알아?

열　　(보며, 걱정돼, 시무룩) 어. 그래서 엄만... 열이랑 못 놀아줘. 그래서, 열인 아빠랑 살고.

선아　(눈가 붉어, 잘 이해하는 열이가 기특한, 웃음 짓고) 하지만, 방학 때는 엄마랑 살고, 그지?

열　　(작게 웃고, 그 생각에 좋은) 어.

선아　(눈가 붉어지지만, 애써 웃으며) 열이 요즘도 밤에 잘 때 무서?

열　　(고개 끄덕이며, 시무룩) 엄청..

선아　그럴 때 ..열이는, 어떻게 해?

열　　(선아를 보며, 시무룩) 불 켜고 자. (말 쿠션 꼭 안고) 말 안고.

선아　(맘 아픈, 참고, 말하는) 그럼 괜찮아?

열　　어.

선아　.. (고개 끄덕이는) 넌 다행이다... (애써 웃으려 하며) 근데, 열아, 엄마는... 낮이어도... 밤이 돼서, 지금처럼 이렇게 불이 여기저기 막 켜져 있는데도 있잖아... 어떤 날, 아프면, 모든 게.. 다... 깜깜해.

열　　(걱정) 불 켜도?

선아　(울컥하지만, 애써 가볍게 고개 끄덕이며, 밖을 보면, 불이 없는 어둠이다,

그리고, 카페 안을 둘러봐도, 불들이 다 꺼진, 그걸 보며, 막막한, 그러나 애써 의지를 내, 처지지 않게) 어.. 근데, 그런 날도.. 엄마는 열일 보면, (하고, 열일 보고, 눈가 붉어, 환하게 웃는)

* 점프컷 》
열이만 불빛을 받은 듯 환하게 보이는,

* 점프컷 》

선 아   (열이 보고, 웃으며, 따뜻하게 설명하는) 엄만, 하나도 안 무서워. 엄마한텐 열이가 언제나 반짝반짝 빛이야.
열   (말 끝나기 전에, 말 쿠션을 내미는, 눈가 그렁해) 이거 안고 자.
선 아   (맘이 울컥해지는, 편하게 웃으며, 고개 젓고) 그건 열이 꺼. (맘 아픈, 참고, 짐짓 밝고, 가볍게) 대신, 안아줘, 엄마.
열   (안아주는, 울 것 같은) 아프지 마.
선 아   (꼭 안고, 눈물 참고, 조금은 강하게) 팔 아프게 한 거 미안해. 그리고, 많이 사랑해.
열   (꼭 안는)

씬6.   카페 밖, 밤.

태훈, 차 뒷문을 열어주면,
선아, 자는 열이를 베이비 시트에 앉히고, 안전띠를 해주고, 말 쿠션을 품에 놔주고, 편안하고, 가볍게, 열이의 볼에 입맞추고 나오는,
태훈, 차 뒷문을 닫는, 선아, 차에 기대서, 가만있는, 태훈, 그 옆에 기대서서, 어렵게 말 꺼내는, 자신도 답답한,

태 훈   당신 결국엔... 다시 항소할 거지?
선 아   (맘이 아프지만, 발밑만 보고, 애써 담담히) 어.
태 훈   (답답한) 열이한테 또 우리 둘이 싸우는 모습을 보여주겠네.. 언제?

선아 (보고, 눈가 붉어, 안 울려 하며, 너무 처지지 않게, 의지를 담아) 지금 아
     니고, 나중에. 내가.. 지금보다 덜 아플 때,

태훈 .. (그 말에 맘이 툭 풀리는 듯한, 선아가 안쓰런) ...

선아 (시선 돌려, 다른 곳을 보며, 울지 않으려 하며, 애써 담담히, 차분히) 지금
     처럼 내가 열이 없으면 못 살 거 같아서가 아니라.. 열이가 .나 없음 못 살
     겠다고 할 때.. 그때.

태훈 .. (맘 아픈, 미안한)

선아 오늘처럼 내가 열이한테 안아달라고 할 때가 아니라, 열이가 나한테 엄마,
     안아줘 할 때.. 열이가 지금처럼 날 약한 엄마로 느낄 때가 아니라, 세상에
     서 엄마가 젤 강하다고 느낄 때, 그래서 자기가 의지하고 싶을 때, (하고,
     태훈 보는데, 눈물이 그렁한)

태훈 (선아 보다, 맘 아파, 다른 곳을 보는)

선아 (차 안의 자는 열이 모습을 보며, 맘이 아파도, 참고, 애써 담담히 말하려
     는) 지금처럼 열이가 나한테 빛일 때가 아니라, 내가 열이의.. 빛이 될 때..
     그때 항소할게.

태훈 (선아 보며, 진심 맘 아픈) ...그때가 되면 ...항소하지 말고.. 그냥 열이.. 데려
     가.

선아 (태훈을 가만 보는, 고마운, 농담처럼) ...그 말 녹음할걸.

태훈 (맘 아픈, 작게 웃으면)

선아 갈게. (하고, 가는데, 눈물이 나는, 애써 맘 다잡고, 조금 큰 걸음으로 걷
     는)

씬7.   선아의 집 거실, 어두운 밤(커튼이 열린, 바깥 불빛들이 보이
       는, 새벽 두세 시 정도).

       카메라, 선아의 뒷모습부터 시작해 앞까지 보여주는,
       선아, 일상복 차림으로 침대맡에 무릎을 괴고 앉아, 이를 앙다물고, 싸우
       듯, 바깥 불빛들을 보는데, 하나둘 꺼지는, 우울이 오는,
       선아, 막막한, 그래도 의지를 내서, 그걸 빤히 정신 차리고 보려 하는, 너
       무 애써서 이마에 땀도 나는, 그러나, 불빛들이 계속 꺼지는(다 꺼진 건 아

닌), 정신을 차리려, 숨을 작게 고르고, 눈은 불빛만 보는데, 이렇게 애써도 안 되나 싶어, 원망스럽고 고통스런,

선아   (낮게, 혼잣말을 하는) 이건 착각이야, 어둠은 거짓이야, 밖은 밝아... (그래 도 어둡기만 한, 울고 싶은) 이건 가짜야. (하는데도, 우울에 젖어드는 게 화가 나, 옆에 있는, 유리 꽃병을 들어, 거실 창 앞에 던지는, 부딪힌 유리 꽃병이 박살이 나는, 울고 싶은, 고통스런)

그때, 선아의 고통스런 얼굴 위로 동석의 말소리가 들리는,

동석   (E) 뒤돌아... 뒤돌면 다른 세상이 있어.
선아   (순간, 고통스럽지만, 의지를 내 뒤돌면, 침대 한쪽에 핸드폰이 보이고, 힘을 내, 핸드폰을 잡고, 핸드폰 갤러리로 들어가, 동석의 말 타는 동영상을 보고, 다시 의지를 내, 일어나, 바람이 들어오게 창문을 다 열고, 러닝머신으로 가서, 걷는, 계속, 정신을 차리려 이를 앙다물고, 의지를 내는, 잠시 후, 동석의 톡이 오고, 선아, 러닝머신에서 걸으며, 핸드폰 열어 보면, 문자와 녹음파일이 온, 문자 보는)
동석   (E) 선물.
선아   (녹음파일을 열어보면)
동석   (E) 양배추양배추, 포도포도, 요쿠르트요쿠르트, 뻥이요 뻥튀기, 뻥이요 뻥튀기, 강냉이강냉이, 추억의 과자 센베이, 추억의 과자 센베이, 양은냄비양은냄비, 스텐냄비스텐냄비, 후라이팬후라이팬, 펜치망치도라이바공구일체, 펜치망치도라이바공구일체, 분홍치마 꽃치마, 엉빵의자 일방석, 고무신 긴장화, 애인처럼 뜨거운, 털신 털장화. (반복)
선아   (핸드폰을 러닝머신 거치대에 놓고, 그걸 들으면서, 러닝머신의 속도를 높이고, 위에서 죽기 살기로 걷는데, 뭔가 편안해지는, 창가를 보면, 하나둘 꺼지던 불빛들이 다시 하나둘 켜지는, 선아, 눈가 그렁해지고, 입가에 작은 미소가 지어지는, 희망이 보이는 듯한, 열심히 러닝머신을 달리는, 동석의 녹음 소리가 반복해 들리는)

F. I.

씬8.   오일장 풍경, 며칠 후, 낮.

1, 오일장 안.
호식, 땀 흘리며 얼음 리어카를 끌며 가며, '얼음 얼음 얼음!' 하며, 빠르게
가는, 은희네는 이미 배달했는지, 은희 가게 스쳐 다른 가게로 가는,

* 점프컷 》
은희, 영옥, 달이, 생선을 정리하거나, 칼 도마 등 도구들을 닦아 장사 준비
하는, 다른 상인들도 분주하게, 저마다의 물건 정리들을 하는,

2, 오일장 밖.
기준, 트럭에서 생선 짝을 던지면, 정준, 아래서, 생선을 받아, 리어카에 싣
는, 그렇게 다 실으면, 정준, 리어카를 끌고 오일장으로 들어가는,

* 점프컷 - 오일장 안 》
정준, 리어카 몰고 가며, '리어커! 리어커 가요! 리어커!' 하는데, 기준, 어느
새, 트럭 정리하고, 정준 쪽으로 달려와, '리어커요, 리어커! 길 비키세요!
고맙수다!' 하며 길을 틔우며 가는,

3, 춘희의 가게 앞.
손님들이 여럿 줄 선, 손님들이 밀린,

옥동   (물건 담으며, 기다리는 손님에게) 좀만 기다립서, (앞에 손님에게) 고추 한
         바가지?
춘희   (정신없는, 말린 생선을 봉지에 담으며, 일하며, 구시렁) 무사, 손님이 하영,
         많이 왐시니(오니). (커피 파는 별이에게) 별아! 별아!
옥동   (일어나, 별이 쪽으로 가서, 별이 툭 치고, 입을 크게 해서 말하는) 와! (하
         고, 가서, 장사하는)
별이   (커피 리어카 끌고 와, 한쪽에 두고, 가서, 옥동을 도와 일하는, 능수능란

한)

4, 은희의 생선가게.

은희, 영옥, 달이, 손님 앞에 두고, 열심히, 생선 토막을 치거나, 생선 씻으며, 큰소리로, '당일바리 시퍼런 갈치, 고등어, 오징어, 옥돔! 삼치, 열기, 백조기, 은대구! 달고기, 쥐치!' 반복해 소리치는,

은희네와 조금 떨어져 있는 공간에서 정준, 기준, 택배 포장하며,

일하는 영옥의 얼굴 위로, 기준의 대사 들리는,

기 준 (손은 빠르게 일하고, 영옥 안 듣게, 눈치껏 말하는, E) 형도 들었지? 혜자삼춘 말, 영옥누나 내쫓는단 말.

정 준 (열심히, 일하며, 담담히, O. L) 영옥누나도 어촌계 사람이야, 못 내쫓아.

기 준 그래서 못 버티게, 왕따 해서 내쫓는대.. 해녀들 전체 합의 봤대. 혜자삼춘이.

정 준 (일만 하며) 그러니까, 왕따 해도.. 버티면, 못 내쫓는다고. 강제론 안 된다고. 그리고, 혜자삼춘만 그런 거지, 다른 분들은 안 그래.

기 준 (자기도 불편한) 영옥누나가 거짓말한단 건, 알아?

정 준 (일만 하며, 대수롭지 않게, 그러나 깔끔하게) 안 해.

기 준 남자가 있거나, 애가 있거나,

정 준 (일 멈추고, 그만하란 뜻으로 좀 굳어 보면)

기 준 (말을 말자 싶은) 나도 답답하니까 그러지. (가려다, 뒤돌며) 형은 그냥 영옥누나가 어떤 말을 해도, 어떤 짓을 해도 믿기로 작정했지?

정 준 (답답한, 좀 큰소리) 그런 넌, 혜자삼춘 말 믿을래, 달이 말 믿을래?

기 준 (일하는 달이 슬쩍 보고, 조금 화난, 버럭) 왜 여기서 달이 얘기가 나와?

그때, 영옥, 일하다 힘든지, 옆으로 와, 물 마시며,

영 옥 기준선장, 달이 좋아해?

기 준 (조금 답답한) 아니거든. (하고, 가는)

영 옥 (귀엽단 듯 가는 기준 보며, 편하게) 반말하지 마라, 누나한테! 니네 형도 나한테 존대하는데!

정 준	(일하며, 기준에게, 화난, 버럭) 야, 박기준, 사과해! 어서!
기 준	(손님의 주문 받아, 생선 썰다, 영옥에게 와서, 하기 싫어도 정중하게) 미안해요, 누나. (하고, 가는)
정 준	(맘에 안 들게 보고, 일하는)
영 옥	(정준에게, 웃으며) 오우, 카리스마.

* 점프컷 》

은 희	(일하며, 구시렁) 무사 아침부터 애를 잡으맨?
달 이	(기준에게, 답답한) 니가 잘못한 거야.
기 준	(생선만 파는, 속상한)

* 점프컷 》

영 옥	(웃으며) 낼 가파도 가는 거 안 잊었지?
정 준	(편하게) 네.
영 옥	사람들한테 말하지 마?
정 준	(영옥이 보고, 편하게) 동생한텐 말할라고 했는데.
영 옥	(어이없단 듯 웃으며) 잠깐 다녀올 건데, 왜 말을 해?
정 준	잠깐이 아닐 수도 있으니까.
영 옥	(물 마시다) ?

그때, 은희, 생선 팔며, 정준 쪽에 대고 말하는,

은 희	정준아, 이디서 장사 좀 해! 누나 물 좀 뽑자(화장실 간단 뜻)! 급해! (하고, 화장실로 뛰어가고)
정 준	네! (하고, 가려고 하면)
영 옥	(정준 팔 잡고) 뭐야? 난 길게 갈 계획 없는데.. 당일로 갈 건데...
정 준	그럼 당일로 해요. (하고, 가서 은희가 자르던 생선 자르며, 소리치는) 당일바리 시퍼런 갈치, 고등어, 오징어, 옥돔! 삼치, 열기, 백조기, 은대구! 달고기, 쥐치!

영옥   (정준 옆에 와서, 잘린 생선에 소금 뿌리며, 조금 서운한) 무슨 남자가 포
       기가 그렇게 빠르냐?

정준   (영옥 안 보고, 웃고, 손님에게) 뭐 드릴까요? 오늘 갈치 좋은데...

       5, 인권의 순댓국집.
       인권, 열심히 순대를 썰고, 호식, 순댓국을 먹으며, 얘기하고 있는, 손님 두
       엇 있는,

호식   (순댓국 먹던 숟가락을 탁 놓으며, 버럭, 짜증) 아, 그럼 어떻하라고!

인권   (어이없게 보며, 화나는, 버럭) 이게 어디서 소릴 지르고?

호식   (답답하고, 열받는) 현이가 어제도 새벽 두 시까지, 영주 방에 들락날락거
       렸쩌?

인권   현이가 그냥 가서? 영주가 불러재끼난 갔지! 영주가 현이 어심(없음) 공부
       가 안 된댄 부르고, 입덧 난댄, 뭐 먹을 거 사 오랜, 부르고! 온갖 핑계로!
       애를 불러재꼈네! 그저 지 아방 닮앙 사람을 들들들 볶고..

호식   어쨌든! 내가 잠을 못 잠쩌! 생전 안 그레신디, 오늘 아침엔 기어이 코피가
       다 터지고,

인권   (순간, 코에서 코피가 나는, 손으로 쓱 문지르며) 봔? 봔? 봔? (휴지로 코를
       막고, 허리에 손 올리고, 호식 보며, 답답한) 너만 잠 못 잔? 나도 잠 못 잔!

       그때, 동석, 와서, 인권의 가게 아줌마에게, 손 들어 보이고, 물 따라 마시
       는,

호식   그러니까, 내 말은 둘이 이제 집 얼엉 살게 하자고! 어차피 엊그제 혼인 신
       고도 했고, 이제 부분디, 식은 나중에 올리더라도, 방 얻고,

인권   (말꼬리 자르며, 호식 쪽에 얼굴 디밀며) 돈 언, 나는! 너가 얻어주라게! 돈
       많은 너가!

호식   (일어나, 인권 쪽에 얼굴 디밀며) 내 돈은 영주 대학 갈 때, 줄 학비랑, 생활
       비라고!

인권   (답답하고, 화도 나는) 무사 우리 현이만 희생햄맨! 느 똘은 학교도 다니
       고 대학도 갈 거고, 내 아덜은 학교도 그만두고, 대학도 안 간댄, 그러고!

나처럼 노동자가 되캔 하고!

호식 대학을 아주 안 가는 게 아니라, 나중에 애기 서너 살까지 키워놓고, 간댄 하잖아! 검정고시로!

인권 아무튼 난 돈 (손사래 치는) 언! 집 못 얻어!

＊ 점프컷 》
그사이, 식사 나오면, 동석, 식사를 하며,

동석 (투박하게) 기냥 현이랑 영주 살게 해주라게, 형.

인권, 호식 (동석 보면)

동석 (밥을 먹으며, 꼬나보듯) 손님 밥 먹는디, 시끄럽게 하지 말고! 현이 영주가 한 집, 형님들 둘이서 한 집 그렇게 살면 되겠네.

인권 (동석 보며, 답답한) 야, 쨔샤, 현이가 영주랑 살면, 나 밥은 누가 할 거라?

동석 (턱으로 호식일 가리키고, 밥 먹는)

인권 (박수 두어 번 치며, 밝게) 아하!

호식 (황당한, 열받는, 동석 보며) 이게... 집은 남자가 얻는 거지,

인권 좋아, 그럼 너 혼수 어떻할 거라? 어마어마하게 해 올 거라? 다이아 이불, 다이아 냉장고 해 올 거라?

동석 (밥 먹다, 짜증 나는) 아 진짜, 조용히 좀 합서, 밥 좀 먹자게, 좀!

인권 (버럭) 딴 데 가서 먹어! (하고, 호식에게) 난 돈 언! 집 얻어줄라면, 너가 얻어주라!

호식 됐쪄! 기냥 이렇게 살게, 쌍!

아줌마1 어려도 부부라! 부부를 같이 살게 해야지게! 무사, 따로 살게 하맨! 그러다 정떨어지면,

동석 (밥 먹다, 무심하게, 말꼬리 자르며) 둘 짝 나.

호식, 인권 (동석 보면)?

동석 (밥을 먹으며, 꼬나보며) 이혼한다고. 둘처럼.

인권, 호식 (으름장) 이게 진짜..

그때, 춘희, 옥동, 들어와, 앉는,

아줌마2 (웃으며) 삼춘들 오셨수꽈? 어떵 오셨수꽈? 나물 다 팔앙 오셨수꽈?

춘희 (고개만 끄덕이고, 담담히) 오늘은 장사가 잘된... 몇 바가지 안 남안.

옥동 (물 따라 춘희에게 먼저 주고, 자기 물을 따르는)

호식, 인권 (옥동과 춘희에게, 인사하며) 어떵 오셨수꽈?

춘희, 옥동 (고개만 끄덕여, 인사를 받는)

호식 (동석에게) 야, 넌 어떵 오셨는디, 인사도 안 하맨?

동석 (밥만 먹는, 인권에게, 투박하게) 머릿고기 좀.

인권 꼴통, (머릿고기를 썰며, 동석 보며) 야, 동네 너 소문 파다하게 난 거 알암서?

동석 (밥을 먹으며, 뭔 소리야 싶게 보는, 짜증 난) ?

호식 (자리에 앉아) 너, 어떤 여자랑 저 윗오름 목장 근처서 집 짓는다며?

춘희, 옥동 (밥이 나오면, 먹는)

인권 (동석에게) 그 여자, 물에 빠져 죽을라고 한 여자랜 허던디?

호식 (동석에게) 야, 자식아, 그런 여잘 뭐 하러 만나맨? 너 여자한테 관심 있음 이 형한테 말허라, 내가 다른 좋은 여자로 소개시켜주켜.

동석 (수저 탁 놓고, 기분 상하는, 꼬나보며, 너무 거칠지 않게) 좋은 여자 있음, 형이 가지지, 뭘 나까지 줘?

호식 (동석 답답하게 보며, 퉁박에 화가 나는) 이 자식이.. (하는데, 춘희가 옆에서, 자기 팔꿈치를 잡는 걸, 느끼고, 춘희에게 알았단 뜻으로 고개 끄덕여주고, 동석에게, 짐짓 어른처럼) 너, 자식아... 형은 자식아, 너 생각해서, 말햄신디(말하는데) ..너, 형을 꼬나보면, 되냐? (진심, 인상 쓰며) 너 형 맘 몰라?

동석 (귀찮은) ..알아. 형님 맘. (화도 나는) 근데, 밥 좀 조용히 먹자게, 좀. 밥이 목구녕으로 들어감신지, 콧구녕으로 들어감신지, 알 수가 없다고, 내가.

호식 (옆에 김치단지에서 김치를 접시에 담아주며) 형 맘 알면, 된.

인권 (호식에게, 웃으며) 됐긴, 너 자이(쟤) 무섭지?

호식 (들켰다 싶어, 부러, 꼬나보는)

인권 (동석에게 머릿고기 주며) 먹으라.

춘희 (밥을 먹으며, 담담히, 동석 들으라고 하는 말) 어떤 여자라..

동석 (머릿고기 먹다, 어이없게 춘희 보면) ?

옥동 (밥은 안 먹고, 국물만 먹고, 담담한)

춘희	(동석 보며, 안 지고, 덤덤히 보며) 어른이 물으면, 말하면 되지게. 무사 빤히 보는디... 너 만나는 여자, 어떤 여자라?
인권	말해, 임마, 춘희삼춘 말씀하시는디, 대답을 않고.. 너 너네 누나 동이 물에 빠졌을 때, 춘희삼춘 아니어심 시신도 못 건져서.
동석	(춘희 말이라, 맘대로 성질도 못 내고, 화를 참다, 옥동을 보는데, 화가 그리로 뻗치는, 저렇게 상관없단 듯, 밥이나 먹는 옥동에게 화가 나는)

호식, 아줌마들도 걱정되는,

호식	(동석에게 조금 사근하게) 동석아.. 말씀드리라?!
옥동	(국그릇 주며, 아줌마1에게) 국물만 더 주라. 건더기는 필요 없쪄.
아줌마1	(재빠르게, 국그릇 받아, 국물을 주면)
옥동	(국그릇 받아, 국물만 먹는)
동석	(그 모습만 보는, 화를 참는)
춘희	(밥순갈 크게 먹으며, 아무렇지 않게) 전에도 만났던 여자라?
동석	..
춘희	(조금 큰 소리) 뭐 하맨, 대답 안 허고!
동석	(옥동만 보며, 화 참고) .네.
춘희	(다시, 담담히) 제주 여자라?
동석	(귀찮고, 옥동에게 화가 나지만, 참고, 거칠고, 투박한 말투, 그냥 더 묻지 못하게, 빠르게 말하는) 서울 여자우다. 결혼했다, 이혼했고, 다섯 살 난 남자애 하나 있고, 애는 아빠가 기르고, 난 그 여자랑 여기서 집 져 살림 차령 살고 싶어신디, (춘희 보며) 서울 가서 산다고 해서, 보낸마씸.
춘희	(담담히) 아주 헤어젼?
동석	(답답하지만, 차마 무시할 수 없어 말하는) 사람 일 모르니까, 오면 다시 만날 수도... 이제 궁금한 거 다 물으셨수꽈? 더는 한마디도 하기 싫은디?
춘희	(밥 먹으며, 고개 끄덕이는)
동석	(머릿고기 먹다가, 입맛 떨어져, 젓가락 내려놓고, 돈을 꺼내 놓고, 가는)
호식, 인권	야야, 밥 더 먹고 가라! 아, 자식, 성질머리..
호식	(가는 동석 보며) 쯔쯧.. (인권에게) 애들 집 얘긴 다시 하자이! (옥동 춘희에게) 식사들 합서, 전, 일 감수다. (하고, 가는)

춘희   (밥 먹으며, 옥동에게) ..그래도 여자도 만나네이?

옥동   (담담히, 고개 끄덕이는)

춘희   (밥 먹으며, 담담히) 이혼해도 괜찮지게? 동석이 나이가 이신디(있는데)? 애 이신(있는) 것도 (고개 끄덕이며) 괜찮아이?(괜찮아, 그지?)

옥동   (고개 끄덕이며, 먹으며, 편하게) 그럼.. 그럼..

씬9.   오일장, 동석의 트럭 앞, 낮.

동석, 담담히 발을 구르며, 박수를 치며, 옷을 파는, 손님들, 옷을 구경하는,
바깥 장사꾼들, 더러 일을 접는, 일이 끝나가는 풍경.
손님들, '얼마예요?' 하면, 손가락으로 다섯을 가리키는,
손님들, 돈을 한쪽 바구니에 넣고, 옷 들고, 가는,
그때, 옥동, 동석의 트럭 쪽으로 와서, 무심히, 옷을 들어 보는, 동석, 그런 옥동을 보는데 괜히 약이 오르는, 외면하는데, 화가 바짝바짝 오르는, 제 할 일만 하는, 옥동, 일바질 하나 사서, 들고, 돈 만 원을 꺼내, 바구니에 넣고 가는, 동석, 옥동이 돈 주는 것도 화가 나는, 열받는,

동석   (화 참고) 오천 원.

옥동   (가다, 보면)

동석   (바구니에서, 오천 원을 꺼내, 옥동에게로 가서, 손에 쥐여주고, 화나 꼬나 보듯 보며, 낮게) 한 장은 오천 원. 두 장은 만 원. 물건 사명(사면서), 값도 몰라? (하고, 다시 자리로 가서, 박수를 치며, 화 참고, 호객만 하는)

옥동   (그런 동석 보다, 동석이 손에 쥐여준 돈을 손의 느낌과 같이 주머니에 넣듯, 넣고, 제 자리로 가는)

동석   (답답한, 박수 치고, 호객하다, 갑자기, 다 그만두자 싶은) 다들 갑서! 오늘 장사 이디서 쫑! (혼잣말, 구시렁대는, 정리하며) 쌍, 성질나게.. 뭐야. 여적 만 데서 옷 사당.. 오늘따라 나한티 와서.. 사람 염장 지르는 것도 아니고.. (하고, 손님들 아랑곳 않고, 짐을 챙겨, 트럭에 마구 넣다가, 순간 일복 서너 개를 들어서, 옥동에게 가서, 그 옆에 던져놓는)

옥동, 춘희 (보면) ?

동석 (옥동 보며, 화 참고, 차분히) 그것 가져불고, 나 장사하는 디, 다신 오지 맙
서. (가려다, 순간, 뒤돌아 버럭) 내가! 내가!

* 점프컷 - 은희의 가게 》

은희, 영옥, 정준, 달이, 기준, 그 외 근처 사람들 모두 그 소리에 옥동 쪽 보
는,

동석 (옥동만 보며) 하영, 엄청, 참고 이신디, 건들지 맙... 서(존대로 하기 싫은)!
예? 예? 예?

춘희 (속상한, 옥동 생각에 맘 아픈) 에이, 미친놈아! 어디서, 어디서, 소릴 질럼
시니(지르냐)! 느 낳준 어멍한티, 어디서!

정준 (어느새, 뛰어와, 동석을 밀며, 속상해, 달래는) 형님, 가요.

옥동 (아무렇지도 않은 듯, 앞에 손님에게, 편안히) 나물 떨이, 이천 원만 줍서
양. (손님 달라고 하면, 봉지에 담는)

동석 (속상하고, 화도 나는, 맘 아픈, 춘희 보며) 나 낳아준 어멍이요?

춘희 그래, 느 낳아준 어멍! 느 어멍 아님 느가 이 세상 구경이나 해서!

정준, '형님, 형님' 하며 끌지만, 동석, 버티며,

동석 (속상해, 눈가 붉어, 소리치는) 나가 언제, 이 드런 세상 구경하고 싶다고,
낳아달랜 했수과! 나가, 언제?! 쌍!

춘희 (속상해, 소리치는) 어디서 쌍 소릴!

은희 (달려와) 어머니 참읍서.

춘희 (속상해, 말하는) 느 어멍 낼모레 죽어이!

동석 (화나 보고)

은희, 정준 (순간, 쿵 하는) ?

옥동 (주섬주섬, 물건만 챙기는)

춘희 (속상한) 느 어멍 죽으민, 땅 치고, 후회할 날 반드시 올 거여! 이 새끼! 나
쁜 새끼! 어디, 지 어멍한티! 눈알을 부라리멍(면서), 어디!

동석 (정준에게 끌려가며, 성질나 버럭대는, 어이없는) 인간은 다 언젠간 죽어

요! 뭐 울 작은어멍만 죽어마씸? 나도, 여깄는 사람 죄다 나중엔 언젠간 죽어요!?

은 희   (맘 아파, 강하게, 동석의 몸을 밀며, 속상해, 타이르는) 가라! 쫌! 짜샤! 진짜!

동 석   (맘 아픈, 옥동 보며) 나가예 작은어멍 돌아가심... 땅을 치고 후회해줄게! 그러니까, (속상해, 소리치는) 살아생전은 보지도 말고, 아는 척도 말자고! 예? 예? 예?

정 준   (안듯이, 끌고 가는, 맘 아픈) 형님, 형님..

동 석   (몸부리치며) 놔! (하고, 정준에게서 떨어져, 트럭으로 걸어가, 차에 타려 하면)

정 준   (동석을 밀치고, 자기가 운전석에 타는, 진지하게) 형님, 내가 할게요.

동 석   (한숨 쉬고, 가만, 허리에 손 올리고, 화를 참다가, 조수석에 타는)

정 준   (차 몰아 가고)

은 희   (그런 두 사람을 보다, 별이를 손짓해 부르고, 별이 보면, 오른 손가락을 두 개 올리고, 왼 손가락을 네 개 올리는, 아이스커피 네 개란 뜻이다)

별 이   (커피 준비하는)

* 점프컷 》
옥동, 춘희, 장사를 접으면, 은희, 별이, 냉커피를 두 개씩 들고 와, 옥동, 춘희에게 하나씩을 주는,

은 희   (옥동에게) 어머니, 어디 아팠수꽈?

옥 동   (고개 젓고, 커피 마시는)

은 희   (춘희 보는, 걱정스런)

춘 희   늙음 누구나 다 아프지게. (하고, 커피를 마시는)

은 희   (밝게) 난 또... 무슨 일 있는 줄 알고.. 어머니, 속탈 땐 원샷! (하고, 옥동, 춘희, 별이 잔에 짐짓 더 밝게 치는)

옥동(담담히), 춘희(속상한)   (담담히, 은희 잔에 자신들의 잔을 치고)

별 이   (옥동이 안된, 그래도 참고, 잔 치고)

네 사람, 벌컥벌컥, 냉커필 마시는, 옥동, 커피 마시다, 바깥 보며, 편하게 바

다를 보는, 자기도 모르게 눈가가 붉은, 별이, 상황을 대충 다 아는, 옥동의 손을 잡아주는, 속상한,

씬10. 폐가 밖, 낮.

정준, 동석의 트럭을 몰고 와 세우는, 동석, 답답하고 속상한 얼굴로 차에서 내려선, 저벅저벅 폐가(며칠이 지나, 이제 문짝은 페인트가 다 돼, 한쪽에 있고, 전체, 벽이며, 바닥 공간을 페인트칠하는 중이다)로 들어가는, 한쪽에 놓인 페인트통을 열고, 더운지, 옷을 벗고, 페인트칠을 하는, 정준, 차에서 내려, 동석의 하는 양을 보고, 같이 옆에서 페인트칠을 하는,

동 석 (일만 하며, 문득, 투박하게) 민선아야.

정 준 (일하며, 동석 보면) ?

동 석 (안 보고, 일만 하는) 해녀들이, 니가 구해준 여자.. 이름이 민선이라고. 예전에 어려서.. 잠깐 우리 동네 전학 와서 살던... 애. 좋아했었어.. 근데.. 이혼해서 여길 왔다드라고... 그러다 며칠 전에 다시 갔어...

정 준 (가만 듣다, 일하며, 편하게) 말하기 싫음 안 해도 돼요, 형님..

동 석 (일하다, 멈추고) 하고 싶어.

정 준 ?

동 석 (아무렇지 않게, 페인트칠하며) 너니까... 누굴 좋아하는 게 이런 건가.. 걔막 자랑하고 싶어. 걔 이쁘지? (하고, 씩 웃는)

정 준 (웃는 동석 때문에, 편해져, 웃고, 일하며) 이뻐요.

동 석 (웃고, 일하며) 나 이제 여기서 살까 봐. 이 집 고쳐갖고.

정 준 고치면 쓸 만하겠는데요.

동 석 너 여자 있어?

정 준 (작게 웃으며, 담백하게) 네.

동 석 영옥이? ..잤어?

정 준 (어색하게 웃으며) 아직.. (웃으며, 턱으로 동석을 가리키면)

동 석 (골똘히, 생각하는) 우린.... 엄청... 정신적인 관계야.

정 준 크크크크... (웃고, 페인트칠하는)

동 석　(웃고) 영옥이, 걔 좋은 애 같든데... 제주 여자처럼 생활력도 강해 보이고, 밝고, (페인트칠한 거 한쪽에 놓고, 망치를 들어, 부서진, 문을 두드리다가, 보며) 좋은 놈이 좋은 여잘 만났네.

정 준　(웃고)

동 석　근데.. (하고, 옆에 물병을 따 물 마시며, 조금 어색해, 불편한 듯) 난 나쁜 놈인데, 나쁜 놈도 좋은 여잘 만날 수.. 있나?

정 준　아뇨.

동 석　(보면) ?

정 준　(편한 농담) 착한 여자 만날라면.. 형이 착해져야지. 엄청.

동 석　(굳은) 이게.. 귀엽다 귀엽다 하니까... 이젠 같이 놀자네, 이게. 죽을래? (하고, 피식 웃고, 일하며) 나쁜 놈도 착해질 수 있겠지?

정 준　진짜 그 여자 좋아하나 보네?

동 석　(일만 하며, 조금 쓸쓸한) 살고 싶어, 같이. 사람답게. 보고 싶다.

정 준　(동석 보며) 다시 온대요?

동 석　그런 말 확실히 안 했는데.. 난 기다려볼라고. 뭐 그냥 이렇게 사는 거나, 기다리는 거나... 별로 다를 것도 없고. 근데, 이상하게, 걜 기다리겠다 생각하니까, 뭔가 맘이 몽글몽글하면서 기분이 .괜찮아. 안 나빠. 이상하게.

정 준　형, 그게 있잖아요.

동 석　(보면)

정 준　사랑이란 거래.

동 석　니가 해봐서 아냐?

정 준　어.

동 석　낄낄낄.. (하고, 옆 페인트통에 담긴 붓을 정준 향해 툭 쳐, 튀기게 하고) ..일이나 해, 짜샤. (하고, 일하는)

정 준　(웃고, 페인트칠하는)

　　　두 사람, 일하는 모습 보여주고,

씬11.　해녀의 집 전경 + 안, 어두운 새벽.

춘희, 혜자, 달이 외 해녀들 옷을 갈아입고, 더러, 멀미약을 먹으라고 주고, 먹거나, 다른 약들을 챙겨 먹는,

혜자   (옷 갈아입으며 달이에게) 너도 태도 분명히 해라이. 이디서 물질하잰 하
       면(하려면). 나랑 다른 해녀삼춘들은, 영옥이 이디서 내쫓기로 다 합의 봔.
달이   ?
해녀1, 2   (옷 갈아입으며, 혜자 보며) 고만허라게.
해녀3   (해녀1, 2보며) 뭘 고만해! 우리 해녀는 모두 일심동첸디, 영옥이 가인.. 우
       린 아랑곳도 어신디(없는디), 지만 알고.
혜자   내 말이! (춘희 보며) 춘희삼춘, 오늘부터 우리들은.. 영옥이 근처에 아무도
       어실 거난(없을 거니) 그리 압서. 지금까지, 알게 모르게, 삼춘이 앞에서
       봐주고, 뒤에서 봐주고, 그래서, 영옥이가 이디서 물질 팬안히 했지만, 이
       젠 삼춘도.. 분명히 말합써. 영옥이 옆이(곁에) 오지 말랜예. 안 그럼 우리
       다 해녀질 파업할 거양. 둘만 반대하고, 나머진 죄다 내 말 따랑 그리 하기
       로 합의 봔마씸.
달이   (속상해, 춘희 보며) 왕삼춘...
혜자   (버럭) 무사, 왕삼춘을 불러!
해녀들   고만허라, 혜자 너도. 왕삼춘 계신디, 버럭버럭.. (하고, 모두, 춘희 보고)
달이   (서운하고, 속상해도, 지지 않는 눈빛으로 춘희를 보는)
춘희   (멀미약 먹고, 달이에게, 담담히) 영옥이, 편들고 싶음, 달이 느가 편들고
       챙겨주라게.
달이   (속상한) 왕삼춘..
춘희   가이, 지금처럼 물 무선 줄도 모르고 물질하면, 죽어이.. (해녀들 보며, 담
       담히) 느네들은 혜자 말대로, 영옥이 가이한티 이제부터 아무도 말 걸지
       도, 옆이(곁에) 이서(있어)주지도 말라이. 그러다 보면, 영옥이 가이도 지
       알앙, 지쳐 나가떨어지겠지게. (하고, 옷 입는)

그때, 말 끝나기 전에, 영옥, 들어와, 편하게, '늦었습니다, 죄송합니다!' 하
며, 옷 갈아입으려 하고, 해녀들, 다들, 나가는,

영옥   (춘희 보며) 삼춘, 잘 주무셨어요?

춘희	(말없이, 나가는)
영옥	(뭔가, 느낌이 이상한, 달이 보며) 뭔 일이야? 별나게 오늘 느낌이 쎄하다?
달이	(속상해, 눈가 붉어, 나가며) 해녀삼춘들이 언니 왕따 하래. 춘희삼춘도 편 안 들어줘. 속상하게.
영옥	(속상해도, 짐짓 아무렇지 않은 듯) 난 너만 있음 돼. 넌 나 왕따 안 할 거 잖아?
달이	(어이없게 보며) 참 속 편해. 나와. 제발 늦지 좀 말고! (하고, 나가는)
영옥	(가는 달이 보며, 옷 갈아입으며, 담담히) 참내, 돈 벌기 힘드네.

씬12. 바다, 정준의 배 안, 아침.

정준의 배, 와서, 서고,

＊ 점프컷 》
춘희와 다른 해녀, 바다로 뛰어드는, 달이, 물안경 쓰면,

기준	(바다로 들어가려는, 달이에게) 오늘 물질 끝나고, 제주시 나가자, 내가 핫 한 카페 알아뒀어!
달이	(좋은) 별이도?
기준	(어색한) 너.. 만.
달이	(맘에 안 드는) 웃기고 있네. (하고, 물에 들어가는)
영옥	(물안경 쓰고) 선장!
정준	(보면)
영옥	(윙크하고, 바다로 들어가는)
정준	(웃고)
혜자	(그런 둘을 보고, 맘에 안 드는, 마지막으로 바다로 뛰어드는)

그때, 영옥의 태왁에서 전화가 오고,

기준	(그걸 보고, 이상한, 정준에게 가서) 영옥누나 태왁에 또 전화 와! 매일 이

시간에 어김없이, 따릉따릉 전화벨... 진짜 이상하지 않아?

정준   (태왁 보고, 그러든지 말든지, 상관 않고, 배를 돌려 가는)

* 점프컷 – 바닷속 》

영옥, 혼자 수영해, 내려가는, 달이, 그 뒤를 따라가다, 전복 발견하고, 멈춰, 전복을 캐는,

* 점프컷 》

영옥, 혼자 물질하다, 전복이며, 성게를 발견하고, 재빠르게, 깊이, 내려가 전복을 캐는, 하나 캐고, 옆에 있는 조개 두어 개 더 줍고, 그러다, 올라가려는데, 옆에 다시 전복이 보이는, 숨이 찬, 더 캘까 하다, 그러면 힘들 건데, 생각하는, 쉽게 포기 못 하고, 그 전복을 노려만 보는데, 그때, 달이가 와서는, 영옥을, 툭 치고, 팔 잡고, 올라가려 하는, 영옥, 포기하고, 올라가는,

* 점프컷 – 수면 위 》

달이, 영옥, 수면 위로 나오고, 영옥, 태왁을 잡고, 숨을 고르는,

달이   (화내는) 그러다 죽어! 미쳤어! 춘희삼춘도 나도 몇 번을 말해, 전복 하나 캐고, 올라오고,

영옥   (힘들지만, 달이 말 대신하는) 전복 하나 캐고, 올라오고, 그래야지, 두 개씩 세 개씩 욕심내고 캐다, 죽어! 미쳤어!

달이   (어이없는) 알면서, 자꾸 욕심내냐?! 그러다 정말 큰일 나. 전복이 중하냐? 목숨이 중하지! 한 번만 더 그래! 나도 혜자삼춘 편들어서, 언니 물질 못 하게, 할 테니까! (하고, 물질하러 내려가는)

영옥   (웃고, 다시, 힘내서(정색하고), 물로 내려가는)

* 점프컷 – 바닷속 》

영옥, 진지하게 잠수를 하는,

씬13.   가파도 가는 배, 낮.

영옥(선글라스를 낀), 정준, 배에 타고 있는, 영옥, 핸드폰으로 노래
('bonfire' 같은... 우우우 하며 후렴구 있는 부분) 틀어놓고, 가사 보며, 과
장되게 립싱크를 하는, 그러며 정준 보고, 해보라고, 손짓, 눈짓하는, 정준,
그런 영옥 보며, 웃기기도 하고, 어색하기도 하지만, 핸드폰의 가사 보며,
립싱크를 따라 하는,
둘이, 서로 보며, 웃기기도 하고, 귀엽기도 한, 정준 옆에 캠핑 짐이 한가득
인,

씬14.   섬, 낮.

영옥, 정준, 자전거를 타고 달리기를 하는지, 정준, 먼저 반환점을 돌고,

정 준   일곱! (하고, 가는)
영 옥   (힘들지만, 악바리처럼, 섬을 돌며) 다섯! (하고, 죽어라, 정준 옆에 가며)
         선장은, 스무 바퀴! 난 열 바퀴다!
정 준   (옆에서, 달리며, 황당한) 누난 열 바퀴고, 난 열다섯!
영 옥   언제? 난 열 바퀴, 선장은 열여섯 바퀴!
정 준   무슨 말이에요, 아깐 분명히, 열 바퀴, 열다섯 바퀴라고 해놓고,
영 옥   알았어, 알았어, 난 열 바퀴, 선장은 열일곱 바퀴. 그럼 됐지?
정 준   (타다 멈추고, 장난, 삐진 듯) 나 안 타. (하고, 자전거에서 내려, 자전거 이
         고, 바다로 가는)
영 옥   (달리며, 좋은) 야, 선장 삐졌냐? 좋아 좋아! 선장은 열다섯, 난 열! 내가
         봐준다!
정 준   (좋은, 다시, 자전거를 타고, 마구 달려, 영옥을 따라잡는) 야호!
영 옥   (웃음 멈추고, 죽어라 따라잡는)

씬15.   바닷속 + 바닷가, 낮.

첨벙, 물에 빠지는 큰 소리가 나며, 영옥, 정준, 일상복 차림으로 물에 들어가, 둘이 누가 더 깊이 들어가는지, 내기하는 듯한, 둘이 마주 보고, 각자 코를 잡고, 시합을 하는,

영옥, 직선으로 가라앉는, 정준, 직선으로 내려가는,

둘 다 핸드폰을 비닐에 넣고, 서로에게 핸드폰을 보여주는, 핸드폰 타이머로 시간을 재는, 영옥, 정준 보며, 가만 웃으며 내려가고,

영옥, 더 깊이 내려가고, 정준, 참으려 해도 더는 숨이 가빠 못 참고(1분 30초쯤), 위로 올라가서, 숨을 고르고, 물 밖으로 나가, 앉는, 그리고, 시계를 보면, 2분이 넘는, 정준, 조금 긴장하며, '영옥누나! 내가 졌어, 나와요!' 하는, 그러나 영옥, 나오지 않고, 정준, 순간, 어두워지는, 재빠르게 일어나 다시, 바다로 뛰어드는데, 영옥, 밑에서 올라와,

영옥   (웃으며, 신난) 내가 이번엔 이겼지?! (핸드폰 보며) 내 기록은 2분 20초! 오늘 밥은 선장! (하고, 물 밖으로 걸어 나가는)

정준   (그런 영옥 보며, 어이없는)

* 점프컷 》

종업원, 배달통 들고 바닷가로 뛰어오는,

* 점프컷 》

정준이 준비한 작은 텐트와 이쁜 돗자리에 영옥, 정준, 둘이 앉아, 배달된, 짜장면과 탕수육을 배고파서, 허겁지겁 먹는,

정준, 탕수육 먹으려고 하면, 영옥, 그걸 뺏어 먹는,

정준, 영옥, 짜장면 그릇을 서로 뺏어 먹고, 그렇게 서로의 것을 뺏어 먹으며, 노는,

영옥   (먹다가, 멈추고, 아쉽단 듯) 아..

정준   (먹다가, 순간 옆에 런치 바구니를 열어, 와인을 꺼내는) 이거? (하고, 와인 병을 따는)

영옥   (입에 가득 음식 넣고, 좋은, 손을 내밀면)

| 정준 | (영옥의 손을 깍지 껴서, 잡는) 풀지 마. |

정준, 영옥, 손잡은 채, 다른 한 손으로 잔에 와인을 따라, 잔을 부딪히고, 술을 마시고, 한 손으로 음식 먹는,

＊ 점프컷 – 시간 경과 》
영옥, 정준, 캠핑 의자에 앉아, 서로 술을 잔에 따르고, 마시며, 바다를 보며,

정준	해녀 일 관두면 안 돼요?
영옥	(보고, 편하게) 왜, 혜자삼춘이 나 싫어해서?
정준	(보며, 담백하게) 네.
영옥	(편하게) 안 돼. 난 제주도도 바다도 물질도 너무 좋아.
정준	(편하게) 바다가 왜 그렇게 좋아요?
영옥	(바다 보며) 바다에 들어가면, 오롯이 나 혼잔 거 같은 느낌이 좋아. 걸리적거리는 거 없이. 바다와 나. 전복과 나. 미역과 나. (술 마시고) 그 심플함이 좋아.
정준	그럼.. 바다에서 욕심 좀.. 덜 내든가.
영옥	(정준 보며) 안 돼. 돈 필요해. 것도 아주 많이.
정준	(눈 보며, 편안하게) 필요하면 내가 돈 줄 수 있는데..
영옥	(가만 정준의 눈 보며, 어이없단 듯) 야, 선장. 남녀 사이에 돈거래는 안 하는 거야. 내가 누나로서 말하는데, 나중에라도 만난 지 1년도 안 된 여자가 돈 달라 그럼, 절대 그 관계 유지하면 안 돼. 뒤도 돌아보지 말고, 끊어! 참고로, 난 선장이 돈 빌려달라 그럼, 지금 이 자리에서도 당장 끝낼 수 있어. 딱! 확! (하고, 술 마시는)
정준	(웃고, 술 마시는)
영옥	근데, 난 해녀삼춘들 진짜 이해가 안 가. 나보곤 바다에선 절대 욕심내지 마라, 매일 훈계하면서, 자기들은 욕심 사납게 전복 포인트 지들끼리만 알고, 절대 나한테 안 가르쳐주고, 그게 뭐야? 짜증 나. 말로는 해녀는 일심동체라면서, 나만 쏙 빼고, 내가 육지 사람이라고 텃세나 부리고,
정준	(가만 영옥을 보며) 해녀 일 계속할 거면, 나랑 하나만 약속해요.

영옥	(보면) ?
정준	(영옥의 얼굴을 가만 보며) 절대.. 바다에선 혼자 있지 않기. 춘희삼춘 곁에, 해녀들 곁에, 있기.
영옥	난 혼자가 좋은데.
정준	(눈 보며, 진지하게) 안 돼요. 바다에선 해녀삼춘들이 춘희삼춘이 법이고, 왕이에요. 바닷속에 들어가면, 내가 영옥누날 아무리 사랑해도, 위험한 순간에 도와줄 수 없다고요. 해녀들이랑, 춘희삼춘밖엔. 그러니까, 다른 건 몰라도, 반드시, 그건 약속해요.
영옥	(정준의 눈가만 보며, 작게 웃는)
정준	왜 대답 안 해요?
영옥	(정준의 진심이 느껴지는, 따뜻하게 웃으며) 너 (작게 정준의 귀에 대고) 지금 나 사랑한댔지? 얼결에 고백, 맞지?
정준	(보는) ..
영옥	(술 마시며) 물러줘? 안 들은 걸로 할까?
정준	(담담히) 아뇨. 어차피 할라 그랬어요. (하고, 술 마시는)
영옥	(웃고, 술 마저 마시고, 시계 보다, 놀라) 어머, 뱃시간이다!
정준	(시계 보고) 아.. 뜰까?
영옥	(바다 보고, 술 마시며) 에이.. 뭘 그렇게까지.. (하고, 정준 보며, 정색) 뜰.. 까?
정준	(어색한, 멀리 민박집 보며, 수줍은 맘 숨기듯) 에이.. 뭘, 꼭 그렇게까지...
영옥, 정준	(서로 웃고, 잔 부딪히고, 술 마시는)

그때, 바닥에 둔 영옥의 핸드폰에서 전화가 오는,
정준, 보면, 번호만 있는, 발신자 이름은 없는,
영옥, 전화기 들어, 끄는,

정준	(뭔가, 좀 이상하지만, 짐짓 편하게) 왜, 받지?
영옥	(편하게) 방해꾼이야. (하고, 노을 보며, 멈추는, 감탄) 와, 노을이다. (하고, 정준 어깨에 기대는)
정준	(영옥의 어깨를 안으며, 기댄 영옥 이마에 입맞추고, 편하게, 노을을 보는)

씬16. 민박집 안, 밤.

정준, 주방 쪽 테이블에서 소주를 마시며, 욕실 쪽을 보는, 설레고, 어색한,
영옥이 씻는 소리가 나는, 정준, 어색해져, 핸드폰으로 음악을 틀고, 괜히,
주변을 어슬렁거리며, 창가 풍경을 보고, 술을 마시는, 잠시 후, 영옥, 씻은
모습으로 어색하게 나와, 차마 수줍어 못 보고, 그래도 짐짓 아무렇지 않
은 듯,

영옥   선장도 ..씻어. (하며, 서서, 괜히 맥주를 마시는)
정준   (어색한, 수줍은) 네. (하며, 일어나, 욕실로 들어가는)
영옥   (자리에 앉아, 어색해, 크게 한숨을 쉬고, 다시 맥주를 따라 마시고, 시계
        보면, 열두 시가 다 된, 긴장돼, 후후 심호흡하고, 다시 술을 마시는)

        * 점프컷 – 욕실 》
        정준, 샤워하는, 설레서, 후후, 크게 한숨을 쉬고, 뺨을 치고, 계속 머릴 박
        박 감는,

        * 점프컷 – 주방, 시간 경과 》
        영옥, 정준, 서로 잔을 부딪히며, 술을 마시는,

영옥   (조금 취한) 그럼 오늘은 합의 본 거야, 우리 아무 일 없이, 그냥 술만 마시
        는 걸로.
정준   (조금 취한, 많이 취한 건 아니다, 서운하지만, 담백하게) 네.
영옥   술 먹고 그러면,
정준   (다시 잔을 부딪히며, 담백하게) 우리 사랑이 모두, 전부, 싹 다 술기운이
        되니까,
영옥   아침에 일어나 내가 전날 무슨 행동을 했는지... 선장이 나한테 무슨 말을
        했는지 그딴 것도 기억 못 하게 되는 건, 완전, 테러블.
정준   그러니까, 오늘은 깔끔하게 그냥 술만.
영옥   잘 맞아. (하고, 술 먹고)

정준	천생연분이야. (하고, 술 먹고)
영옥	(웃으며) 근데 씻으러 들어갈 땐 멀쩡하드니, 왜 나올 땐 취해서 나왔어? 나야, 선장 들어가고 계속 마셔서 그렇지만?
정준	(슬픈 듯, 담백하게) 그게.. 내가 누나 씻을 때 좀 어색해서 술을 마셨는데.. 샤워하는데, 막 술기운이 올라와서.. 술 깰라고 막 뺨을 치고, 찬물로 샤월 해도, 계속 술기운이..
영옥	(웃긴, 푸하하하 웃는)
정준	웃겨요? .난 슬퍼요. (하고, 술을 마시고) 근데, 내가 앞으로 어떻게 해줬으면 좋겠어요?
영옥	(정준의 눈 보며) 사귀고 나서, 누나에서 야! 라고 호칭 바꾸지 마. 존중 없는 관계 딱 싫어.
정준	(고개 끄덕이고) 또?
영옥	잘해줄 생각 말고, 싫다는 짓 하지 마. 또 그리고, 계속 지금처럼 순수하기! 쭉!
정준	누난, 딴 남자 만나지 마.
영옥	오케이.
정준	담배 피지 마. 건강 해쳐.
영옥	지금도 안 펴.
정준	술은 나랑만 마시고, 취해.
영옥	너도.
정준	당근.
영옥	그리고 젤 중요한 거, (강조) 심각해지지 마. 지금처럼 늘 밝고, 재밌게 만나.
정준	재밌는 거 나도 좋아. (하고, 다시 영옥과 잔을 부딪고, 술 마시고, 다시 영옥 따뜻하게 보며, 편하게) 근데, 부모님 얘길.. 왜 통 안 해요?
영옥	(정준 보며, 생각하는 듯한, 어둡지 않은, 그리운 미소도 슬쩍 나는) 우리 부모님?.. 음.. 우리 부모님은.. 두 분 다 화가셨어. 아니 화가셨대. (창가 보며, 그리운 듯, 작게 웃음 띠고) 그림을 본 적은 없어. 커서, 말로만 들었지. 그림 보면, 또 그리고 싶어질까 봐...
정준	?
영옥	내가.. 재앙(영희 얘기)이가... 태어나자마자.. 마당에 불을 피우고, 한 트럭

도 넘는 그림들을 다 활활 태워버리셨대.

정준 　 .. (무심히, 잘못 들었나 싶은) 재앙이?

영옥 　 (말하기 싫은, 대뜸 일어나) 나 화장실. (하고, 가는)

정준 　 (가는 영옥 보다, 술 마시는데 테이블에 놓인 영옥의 핸드폰에서 다시 아까와 같은 번호가 뜨며, 전화가 오는, 그걸 가만 보다, 술을 따르려는데, 없는, 일어나, 냉장고로 가려다가, 영옥의 전화기를 떨어뜨리는, 그 충격으로 핸드폰이 켜지는, 그것 모르고, 냉장고에서 술을 하나 더 꺼내, 자리로 오다가, 바닥에 떨어져, 켜진, 핸드폰을 보는, 그걸 들어서 테이블에 올려놓으려다가, 전화기가 켜진 것을 보는, 왜 켜진 전화기에서 말이 없지 싶은, 꺼지겠지 하다가, 핸드폰에 통화 시간이 흘러가는 게 보이는, 화장실 쪽 보는데, 영옥이 안 나오는, 조금 긴장되는, 조심스레, 짐짓 담담히 받으며) 여보세요? ...영옥이 누나 지금 자리에 없는데... 실례지만.. 누구세요?

하는 데서 엔딩.

12부 ——————— 미란과 은희 1

안 어울려? 우리가? 우리 엄청 잘 어울려?
공주 옆엔 무수리!
더없이 딱이라! 우리는!

씬1.　　민박집 안, 밤(엔딩씬 연결).

정준　　(핸드폰 화면에 통화 시간이 흘러가는 게 보이는, 화장실 쪽 보는데, 영옥이 안 나오는, 조금 긴장되는, 조심스레, 짐짓 담담히 받으며) 여보세요? ...영옥이 누나 지금 자리에 없는데... 실례지만.. 누구세요?

영희　　....

정준　　(이상한, 조금 조심스런) 여보세요? ..여보세요? (하고, 다시 전화가 끊겼나 싶어, 핸드폰 보고) 여보세요?

　　　　　그때, 어느새 화장실에서 나온 영옥, 정준에게서 전화기를 뺏는, 너무 사납거나 무거운 건 아닌, 담담한,

정준　　(영옥을 보는) ?

영옥　　(전화 받으며, 거실 유리문을 열고 마당으로 나가며, 일상적으로 그러나 약간은 딱딱하게) 왜, 또 이 밤에? (마당으로 나가, 마당 한쪽에 놓인 의자에 앉아, 담담히) 피곤한데 왜 잠이 안 와? (사이, 어이없는, 편한) 또또 구라 친다. 니가 무슨 그림을 얼마나 그린다고... 피곤해? (한참 영희 얘길 답답하게 듣는) 그럼 믿기냐? 니가 그림을 그린다는 게.. 알았어, 알았어. 그래 그래, 너 화가다! 뭐.. (어이없이 웃긴, 편하게) 알았어, 작가 해. 그래, 작가 해. (하고, 거실 쪽 정준 보며) ...남자친구. (답답한, 애써 담담하게 툭툭) 철웅인 헤어졌거든. 백만 번은 더 말했다.

정준   (거실 쪽에서 영옥 보는, 누군가 싶어, 조금은 걱정되는) ...

영옥   (다시, 정준 안 보고, 앞 보며, 담담히) 야, 너 하품한다. 자. 이제, 그만.

그때, 정준, 맥주 두 병을 가지고 나와 영옥 옆의 의자에 앉는,

영옥   (정준 안 보고, 일상적으로 말하는, 좀 답답한, 조금은 귀찮지만, 달래려는 맘, 그러나 너무 무겁지 않게 담백하게) 알았어, 갈게, 다음 달엔.. 그래.. 간 다고.. 약속, 그래... 약속. ..잘 자. (하고, 전화 끊는)

정준   (맥주 한 병을 영옥에게 주고, 담백하게, 무겁지 않게) 누.. 구?

영옥   (하늘 보며, 못 들은 척하는, 그닥 불편하지 않은) ...

정준   ...

영옥   나에 대해 떠도는 무수한 소문들.. 내 전화가 어디서 오나 궁금해하는 사람들 많은 거 나도 알지. 남잘 거다부터 시작해, 육지에 두고 온 애길 거다 까지..

정준   (가만 따뜻하게 보는, 영옥의 말 어떤 것도 믿어주겠단 맘이다)

영옥   (정준을 따뜻하게 보며, 담백하게) 둘 다 아냐.

정준   (영옥을 보는) ..

영옥   (가만 보는)

정준   (자신의 맥주병을 영옥의 맥주병에 치고, 담백하게, 짐짓 밝고 호기롭게) 그럼 됐어, 끝! 그거 아니면, 이제부턴 그 어떤 것도 다 받아. (손가락을 꼽으며, 조금 장난스레, 가볍게, 강조하는) 속 썩이는 부모, 형제, 친척, 질척이는 전 남친, 스토커, 빚쟁이, 싹 다 받아, 내가 처리해. 누난 내 여자니까. (하고, 맥주를 마시는)

영옥   (그런 정준 보고, 이쁘게 보며, 작게 웃으며) 어쩜 그렇게 귀여? (하고, 하늘 보다, 문득, 안 웃고) 어머.. 근데 나. 술 깼다..

정준   (맥주 마시다, 병 놓고, 빠르게 거실로 들어가는)

영옥   (가는 정준 보는) ?

정준   (거실 안쪽에서, 영옥 보고, 어색한) ...나도 술 깨서.. 이불.. 펼라고... (하고, 가다, 돌아서서, 영옥 보며, 어색한) 근데, 방 하난 거 알죠? (하는데, 영옥이 보면, 그냥 수줍어 돌아서서 가는)

영옥   (작게 웃고, 하늘을 보는, 조금은 영희 생각에 불편한, 그러나 다음 달에

가면 되지 싶어, 그닥 무겁지 않은)

씬2.   바다, 정준의 배 안, 다른 날 아침.

정준, 기준, 해녀들이 물질하게 데려다 놓고, 철수하는, 정준, 배를 좀 급하
게 운전하며, 신난 듯한, 음악을 크게 틀고 과장되게 립싱크를 하는, 배를
급하게 운전해, 출렁대는,

기준   (휘청대며) 배를 왜 이렇게 몰아! 거칠게! 대체 혼자, 뭐가 그렇게 신났어?!
정준   (운전해 가며, 웃으며, 버럭대는) 안 신났는데?!
기준   (어이없는) 가파도 놀러 가서, 둘이 잤지?
정준   (웃으며, 운전해 가는)
기준   (어이없는) 잤구나? 둘이? 잤네, 이게!
정준   (멀리, 신축 빌라 같은 걸 턱으로 가리키며) 기준아, 나 저거 살라고!
기준   (놀라, 턱으로 가리킨 빌라를 보며) 저걸?
정준   (앞만 보며) 결혼 준비해야지, 형도.. 은행 대출 받을 거야.
기준   나도 사줘!
정준   말 잘 들음.. 너 장가갈 때.
기준   (버럭, 좋은) 야, 우리 형이 나 집 사준댄다! (정준의 목을 안고, 뺨에 뽀뽀
       하며, 좋은) 이뻐! 이뻐! 이뻐!
정준   (웃고, 밀치며) 징그러! (하고, 떼어내고) 근데 넌 달이한테 언제 좋다 그럴
       거야?

씬3.   바닷속, 낮.

영옥, 한없이 잠수해 가는, 그러다, 전복을 따고, 올라가려다가, 소라 보고,
마저 주워 들고, 올라가는, 영옥, 수면으로 올라가면, 달이, 영옥을 스쳐 바
다 밑으로 내려가, 전복을 캐는,

* 점프컷 》

춘희, 전복 하나 캐고, 옆에 전복이 있지만, 담담히 보고, 그냥 수면 위로
올라가는, 혜자, 미역을 캐, 춘희 옆으로 가서, 같이 올라가는,

* 점프컷 》

춘희, 혜자 물 위로 올라와 숨비소리를 내는,

* 점프컷 - 수면 위, 춘희 혜자와 조금 멀리 떨어진 곳 》

영옥, 수면 위로 나와, 숨비소리 아닌 그냥 숨을 토해내며, 숨비소리 내고
들어가는 춘희 혜자 보며,

영옥　(부럽고, 자신은 못해서, 답답한) 대체, 저 숨비소리는 어떻게 내는 거야..
　　　저걸 할 줄 알면 물속에서 좀 더 오래 버틸 거 같은데.. (하고 다시, 물로 잠
　　　수하는)

* 점프컷 》

영옥, 깊이 잠수하며, 물건들을 찾는, 그러나 없는, 다시, 깊이, 더 잠수하
는, 그러다, 미역과 수초들 사이에 전복을 보고, 캐는데, 잘 안 캐지는, 힘
을 쓰며, 전복을 간신히 캐고, 그 옆의 전복도, 힘을 쓰며, 인상을 찡그리고
숨을 참으며 캐는, 그때 전복 캐는 도구가 부러지는, 답답한, 다시, 부러진
도구를 집어 고개 들어 수면을 확인한 후(수면 위를 보려, 고개 들면, 햇살
이 희미하게 비치는, 깊은 바닷속), 전복을 마저 캐는 데 성공하는, 이제 됐
다 싶은, 그걸 들고 올라가는데, 순간, 위로 못 올라가는, 고개 돌려 아랫
보면, 미역이 발목을 칭칭 휘감은, 영옥, 순간 당황해, 다릴 흔들지만, 그럴
수록, 미역과 해초가 휘감기는, 영옥, 놀라, 전복 버리고, 발버둥을 쳐, 벗어
나려 하지만, 안 되는,
그때, 달이, 아래에서 성게를 따서 손에 들고 올라오다, 영옥을 보고, 놀란,
그러나 숨이 차, 도와줄 수도 없는 상황, 울 것 같은 얼굴로, 성게 버리고,
급하게 수면 위로 올라가는,

* 점프컷 》

달이, 수면 위로 나와,

달이   (숨 토하고, 울 것 같은) 도와주세요! 도와주세요! 삼촌들! 영옥이 언니가 미역에 다리가 감겼어요!

    * 점프컷 》
혜자와 그 옆의 다른 해녀 두엇, 바다에서 캐 온 물건들을 망사리에 넣다가, 달이를 보고, 놀라, 빠르게 수면 아래로 내려가는, 달이도 물속으로 내려가는,

    * 점프컷 》
지나가던 배선장의 배가 달이의 소릴 듣고, 배를 멈추고, 보는, 뭔가 싶은,

    * 점프컷 - 바닷속 》
영옥, 죽을힘을 다해, 발버둥 치지만, 숨을 못 참고, 물을 마시는,
그때, 춘희, 영옥에게로 와서 낫으로 미역을 베는,
혜자와 달이, 다른 해녀들, 수영해 내려오고,
혜자, 춘희 도와 낫으로 미역을 베는,
달이, 다른 해녀들, 영옥을 잡고, 급하게, 수면 위로 올리는,
혜자, 수면 위로 올라가려는데, 미역에 감기고, 춘희, 힘들어도 담담히, 그 미역을 다시, 낫으로 자르는, 그리곤, 두 사람 유유히 수면 위로 올라가는, 힘든,

달이   (E) 배선장님, 배 좀 태워주세요! 해녀가 물에 빠졌어요!

씬4.   정치망 작업장, 낮.

    정준, 기준, 다른 어부들과 열심히 땀 흘리며, 정치망을 걷어 올리는,

씬5. 해녀의 집 앞, 낮.

영옥, 한쪽 귀퉁이에 앉아, 구토하고, 달이, 별이, 그 옆에서 걱정스레 영옥
의 등을 쓸어주고, 물을 주고 하는데, 그 앞으로, 갑자기 바닷물건 든 망사
리가 던져지는,
영옥, 달이, 별이 놀라 보면, 해녀들, 저마다 들고 온 망사리를 영옥 앞에
던지며,

해녀1 (화나, 소리치는) 내 물건, 싹 다 너 가지라이! (하고, 해녀의 집으로 들어
가는)

영옥(참담한), 달이(속상해, 눈물 그렁한), 별이 (맘 아픈) ..
해녀2, 3 (다들 화나, 망사리를 영옥 앞에 던지며) 내 것도 다 가지라게!
혜 자 (화나, 와서는, 망사리 두 개 던지며) 이거 내 꺼, (다른 망사리 하나를 던
지며) 이거는, 춘희삼춘 꺼! 다 가지라, 니년이! 물건 너 다 주난, 좋으냐? 좋
으냐?! 춤말로! (해녀의 집 들어가려다, 다시 와, 버럭대는) 너 대체 뭐 하
는 년이라! 무사 육지서 이디 왕 우릴 괴롭히는디! 이 나쁜년아! 너 땜에
오늘 해녀들 네 시간 물질해야 하는디, 한 시간도 못 허고, 일 접고, 이게
뭐라?!

그때, 주변의 다른 해녀, 혜자를 말리며, 해녀의 집으로 몰면서,

다른 해녀 상종 말라, 상종 말라!
혜 자 (몸부림치며, 버럭, 속상한) 나도 춘희삼춘도, 죽을 뻔했쪄! (해녀들에게)
춘희삼춘이 힘 있어 보여도 나이가 칠십이 넘언! 춘희삼춘이 저거 살린댄,
숨을 참고 또 참고이! 그러다 돌아가심, 누가 책임질 거라! (영옥 보며, 버
럭) 너가 책임질 거라? 책임짐 어떵 책임질 거라!
해 녀1 (해녀의 집에서 나오며, 속상한, 버럭) 춘희삼춘이, 영옥이 너 들어오랜! 혜
자 너도, 들어오라!
영 옥 (속상한, 눈가 붉어, 이 앙다물고, 처지지 않게, 벌떡 일어나 들어가는)
달 이 (속상하지만, 벌떡 일어나, 들어가는)

해녀들	(혜자에게) 들어가라이, 들어가라이.
혜자	(가는 영옥 달이 보고) 나쁜 년.. 사람 생으로 잡아먹을 년. (하고, 몸부림 쳐, 해녀들 떼어내고, 들어가는)

씬6.   해녀의 집 안, 낮.

영옥, 달이, 춘희 앞에 무릎을 꿇고 앉아 있고, 춘희, 옷 갈아입는(팔뚝 밑에 일심(一心)이라고 쓴 문신이 보이는), 다른 해녀들, 옷을 갈아입는,

혜자	(옷 갈아입으며, 화나, 말하는) 나는 저거이 이디 이시면(있으면), 낼부터 물질 안 와양, (하고, 영옥에게) 사람 죽게 만들어놓고도 미안하댄 말도, 살려줘신디 고맙댄 말도 안 하는 년, 이년 이거 뭐라 이거!
영옥	(참담하지만, 진심, 작게) 죄송합니다.
혜자	아가리 닥치라이! 죄송한 줄 아는 거이, 그 지랄을 해. (하고, 가는)
달이	(가는 혜자에게) 죄송해요..
혜자	(가다, 다시 영옥 보고, 버럭) 낼부터 나오지 말라! (하고, 다시 가는)
해녀1	(춘희에게) 나도 자이(쟤) 이심(있음) 물질 못 해양. (하고, 가는)
해녀2	(황당한, 화난) 우덜이 저거 땜에 무사 물질을 못 해?! 내쫓음, 그만이지게! 나는 물질할 거여! 자이(쟤) 내쫓고! (하고, 가는)
해녀3	(옷 갈아입는 춘희 보며) 나는, 무조건 삼춘 말씀 들을 거예, 어려서 내 목숨 살려준 게 삼춘인디, 무조건 삼춘 말씀 들을 거양. (하고, 물을 따라 춘희 주고, 달이에게) 넌 무사, 잘못도 어신디, 무릎을 꿇고 지랄이라. (하고, 가는)

다른 해녀들, 속상한, 화난, '삼춘 낼 봅서!' 하고, 다 가고,

춘희	(물을 마시고, 벽에 기대, 달이 보며) 가라.
달이	(울먹이며) 왕삼춘... 집에 모셔다.. 드릴게요.
영옥	(참담한, 그러나 처지지 않게, 차분한) 가. 내가 모셔다드릴게.
달이	(눈물 닦고, 나가는)

춘희   (영옥 보며, 힘들지만, 차분히, 그러나 처지지 않게, 영옥을 가만 보며) 너 낼부턴 물질 나오지 말라. 너 물질 나옴, 다른 해녀들, 다 물질 못 한다이.

영옥   (눈가 붉은, 진심) 잘못.. 했습니다. 왕삼춘.

춘희   (담담히, 힘든, 기운 없는) 죽음 잘못했댄 소리도 필요 어서. 옥동삼춘도 물질하는 딸을 바당서 잃었쪄. 혜자도 지 어멍을 바당서 잃고, 나도, 친구들 여럿 바당서 잃었쪄.

영옥   (맘 아픈, 진심, 잘못했다 생각이 드는, 눈물 나는, 닦는, 그러나 처지지 않는)

춘희   바당서.. 욕심 부림 죽어이. 너만 죽음 다행인디, 다 죽어.

영옥   (눈물 나는, 닦고) 죄송합니다, 다신 이런 일 없을 겁니다.

춘희   당연히 다신 그런 일이 없지게, ...느가 오늘 이디서 관둘 건디..

영옥   (맘 아픈, 미안한, 춘희 안 보고) 물질하고 싶어요... 제가 어떡하면, 다시 물질을 할 수 있는지.. 알려주세요, (보고) 왕삼춘.

춘희   (말꼬리 자르며, 힘든, 버럭) 느가, 누구 죽일라고 물질을 해! 이 미친 게... (답답한, 숨 고르고, 속상한) 해녀는 같이 죽고 같이 사는 일심동체랜, 나가 몇 번을 말해시니?! 오늘도 다른 해녀들 옆이(곁에) 어서시면(없었으면) 너 죽어서?! 같이 일하는 해녀 고마운 줄 모르고, 그저 전복 성게만 보민, 돈이다 싶엉... 죽는 줄도 모르고 물질을 허고.. 개 같은 게이.

영옥   잘못했습니다.

춘희   (화난, 답답한) 그 말을 어떵 믿을 거라?! 천지사방 거짓말을 하고 다니는 년을?

영옥   (말꼬리 자르며, 미안해도 담백하게) 거짓말한 적 없어요.

춘희   (말꼬리 자르며, 화난, 뭐 이런 게 있나 싶은, 답답한, 버럭) 무신 거짓말을 한 적이 어서?! (물 마시고, 숨 고르고, 속상한) 삼자대면해이! 부모가 그림을 그린댄 했당(그린다고 했다가), 동대문서 장살 한댄 했당, 이 말 했다 저 말 했당, 대체 느 부모는 죽어서, 살아서?

영옥   (맘 아프지만, 담백하게) 돌아가셨어요. 저 열두 살 때.

춘희   (순간, 멍한) ...?!

영옥   (참담하지만, 사실대로 말하는, 안 보고, 왜 이런 것까지 설명해야 되나 속상한, 억울하기도 한) 원래는 화가셨는데, 살림이 어려워.. 동대문에서 두 분이 옷 장사하시다 과로로 차 사고가 나서.. (보며, 맘 아프지만, 차분히 말하는) 다른 분들한테 돌아가셨다 말하지 않은 건, 아무도 지금 왕삼춘처럼 돌아가셨냐고는 묻지 않아서.. 묻지 않는데 굳이 말할 필요도 못 느껴서.. 부모 없이 자란 애란 소리도 듣고 싶지 않아서.. (맘 아파도, 오기 부리듯) 전 맹세코 단 한 번도 거짓말한 적 없어요. 묻는 말에만 대답한 거지.

춘희   (조금은 믿기는, 맘 아픈, 옆에 물을 마시고, 애써 담담히, 그러나 눈빛은 강하게, 대뜸) 너 육지에 남자 이시냐? 아니면 애가 이시냐?

영옥   남자도 애도 없어요.

춘희   (진지하고, 담담하게 보는) 느가 혼자면, 바당에서 무사 그리 욕심을 냄서? 그리고, 매일 전화 오는 가이는 누구라?

영옥   ...

춘희   .. (가만 보다) 말 안 할 거민, 낼부턴 나오지 말라. (하고, 일어나려 하면)

영옥   (맘 아픈) 걔는... 걔는...

춘희   (다시, 앉아, 보면)

영옥   저한테 하나뿐인.. (말하지만, 묵음 처리되는, 참담하고, 맘 아픈, 춘희 보며, 어렵지만, 사실대로 말하는) 제 장애인... 쌍둥이 동생이요.. 다운증후군이라고.. 말도 잘 못하고.. 지능이 일곱 살이에요.

춘희   (가만 듣는, 안쓰런, 맘 아픈, 그러나 처지지 않게 영옥의 눈을 가만 보며, 얘길 듣는)

영옥   (묵음 처리되는, 눈물을 흘리면서도, 담담히 말하는) 걔는 장애인 보호시설에 있는데, 걔한테 돈이 많이 들어가요.. 늘 아파서... 늘 돈이.. 하지만, 다신 물질.. 혼자서 그렇게 함부로 하지 않을게요. 다시 그러면 제가 제 발로 나갈게요. 받아주세요, 전 바다가 좋아요. 바다가 정말 좋아요..

영옥은 얘기하고, 춘희는 맘 아프게 안쓰럽고 사정이 답답한 영옥의 말을 듣고 있는, F. I.

자막 : 미란과 은희 1

씬7.   몽타주.

1, 서울 백화점 내, 피트니스 안, 낮.
경쾌한 음악이 크게 들리는,
미란, 땀을 흘리며, 의지를 내서, 음악을 들으며 열심히, 강사의 도움을 받아, 기구를 써가며, 웨이트 트레이닝을 하는, 그 옆에서 몸이 약한 남자, 혼자 누워 역기 들며 운동을 힘겹게 하며, 미란이 운동을 잘하는 걸, 부럽게 보는,

미 란   (그 남자 보고, 담백하게) 앞 보시고.. 다쳐요, 저 보시다.
약한 남자 (놀라, 역기를 놓쳐, 목이 눌려 캑캑대고)

주변 강사들, 약한 남자를 돕는,

미 란   (편하게) 거봐, 다쳤잖아. (하고, 다시, 운동에만 집중하는)

2, 백화점 내 등산용품 매장, 낮.
미란, 피팅룸에서 옷을 입고 나와, 한쪽에 있는 모자 코너로 가서, 모잘 써 보고, 거울 보며, 제 모습을 핸드폰으로 사진 찍으며, 주인에게,

미 란   나 괜찮아?
주 인   (웃으며) 고사장이야 뭘 입어도 옷발 나지. (눈치 보는 듯, 보며) 파리에 있는 딸내미는 몇 번째 남편 애야? 첫 번째? 두 번째? 세 번째?
미 란   (다른 점퍼를 바꿔 입으며, 대수롭지 않게, 주인 안 보고) 애가 대학 졸업인데, 첫 번째겠지, 이 년 살다 십 년 전에 헤어진 두 번째겠니, 삼 개월 살다 일 년 전에 헤어진 세 번째겠니? (하고, 거울 보고, 다시 거울 속에 비친 제 모습을 사진으로 찍는)
주 인   (편하게 웃고) 크크.. 아쉽다. 이 동네 고사장 있어야 재밌는데..
미 란   (다른 옷 고르며) 와이프한테나 잘해.
미 란   (웃으며, 차분히, E) 담 주는 말씀하신 목요일 저녁 6시로, 예약해드렸고요. 그리고,

3, 마사지숍(백화점 내에 있는), 카운터 앞, 낮.
손님1(여자, 한쪽 의자에 앉아 있는), 미란, 카운터에서 서서 컴퓨터로 예
약하며,

미 란   저는 그만둬도, (옆에 손실장님에게) 여기 우리 손실장님이 인수해 운영하
        실 거니까, 다른 데로 샵 옮기지 마시구요. 오늘은 특별히 제가 해드릴게
        요.
손님1   (서운한) 고사장님 때문에, 여기 오는 건데?
미 란   (웃고, 옆에 남직원1에게) 여기 장대표님 특실로 모셔요. (들어오는 손님에
        게, 밝은) 어서 오세요!

4, 마사지실 안, 낮.
손님1, 엎드려 누워 있고, 미란(유니폼 입고), 옆에 레인지에서 뜨거운 수
건을 꺼내, 털며 식혀서, 손님 등에 덮어주고, 등을 닦아주는데, 그 손길이
능숙하다, 이후, 베드에 올라가, 손에 오일 발라, 손님의 등을 마사지하는,
진지한,

미 란   (차분히, 걱정하는) 어깨가 너무 굳으셨네요..
손 님   근데, 파리는 딸내미 졸업 때문에 간다면서.. 갔다 오면 되지, 왜 샵까지 팔
        어.
미 란   (마사지만 하며, 열심히 마사지하며, 편안하게) 파리 가서 애 졸업식 보고,
        파리 남부에서 시작해 유럽, 남북미로.. 세계일주 할려고요. 우리 딸 소원
        이 세계일주 하는 거라서. 공부하느라 여행도 못 하고, 이제 석달 후, 로펌
        들어가면 또 일만 하니까.. 그사이에 같이 있어주려고요.
손 님   그럼 여행하고 오면 되지, 왜 샵을 그만둬?
미 란   이혼하고 애 아빠가 키워서.. 제가 딸한테 별로 해준 게 없는데 여기 샵 정
        리 안 하면, 가서도 신경 쓸 거 같고. 저도 이참에 좀 쉬고.
손 님   하긴, 자기도 늘 일만 했지, 쉬고도 싶겠다. 근데 언제 가?
미 란   (웃으며, 다시 마사지에 집중하는) 낼 밤 비행기요....

5, 백화점 내, 여행사 밖, 밤.

카메라, 창가로 보면, 미란, 직원에게 진지하게 상담을 받고, 카탈로그들을 챙겨 받고, 서로 인사하고, 나오는, 신나서 뛰어가는,
남직원, 나와서, 가는 미란에게 밝게 소리치는,

직원 고사장님, 아이슬랜드 오로라 보면, 동영상 찍어서 보내주세요!
미란 그래! (뒤돌아 대답하고, 뛰어가며, 다시 뒤돌아가는데, 신난)

6, 달리는 미란의 스포츠카 + 도로, 밤.
미란, 음악을 틀고, 바람을 맞으며, 노랠 부르며, 어깰 들썩이며 가는, 기분 좋은,
차 뒷좌석에 온갖 선물꾸러미가 가득한,

7, 고급아파트 전경 + 고급아파트 실내, 밤.
음악을 틀어놓고, 짐을 챙기는지, 온통 난리가 난, 앞의 손실장과 두 번째 남편이 짐을 싸주고 있는, 옆엔 포장된 음식과 맥주캔이 뒹구는, 기분 좋게 가끔 술을 마시며, 큰 이민 가방과 캐리어에 짐들을 챙기는, 거실 한쪽을 보면, 파리와 서울에서 찍은 미란과 지윤이 안고 찍은 사진(지윤이 어릴 때, 중학교, 고등학교 시절 사진이 시간별로 놓인)과 은희와 중학교, 고등학교, 성인 이후에 찍은 사진이 나란히 있는, 장난스럽게 찍은 사진과 껴안고 찍은 사진을 보면 친한 게 역력한, 미란, 방에서 옷들을 수북하게 챙겨 나오는,

전남편 (잘생긴, 건강한, 짐 챙기고, 와인 마시다, 미란 보며) 미란아, 야, 이민 가냐? 무슨 옷을 봄 여름 가을 겨울 사계절 옷을 다 들고 나와? 선물은 뭘 이렇게 많이 사고?!
미란 (옷을 정리해, 가방에 넣으며) 가는 나라마다 계절이 변하잖아, 사계절 옷 다 필요요, 선물 많이 산 건, 내 딸이니까. 이것도 내 눈엔 적어.
전남편 그저 딸내미라면 죽고 못 살지. 그저 딸딸딸.. (손실장에게) 나랑 살 때도 니네 사장이 늘 저렇게 딸딸딸 하다, 헤어진 거야.
미란 (어이없게 보며) 말은 제대로 해, 니가 내 돈 갖고 나 몰래 사업하고 말아 먹어 헤어진 거지, 우리가 무슨 내 딸 때문에 헤어지니.. 나쁜 놈아.

전남편	빚 갚았다.
미 란	덜 갚았다?
전남편	갚을 거다.
손실장	(웃으며) 그냥 둘이 보지 마요. 맨날 볼 때마다 다투면서.
미 란	(무시하고, 일하며, 전남편 보며, 걱정) 야, 너 주식 하는 건 니 마누라 아니?!
전남편	니가 말만 안 하면, 모를걸?
미 란	(걱정) 곧 헤어지겠네.. (그때, 전화 오고, 주머니에서, 핸드폰 꺼내 보며, 놀란 듯) 어머, 이런 니 마누라다.
전남편	(놀라, 전화기 뺏으려 하면)
미 란	(웃으며, 안 뺏기고) 내 전남편이야.
전남편	첫 번째, 세 번째?
미 란	(담백하게) 세 번짼 안 보거든. 두 번째 너도 안 봤어야 하는데. 첫 번째, 지윤이 아빠. (하고, 맥주를 한 병 들고, 베란다로 가서, 창문 열고, 전화 받는, 편하고, 경쾌하게) 어, 지윤아빠. 왜? ..나? 낼 떠날라고 짐 싸는 중, 근데 목소리가 왜 그래?

씬8. 제주 경매장 안, 아침.

갈치 상자, 바닥에 깔리고, 경매인, 경매 번호를 빠르게 까는,

＊ 점프컷 》

경매인	15번, 십팔만, 56번 이십만, (하며, 은희 옆의 중도매인 보고) 4번 이십일만. 4번 이십일만. (하며, 다른 중도매인들을 보는)

은희와 담당 중도매인, 긴장하는,

경매인	(다른 중도매인 보고) 91번, 이십일만 오천, 전량, 싹쓸이! (하며, 은희 옆의 담당 중도매인 보면)

중도매인   (답답하게, 은희 보고, 사지 말라고, 고개 젓고)
은희   (답답하게, 돌아서서 가는데, 그 모습 위로)
경매인   (E) 91번, 이십일만 오천, 전량, 싹쓸이! 낙찰! 다음 도미!

씬9.   대흥리 수협, 아침.

정준, 답답한, 수협 안에서 밖으로 나가며, 은희에게 전화하는,

정준   (답답한, 이런저런 생각으로 긴장한 느낌) 갈치, 고등어, 갑오징어, 은대구
         는 살 만큼 샀는데, 여기 대흥수협에서도 민어는 못 산마씸. 오늘은 민어
         배가 어업량이 적어서.. 돈이 있어도 물건이 없어요.

씬10.   서귀포매일시장, 은희의 가게 앞, 정준과 교차씬, 아침.

민군 양군, 생선을 진열하고, 바쁜, 은희, 답답한, 허리에 손을 얹고, 머릴
박박 긁으며, 정준과 핸드폰으로 전화하는,

은희   (답답한) 돌아버리겠네.. 마트 사장 민어 못 샀댄 하면, 지랄할 건디..
정준   (답답한, 걸어가며) 푸릉마트 사장, 이참에 정리해요. 누나가 민어 특판을
         하라고 한 것도 아니고, 지들이 괜히 민어 특판 한댄, 플랜카들 내걸고, 손
         님 호객해놓고, 괜히 우릴 닦달하고,
은희   (답답하지만) 너가 말하잰?
정준   (답답하지만, 진지하게) 내가 처리할게요. 일 보세요. (하고, 전화 끊는)
은희   (전화 끊는데, 전화 오는, 작은아버지라고 뜬 거 보고, 답답한, 앞에 손님
         보고) 죄송합니다, 나중에 옵서. 지금 장사 안 햄수다. (하고, 전화 보면, 작
         은아버지다, 답답하지만, 전화 안 받고, 옆에 두고, 생선 정리하며) 하르방
         진짜... 또 또 사람 잡네, 잡어. (하며, 일하는)

그때, 인권, 와서, 은희 핸드폰을 보고, 은희 주며,

인권	야, 전화 받아, 느네 작은아방?
은희	(전화기 뺏어, 한쪽에 놓고, 옆에 생선 상자를 정리하며) 너 할 말이나 하고 가라?
인권	(대뜸) 너 미란이 데리러 언제 가맨? (하고, 시계 보는)
은희	(짜증 나는, 제 문제가 아닌 미란이한테만 관심 있는 게 서운한, 옆 보면)
명보	(출근하는 상황, 언제 왔는지, 옆에서, 인권 턱으로 가리키며, 조금 조심스레(미란일 좋아해서)) 미란이 비행기 열한 시 도착이면, 지금 가야 되지 않나?

＊ 점프컷 – 앞에 다른 상점 》

성배	(앞에서 물건 정리하다) 은희야, 미란이 데리러 안 간?!
민군	(은희 보며) 근데 미란이가 누군데,
양군	왜 다들 미란이 미란이 그래요?
호식	(얼음 가지고, 은희네 가게로 오며, 짜증 내며) 무사 너네들까지 미란이 미란이 미란이야! (인권 명보 성배 보며) 새끼들.. 너네 죽은 어멍 아방을 그리 찾으라! 뭐, 여편네 이신 것들이... 미란일 찾고,
인권	나가 무슨 여편네가 이시냐, (손가락을 막 가리키며) 이것들이나 있지게?
호식	(얼음을 생선대 위에 놓으며) 입 닫으라! 은희가 뭐 미란이 꼬붕이라?! 미란이가 언제 오는지 궁금하면, 너네들이 미란이한티 직접 전화행 물어보면 되지게, 아침 식전부터, 장사하느라 바쁜 사람한티 미란이 미란이.. (하고, 앞치마 풀며, 웃옷 갈아입는 은희 보며, 화난 듯, 대뜸, 미란이 그리워서가 아니라, 미란이 귀찮은 듯) 그래서, 미란인 언제 오는디?
은희	(말꼬리 자르며, 호식을 치고 가는)
인권	야, 뛰라게! 새끼가 무수리 주제에 공주님 모시러 가면서 슬렁슬렁 걸어가고...
은희	(순간, 무수리란 말에 열받아 멈춰, 천천히 뒤돌아, 인권 꼬나보는) ?!
인권	야, 맞잖아, 미란인 공주님, 넌 무수리? 난 졸개, (옆의 명보 가리키며) 야 이도 졸개. (성배 턱으로 가리키며) 자이도 졸개! (하고, 호식 보면)
호식	(성질) 난 빼라게. (하고, 은희 보고, 답답한, 얼음을 생선대 위에 부리는)

성배, 명보 낄낄낄.

인권   (은희 보며) 공주님 안 다치게 중산간까지만 잘 모시라이, 이후는 내가 모
         시켜!

은희   (불편한, 참고, 가는)

씬11. 제주공항 터미널 주차장, 낮.

         은희, 땀을 흘리며, 힘겹게, 자기보다 큰 캐리어를 두어 개 들고 힘들어 뒤
         뚱뒤뚱 오고, 미란, 작은 캐리어를 들고 오는,

미란   (힘들게 가방 가지고 앞서가는 은희에게, 걱정) 야야, 은희야, 힘들어.. 같이
         들어!

은희   (힘들지만) 오라, 오라!

         은희, 트럭에 캐리어를 싣고, 미란이 들고 온, 캐리어를 받아, 트럭에 싣고,
         은희, 조수석 문을 열어주는,

미란   (눈가 붉어, 반갑고 짠해, 웃으며, 언니처럼) 아이고, 우리 은희.. 야, 한번 안
         자.

은희   (밝게 웃고) 생선 냄새 나는디?

미란   그래서? (하고, 팔 벌리면)

은희   (안는, 편안한) 에고.. 향수 냄새...

미란   (은희 모르게, 울컥하는, 꼭 안는, 은희가 든든하고, 엄마 같은, 몸을 떼어
         낼 땐, 울컥 안 한 척 밝은) 우리 본 게 삼 년 만인가?

은희   일 년 전 내가 서울 가서 너 봤! 너가 제주 온 게 삼 년 만이지게, 타자. (조
         수석 문 잡아주고, 편하게) 타시죠, 공주님.

미란   (웃고, 타면)

은희   (닫아주고, 운전석에 앉으며, 편하게) 더 이뻐졌다?

         미란 은희, 순간 어릴 적 의식인 듯, 각자 팔뚝을 엑스자로 교차하며, '의

리!' 하고 웃는, 이내 팔 풀고, 각자, 안전벨트 하는,

미란   (은희를 이쁘게, 그립게 보며, 머릴 흘트리며, 그립게 웃고) 보고 싶었다. 마
          이 베프.
은희   (밝게 웃고) 나도! (하고, 운전해 가는)
미란, 은희   (다시 서로 얼굴 보며, 장난스레) 의리!

씬12. 달리는 은희의 트럭 안 + 제주 시내, 낮.

음악이 흐르는,
미란, 트럭 밖으로 고개 내밀고, 제주 곳곳을 보는데, 제주가 많이 그리웠
던 듯한, 잠시 후, 그런 미란의 얼굴 위로,

은희   아이고, 이디도 서울에 있는 거 다 이신디, (룸미러로 트럭의 가방을 보며)
          무사 짐을... 저리 바리바리 힘들게..
미란   간만에 오는데, 동네 어른들도 계시고.. 어떻게 빈손으로 와, (은희 보며) 그
          래서, 넌 잘 지낸 거지?
은희   (그때, 거치대의 핸드폰 울리고, 화면에 작은아버지라고 뜨는) 아, 이 하르
          방, 진짜로..
미란   왜?
은희   우리 작은아방, 울 아방이 꿈에 나타낭 선산이 잘못 앉았댄 굿을 하랜 해
          신가 어째신가.. 돈 달라고 조석으로 전화를... 사람 머리 아프게.
미란   (어이없는, 은희 편드는) 니네 아방이 꿈에 나타나 그런 말 하시면, 당신 큰
          딸 은희가 먹고살라고 가랑이가 찢어진다고 못 한다고 하시거나, 아님 (눈
          뜨는 동작 하며) 눈을 이렇게 번쩍 떠 잠을 깨실 일이지, 쌍, 뭔 굿이야? 굿
          은?!
은희   (낄낄 웃으며) 야, 아무리 그래도 아흔 먹은 하르방한티 쌍이 뭐라?
미란   (정확히) 하르방한테 쌍이 아니라, 굿 소리에 쌍이야! (화난) 이런 전화 꺼
          버려, 확. (하고, 전화기 쳐, 확 끊어버리고) 크크크크.
은희   (어이없게 낄낄 웃고, 운전에 집중하며) 근데, 파리 가서 지윤이랑 세계일

주 간다매, 무사 이딜(여길) 완?

미란   (답답한, 속상한) 그게..

그때, 다시 거치대의 핸드폰 울리는, 화면에 정식이라고 뜨는,

은희   (거치대 보며) 야이야이야이(애애애) 또 지랄이네.
미란   (말하다 잘린 게 서운하지만, 그래도 핸드폰 보고) 정식인 왜 또?
은희   (운전해 가며, 답답한) 차 산다고 돈 달랜! 오 년 된 지 차가 똥차면 십 년 된 내 차는... 똥 아니고 오줌이라, 뭐라? 암튼 정신 못 차린다, 이거.
미란   (은희가 안된, 답답한) 진짜 다들 왜 널 못 잡아먹어, 그러니.. (은희의 전화기 화면을 터치해, 스피커폰으로 하고, 밝게, 자신을 멍하니 보는 은희에게, 윙크하며) 정식아, 나 누구게?
정식   (반가운, E) 어, 어, 미란이 누나?!
미란   (웃으며) 야, 너 은희 말 들으니까, 차 필요하다고?
정식   (E) 아니.. 그게... 아니고..
은희   (버럭) 그게 아니면, 내가 거짓말핸?!
미란   (참으라고 손짓 눈짓하고, 밝게) 정식아, 누나가 몰았던 차 있는데, 이번에 그게 리스가 끝나, 너 그거 가질래?
정식   (좋은, E) 지, 지, 진짜?
미란   내가 관리 잘해서 차 엄청 새 거고, 스포츠카야. 리스도 할 수 있고, 사도 안 비싸.
은희   (놀라 보며, 버럭) 야, 무슨 가이(개)가 스포츠칼 몰아?
미란   (작게, 은희의 손 잡고) 중고 중고.. 리스 리스... 싸, 싸. (통화하는) 그 대신 너 누나한테 돈 빌리는 건 안 돼. 리스든 사는 거든, 니가 해결?
정식   (상냥히, E) 알안, 알안! (하고, 은희에게, 화나듯) 은희누나, 들었지? 이제 누나 돈 필요 언! 미란이 누나가 우리 누나면 진짜 좋겠다.
은희   (짜증 나, 전화를 확 끊어버리는) 이게 진짜..
미란   (정식이 전화가 미란에게 오면, 끊고, 은희 보며) 정식인 아직도 애다, 야.
은희   (답답한, 짜증 나는, 버럭) 자식 둘 낳은 새끼가 여적 애면, 언제 어른 될 거니!
미란   (은희가 예민한 게 걱정되는) ?

은희 (참고, 운전하며, 백미러로 뒤의 차 보며, 답답한, 건성 묻는) 그래서, 아까 세계일주는 무사 못 갔다고이?

미란 (다시, 차분히 얘기하려 하는) 그게.. 지윤이가...

그때, 다시, 푸릉마트 사장 전화 오는,

은희 (답답한, 전화 받으며, 말하는) 정준이가 말한 대로 거래 끊음 되지게, 무사, 전화를 햄수꽈?

미란 (답답한, 은희가 피곤해 보여 안된)

은희 알았수다, 알았수다, 내가 곧 일 보고 그리로 갈게양. 예예, 갈게양. (하고, 전화 끊고, 백미러로 차만 주시하며, 건성, 미란에게) 말허라, 신경 쓰지 말고. 세계일주 지윤이 소원이라, 들어준다면서, 무사 안 간?

미란 (은희가 진지하게 들을 상황이 아니라, 말 안 하는) 그냥.... 내 일 때문에...

은희 (자기 옆을 빠르게 지나가는 차에게, 경적 울리며) 저게 매너 어시(없이). (운전에만 집중하며) 서양 애들은 졸업식을 엄청 중요시한다는디.. 친구들 쪽팔리게, 어멍이 안 가면 되냐? 너 일 그깟 게 뭐 중요하다고..

미란 (은희의 말이 맘에 걸려 서운하지만, 참자 싶은, 바다 쪽 보며, 애써 가볍게 말하지만, 서글픈) 그러게.. 그렇게 됐어..

은희 (운전하며, 미란 슬쩍 보고, 맘에 안 들어, 고개를 젓는)

씬13. 해안가 일각, 낮.

인권, 자동차 문을 열고 넥타이에 양복을 입고 서 있는, 시계 보고, 초조한,
그때, 은희의 트럭이 와서 서는, 인권, 은희의 트럭으로 얼른 와, 조수석 문 열면, 미란, 나오며, 반갑게,

미란 인권아! 너 할아버지 된다며, 축하해!

인권 고맙다, 미란아! (하고, 안고, 미란을 빙글빙글 돌리는)

그사이, 은희, 차에서 내려, 트럭에서, 힘들게, 가방 하날 꺼내, 인권의 차에
싣는,

은희   (캐리어 때문에, 힘든, 인권에게) 이 찬 뭐라?

인권   명보 차! 명보가 미란이 오는데, 일 때문에 못 오는 게 서운하댄, 이 차로
미란이 모시라고.

은희   (어이없는) 옷은 뭐라?

인권   야, 내 첫사랑 미란이가 삼 년 만에 오는디, 나가 작업복으로 맞을 순 없
지.

미란   (웃으며, 인권 뺨 톡톡 치며) 인권이밖에 없다?

인권   (웃으며, 조수석 열며, 미란에게, 웃으며) 나도 너밖에 없쪄!

은희   (어이없는)

미란   (타고, 은희 보며) 은희야, 어멍들한테 인사하고 전화할게. 저녁에 밥 먹자.

은희   회 떠놀게!

인권   (차 타고, 음악 틀고 가는)

미란   (가며, 차 창문으로 손 흔들며, 은희에게, 밝게) 저녁에 봐!

은희   (편하게) 그래! (하고, 손 흔들고, 손 내리는데, 순간 웃던 얼굴이 답답하고,
피곤해지는, 차에 타, 물을 마시고, 화를 참고, 담담한 얼굴로 운전해 가
며) 뼛속까지 이기적인 년, 이혼하고 딸도 남편이 키워신디, 지는 해준 것
도 어시, 두 번 세 번 결혼해 애한테 상처나 줬으면서... 애가 평생 한 번 소
원한 졸업식을.. 그걸 안 가고.. 뭐.. 일 때문에... 이디 놀러 올 시간은 있고..
애한틴 일 때문에 못 가는 건 뭐라.. 야, 이기적인 년....

씬14.   옥동의 집 안, 낮.

옥동, 춘희, 앉아 있고, 인권, 옆에 앉아 좋은, 미란, 가방에서 제과점 과자
며, 사탕, 홍삼 어른들 카디건 들을 잔뜩 꺼내는,

미란   (밝게, 옥동과 춘희에게 선물을 똑같이 나눠주며) 이건 청담동의 수제 과
자, 이건 내가 만든 사탕, 이건 엄마들, 몸보신하라고, 그리고 이건 가디건,

양말, 버선, 그리고 (봉투 두 개 꺼내며) 이건 엄마들 용돈.

인권　(좋은) 아이고, 잘한다, 잘한다, 잘한다, 우리 미란이!

옥동　(미안한) 아이고, 늙은 것들한티 인사만 와도 좋은디, (다시 봉투 미란에게 주며) 너 가지라.

인권　(돈 봉투 다시 옥동의 주머니에 넣어주며) 기냥 너둡서! 너둡서!

춘희　암 말 말고 받아이. (하고, 옆에 봉지 꾸러미 주며) 제주 고사리, 호박, 우엉 다 너 주젠, 봄에 말린 거라. 가방에 넣으라.

미란　(봉지 열고, 코 박고 냄새 맡으며, 눈가 붉어) 아, 엄마 냄새. (하고, 가방에 넣다, 천장 벽 쪽에 얼룩을 보며) 저건 뭐야?

씬15.　옥동의 지붕, 낮.

인권, 호식, 새 기와를 까는 듯, 땀 흘리며, 일하며, 냉커피와 전을 먹는,

춘희　(E, 걱정스런) 느가 무사 어멍 노릇을 못 해?

씬16.　옥동의 집 안, 낮.

춘희, 방 안에서 호박전이며 부추전을 부치고, 미란, 옥동의 무릎을 베고 누워 있고, 옥동은 미란이 머릴 넘겨주는, 한없이, 자애로운, 미란, 부침개를 누워서 먹으며, 말하는, 가끔 지붕에서 공사 소리가 작게 들리는,

춘희　(미란 보고, 걱정, 안된) 느가 지윤이 학비 다 대고, 지 사는 외국에 집까지 사주고이.. 이혼도 지 아방이 바람낭 한 건디, 느가 뭘 잘못한 게 있어서, 졸업식을 오지 말랜 하는디?

미란　(편하게, 부침개 먹으며) 지 새엄마가.. 지 가르치던 교수예요.

옥동　(미란의 머리 만지며) 잘 씹어이..

춘희　(미란이 한 말에 반응하는, 뭔 소린가, 잘 듣는) ?

미란　지 만나는 애인 소개시켜준 것도 지 새엄마고.. 그러니까, 그렇게 그렇게 다

아는 지들끼리 여행 가고 싶은 거지. 거기에 내가 끼어들려고 했던 거지. 이해는 가요. 근데, 왜 그걸 지 입으로 말하지, 왜 지 아빨 시켜서 하냐고, 내 말은.. (그러다 다시 이해되는) 내가 실망하는 게 싫었겠다? 생각해보니, 그러네! (옥동 보며) 애가 착하거든.

옥동 (머리 만져주며) 너 닮아심(닮았음) 그럴 거여,

춘희 (속상한) 앉앙, 먹으라게, 탈 난다이.

옥동 너 어멍 아방 오라방은 미국서 잘 살고이?

미란 엄청요. 우리 집은 나만 없음, 퍼펙트! (하고, 한쪽 벽에 붙여놓은 오래된 달력만 한 한글 공부 종이를 보는, 찢어진 걸 깨끗이 붙여놓은, 옥동 보며) 저거 내가 사준 건데, 삼 년 전에 여기 왔을 때.. 글자 다 배웠수콰?

춘희 (웃으며) 옥동언니가 머리가 좀 나쁘다게.

미란 (나무라듯, 춘희에게) 엄마!

옥동 (어색하게 웃고) 나가이 머리가 나뻐..

춘희, 미란, 옥동 (웃는)

춘희 (그때 문자 알림 소리 나고, 핸드폰 보면, 동영상이 온, 그걸 보고, 너무 좋아, 깔깔대고 웃는)

미란 왜 웃어?

옥동 (춘희의 핸드폰을 슬쩍 보고) 만수 애기. 은기. (하고, 핸드폰 뺏어, 미란 주는)

미란 (보는)

* 점프컷 – 동영상 》
만수와 은기가 즐겁고 익살스럽게 동요('멋쟁이 토마토', '작은 주전자' 같은) 부르는 장면이 보이는, 해선이 핸드폰으로 찍은,

* 점프컷 》

미란 (핸드폰 동영상 보며) 어머 머머.. 애 너무 귀엽다.

춘희 (좋지만, 싫은 척) 귀엽긴... 애물이지게!

옥동 (부럽고, 좋은, 미란에게) 만수가.. 올겨울이나 내년 초에 식솔들 데령, 이디 살러 온댄.

미란	(감격한, 좋은, 춘희 보며) 만수 새끼 정신 차렸구나! 아우, 우리 엄마 고생 끝이네, 이제!
춘희	고생 끝은 다시 시작이지게..
옥동	(춘희 보고, 툭 치는, 그런 말 하지 말란 뜻)
미란	(은기 보며, 밝게) 아우, 얘 너무 귀엽다! 깨물어주고 싶네.

그때, 호식과 인권의 말소리가 크게 들리는,

호식	(어이없단 듯, E) 미란이 가이가 뭐가 이뻐, 새끼야! 무사, 너가 미란이 이뻐 하면 너랑 살아줄까 봐?
인권	(황당해 일하며, 보며, E) 너는 무사, 맨날 미란일 못 잡아먹엉, 난리라?!
호식	(E) 저거이, 여시라!
춘희	(민망해) 무사 이것들이.. 밖에서.. (하고, 일어나려 하면)
미란	(춘희 잡고, 앉히며) 왜, 엄마, 재밌는데, 쉿! 저것들 뭐라는지, 들어보자. (하고, 옥동의 다리에 누워, 귀를 천장 쪽으로 여는)
춘희, 옥동	(좀 걱정스런, 귀를 천장에 대는)

씬17. 옥동의 지붕 위, 낮.

호식	(일하며) 어려서는 맨날 가방 들게 하고, 지금도 뼉하면 은희만 부려먹고. 오늘도 무사 은희가 장사하다 말고 공항까지 지를 데릴러 가야 하는디? 콜택시 타고 오면 되지게?
인권	(일하며) 야, 짜샤, 친구가 삼 년 만에 오는디, 어떵 택시를 타랜 하나? 차 도 이신디. 나가 짜샤, 은희면, 미란이 공항 마중이 아니라, 미란이 빤스 쪼 가리도 빨아준다, 짜샤. 은희가 미란이한티 받은 게 한두 개야? 한두 개냐 고?!
호식	(속상하고, 화나는, 말꼬리 자르며) 미란인 은희한티 받은 게 어서(없어)? 미란이, 부모 형제 전부 미국으로 이민 강, 미란이 세 번 결혼할 때마다 혼 수 준비에, 딸내미 산구완까지 은희가 이디 일 접고 서울 강 다 핸!
미란	(E, 버럭) 누가 뭐래?

인권, 호식 (놀라, 아랠 보면, 미란이가 있는) 힉!

＊ 점프컷 – 옥동의 마당 》

미란   다 들려. (호식에게, 답답한 듯) 시끄러! 지붕이나 고쳐! 은희랑 나랑은 한 몸이야. 아낌없이 서로 주고받고. 의리로 뭉친! 그런 우리 사이에 왜 맨날 니들이 끼어서 이간질하듯.. 말이 많아, 밥맛 없게! 일해! (하고, 들어가며, 친구들 늘 그렇지, 저러며 노는 거지 생각하며 웃는)

＊ 점프컷 – 지붕 위 》

호식   (가는 미란 보고, 일하며, 구시렁) 은희랑 지가 뭐 한 몸? ...의리? 은희가 의리 있지, 지가 무슨 의릴 알아. 나쁜 새끼.

인권   (어이없이 보며, 그만하란 뜻) 쨔쌰, 넌 무슨 말을 그렇게 심하게,

호식   (일만 하며) 너는 모르면이, 가만이시라. 자이가(쟤가) 은희한티 한 짓을.

씬18. 은희의 집 안, 낮.

음악을 틀어놓은, 너저분한 방 안, 온갖 음식 재료들이 있고,
영옥, 달이, 별이 잡채며, 갈비, 전 등등 음식들을 만들며, 서로 간 보라고
먹여주고 하는, '싱겁다, 소금 더 넣자' 등등 말하는,
은희(땀이 많이 난), 한쪽에 앉아, 회를 뜨는데, 명보, 들어서며,

명보   우리 은희, 회 뜨네.

영옥, 달이, 별이   안녕하세요! (하고, 인사하는)

은희   (얜 왜 왔어, 싫어 보는) ?

달이   차 드릴까요?

명보   (손사래 치는)

은희   (맘에 안 들게 보며) 어쩌냐, 미란이 어신디. 옥동 춘희어멍 집 간.

명보   (서운한, 수긍) 아... (은희 회 뜨는 것 보며) 이거 활어야?

은희	활어지? 그럼 내가 지금 죽은 생선, 썩은 생선포를 뜨겠냐?
명보	(회 박스 밀며) 이거 방어야, 미란이 좋아하는.
은희	(생선 흔들며) 이것도 방어야! 미란이 좋아하는!
영옥	(웃으며) 언니.. 이상하다, 왜 그렇게 예민해?
은희	(속상한) 갱년기야.
영옥, 달이	(웃고)
명보	낄낄....
은희	(회 뜨며, 귀찮은) 가라. 그만. 미란이 어신디, 시끄럽게 말고. 은행엔 거래처 간다 하고 땡땡이 천?
명보	(어색하게 웃으며) 나 일 열심히 해. (주변 눈치 보고, 은희에게 조심스레) 근데, 은희야, 낼 우리 동창들 만날 때,
은희	(어이없단 듯 꼬나보며, 말꼬리 자르며, 말하는) 느 마누라 인정인 빼고 만날 생각 꿈도 꾸지 말라게. 아까 인정이한티 전화 왕 벌써 말했쩌. 낼 단란주점 섬서 보자고이.
명보	(실망) 아..... 그래, 그럼 낼 보자. 갈게. (하고, 가는)
은희	(문 쪽에 대고, 답답한) 유부남이면 유부남답게 굴라! 그저, 죄다 미란이만 보면, 지 주제도 모르고, 정신 못 차리고, 지들도 사내라고.. 다들 지랄염병을 하고이.
영옥	(웃으며, 일하며, 아무 생각 없이) 미란이란 분 정말 퀸이었나 봐. 근데 그런 언니가 언니랑은 어떻게 친구가 됐어? 사진 보면 (한쪽에 놓인 미란과 은희의 밝은 사진 보며) 둘이 엄청 안 어울리는데?
달이	(일하다, 은희 안 보고) 나도 그게 궁금했어, 둘이 완전 스타일 달라, 안 어울리는데? (하다, 얼결에 은희 보고, 굳는, 순간 영옥을 툭 치는)
영옥	(고개 돌려 보면)
은희	(굳은, 회 뜨던 칼 놓고, 보고, 담담히) 안 어울려? 무사 안 어울려, 우리가? ..
영옥, 달이, 별이	?
은희	우리 엄청 잘 어울려? 공주 옆엔 무수리! 더어시(더없이) 딱이라! 우리는! (다시, 칼 들어, 회 뜨는데, 전화 오고, 받는, 화를 조금 가라앉히고) 미란아, 너 무사 안 오맨? 밥 다 해신디 (사이) 뭐라?
달이, 영옥, 별이	(눈치 보며, 열심히 음식이나 만드는)

은희 (버럭) 야, 거기서 밥을 먹음, 먹는댄 말을 해야지게! 나는 너가 인사만 하
     고 온댄 해서.... (참고, 답답한, 낮게) 알안, 알안.. 전화 끊고 놀라. ..나가 데
     리러 갈게. (하고, 전화 끊고, 회 뜨던 것 접으며, 답답한) 다들 가라! 음식
     들 가지고. (하고, 방으로 들어가는)
영옥 뭐야.. 음식 했는데, 밥을 먹고 오고..
달이 그러게.

씬19. 은희의 방 안, 낮.

     은희, 창문 열고, 허리에 손 올리고 숨을 고르는, 화를 삭이는,

달이 (E) 별이야, 빨리 치워!
영옥 (E) 아무리 친한 친구 사이래도 전화도 없이... 예의가 없네.
은희 (한숨 쉬고, 책 사이에 숨겨둔 최근 일기장을 꺼내는(중학교부터 일기장이
     한 열 권 정도 있는, 삼 년이나 오 년 정도에 한 권씩 정도), 의자에 앉아,
     일기를 쓰는, E) 푸릉마을의 영원한 스타, 나의 베프, 고미란이가 삼 년 만
     에 푸릉마을에 떴다.

씬20. 옥동의 집 안, 낮.

     밥상 한쪽에 물린 채 있고, 맥주들을 마시며, 인권, 명보, 미란, 화투를 치
     는, 인권 명보는 맥주 안 마시고, 옥동 춘희 미란은 맥주를 마시는,
     옥동 춘희, 웃으며, 화투 치는 것 구경하며, 맥주에 입만 대고, 미란, 술을
     많이 마시는, 엄청 패를 많이 모은, 호식, 옆에서 구경하는,

인권 (패를 뒤집어 치는데 안 맞는) 아이고, 아끼비!
명보 (웃으며, 제 차례가 오자, 패를 치는데, 별로 안 좋은 걸 가져가는, 아쉬운)
미란 (술 마시다, 놓고) 자자자자, 이 누나 차례다.
호식 (구시렁) 지가 무슨 누나야.

춘희	(그 소리 듣고, 호식 보면)
호식	(춘희 귀에 대고) 난 미란이 싫어마씸.
춘희	(툭 치며, 하지 말라고 눈짓하고, 호식 귀에 대고, 작게) 안쓰런 아이라.. 잘 해주라..
호식	(뭘 낼까 생각하는 미란에게) 빨리 치라게!
인권	너가 무사 상관이라, 우리끼리 노는디!
옥동	(작게 웃으며) 명보는 집에 안 갈 거냐? 인정이 안 기다렴서?
명보	(화투만 보며, 손사래 치며) 괜찮수다, 괜찮수다.
미란	자, 나 친다. (하고, 패 놓고, 패 뒤집으면, 보너스 패가 나오는, 밝게) 어머! 보너스!
인권, 명보	(좋은, 박수 치며) 보너스다!
호식	(인권, 명보 보며, 싫고, 어이없는)
미란	피 하나씩 피 하나씩. (하고, 피 받고) 나 또 하는 거지? (하고, 다시 패 뒤 집으면, 또 보너스 패다, 패를 이마에 붙이고, 좋아서, 일어나, 몸부림치며) 악! 너무 신나! (하며, 술 먹고, 노래하며 춤추는)
옥동, 춘희, 인권, 명보	(미란이 귀여워, 웃고)
호식	(미란 싫은)

*** 점프컷 - 시간 경과 》**

미란	(인권의 이마를 까고, 빠르게, 때리는) 일곱, 여덟, 아홉, (하고, 열 대를 강 하게, 빠르게 때리며) 열!
옥동, 춘희	(웃고)
인권	(아파 죽는다고 발버둥 치고)
미란	(명보 보며) 넌 피박이니까, 스무 대, 이마 대!
명보	(이마 대며, 웃으며, 걱정되는) 살살 해주라이..
춘희	(농담) 살살 하긴 줘 패라.
옥동	(웃고) 살살 해이.
인권	줘 패라, 줘 패라, 줘 패라!
미란	(명보의 이말 까고, 죽어라, 세고, 빠르게, 숫자를 세며, 꿀밤을 스무 델 때 리는, 마지막은 더 세게 때리는)

명보, 죽겠다고 '악!' 소릴 지르며, 방바닥을 뒹굴고,

옥동, 춘희, 인권, 웃겨, 죽는, 미란이가 명보 이마를 호호 불어주며,

미란   아고, 아팠쪄... 우리 명보..

은희   (E) 미란이가 오면, 푸릉마을 사람들은 죄다 신이 나고 좋아 죽는다. (옥동 춘희 웃는 얼굴에, E) 옥동삼춘은 미란이만 보면 죽은 동이가 살아온 것처럼 이뻐하고, 춘희삼춘은.. 스무 살에 술 먹고 고랑에 빠져 죽은 작은 아들 만영이가 사랑한 미란이가 며느리처럼 느껴져 애달파하고... (인권, 명보, 웃는 모습, E) 인권이와 명보는.. 미란일 보는 순간 삼십 년은 젊어져 짝사랑할 때처럼 철없이 설레하고... 다들 그렇게 신들이 난다.

호식   (미란 싫은, 나가는)

씬21.   은희의 방 안, 어스름한 저녁.

은희, 방 안을 나름 깨끗이 치우고, 침대에 미란이 잘 이불을 깔고, 그 밑에 바닥에 제 이불을 까는,

은희   (E) 근데 나는 어떤가... 미란이가 나에 대해 말하는 거처럼.. 나도 정말 미란이가 절친이고, 그래서 보고 싶고, 반갑고, 좋은가? (웃옷 들고, 방을 나가는)

씬22.   은희의 집 앞, 어스름한 저녁.

은희, 차분히, 그러나 답답한 얼굴로 걸어가는,

은희   (E) 예전엔 그랬었다. 미란이만 보면 좋았다.

씬23. 길거리, 낮, 회상.

은희(중3), 가방 메고 걸어가는,
그때, 버스 지나가고, 버스 안의 친구들, 은희를 내다보며,

친구들   (장난) 무사 걸어가맨? 오늘도 버스비 언?
은 희   (슬프게 째려보면)
친구들   빨리 걸어오라이! 꼰대들한티 지각행 맞지 말고이!
은 희   (속상한)

그때, 뒤에서 빵 하는 경적 소리 나고, 세단이 서는,
차 문 열리고, 미란, 웃으며,

미 란   (은희에게) 야, 타!
은 희   (좋아서, 타고)

   *** 점프컷 – 미란의 차 안, 회상 》**
   미란, 은희에게 따뜻하게 웃으며 샌드위칠 주면, 은희, 맛있게 먹는, 차가
   버스를 지나쳐 가자, 창밖으로 샌드위칠 내밀고, 흔들며, 버스 안의 친구들
   에게 자랑하는,

은 희   (E) 부자 친구 미란인 가난한 나에겐 더없이 든든한 빽이었다. 걔가 있어,
          쪽팔리지 않았던 날들이 얼마나 많았나.

씬24. 오름 빈 헛간, 낮, 회상.

미란, 물이 가득 든 잔을 주는, 옆에 농약이 놓인,

미 란   마셔. 딱 한 방울만 탔어. 우웩 하고 나면, 끝나!
은 희   (슬픈) 빨리 와.

미란	어. (하고, 뛰어가고)
은희	(무서워, 찔끔찔끔 마시는)

* 점프컷 - 길거리, 낮, 회상 》

은희부, 울며, 은희를 업고 뛰는,

미란, 울며, 옆에서 뛰어가며,

미란	은희 죽음, 다, 아저씨 잘못이에요! 요즘 누가 고등학굘 안 보내요! 다 아저씨 잘못이에요!
은희부	(울며, 뛰는) 은희야, 은희야! 미안하다, 아방이, 학교 보내주켜. 죽지 말라이 죽지 말라이.
은희	(은희부의 등 뒤에서 미란 보고, 씩 웃는)
미란	(울다, 은희만 보게 씩 웃는)
은희	(E) 그때 미란이가 그렇게 안 했다면, 난 고등학교도 못 가고, 중졸이었을 거다.
은희	(은희부 모르게, 미란이 귀에 대고, 말하는, 작게) 오늘 일, 영원히 안 잊을 게. 의리!
미란	(은희부 모르게 웃고) 의리!
은희	(E) 그때 맹세한 나의 의리는 진심이었다.

씬25. 커다란 미란의 집, 밤, 회상.

미란, 공부하다, 은희 보면, 공부하다 자고 있는, 아무렇지 않게, 옆에 물잔을 들어, 은희에게 확 뿌리고, 은희, 잠 깨, 놀라면, 미란, 그러든 말든, 공부를 하는,

은희	(E) 나중에, 집안 사정 어려워, 고등학교 그만두고 ..다시 검정고시 쳐서, 고졸이라도 된 것도 다 공부 잘하는 미란이 덕이었다.

씬26. 춘희네 가는 길, 어스름 저녁, 현재.

은희, 걸어가는,

은 희   (E) 그것만 생각하면, 지금 미란이가 불편한 내 맘은 분명.. 배신이다.

그때, 호식의 목소리 들리는,

호 식   (답답한) 무사 여길 완?
은 희   (참담한) 미란이가 애들 술 마셨다고, 운전하라고.
호 식   무슨 애들이 술을 마셔, 지만 마셔신디!

그때, 빵빵 소리 나고, 돌아보면,
음악 소리 나고, 인권(운전하는), 명보, 미란 차를 타고, 와서, 차 세우고,

인 권   야, 타!
미 란   (조금 취한, 밝은, 은희에게) 타. 마이 베프!
호 식   기냥 가게. 자리도 좁은디,
미 란   (조르는, 밝게, 차 안에 앉아, 은희 손잡고) 은희야, 타.
은 희   (타며, 답답한) 술 좀 앤간히 마시라. 난 낼 일 나가야 하는디,
미 란   (기분 좋아) 생선 그깟 거 파는 일이 뭐 대단하다고! 내가 다 사줄게! 그냥
         좀 놀자!
은 희   (열받지만, 참는)
호 식   (타며, 미란에게) 넌 뭔 말을 그따위로 해! 생선 그깟 거라니! 생선장사 무
         시해?
인권, 명보 그만해, 기냥 놀자고 하는 소리지!
미 란   (아무렇지 않게, 은희에게) 쏘리쏘리!
은 희   (화나는, 참는)
호 식   (은희에게, 속상한, 귓속말) 나가이 너만 아님 저거랑 붙어도 벌써 붙었쪄.
은 희   (답답한, 참는)
미란, 인권, 명보   (노랠 부르며, 가는)

씬27. 바닷가, 밤.

인권의 차가 멈춰 서는,
신나는 노래가 나오고, 미란, 취해, 차에서 나와, 춤추며, 해변가로 들어가
고, 인권, 차의 헤드라이트를 미란이 쪽에 켜놓고, 인권, 명보, 소릴 지르며,
미란에게로 가서, 함께, 어릴 때처럼 단체 춤을 각 맞춰 추며, 즐거운, 호식
(어이없는), 은희(냉정한, 무감각한), 차에서 나와, 차에 기대, 그런 미란과
일행을 보는, 그 그림 위로,

은희   (E) 난 내가 미란일 영원히 사랑할 줄 알았다. 난 받은 게 있으니까. 난 의
         리가 중요하니까. 그래서, 미란이의 세 번의 결혼식 수발도 기꺼이 들었고,
         시장 접고, 딸내미 산후조리 하러 서울 가는 것도 힘들긴커녕 당연하다
         여겼다. 그런데..
미란   은희야, 음악 더 크게!
은희   (싸늘하지만, 담담한, 차 안으로 가, 음악의 볼륨을 키우고, 다시 차에 기
         대 미란을 보는데, 싸늘한)
호식   (미란에게) 너가 하라! 은희가 뭐 느 꼬붕이라, 맨날 은희만 시키고!
미란   (ㄱ 소리 못 듣고, 춤추는)
은희   (미란만 보는) ...
호식   넌 어떵 그리 속이 좋으냐? 예전, 그 일 다 잊언?
은희   (미란만 보는, 싸늘한)
미란   (E) 소세지가 없어? 그럼 먹지 마?

씬28. 교실 안, 낮, 회상.

은희, 미란이 싸 온 도시락을 먹으려 하는데, 미란, 도시락을 '먹지 마' 하
고, 확 뺏는, 그 옆에 호식, 인권, 한수, 다 있는, 미란일 보는,

은희   (입에 한 움큼 밥 넣고 도시락을 뺏기는, O. L) 야, 나는 그냥.. 소시지가 없
         다고... 이 밥이 싫단 게 아니라..

미란   (일어나, 도시락을 들고 뒤에 휴지통에 확 버리고, 제 도시락 밥 먹는)

은희   (슬픈, 황당한) ?

주변 모두 (어이없는)

호식   (화나, 미란에게) 야, 너 뭐 하맨! 야이(얘) 아침도 못 먹고 오는디, 도시락
         을 무사 버리는디!

은희   (미란 보다, 속상해 나가고)

미란   (가는 은희 맘에 안 들게 보며, 말하는) 맨날, 내가 싸 온 도시락 먹으면서
         반찬 투정이나 하고.. 얻어먹는 주제에.. (하고, 밥 먹고)

호식   (E, 화난) 난 그때 미란이 인간성 아주 제대로 봔. 얻어먹는 주제라니..

씬29. 해변가, 밤, 현재.

호식   (속상하고, 화난) 얻어먹는 주제라니, 친구한티!

은희   (앞만 보며) 뭐, 그 정도쯤이야.

호식   그 정도쯤이야? 그럼 더한 일도 있언? 아, 짜증 나! (하고, 가는)

은희   (담담히, 춤 끝나고 인권, 명보와 물장구치는 미란일 보는, E) 정말 그 정도
         쯤은 괜찮았고, 참아줄 수 있었다. 우리에게는 그보다 더한 추억이.. 의리
         가 있으니까. 그런데, 일 년 전, 미란이가 세 번째 이혼하고 나서, 생긴, 그
         일은.. 참을 수가 없었다.

         벨 소리 들리다, 음성메시지 안내하는 소리, 들리고, 이후에,

은희   (E, 다급한) 미란아, 너 무사 전활 안 받어? 어이?

씬30. 서울 김포공항, 밤, 회상.

         은희, 걱정돼 뛰어나와, 핸드폰 하며, 택시를 타고 가는,

은희   (울고 싶은) 야 새끼야, 달랑, 죽고 싶어, 보고 싶단, 문자만 하고, 이렇게 전
        활 안 받음 어떻하냐?! 나는! 미란아, 메시지 들음 연락 주라. 연락 주라,
        미란아.

        * 점프컷 – 미란의 아파트 앞 + 미란의 아파트 안, 밤, 회상 》
        은희, 택시에서 내려, 다시 전화하고, 죽어라 미란의 집으로 뛰어가, 엘리베
        이터 타며, 음성 녹음하는,

은희   미란아, 나, 너네 집 다 완, 너네 문자 보고 제주에서 죽어라, 너 보러 달려
        완, 미란아, 세 번 이혼하는 게 뭐 대수라... 너한틴 내가 이신디... (슬픈) 미
        란아, 죽지 말라이... 죽지 말라이.. (하고, 미란의 집 앞에서, 전화 끊고, 키
        번호를 누르고, 문 열고, 거실로 들어가면, 암흑이다, 놀라, 두려운, 슬픈)
        미란아... 미란아...

        그때, 불 켜지며, 박수 소리 나고, 폭죽 터지는,
        은희, 놀라, 멍한,
        미란과 남녀 친구들, 거실에서 술을 엄청 마신 듯 취한,
        그때, 미란, 술 취해, 웃으며, 은희에게 와, 어깨에 팔 두르고,

미란   하하하! 야, 니들 봤지? 제주에서 내 친구 오는 거,
은희   ?
전남편 (술 취한) 친구들끼리 내기했어요, 지방에서 전화하면, 당장 달려올 의리
        있는 친구가 누군가? 은희씨가 당첨!
은희   (화나는, 어이없어, 미란 보면)
미란   (술 취해) 넌, 조용, 얘 모르는 애들 있으니까, 내가 소개할 거야, 얘는 내가
        오라면 오고, 가라면 가는, 내 인생에서 젤 만만한 정은희!
친구들 (박수 치고) 와!
은희   (미란일 보며, 멍한, 만만하단 말에, 오라면 오고, 가라면 간단 말에, 무시
        당한 느낌이다) ?

씬31. 해변가, 밤, 현재.

은희, 미란 보는데, 미란, 술 취해 옆에 와, 편하게 은희를 그때처럼 어깨동무하는,

미란   (E) 얘는 내가 오라면 오고, 가라면 가는, 내 인생의 젤 만만한.. 얘는 내가 오라면 오고, 가라면 가는, 내 인생에서 젤 만만한.. 얘는 내가 오라면 오고, 가라면 가는, 내 인생의 젤 만만한.. 정은희.

미란   (은희 옆에서 차에 기대, 머릴 은희 어깨에 기대며, 눈가 붉어, 진심) 은희야, 난 니가 있어 너무 좋다, 친구야.

은희   (그런 미란을 조금 싸늘하게 보며, E) 그때 알았다, 나는 미란이의 친구가 아닌, 오라면 오고, 가라면 가는 세상 만만한, 따까리, 꼬붕, 무수리인 걸... 나쁜 년, 이기적인 년, 날 따까리 취급하면서, 친구인 척, 친한 척, 이중인격자 같은 년. (하늘 보는)

서로 다른 생각과 표정의 미란 은희, 한 화면에 잡히며 엔딩.

13부 ——————— 미란과 은희 2

니가 만약 의리가 있다면...
나한테. 서운하다. 상처받았다. 말했어야지.
그래야. 그게 의리지..
모르는 남처럼 가슴에 원한 품는 게 의리가 아니야..

자막 : 미란과 은희 2

씬1.   은희의 집 전경, 밤.

　　　　인권, 명보, 음악을 틀어놓고, 운전해서 기분 좋게 노래하며 가는,

씬2.   은희의 방 안, 밤.

　　　　은희, 영옥 술 취한 미란일 데리고 거실에서 방으로 들어오는지, 문소리가
　　　　나는,

은희　　(E) 야, 미란아, 좀 바로 걸으라게!
영옥　　(E) 이 언니, 술 많이 드셨네!
은희　　(E) 발 조심하라, 발. 미란아, 발.
영옥　　(E) 어우, 뭔 술을 이렇게 마셨어.
은희　　(E) 문이나 열라.
영옥　　(잠옷 차림, 방문 열고, 불 켜고, 침대 이부자릴 들추면)

　　　　은희, 술 취한 미란일 부축하고 들어와, 침대에 눕히는,

미란, 침대에 고꾸라지며, 갑자기, 흐흐흑 흐느끼는,

영 옥 　(순간 황당한, 이상한, 은희 보며, 작게) 뭐야?
은 희 　(답답한, 별스럽지 않단 듯, 작게) 기냥 술 먹음 저래. 주정... 물수건 하나
　　　갖다주라. (하고, 벽에 기대앉아, 미란일 보는)
영 옥 　(미란이 어이없는, 나가는)
은 희 　(미란 보며, 담담히, 작게 노랠 부르는, 자장가 같은)

그때, 영옥, 다시 들어와, 은희에게 물수건 주며,

영 옥 　(황당한) 뭐야, 자장가까지 불러줘?
은 희 　(노랠 부르다, 말고) ...자? 자냐?
미 란 　(자는) ..
은 희 　(일어나, 미란의 옷이며, 양말을 벗기고, 손이며, 얼굴이며, 닦아주는) 울당
　　　웃당 자당... 뭐 하는 짓인지..
영 옥 　(그 모습 보며, 어이없는 웃음) 나는 언니 하는 짓이 더 이상해, 무슨 친구
　　　를 상사나 부모 모시듯... 대충 해.
은 희 　(안 보고, 차분히) 자라게.
영 옥 　(바닥에 이불을 보며, 맘에 안 들어) 진짜 무수리같이 뭐야. (하고, 나가
　　　는)
은 희 　(영옥 나간 쪽 꼬나보다, 담담히, 미란의 발까지 닦아주고, 이불 덮어주고,
　　　책장에서, 일기장 꺼내 밖으로 나가는)

씬3.　은희의 거실, 밤.

은희, 어질러진 거실에서 너저분한 식탁에 앉아, 일기를 쓰는,

은 희 　(E) 정은희, 아무리 고미란이 널, 친구가 아닌, 오라면 오고, 가라면 가는
　　　세상 만만한, 따까리, 꼬붕, 무수리라고 생각하는, 이기적인 년이고, 이중인
　　　격자래도....

미란	(E, 졸린, 괴로운) 물! 물!
은희	(일어나, 물을 따라 가는)

씬4. 은희의 방 안, 밤.

은희, 미란을 일으켜, 물을 주는, 미란, 눈 감은 채, 물을 먹는,

은희	(E) 정은희, 너는 고미란한테 끝까지 의리 있게 멋있게 어른답게. 싫은 거 상처받은 거 티 내지 말고 최선을 다하자. 그래서, 옛날 미란이한테 진 빚 갚고. 고미란이랑 똑같은 인간, 이기적이고 이중인격자 같은 인간은, 절대 되지 말자.
미란	(술 취해, 졸린) 고마워.. (하고, 다시 엎어져 자고)
은희	(물잔 옆에 놓고, 이불 끌고, 방을 나가는, 차분한)

씬5. 은희의 거실, 밤.

은희, 옷을 대충 벗어놓고, 일기장을 식탁의 너저분한 책들이나 우편물 속에 끼워 놓고, 그대로 이부자리에 엎어져 자는, 코 고는 소리 나는,

씬6. 호식의 방 안 + 거실, 새벽.

호식, 자는데, 달그락거리는, 영주, 현의 웃음소리 나는, 소곤소곤 말하는, 영주, '잘 끓여, 난 라면 퍼진 거 좋아해, 계란 두 개 넣고!', 현, '그렇게 했어, 자, 먹자', '맛있다', '나 잘 끓였지', 그러다 그릇을 떨어트리고, '야, 조용히 해!' 하고 영주 크게 소리치고, 현, '미안, 미안' 하며 치우는 소리가 나는, 호식(러닝에 반바지 속옷), 자다가 벌떡 일어나, 잠 못 자 화 참고, 한 삼 초 앉았다가, 문 벌컥 열고 나가는,

＊ 점프컷 - 호식의 거실, 새벽 》

영주, 현, 식탁에서 라면 서로 먹여주며, 키득거리고, 장난치다, 문소리에 호식의 방 쪽 보는, 영주 현, 미안한,

호 식   (화를 참고, 애써 차분히) 새벽 세 시에.. 라면 먹네..

영 주   (눈치 보며, 애교) 어. 배 속 애기가 먹고 싶대.

호 식   (애써 담담히, 화 참고, 현 보며) 넌 이제 아주 이 집서 산다이?

영 주   (미안한 웃음) 애기가 아빠 보고 싶대. 별나지?

호 식   (어이없는)

현   (어색한 웃음, 미안한) 삼춘, 아니 아버님.. 저희 때문에 깨셨나 보다. (영주에게) 우리 방에 가서, 먹을까?

영 주   그래.

영주, 현, 일어나 방에 가서, 문 닫고, 다시 낄낄거리는 소리 나는,
영주, '너무 맛있다, 너 라면집 해라', 현, '그럴까? 천천히 먹어' 등등, 말하는,

＊ 점프컷 》

호 식   (문 닫고, 더는 못 살겠다 싶어, 잠시 생각하다, 화난 듯, 옷장 열고, 가방에 옷가지들을 몇 개 챙겨, 속옷 바람으로 나가서, 현관문 쾅 닫는)

영 주   (E) 아빠, 어디 가?

호 식   (E, 버럭, 속상한) 느 서방이랑 라면이나 먹어!

씬7.   인권의 거실 + 현의 방 안 + 인권의 방 안, 새벽.

인권, 졸린 얼굴로 속옷 차림으로 어이없게 호식을 멍하니 보는, 화난 건 아닌, 대충 상황이 짐작이 되는, 호식, 속옷 차림으로 가방 들고 들어와, 인권에게,

호식	(너무 힘든, 비몽사몽) 현이 방 어디?
인권	(졸려 멍하게, 가만 보다, 턱으로 가리키는)
호식	(현의 방 열고, 들어가, 가방 놓고, 침대에 그냥 엎어져, 코를 고는)
인권	(그런 호식 졸린 눈으로 보고, 제 방으로 가서, 그냥 이부자리에 엎어져 코를 고는)

씬8. 은희의 방 안, 아침.

미란, 은희 방 창문을 열고, 바다 보는, 운동하듯, 기지개 켜고, 목운동 하는데, 약간 진지하고 무거운, 제주 오기 전에 첫남편과 통화했던 내용을 떠올리는,

지윤아빠	(E) 미안해, 미란아, 이번 지윤이 졸업여행은... 지윤이, 지윤이 애인 다비드, 나, 지윤이 엄마..
미란	(E, 불편하지만, 너무 화난 소린 아닌, 애써 담담한) 지윤엄만 나야. 정신 차려.
지윤아빠	(E) 그래, 지윤이 새엄마 소피랑, 그렇게 넷이만 다녀올게.
미란	(참담하지만, 차분한, E) 지윤이가 원하는 거야? 당신 계획이야?
지윤아빠	(E) 지윤이 생각. 지윤이가 너한테 미안해 말 못 하겠다고.. 나보고 전해달라고.. 사실 지윤이 키운 건 소피잖아.
미란	(E, 서운한) 중학교 때까진 내가 키웠어. 소피 덕 본 건 고등학교부터야, 고작 7년, 계산 제대로 해.
미란	(스트레칭 하다, 핸드폰 있는 곳으로 가서 전화하면, 음성메시지로 넘어가는, 화 참고, 애써 담담한) 지윤아, 엄만데.. 아빠한테 들었어... 그래도 아이슬란드 오로라 보러는 나랑 가. 내가 다른 건 다 양보해도.. 그건 양보 못 해. 너, 내 딸이고.. 나는 너한테 (속상한, 참고, 애써 담담히) 아름다운 오로라를 꼭.. 보여주고 싶어. 아빠 소피 니 애인 빼고... 나랑 나랑만 단둘이 가자. 문자 줘. 언제쯤 내가 아이슬란드로 가야 하는지. (하고, 전화 끊고, 다시 창가로 가서, 기운 내, 바다 보며, 소리치는) 제주야! ..제주야! ..제주야! 고미란이... 왔다.. 잘 있었니? 오랜만이다.. 야!.. (순간, 맘이 좀 먹먹해지

는, 맘 추스르고, 뒤돌아, 집 안을 보면, 찢어진 낡은 커튼이며, 낡은 이불
커버 등등이 보이는, 은희 생각에 작게 웃음이 나는) 아이고, 우리 은희..
내가 십 년 전에 준 걸 지금까지.. 이럴 줄 알고, 그래서 내가 준비한 게 있
지, 이놈. (하고, 커튼을 떼내는)

＊ 점프컷 》
미란, 이불 커버를 벗기고, 베갯잇도 벗겨, 커튼과 이불 커버, 베갯잇을 들
고 나가는,

씬9. 몽타주.

1, 은희의 거실 안, 아침.
미란, 커튼, 이불 커버 들고 나와서 거실 주변을 보면, 이부자리며, 이런저
런 것들이 안 치워, 너저분하게 난리가 난, 답답한, 그리고, 거실 식탁을 보
면, 주먹밥과 어제 한 음식들이 차려져 있는, 밥과 국도 있는, 미란 맘이 따
뜻해지는, 그 옆에 은희의 메모지가 보이는,

은희 (E) 잘 잔? 마이 베프. 난 경매 간다. 같이 아침식사 못 해, 미안, 점심은 같
이 할 수 있을 거야. 있다 보자. 의리!
미란 (고마운, 옆의 주먹밥을 들어 씹어 먹는)

＊ 점프컷 – 은희의 달리는 차 안, 아침 》
은희, 주먹밥을 들어 씹으며, 경매 끝내고, 열심히 시장으로 가는 중,

2, 은희의 거실 + 화장실 안, 아침.
미란, 주먹밥 먹으며, 화장실 문 열면, 세탁기 안과 밖에, 빨랫거리들이 가
득 있는, 주먹밥을 입에 물고, 고갤 절레절레 젓고, 빨래들을 걷어내는,

＊ 점프컷 – 시간 경과 》
세탁기가 돌아가고,

미란, 바지를 걷어붙이고, 비누칠한 수세미로 화장실 거울을 닦는,

3, 은희의 거실 + 방 안, 낮.
미란, 청소기로 거실 바닥을 청소하는,

＊ 점프컷 - 씽크대 》
미란, 설거지를 말끔히 하는, 능수능란하고, 아주 정갈한,

＊ 점프컷 》
식탁 위에 놓인, 여러 서류들과 책과 은희의 일기장을 정리(은희의 일기장인 것 모르고, 무심히)하고, 걸레로 깨끗이 닦는,
집 안이 반짝반짝 빛나는,

＊ 점프컷 》
미란, 자기의 캐리어를 열면, 그 안에 커튼이며, 이불 커버, 식탁보 등등이 나오는,

＊ 점프컷 - 방 안 》
미란, 방 안의 창 커튼을 달고,

＊ 점프컷 - 방 안 》
미란, 은희의 이불 커버를 바꿔, 잘 까는, 기분 좋은, 그리고, 책꽂이를 보면, 엉망진창인, 그걸 잘 정리하다, 책장 안쪽에 꽂혀 있는 일기장들을 보는,

미란　　(일기장을 보자, 은희가 귀여운, 잘 정리하고, 나가려다, 호기심이 나, 하나 열어 보며, 혼잣말) 우린.. 뭐.. 비밀이 없으니까..
어린은희　(E) 오늘도 미란이가.. 버스비가 없는 나를 차 태워줬다. 애들이 엄청 부러워했다. 내가 미란이 가방 들어주는 꼬붕이라고 놀리는 애들도 있지만,
미란　　(혼자 보며, 구시렁) 이 새끼 누구야.. 우리 은희를...
어린은희　(E) 미란이가 날 하녀 부리듯 한다는 놈들도 있지만,

미 란　(낮게, 답답한) 열받네, 이거.

어린은희　(E) 그건 다 내가 미란이랑 친해 시샘하는 거란 걸 나는 안다. 그래봤자, 미란인 내가 세상에서 젤 귀엽고 웃기다고 날 엄청 좋아하는디 뭐.. 히히.

미 란　(은희가 귀여워, 따뜻하게 웃고, 일기장을 잘 놓고, 주변을 옆에 있는 걸레로 잘 닦아주는, 그러다, 창밖을 보고, 이쁜 들꽃이 핀 걸 보곤, 나가는)

씬10.　바닷가, 낮.

미란, 걸어와, 들꽃을 보고, 따며,

미 란　너도 살라고 피었겠지만... 은희를 너무 닮아서, 널 선택.. 미안... (하고, 꽃을 따 들고 가는)

씬11.　은희의 방 안 + 거실, 낮.

미란, 음료수병에 꺾어 온 들꽃을 꽂아, 은희의 책장 앞에 하나 두고,

＊ 점프컷〉

미란, 들꽃 병을 식탁에 놓는, 그러다 한쪽에 놓인 차를 발견하고, 차를 마시려, 주전자에 물을 담아, 가스레인지에 올리고, 불을 켜고, 식탁에 앉아, 바람에 나부끼는, 창가를 보는, 편안한, 그러다, 무심히, 옆을 보면, 서류 사이에 정리된(미란이 정리해놓은) 일기장이 보이는, 미란, 그걸 무심히 꺼내 보며,

미 란　이것도 일기장인가... (하고, 보다, 웃으며, 읽는) 오늘은 갈치가 물이 너무 좋아, 오전에 떨일 쳤다. 갈치가 잘 팔리니, 은대구, 백조기도 덩달아 잘 나갔다. 비싸도 생선은 물 좋은 걸 사야 한다. 다시 한번 다짐! 크크크.. (웃으며, 일기장을 넘기면)

은 희　(E) 오늘은 인권이랑 한판 붙었다. 미란이가 언제 오냐고, 계속 묻는다. 미

친놈처럼. 고등어가 안 팔려버려서, 속상한데, 그놈까지. 짜증 나게.

미란 (편안하게, 다시, 일기장을 넘기며) 이날은.. 갈치가 잘 팔렸군.. 이날은 민어가 잘 팔렸고.. 흐흐흐.. 이게 일기장이야, 아님, 생선거래 일지야.. 암튼 열심히 살아... 이뻐, 우리 은희.. (그러다, 다시, 일기장을 넘기는데)

은희 (E) 푸릉마을의 영원한 스타, 나의 베프, 고미란이가 삼 년 만에 푸릉마을에 떴다.

미란 (웃으며, 기대되는) 어제 꺼네..

* 점프컷 – 가스레인지 위에서 물이 끓는 주전자 》

* 점프컷 》

미란 (일기장을 보고, 읽는) 미란이가 오면, 푸릉마을 사람들은 죄다 신이 나고 좋아 죽는다. 옥동삼촌은 미란만 보면 죽은 동이가 살아온 것처럼 이뻐하고, 춘희삼촌은.. 스무 살에 술 먹고 고랑에 빠져 죽은 작은아들 만영이가 사랑한 미란이가 며느리처럼 느껴져 애달파하고... (맘이 짠해지는, 눈으로 읽다, 뭔가 가슴이 철렁하는)

은희 (E) 근데 나는 어떤가... 남들에게 말하는 거처럼 정말 미란이가 나의 절친인가? 친군가? 걔가 보고싶고, 반갑고 그리운가?

미란 (느낌이 이상해지는, 놀라고, 슬프기도 한)

씬12. 명보의 은행 주차장 앞, 낮.

은희, 일을 보고 차로 오는데, 그때, 명보, 뛰어나와, 가는 은희 보며,

명보 은희야, 오늘 섬에서 다섯 시지이?

은희 (맘에 안 들게, 돌아보면)

명보 너 일하느라 바쁘면, 내가 일 끝나고, 미란이 데릴러,

그때, 인정, 차를 세우고, 대뜸 명보에게,

인정	(명보가 맘에 안 드는, 화난, 강한 성격의 느낌) 미란일 무사 자기가 데릴러 가! 나가 우리 어멍 옷 사러 가젠 할 땐 시간 없댄 하드니..
은희	(인정에게) 인정아, 니 서방이랑 어멍 옷 사러 가라게, (명보 보며) 여편네한테 쪽도 못 쓰면서. 죽을라고.
명보	(인정이 보고 기죽고, 힘든)
은희	(차 타고 가며) 인정아, 섬에서 보자이.

씬13. 은희의 집으로 가는 길, 낮.

은희, 편안히 운전해 가는, 그때, 집 근처에서 영옥의 차가 나오는,

은희	어디 가맨?
영옥	물때 시간이 오후! (하고, 운전해 가는)
은희	아... 오후 작업 힘든디, 조심허라! (하고, 가는)
은희	(E) 정은희, 아무리 고미란이 널, 친구가 아닌, 오라면 오고, 가라면 가는 세상 만만한, 따까리라고 생각하는, 나쁜 년이고, 이기적인 년이고, 이중인격자래도...

씬14. 은희의 거실, 낮.

가스레인지 위의 주전자가 끓다 못해, 붉게 달아오르는,

∗ 점프컷 ≫

미란	(멍한, 일기장 보며, 이게 뭔가 싶어, 눈가가 붉은, 참담한, 배신감보단 맘이 너무 아픈, 애써 참는, 일기장만 보는, 진지한)
은희	(E) 정은희, 너는 고미란한테 끝까지 의리 있게. 싫은 거 상처받은 거 티내지 말고 최선을 다하자. 그래서, 옛날 미란이한테 진 빚 갚고. 고미란이

랑 똑같은 인간, 이기적이고 이중인격자 같은 인간은, 절대 되지 말자. 그게 지금 정은희 니가 할 일이다.

그때, 문소리가 나고, 은희가 들어서는,

은희 (편안하게, 신발 벗느라, 미란 안 보고) 나 왔.

미란 (얼른, 일기장을 서류 놓던 데 껴놓고, 눈가 닦고, 평상시처럼, 애써 편하게) 어, 왔어?

은희 (냄새 맡으며) 이게 뭔 냄새라....

미란 (아차 싶어, 레인지 위를 보면, 주전자가 벌건, 놀라, 일어나, 불 끄고, 주전자 손잡이를 행주로 집어, 싱크대에 놓고, 물을 트는)

은희 (답답한) 아고, 물 올려논 거 몰라? 괜찮아, 괜찮아, 너 안 다쳐시면... (하고, 주변 보고, 놀라) 야, 이게 다 뭐라... 너가 다 햌?

미란 (참담함 감추고, 애써 편하게) 맘에 들어?

은희 (밝게) 맘에 들지, 그럼! (하고, 방으로 가) 와! 방도 치웠네! (좋아서, 미란 보고) 설마, 화장실도? (화장실도 열어 보고) 우와! 완전 호텔이네...

미란 (그렇게 이 방 저 방을 오가며 좋아하는 은희 보며, 맘이 아픈, 힘든, 애써 참으려 하는)

은희 (화장실 문 닫고, 미란에게로 와 미란의 얼굴을 두 손으로 잡고, 제 이마를 미란의 이마에 대고, 부비며) 아이고, 이쁜 것. (고개 들어, 미란 보고) 의리!

미란 (어색한, 웃음) 의리. (맘 다잡고, 아무렇지 않은 척하는) 씻어, 내가 점심 준비할게. (하고, 조리대로 가 찌개 냄비를 레인지에 올리는)

은희 그래. (하고, 화장실로 들어가며, 노래 부르는)

미란 (화장실 쪽 보며, 웃음이 가시는, 마음이 차분해지는, 가라앉는, 그러나 참고, 밥을 차리는, 자꾸 눈물이 나는데, 이를 앙다물어, 참고, 눈물 닦고, 일에 집중하는)

씬15. 화장실 안, 낮.

은희, 씻으려 웃옷 벗고, 속옷 차림으로 거울 보는데, 기분이 좀 가라앉는, 제 얼굴을 가만 보는, 이 상황이 착잡한,

은희   .....다 늙엉 친구랑.. 뭐 하는 짓인지.. 티 내지 말고. 지금처럼.. 기냥 잘해, 보내라이. (하고, 칫솔에 치약 묻혀, 이를 박박 닦는)

씬16. 길가, 낮.

영옥의 차가 오다 서는, 길가 돌에 쪼그려 앉은 혜자만 있는,

혜 자   (꼬나보듯 영옥을 보고 무뚝뚝) 내리라.
영 옥   (시계 보며) 물질 시간.. 다 됐는데.
혜 자   (맘에 안 들게 보고, 옆에 돌을 턱으로 가리키는)
영 옥   (불편한 맘으로, 내려, 돌에 앉으며) 춘희삼춘이랑 다른 삼춘들은..
혜 자   (딴 데 보며, 투박하게) 달이가 먼저 모시고 간.
영 옥   (어색한) 아.. 네. 저 십 분 일찍 왔는데.. 다들 더 일찍 나오셨네요.
혜 자   (답답한, 얼굴 굳어, 안 보고) 엊그제 춘희삼춘이.. 다른 해녀삼춘들은 몰라도 나는 알아야 한댄이 너가 한 말 나한티 다 말핸.
영 옥   (차분하, 참담하기도 한) ..네...
혜 자   (가방에서, 음료 꺼내, 영옥 주고, 투박하게) 마시라.
영 옥   (답답한, 음료를 한 병 다 마셔버리는)
혜 자   (어색해, 멀리 길 보며, 영옥, 안 보고, 투박하게) 나가, 춘희삼춘하곤, 의리가 이서(있어), 조폭 의리 저리 가라다이, (괜히, 바닥에 침 뱉고) 춘희삼춘 당부도 있고이, 다른 해녀한티도 선장한티도 ..너가 말 안 함, 말 안 할 거.
영 옥   (뭔가 맘이 짠해지는, 고맙기도 하지만, 어색해 괜히 병만 만지는) ...
혜 자   (불편한, 투박한) 다른 해녀들은 나랑 춘희삼춘 말이면 다들 군소리 어시(없이) 따라올 거어.... (영옥을 이해하는 말투) 사정이 그럼 돈 벌고 싶지.. 죽는 줄 모르고.. 내 손주도.. (영옥 보며, 맘 아픈, 애써 담백하게) 좀... 그래이.
영 옥   (혜자 보는데, 맘이 짠해지는) ...

혜자   (일어나, 담담히, 조수석 문 열고 타며) 다들 말을 안 해 그렇지, 너만 나만
       이 아니고, 그런 집... 서너 집 걸러 하나라.. 별거 아니다.
영옥   (담담히 맘 추스르고, 운전석 가서, 타, 안전벨트 하는)
혜자   (안전벨트 하며, 영옥 보며, 투박하지만, 정이 느껴지는) 오늘부턴이 너가
       나랑 한 짝이라, 달이는, 춘희삼춘허고 한 짝이고이. 이제이 나가 시키는
       대로 허라! 전복 하나에 숨 한 번, 성게 하나에 숨 한 번! 두 개 따고 숨 고
       름, 디진다, 너이! 나한티!
영옥   (고맙고, 웃고) 네.
혜자   (투박하게) 웃기는.. ..내 목숨 너헌티 맡기는 거이! 정신 차리라!
영옥   (고마운) 네.
혜자   (장난스런, 으름장) 춘희삼춘만 믿고 까불고, 하지 말라, 이제 나가이, 너한
       틴, 넘버원! 왕삼춘이라! 알안!
영옥   네! 왕삼춘! (하고, 차 운전하는데, 맘이 훈훈하고, 편한)

씬17.   은희의 방 안, 오후.

       은희는 침대, 그 맞은편에 미란이 앉아 있는,
       은희, 미란, 옷을 잘 차려입고, 미란, 은희에게 화장을 해주고 있는,

은희   (눈 감고, 화장 받으며) 야, 나는 화장해봤자, 호박에 줄 긋기지게.
미란   (편안히, 화장을 해주며, 편하게 말하지만, 뭔가 싸늘한 듯) 그러게.. 니가...
       호박인 줄은 아네.
은희   (눈 뜨고, 주먹 쥐고, 팰 듯, 다분히 장난) 이게 씨!
미란   (작게 웃고, 편하게) 눈 감아.
은희   (눈 감는)
미란   (편안히, 화장해주며, 언니처럼, 차분히, 진심) 그러게, 너를 왜 니가 호박이
       래.. 수박보다 이쁜데.. 애플망고보다 섹시하고..
은희   농담 말라게.
미란   (맘 아픈, 참고) 농담 아냐. 넌..
은희   (E, 중간 생략) 정은희, 고미란이랑 똑같은 인간, 이기적이고 이중인격자

같은 인간은, 절대 되지 말자. 고미란이랑 똑같은 인간, 이기적이고 이중인
격자 같은 인간은, 절대 되지 말자.

은희   (눈 감고) 넌 ..뭐? 말해.

미란   (화장하며) 은희야.

은희   (눈 감은, 화장 받으며) 응.

미란   (애써 가볍게) 너 내가 뭐 맘에 안 드는 게 ..있니?

은희   (눈 감고, 편하게) 아니.

미란   (그닥 감정적이지 않게, 일상적으로 편하게, 화장해주며) 말해봐, 내가 좀
철이 없어 이기적인 행동 할 때가 있잖아, 어제도 내가 생선 그깟 거 파는
일이 뭐 대단하다고! 내가 다 사줄게! 그랬잖아, 마치 니 일을 깔보듯, 그
말에 상처 안 받았어?

은희   .. (눈 감고, 말하고 싶지 않아, 대충 얼버무리는) 뭐.. 친구끼리.. 상처는.

미란   (말하고 싶지 않은 걸 느끼지만, 그래도 차분히 말하는) 친구끼리도 상처
받지.. 근데 난 니가 너무 일 일 하니까, 하루 정돈 시원하게 놀자고 한 말
이야... 혹시라도 그게 걸렸다면, 사과할게.

은희   (귀찮은 듯, 말하기 싫은, 제 맘을 들킨 것 같아, 불편한) 알았쪄, 알았쪄,
화장이나 빨리 하라.

미란   은희야, 내가 완벽하지 않아서.. 때론 내 본심과 다르게, 널 상처 줄 때도
있지만.. 난 니가 좋아. (화장해주며, 차분히) 은희야, 정말.. 내가 널 ..상처
준 적 없어? 말해주면, 내가 그게 뭐든 사과할 건데..

은희   (눈 감고, 답답하지만, 깔끔하게, 손사래 치며) 언(없어), 언.

미란   (화장하다, 손 내리고, 눈 감은 은희를 가만 보는데, 말하는 것도 싫은가
싶어, 서운하고 화도 나고, 맘 아픈, 눈가가 붉어져 가만 보는)

은희   이제 다 햇? 나 눈 떠도 돼?

미란   ...어. (하고, 제 목의 목걸이(여자 옆얼굴이 겹쳐져 있는)를 푸는)

은희   (눈 떠, 옆의 거울 들어 제 얼굴 보며, 맘에 드는) 어머머머.. 너 누구세요?
나는 정은흰데? 너는 정은희가 아니네? 크크크..!

미란   (목걸이 빼, 은희 목에 해주며) 이 목걸이 지윤이가 선물해준 거야. 여기
이 여자들 옆얼굴은 너랑 나... 나한테 중요한 거니까, 나중에 꼭 돌려줘. 오
늘은 니가 하고.

은희   (목걸이 보며, 거울 보며) 와, 이쁘다.. (시계 보고, 일어나며) 가자, 늦겠다

이! (하고, 웃옷 걸치는)

미란 (일어나, 은희의 옷을 바로잡아주며, 가볍게) 은희야, 사랑해.

은희 (건성) 나도.

미란 (짐짓 가볍게) 우리 오늘 인생 끝날 거처럼 인생 마지막인 것처럼 신나게 놀자. 코가 삐뚤어지게 술 마시고. 예전처럼 같이 듀엣으로 노래 부르고, 소리 지르고.

은희 의리! (하고, 장난스레 팔 내밀고)

미란 의리! (하며, 장난스레 팔 거는, 그러나 맘이 자꾸 짠해지는)

씬18. 단란주점 안, 어스름한 저녁.

동창들 많은(한수 때 나왔던 동창들), 명보(인정이가 불편한), 인정이 한 테이블에 나란히 앉아 있고, 미란, 명보 옆에 앉아 있는, 인정, 술 많이 마신,

인권, 호식, 은희가 무대에서 신나게 노래 부르며, 춤을 추는, 친구들, 다들 떼창 하며, 춤추는,

미란, 박수 치고, 웃으며, 맥주를 마시는, 명보, 옆에서 '미란아, 술 고만해!' 하고 말리는, 인정, 테이블 아래에서 힐 뒷굽으로 명보의 구두를 꽉 밟고, 힘줘, 짓이기는, 명보, 순간 너무 아프지만, 소리도 못 지르고, 미란, 술 마시다, 명보를 보며,

미란 왜 그래, 명보야?

명보 (웃으며) 아냐, 아냐.

인정 (술 마시며, 다른 손으로 명보의 옆구릴 사정없이 오래도록 꼬집어 비트는)

명보 (눈물 나게 참다, 더는 못 참고, 아파, 벌떡 일어나는)

미란 왜?

명보 아... 그게.. 화장실 좀.. (하고, 나가는)

인정 (술 취한) ..오줌소태냐! 뻑하면 화장실을... (하고, 미란에게 술 따라주며) 언니! 우리 서방한티, 찝쩍대지 말아이.

| 미 란 | (대수롭지 않게, 인정과 잔 부딪히며, 농담) 야야, 내가 눈이 얼마나 높은데, 너 내 수준을 뭘로 보고... 야, 걱정 붙들어 매. 니 서방 거저 줘도 안 가져! (하고, 술을 마시는) |

그때, 인권, 마이크 들고,

인 권	자자자자, 노래 틀어! 미란이! (은희, 무대에서 내려가려 하면, 잡고) 옛날처럼, 듀엣!
은 희	(큰소리로 신나게) 고미란, 나와!
친구들	(신나서) 고미란, 나와!
인 권	나와! 나와 나와! (하고, 마이크를 미란에게 던지면)
미 란	(마이크 받고, 일어나, 유쾌하게, 춤추며, 나가는)

＊ 점프컷 》
미란, 은희, 서로 열심히 댄스곡에 어릴 적 춤을 추는,

＊ 점프컷 – 바닷가, 회상 》
1, 어린 은희와 미란, 카세트를 틀어놓고, 춤을 듀엣으로 신나게 추는,
2, 2부, 한수의 회상에서 나온, 친구들과 바닷가에서 뛰어가며 놀던, 은희 미란 중심으로,
3, 3부, 회상, 목포에서 뛰어가며 놀던, 미란 은희 중심으로,

＊ 점프컷 – 현재 》
미란과 은희, 서로 마주 보며, 예전처럼 합이 잘 맞게 춤을 추며, 신나는, 은희는 열심이고, 미란인, 웃으면서도, 순간, 순간, 은희 생각에 맘이 아픈 듯하다,

＊ 점프컷 》
인권, 신이 나, '죽인다, 죽인다!' 하며, 한쪽에 핀 조명을 미란에 맞추는, 다른 친구들도 테이블에 올라가, 핀 조명들을 모두 미란에게 맞춰, 은희는 어두워지는, 미란인, 알지 못하고, 노랠 부르는, 인권과 친구들, 미란 앞에

서 춤을 추고, 그 바람에 은희는 무대에서 밀려나고, 호식, 한쪽에서 물 마시며, 보는데, 미란이가 싫고, 은희가 안된,

은희, 몇 번 미란과 듀엣을 하려 하지만, 무대의 친구들 때문에 못 올라가는, 포기하고, 인정 옆에 앉는,

은희 (미란이 춤추고, 노는 걸 보며, 술 마시는데)

인정 (술 취한) 이제 무수리 역할 끝났네.

은희 (술 따르며, 기분이 안 좋은, 으름장) 고만하라게, 장난.

인정 언니, 미란이 언니한티 자격지심 있어, 더 더 잘하지? 그거 안 들키려고이?

은희 (어이없고, 같잖은) ?

인정 언니, 넌 평생 공주님 옆에 무수리고 들러리라. 미란이 언니, 아니 저 여시가 아까 뭐랜 줄 알맨? 명보 내 신랑한티, 깔짝대지 말랜 하난, 지 수준을 뭘로 보냐고이? 거저 줘도 안 갖는다고...

은희 (어이없게 보면) ?

인정 그게 뭔 뜻인 줄 알맨? 미란이 저건, 언니도, 명보, 인권이, 나, 우리 전부 지 수준으로 안 본다, 우습게 본다, 바닥으로 본다! 깔아본다! 그 뜻이라! 오늘도 우리들은이, 다 미란이 들러리여! 언니, 우리 신랑, 명보, 잘나서! 나한틴 더없는 남자라! 나 미란이한티 (강조) 엄청 실망했.

은희 (인정 편들어서, 그만 말을 끝내자 싶은, 인정과 미란 욕을 하고 싶진 않은 기분이다) 이게 아무리 그래도 미란이가 선밴데... 언니 소리도 안 하고.. 야, 그리고 미란이, 원래 그런 거 몰라? 뭘 실망해, 새삼?! 기대가 어신디, 실망이 어딨어! 미란이 닐이면 꺼져. (술잔 치고) 마셔, 마셔! (하며, 마시는)

＊ 점프컷 》
인정, 은희, 친구들 노랠 부르고, 신난,

씬19. 동네 문방구, 밤.

미란, 한글 교본 글자판을 골라, 사서, 계산대로 가, 계산하고, 들고 나가

는, 술을 마셔, 힘들지만, 티 나지 않게, 조심하는,

씬20. 단란주점 밖(주차장 쪽 아닌), 밤.

미란, 오는데, 한쪽에서 명보가 쪼그려 앉아, 소주병을 들고 병째 마시는,

미란   (명보 보고, 옆에 가서, 앉으며, 밝게) 감성 돋네!

명보   (미란일 슬프게 보는)

미란   (글자판 보이며, 밝게) 옥동삼춘 꺼. 술 더 마시면 못 사러 갈 거 같아서.
          (하고, 소주병 뺏어 마시고, 병 주며, 편하게) 넌 왜 여기서 혼술? (명보 얼
          굴이 어두운 걸 보고, 좀 이상한) 우리 명보, 왜 그래?

명보   (술 마시고, 참담한) 미란아, 나 인정이랑 헤어질라고.

미란   (웃으며) 낄낄.. 야야, 인정이만 한 애가 어딨니? 니네 부모님한테도 잘하
          고, 애도 대학 수석 입학시킬 정도로 열혈 맘에... 미쳤나 봐? 웬 이혼? 이
          혼해본 선배의 진심 어린 충고다. 어지간하면, 말로 풀고, 그냥 살어.

명보   (속상해, 술 마시고, 웃옷을 들춰 옆구릴 보여주면, 검붉은)

미란   (왜 이러나 싶어, 옆구릴 보고, 별스럽지 않게) 이게 뭐? 좀 빨갛네?

명보   (착잡한) 내 등 좀 보라이.

미란   (왜 이러나 싶은, 등을 보면, 손톱자국이 깊게 마구 난, 맘이 쿵 하는)

명보   (신발 왼쪽 양말을 벗으면, 발톱이 두 개나 빠진)

미란   (보고) 뭐야?

명보   (슬픈, 오른쪽 양말 벗어, 보이면, 피가 난, 발톱이 덜렁거리는) 왼발은 예전
          에 구두로 밟아서.. 이건 아까.. 내가 너 본다고.. 인정이 의부증이라...

미란   (놀라고, 맘 아픈)

명보   (슬픈, 그 맘 참고, 차분히) 나, 인정이한티 뻭하면 맞고 살암쩌. 내가 그동
          안은 참아신디, (왈칵하며, 맘 아픈) 더는 못 참겠다.

미란   (맘 아파, 울컥하는, 명보가 너무 안쓰러워 안아주는) 아우, 어떡해. 내 친
          구.

그때, 인정, 술 취해 명보 찾으러 나왔다가, 둘을 보고, 순간 눈이 뒤집히

는,

* **점프컷** 》
미란, 인정이 보는 걸 모르고, 속상해, 우는 명보 얼굴의 눈물을 손바닥으로 닦아주며, 안쓰런,

미 란   아우, 어떡해, 어떡해, 우리 명보.

그 순간, 인정이 열받아 달려와, 미란의 머리챌 잡아 흔들며,

인 정   야, 너 뭐야!
미 란   악! (하고, 아파하는)
명 보   (놀라, 버럭, 기죽은 모습은 아니다) 놔라, 놔! (하며, 인정의 손을 잡아, 빼려 하는) 놔, 이 여자야!
미 란   (머리채 잡힌 채) 야, 야, 인정아, 머리채 놓고 말해, 인정아, 인정아!
인 정   이 걸레 같은 게. 이놈 저놈 아무나 붙어먹는..!
미 란   (화났지만, 그 와중에도 침착하려 하며) 야, 너 말 넘 심해. 이거 놔, 머리 놔!
인 정   못 놓는다, 이년아! 육지 놈도 모자라 이젠 섬에 와 후배 남편하고 붙어먹을라고이, 이 미친! (하고, 두 손으로 머리챌 더 뜯는)
명 보   (울부짖듯) 인정아! 그만하라!

인정, 순간, 머리로 명보의 입을 박고, 명보, 손으로 입을 잡고, 아파서 둘에게서 떨어지는, 입에서 피가 나는,

미 란   (머리 잡혀) 악악! (하다, 순간 열받아, 인정의 손목을 잡아, 꺾고, 맘이 불편한 걸 여기다 푸는 듯, 그냥 인정의 머리챌 잡으며, 속상해, 버럭) 하지 말랬지, 내가!
인 정   (안 지고, 다시, 미란의 머릴 잡고)
명 보   (인정일 안아, 끌며) 그만해라!

그때, 은희, 미란을 찾으러 나왔다 그 광경을 보고, 뛰어가며,

은희   야야야, 니들 뭐 하는 짓이라! (하고, 달려가) 놔놔! (하며, 미란의 등짝을
       세게 여러 번 치고, 등덜미 옷을 잡아끄는) 놔! 놔! 놔!
명보   (그사이, 간신히, 인정을 떼어내는데)
미란   (순간, 인정에게서 떨어져, 돌아서서, 자신을 말리는, 은희의 뺨을 제대로
       치는)
은희   (멍)
미란   (은희를 화나고, 슬프게 보는, 눈가 붉지만, 조금 날카로운) ..
은희   (얘 이, 눈빛은 뭐지 싶은)

인정, 다시 미란의 머리챌 잡으려 하면, 미란, 순간 인정의 팔을 꺾어버리
고, 발로, 정강일 차고, 인정을 주저앉히는, 인정, 주저앉아, 아파하고, 울며,
'여보, 명보야, 미란이가 나 깠쪄! 명보야, 여보! 저게 내 정강이 깠쪄!' 하고,
명보, 인정에게 화나, 그냥 가고, 미란, 화나, 은희(뺨 맞은 상황에 멍한) 빤
히 보다 명보와 다른 길로 가는, 은희, 멍하게 뺨 맞은 볼을 손으로 잡고,
미란을 보는,

씬21. 길거리 + 호식의 차 안, 밤.

미란, 답답하게 걸어가는, 맘이 아픈, 자꾸 눈물이 나지만, 닦고 가는,
그때, 트럭 소리 나고, 경적 소리 나, 보면, 호식이다,

호식   (미란을 맘에 안 들게 보며, 쌈한 건 모르는 상황처럼 보이는) 뭐야? ..어디
       갔나 했드니.. 은희네 감시냐? 타라.
미란   (길을 보면, 걸어가기에 너무 먼, 조수석에 타며, 안전벨트 하며, 착잡한 맘
       숨기고, 편히) 왜 더 놀지? 넌 술 안 했어?
호식   (운전해 가며) 낼 새벽부터 일인디, 뭘 더 놀고, 술을 마셔... 내가 뭐 너처
       럼 팔자가 좋은 줄 알암시냐?
미란   (앞만 보며, 착잡한, 대뜸) 넌... 왜 내가 싫어?

호식	(운전만 하며, 불편한, 말하고 싶지 않은) 나가 뭘 너가 싫어?
미란	(앞만 보며) 싫어하잖아. 얼굴에 다 티 나. 어려서부터, 늘.. 죽..
호식	(투박하게, 안 보고) 다른 애들이 너 많이 좋아하네. 그럼 됐지게, 뭐 너는 모든 사람한티 관심과 사랑을 받아야 되냐? 너 그거 공주병이라?
미란	(앞만 보며, 착잡한) 날 싫어하게 된 계기가 뭐야, 날 눈꼽만치라도 친구라고 생각함 말해줘봐, 이유가 뭔지?
호식	(운전해 가며, 맘 불편하지만, 작정하고, 말하는) ...그럼 친구라 말한다이, 오래됐쩌, 너가 싫은 지는.. 고딩 때부터..
미란	(보는, 참담하고, 차분한) ?
호식	(앞만 보고, 투박하게 말하는) 어느 날, 은희가 도시락을 안 싸 왕, 늘 그랬듯 그날도 니가 싸 온 도사락을 먹언... 근데, 그날따라 은희가 소시지가 먹고 싶어신지....
미란	(잘 기억이 안 나지만, 그때를 떠올리려 하며, 심각하게, 잘 듣는)

씬22. 명보의 아파트 근처, 밤.

은희, 택시에서 술 취한 인정을 데리고 내리고, 택시 떠나는,

은희	(건성건성, 인정 편들어주려 욕해주는) 그래그래, 미란이가, 나쁜 년이라, 알아시난, 좀 제대로 서봐, 무거!
인정	(분한, 화난) 그게 내 남편을 안고, 뺨을 만졌쩌! (하고, 은희의 뺨 만지며) 이렇게 이렇게.. 꼬시는 눈빛으로..
은희	(어이없는) 야, 미란이가 무사 명볼.. 만지냐?
인정	(말꼬리 자르며, 버럭) 그럼 언니, 내가 지금 거짓말한다는 거?
은희	(아차 싶어, 달래는) 아니, 아니.. 그 뜻이 아니라,
인정	미란이 그거 아무 놈이나 찝쩍대는 거, 병이라? 아무나 결혼 세 번 하나?
은희	(답답한, 버럭) 야, 그럼 바람핀 놈, 마누라 몰래 사업하는 놈, 갱년기 온 애한티 막무가내로 애 낳아달란 놈이랑 살아야 되냐?!
인정	(막무가내로 버럭) 살아야지! 한번 결혼했음 살아야지게! 미란이 가인, 원래, 이 남자 저 남자 찝쩍거리는, 그런 애라! 그래, 안 그래?

은희   (져주자 싫은) 그래! 그래! 가인 원래 그런 애라!

인정   언니 인정했다! 미란이, 나쁜 년인 거이!

은희   (인정 추스르다, 한쪽에서 전자담배 피우는, 명보를 본) 야, 너 뭐라? 니 마누라 안 챙겨?

명보   (그냥 집으로 가는, 인정에게 싸늘한 맘이다)

인정   (가는 명보 보고, 따라가며, 휘청이며) 야, 너 아까 왜 간? 미란이 따라간? 야, 너 내 말 안 들려! 야! 서향이 아빠! 야! 야! 나 술 취햇, 업고 가라. 야, 야!

은희   (둘을 보다, 돌아서 가며, 힘든) 야... 진상들 진짜이.. 지친다, 진짜..

씬23. 은희의 집 앞, 밤.

        호식의 차 와서 서는,
        미란, 안전벨트 풀며, 속상한, 자조적으로, 강하게,

미란   (차에서 내리며) 미친년, 천박한 년! (하고, 맘 아프게 빠르게 걸어서, 은희의 집으로 들어가는)

호식   (답답하게, 미란을 보는, 미란이가 스스롤 욕하는 걸 알기에, 그저 좀 이 상황이 답답하게 느껴지는, 차 몰아 가는)

씬24. 은희의 거실 안 + 은희의 방 안, 밤.

        미란, 착잡한 맘, 불편한 맘으로 소주를 마시는, 호식이 들려준 과거 애길 떠올리는, 은희와 자신에게 동시에 화가 난, 너무 처지지 않게,
        그때, 은희, 화장실에서 씻고 나와, 수건으로 머릴 말리며, 그런 미란일 보며, 맘에 안 드는,

은희   (불편한, 화를 참는, 미란이 의도적으로 제 뺨을 쳤을 거란 생각도 드는) 무슨 또 술을.....

미란   (불편한 맘, 참고) 한잔할래?

은희   (머리만 말리며) 신간 편한, 너나 마시라.

미란   (그 말이 걸리는, 참는, 술을 마시며, 조금 찌르듯 말하는) 넌 돈독 올랐니?

은희   (그 말이 걸려, 의자에 앉아, 미란을 꼬나보는, 화가 나는, 참자 싶은, 후 한숨 쉬고, 고개 돌리는, 미란 안 보는)

미란   (술 마시며, 은희 보며, 이젠 솔직히 말해보자 싶은) 먹고살 만한데, 맨날.. 돈돈 일일.. 그거 열심히, 성실히, 아니야? 일중독이지?

은희   (화나는, 참고, 꼬나보며) 술중독보단 나.

미란   (가만 보며, 차분히, 그러나 처지지 않은) 나 술 많이 안 마셔. 내 경우 술보단 남자중독이지. 너도 알겠지만.

은희   (어이없게 보는) 뭐라는 거?

미란   (전화를 꺼내 녹음된 거 틀려 하며, 차분히) 좀 전에, 인정이가 전화했어. 내 전화가 자동녹음 기능이 있어서... 한번 들어볼래? (녹음 내용 중간 부분부터 틀며) 앞엔 그냥 다짜고짜 욕이고.. 여기서부터겠다.. 니가 들어야 할 말은.. (하고, 녹음 내용을 트는)

은희   (이런 상황이 싫어, 인상 써지는) ...

미란   (E) 니 신랑이 왜 나랑 있어?

인정   (술 취한, 화난, 속상한, 버럭 E) 명보가 너한티 안 감 어디 가서? 어디 가서? 내 신랑은 집밖에 모르는디, 이 밤에 짐 싸 너한티 안 감 어디 간?! 이 미친.. 너가 이 남자 저 남자 찝쩍이는 거 나만 그리 생각하는 거 아니라. 은희언니도 분명히 말했쪄. 세 번 이혼하는 거 아무나 하는 거 아니고이, 너 같은 거니까 한다고이. 너는 원래 그런 인간에, 남자, 사내중독이라고이!

은희   (답답한, 전화 들어, 끄고, 화나고 속상해, 애원조는 아니다, 화난 거에 가까운) 내가 설마.. 이런 말을.. 했겠냐? 너 나 못 믿으맨? 이건 그냥 인정이가.

미란   (말꼬리 자르며, 조금 냉정하게) 그래, 그랬을 거야. 이건 분명 인정이가 지어낸 말일 거야. 니가 설마.. 믿을게.

은희   (말꼬리 자르며, 속상해, 버럭) 그러게, 명보, 그걸, 무사 남의 남잘 껴안고, 만져서, 이런 사단을 만들어, 너는!!

미란	(차분히, 은희 빤히 보며) 내가 명볼 왜 못 만져, 친군데?
은희	(어이없는, 화난) 친구보다 부부라! 너는 그러니까 욕을 먹는 거라, 매사, 사리 분간 못 허고이!
미란	(차분히, 맘 아프지만, 담담히, 말하는) 부인한테 맞고 사는 친구를.. 불쌍한 친구를 내가 왜 힘들 때 안아주지도 못해?
은희	(답답한) 명보가 무사 맞고 살아! (답답한) 가이네(걔네) 사이좋아! 명보 안 맞아! 인정이 그런 애 아니라!
미란	내가 봤는데? 명보 몸 여기저기에 난 상처?
은희	(답답한) 말도 안 되는 소리..
미란	(차가운, 차분한) 그럼 내가 거짓말하니, 지금? 난 널 믿는데, 넌 날 안 믿는구나?
은희	(화나는) 무사 말이 그리로 튀어?!
미란	(가만 보며, 눈 안 피하고, 차분히, 흥분하지 않고 말하는) 니가 날 믿으면, 왜 그렇게 생각하나 이유가 뭐냐 물으면 돼? 그럼 난, 명보가, 단란주점 앞에서 지 등짝이나 여기저기 발톱 빠진 발가락을 보여줬다고 말하면 되고. 아니다, 기다, 이렇게 길게 말할 필요 없이.
은희	(속상하고, 피하고 싶은, 귀찮은) 알안, 알안! 너 말이 다 맞아! 이제 그만 자고, 낼 가라. 나도이 피곤타. (하고, 일어나려 하면)
미란	(은희 보며, 차분히) 이중인격자.
은희	(일어나다, 뭔 소린가 싶어, 보는) ?
미란	(차분히, 은희 보며) 나쁜 년, 이기적인 년.
은희	(어이없는, 앉고, 한판 붙잔 맘이다, 그래도 차분히) 뭐라는 거, 너? 술 취했?
미란	(옆에 일기장을 꺼내 은희에게 던져주며) 니가 보는 나.
은희	(일기장 보며, 맘이 쿵 하는) ? (맘은 놀라도 당황하지 않고, 참담한, 일기장을 들고, 휴지통으로 가, 넣어버리고, 미란에게 와, 선 채, 허리에 손 올리고, 속상하지만, 참으려 하는데, 잘 안 되는, 붙어보잔 맘도 있다, 버럭) 너 미천? 남의 일기장을 왜 봐?!
미란	(가만 의자에 앉아, 벽에 머릴 기대고, 은희를 올려다보며, 서글프지만 처지지 않고, 차분히 말하는) 영화, 브릿짓 존스의 다이어리에 이런 똑같은 장면이 있어, 여자가 남자 흉을 대바가지로 일기장에 써논 걸 남자가 보

	지.. 그 사실을 안 여자가 그래, 내가 일기장에 당신 욕을 한 건, (강조) 몇 달 전, 당신을, 제대로, 알기 전 일이다, 지금 나는.. 당신을 사랑한다.
은희	(미란 보며, 맘 아픈, 화도 나는, 복잡한) ...
미란	그 말을 들은 남잔 바로 화해해. 왜냐? (강조) 누구든, 자신을 잘 모를 땐, 자신을 욕할 수 있다고 생각하니까.. (눈가 붉어) 나도 날 잘 모르는 어떤 애가 날 나쁜 년, 이기적이 년, 이중인격자라 그럼, 웃고 넘기지. 인정이가 그러면 웃지, 나도. (맘 아픈, 눈가는 붉지만, 목소리는 차분한, 그래서 냉정하게 들리고, 맘 아프게 들리는, 차분히) 근데.. 날 세상에서 젤 잘 아는.. 너라서, 난 이 일이 웃어넘겨지지가 않아, 은희야. 니가, 날 나쁜, 이기적인, 이중인격자라고 하면, 난 정말... 그런 거니까. 말해봐, 내가 뭐가 나쁘고, 이기적이고, 이중적이야?
은희	(화나는, 참는, 답답한)
미란	왜, 너무 많아, 말하기엔?
은희	(순간, 속상하고, 화나, 버럭) 그래!
미란	(보는, 참담한, 그러나 흔들림 없는) ..
은희	(참담한, 머리 쓸어 올리고, 소주를 따라 마시고) 그만 가라, 다 지난 일, 그냥 덮어두자게. 다 늙엉.. 말하면 뭐 할 거라. 괜히 구차하고, 치사해지지이... (귀찮은 듯) ...나중에 내가 시간 남 서울 갈 테니까이 그때, 얘기하자이,
미란	(말꼬리 자르며, 차분히, 은희 보며) 내가 이중인격자면, 넌, 다중인격이야.
은희	(미란을 보는, 속상하고, 화난, 눈가 붉어, 원망스레 보면)
미란	(가만 피하지 않고, 은희를 보며) 싫은데 좋은 척, 수십 년을... 이해는 돼. 넌 의리가 세상에서 젤 중요하다고 생각하는 애니까. 넌 끝까지 의리 있는 애, 멋진 인간 소릴 듣고 싶은 거겠지? 근데... 널.. 세상에서 가장 오래 보고 젤 잘 아는 이 친구가 말해준다. 너... 그닥.. 의리 있는 년, 아냐.
은희	(화가 나는, 미란을 가만 빤히 보며, 다시, 참고, 술을 마시는)
미란	(그때, 콜택시 전화 오고, 받는) 네, 나가요. (하고, 전화 끊고) 그냥 나 버려? 못 버려? 의리 빼면 시체 같은 정은희라? 그럼 내가 버려줄게. 자식 낳고 산 남자도, 한 침대에서 살 부비고 산 남자들도 두 번 세 번 버렸는데... (맘 아프지만, 독하게) ..너쯤이야. (맘 아픈, 자조적으로) 한없이 의미 없이 길기만 한, 한없이 가벼운.. 우리 우정, 니 일기장처럼 쓰레기통에 처박아

버리자, 우리.. (하고, 옆의 가방 들고, 나가는)

은희 (술을 마시고, 다시 술을 따라 마시는데, 속상하고, 맘 아파, 왠지 모르게 눈물이 나는, 그냥 방으로 들어가, 침대에 눕는, 눈물이 흐르는, 화가 나는, 후후 한숨을 고르는) ...

씬25. 몽타주.

1, 제주 시내, 달리는 택시 안, 새벽.
미란, 창가로 제주의 풍경을 내려다보는데, 맘이 아픈, 눈물 흐르면 닦고, 차분한,

2, 매일시장, 낮.
은희, '갈치, 갈치, 은대구, 쥐치!' 하며, 생선 토막을 내고, 포장해, 손님 주고, 밀려드는 손님 피해, 잠시, 수건으로 땀 나는 목을 닦다가, 미란이 준 목걸이가 툭 떨어지는, 그걸 다시 줍는데, 맘이 불편하고, 아픈, 속상해, 나가는,

민군, 양군 사장님, 어디 가세요! 바쁜데!
은희 (그냥, 대꾸 없이, 가는, 막막한)

씬26. 방파제, 낮.

은희, 가만 바다를 보며 앉아 있는, 미란의 말에 자꾸 슬퍼지고, 화가 나는,
은희, 일어나, 트럭으로 가며,

은희 (이를 앙다물고, 속상한, 작게) 나쁜 기집애... 뭐... 그닥... 내가 의리 있는 년은 아니야?.. 이게 진짜.....

씬27. 옥동의 방 안, 낮.

은희, 벽에 붙은 예전 글자판을 떼내고, 미란이 두고 간 새 글자판을 큰 테이프를 잘라, 잘 붙여주는, 맘이 불편하고, 화난 듯,
옥동, 춘희, 그런 은희를 보며,

옥동 (차분히) 간다는 인사는 할 줄 알아신디....
은희 (안 보고, 일만 하며) 일이 바빴나 봐양..
춘희 (옥동에게) 한번 봄 됐지게.. 뭘 이쁘지도 않은 늙은이들을 두 번씩 봐... (은희에게) 미란이 불쌍한 애라.. 느가 잘해주라이..
은희 (맘 불편한, 안 보고, 일만 하며) 가이(개)가 뭐가 불쌍해마씸! 이 남자 저 남자 바꿔가멍 살고, 지 똘도 애비가 키우는디,
옥동 (담담히) 이 남자 저 남자 바꿔 사는 게 불쌍하지..
은희 (옥동 처지가 겹쳐, 아차 싶은, 미안해, 눈치 보면)
옥동 .. (마당 보며, 담담한) 오래 정 붙일 데가 어시난, 그러지... 똘도.. 지가 못 키우니.. 아프지..
춘희 (옆의 걸레로 방을 닦으며) 야이(애)는이 자식 없엉, 모른다. 지윤이가이 미란이가 여러 번 결혼한 게 약혼자한티 민망하댄이..
옥동 (은희에게 말하는) 새어멍이 교수라 더 좋댄이...
춘희 세계일주 오지 말랜 한 거가.. 많이 아파실 건디.. 좀 있당.. 맘이나 추스르고 가지게.. 에고..
은희 (일만 하는, 맘이 불편한, 안 보고) 지윤이가 세계일주 오지 말랜 했댄마씸? 지가 일 바빵, 안 간 게 아니고?
옥동 (차분히, 은희 보며) 일은 무슨.. 똘한티 갈라고 가게도 벌써 접었댄 허던디.. 너는 몰랐쩌?
은희 (일하는, 맘 불편한) ...

씬28. 길거리, 낮.

은희, 걸어가는,

춘희　　(E) 미란이 가이(개)가이... 은희, 너가 너무 바쁘고 힘들어 보이난 말 않고 기냥 간 거라.. 지 일 말함 일 많은 너 더 머리 아프댄... 너 신경 쓴다고.. 우덜한티도 말하지 말랜이.. 눈물 두어 번 찍고.. 가서.....

그때, 인권의 차 오다, 서며, 운전석에서 고개 디밀고, 은희 보고,

인권　　(마치 신난 듯) 야, 은희야, 명보 집 나갔쪄!
은희　　(뭔 소리야 싶은, 보면) ?
인권　　지 본가 간, 인정이한테 명보가 맞고 살았대! 보다보다 못한 똘이 이혼하랜, 명보 편을 들고, 놀랍지이?! 더 놀라운 건, 명보랑 전화해신디이, 명보는 너무 행복하댄! 미란이가 지 인생 구제했다고!
은희　　(미란이 생각나는, 답답한, 가는)
인권　　(차를 뒤로 후진해, 은희 앞에 세우고) 미란인? 너네 집에 이서?
은희　　(가며) 갔쪄.
인권　　아이고, 시원하다이, 잘됐네...
은희　　(뭐, 저런 인간이 있나 싶어, 돌아보면) ?
인권　　사실 말이야 바른말로 가이(개) 오면, 피곤하게, 하루 이틀은 몰라도 삼일 넘어감.. 귀찮고.. 너도 편하지이?
은희　　(왠지 서운해, 인권 보며) 내가 어서(없어)져도 저렇게 말할 놈.
인권　　야, 임마, 넌 다르지게? 너가 여기 하루만 어서져보라(없어져봐), 나 호식이 명보 성배.. 옥동 춘희삼춘, 영옥이 달이 별이, 정준이.. 동석이까지.. 난리 나지게.. 미란인, 그냥 왔다 가는 시원한 바람. 너는이... 우리들의 기둥. 미란인 그냥 스쳐 가는 정거장, 너는이, 우리들의 종착역. (하고, 윙크하고, 가버리는)
은희　　(가는데, 맘이 무거운)

씬29.　은희의 집 안, 낮.

은희, 쓰레기통을 뒤져, 일기장을 꺼내, 식탁으로 와서, 볼펜 들어, 일기를
쓰는,

은희   (E) 미란이가 내 인생에서 완전히 나갔다. 근데.. 기분이...

은희, 무심히, 옆의 꽃병 보는데, 미란이 생각이 나는, 고개 들어, 집 안을
보면, 미란이가 집 안을 치우는 모습이 보이는(상상, 촬영 요), 커튼을 혼
자 힘들게 다는 모습도 보이는, 미란이가 생각나는, 은희, 답답한, 옆에 전
화길 들어, 연락처에서 미란일 찾아, 가만 노려보듯 보는,

미란   (E) 널.. 세상에서 가장 오래 보고 젤 아는 이 친구가 말해준다. 너... 그닥..
의리 있는 년, 아냐.
은희   (전화기를 던지고, 속상한, 후후 한숨을 쉬고, 벌떡 일어나, 방으로 들어가
는)

* 점프컷 – 시간 경과, 다른 날 새벽 》
은희, 방에서 부스스한 모습으로 나와, 물 마시는, 앞 장면과 다르게 원래
처럼 어질러져 있는 집 안,

씬30. 달리는 은희 차, 아침.

은희, 답답하게 운전해 가는,

은희   (속상하고, 화나, 구시렁) 뭐 내가... 그닥.. 의리 있는 년이.. 아냐?

* 점프컷 》
은희, 열받아, 차를 길가에 세우고, 숨을 후후 고르는, 생각할수록 열받는,

은희   (구시렁) 지가 감히.. 어떻 나한티... (하고, 전화기 들어, 미란에게 전화를
하는데, 안 받는, 다시 전화해도, 음성메시지로 넘어가는, 끊고, 차를 운전

해, 공항으로 가며, 전화해 말하는) 민군아, 나 서울 간다이. 가게 대충 너가 꾸리라!

씬31. 미란의 아파트 전경, 낮.

씬32. 미란의 아파트 앞, 낮.

은희, 엘리베이터에서 내려, 미란의 아파트 앞으로 가, 현관을 째려보다, 초인종 올리는,
아무 소리도 안 들리는, 몇 번 눌러도, 안 나오는, 주먹으로 문을 두어 번 치는, 그래도 안 나오자, 은희, 답답한, 미란에게 전화하는, 안 받는,
은희, 문득, 생각나는, 마사지숍으로 전화하는,

씬33. 마사지숍, 낮.

손실장, 카운터에서 손님 카드를 받아, 계산하는, 밝은,

손실장   고맙습니다. 5번 룸이요.
손님   (룸으로 가고)

그때, 미란, 룸에서 마사지하고 나와, 탕비실로 들어가, 음료를 가지고 나와, 마시는,

손실장   사장님 다시 오니까, 뭔가 일이 제대로 돌아가네. 사장님 없는 날은 아주 난리 부르스가 나고.. 그냥 여기 다시 사요?
미란   (음료 마시며) 싫다고 했어, 그냥 난 당분간 이렇게 니 밑에서 고액 알바. 두 달 후, 난 아이슬란드 오로라 보러 갈 거야. (손실장에게) 사장님, 이제 죽으셨어요? 매출 신경 쓰실라면? (하고, 웃는)

손실장	(전표 보고) 참 7번 룸에 좀.
미란	난 관리직이야, 브이브이아이피 아님 안 받아. 다른 직원 시켜.
손실장	브이브이, 브이, 브이, 브이, 아이피! 됐죠... (하고, 웃으며, 다른 데로 가는)
미란	누군데.. (손실장, 사라지고) 저게.. 진짜.. (하고, 7번 룸으로 가는)

씬34. 룸 안, 낮.

미란, 들어와, 보면, 은희, 마사지 침대에 엎어져 있는, 맨몸에 수건을 덮고 있는,

미란	죄송합니다, 손님, 늦었습니다. (하고, 찜질 된 수건을 꺼내) 조금 뜨겁습니다. (하고, 손님의 등에 덮여 있는 수건을 벗기다, 은희의 등을 보는 순간, 뭔가 이상해, 발을 보고, 손을 보면, 은희구나 싶은, 뭔가 맘이 짠해지는, 가만 맘 추스르고, 은희의 몸을 정성스레 닦는)

＊ 점프컷 》
마사지 침대 안면이 뚫린 홀에서 카메라 잡는, (혹은 고갤 옆으로 틀거나)

은희	(다짜고짜, 화난, 속상한, 눈가 붉은) 내가 무사 의리가 어신(없는) 년이라?
미란	(닦아주며, 따뜻하고, 차분히) ..따지러 왔냐?
은희	(속상하고, 분한, 눈가 붉은, 일어나려 하며) 너 목걸이도 돌려주고,
미란	(못 일어나게 눕히는, 맘이 짠한) 그냥 따져, 입은 열려 있잖아.
은희	(속상해, 눈물 나는, 참고) 의린 너가 없지게, 이 새끼야! 너가 늘 나를 만만히 보고.... 무수리 취급하고.. 일 년 전! 너 그랬지! 너 세 번째 이혼했을 때, 나가 너 연락이 안 돼 걱정돼, 죽어라 제주에서 서울까지 한달음에 달려왔을 때, (속상한) 너가이.. 술 처먹고 니 친구들 앞에서...
미란	(은희가 터지는 게 고마운, 등이며, 손이며, 발이며, 닦아주며, 그러나 차분히) ..내가 내 친구들 앞에서 뭐랬는데?
은희	(눈가 붉어, 속상한) 나는, 너가이 오라면 오고, 가라면 가는, 세상 만만한 년이라고이...

미란	..
은희	어떵 너가 날, 그렇게 꼬붕처럼, 무수리처럼, 하녀처럼..
미란	(눈가 붉어, 차분히) 꼬붕 무수리 하녀는... 아니고.. 니가 만만한 건, 사실.
은희	(다시 일어나려 하며) 뭐라?
미란	(다시 눕히며, 차분히, 따뜻하고, 서글프게) 야, 새끼야.. 내가 이 세상에서.. (왈칵하지만, 참는) 만만한 사람이.. 너밖에 더 있냐? (침대에 올라가, 등을 마사지하며) 부모도 형제도 나 이혼한 거 가지고, 싫어하고, 부끄러워하고, 딸년조차 차가운 시어머니처럼 한없이 어려운데..... 내가 이 세상에서 너 하나만은 만만히 생각하고, 편하게 생각하면, 안 되냐? 새끼야.. (하는데, 눈물이 은희 등에 뚝 떨어지는)
은희	(눈물이 느껴지는, 속상한, 맘 아픈) ..
미란	(눈물 손등으로 닦고, 오일 발라, 마사지하며, 말하는, 처지지 않게) 호식이 가 어려서 내가 너한테 한 짓을 말하드라.. 내가 너한테 얻어먹는 주제라고 했다고... 내가 그래서 그랬어. 난 어려서라 잘 기억은 안 나지만, 만약 내가 그렇게 말했다면, 그년은, 진짜 미친.. 천박한 년이라고..
은희	(맘이 조금 풀리는, 속상한, 눈물이 바닥에 떨어지는, 그래도 맘 아프게 묻 는) 내가 무사 의리 없는 년이라..
미란	의리가 없는 년은 맞지.
은희	(일어나려 하면)
미란	(눕히고, 마사지는 힘 있게 하며, 맘 아픈) 니가 만약 의리가 있다면... 나한 테, 서운하다, 상처받았다, 말했어야지. 오늘처럼 이렇게 와서... 따지고, 내 가 잘못 인정 안 하고, 미안하다 사과하지 않으면, 머릴 뜯었어야지, 인정 이처럼. 그래야, 그게 의리지 이 새끼야.. 모르는 남처럼 가슴에 원한 품는 게 의리가 아니야..
은희	(수긍이 가는) ...
미란	내 말이 맞지, 너 의리 없는 거.. 맞지?
은희	(맘이 풀린) 지랄... 뭐, 먹고살기 힘든디... 너 머릴 뜯잰 서울까지 오겠냐.
미란	오늘은 왜 왔냐?
은희	(한풀 꺾인) 우리 우정 쓰레기통에 버려도.. 맘이 안 편해, 왔다게, 새끼야.
미란	(짠해, 웃고, 팔꿈치로 세게 어깨를 마사지하며) 의리 있는 년.
은희	악!

미란	(다시, 진중하게 마사지하며, 차분히) 몸이 돌이야.. 이 몸으로... (맘 아픈, 참고, 짐짓 가볍게) 손님, 이러다 중풍 맞아요, 뇌질환 오시고.. 오늘 스케줄 어떠세요? 바로, 제주 가시나요?
은희	(한풀 꺾인, 투박한) 너한티, 원한 풀잰 하면 2박 3일은 풀어야 하는디, 오늘 제줄 어떵 가크냐. 모레 갈 거여! 너, 단단히 맘먹으라, 내 원한 다 받을람.
미란	(고마운, 진지하게, 마사지하며, 처지지 않게) 네네.. 그럼 시간도 많으신데. 마사지는 풀 코스로... (맘 아픈, 참고, 짐짓 가볍게) 손님 몸이 너무 굳으셔서... 제가 이대론 그냥 가신다고 해도.. 못 보내겠네요.....
은희	(미란의 맘이 느껴지는, 손힘도 느껴지는, 고단도 느껴지는, 짠한) 맨날 신간 편히 카운터나 보는 줄 알아신디,
미란	(땀 나는, 마사지에 집중하며) 대학 나와, 이 일 하며 신간 편히? 웃기고 있네...
은희	(맘이 짠한) 손아귀 힘이 제법이다이...
미란	인정이 머리 끄댕이 잡아채는 거 봤을 건데.. 아, 니 빰 친 건 안 아팠니?
은희	(안 웃고, 농담) 돌려주켜. 나가. 싸대기 맞은 거.
미란	(따뜻하게, 웃고) 그만 말하고 자, 좀. (가만 신중하게, 마사질 하는, 은희의 굳은 몸이 안된, 따뜻하게 주무르는) ...
은희	(E) 사실 난 미란이랑 더 이상 어떤 할 말도 없었다. 내 굳은 등짝에, 곱지만 아구진 그 새끼 손이 닿을 때, 모든 걸 알 수 있었다. 부모 형제가 다 살아 있어도, 살 섞고 살았던 남편이 세 명이나 있었어도, 세상 귀하고 아까운 딸이 있어도, 미란이에게는 이 험한 세상에서 만만하고 편한 사람이 나뿐이라는 걸, 부모 없고, 남편 없고, 자식 없는 나에겐 더더욱이, 나를 완전히 이해하는 사람이 미란이 한 사람 뿐이란 걸. 그 밤, 우리에게 예전보다 더 진한 깊은, 추억 하나가 생겼다.

씬35. 길거리 스티커 사진 부스(인생네컷 사진관?) 안, 다른 날, 낮.

미란(목걸이 목에 건), 은희를 끌고, 부스 안으로 들어가며,

미 란	(조르는) 찍자. 다정하게, 찍자!
은 희	(싫은, 앉으며) 아, 진짜... 진상.. 너는 이뻐서, 사진 찍는 거 좋아하지게! 나는, 못나,
미 란	(입 막으며) 그만! 의리!
은 희	(미란의 손 내리고) 비행기 시간, 늦으켜, 어서, 찍으라!
미 란	(자기 백에서 목걸이 케이스 꺼내, 안의 목걸이 꺼내서, 은희 목에 걸어주며) 내 목걸이랑 같은 거.
은 희	(목걸이 보며) 난 땀 많아, 이런 거 별론디.
미 란	(팔뚝 디밀며) 의리.
은 희	(미란 팔뚝에 제 팔뚝을 걸며) 의리.
미 란	자, 다시 만날 그날을 그리며, 사진.. (하고, 작동하려다, 은희 보며) 참, 너, 내 뜻대로 하자 그래서, 또 상처받을라나?
은 희	(장난, 으름장, 팰 듯) 웃기냐?
미 란	(밝게) 크크크... 그땐 참지 말고, 내 머리 뜯으러 오기! (화면 보며) 찍습니다.

은희 미란의 온갖 익살스런 사진들, 컷컷으로 지나가며, 엔딩.

14부 ——————— 영옥과 정준
그리고 영희 1

사람이 어떻게 맨날 좋아서 낄낄대고 웃기만 해요?
이런 게 정상이에요. 이런 게 사람 사는 거예요.
좋았다 나빴다, 이런 게.

자막 : 영옥과 정준 그리고 영희 1

씬1.   따뜻한 느낌의 은혜의 집(발달장애 보호시설, 경기도 정도)
        복도 안, 아침.

        영희(다운증후군, 발달장애 2급), 청소용 앞치마 하고, 땀을 흘리는, 큰 대
        걸레를 들고 바닥을 물청소하는 모습, 바닥에 휴지가 떨어져 있으면, 주워,
        앞치마 주머니에 넣는, 영희, 힘든지, 땀을 뻘뻘 흘리는, 그래도 열심히 청
        소하는, 그때, 시설의 아이들 여러 명, 이층에서 우르르 뛰어나와 영희를
        본척만척하고 뛰어가는,

영 희   (그 아이들을 보며, 화난 듯, 버럭) 넘어져! 뛰지 마! (하다가, 아이들이 귀
        여운지, 씩 웃는, 그리고 다시 청소를 열심히 하는)

        그때, 장선생, 외출복 차림으로 현관 앞에서,

장선생   영희야! 나와!

씬2.   승합차 안 + 길거리(경기도 시내), 아침.

영희(가방 멘, 손가방도 옆에 든)와 발달장애1, 2, 타고 있고,
장선생, 운전하며 가고 있는, 차 안에서 노래가 흘러나오고,

영 희   (핸드폰으로 지나가는 창밖을 연속 촬영하고는, 핸드폰 넣고, 손가방에서
        뜨개질감을 꺼내 뜨개질하는, 그러면서 계속 노래를 진지하게 감정 넣어
        부르는)
발달장애 친구들1, 2   (함께 노랠 부르거나, 핸드폰 게임을 하는)
장선생   (운전하며, 같이 노랠 부르는, 편안한)

씬3.   베이커리 카페(경기도 시내), 아침.

        영희, 카운터에서 유니폼을 입고, 손님에게 말하는(더듬으면 더듬는 대
        로), 장선생, 뒤에서 설거지를 하며, 영희가 손님에게 하는 걸 보는, 직원1,
        커피를 내리는, 멀리, 뒤쪽 주방에서, 비장애인과 빵 굽는 발달장애 친구들
        1, 2가 보이는,

영 희   (계산기 모니터에 메뉴 등록하는) 아이스커피 두.. 두 개랑, 치치치, 치즈
        케잌 하나... (계산대 모니터에 금액이 쓰여 있는 걸 보고) 시, 시, 십팔, 천
        원.
장선생   (웃으며) 손님 만 팔천 원입니다.
영 희   (손님에게) 만, 만, 팔천 원.
손 님   (웃으며, 카드를 내면)
영 희   (카드 받아, 신중하게, 카드를 그어 계산을 하고 손님 보면)
손 님   (웃으며) 카드 주세요.
영 희   (아차 싶어, 카드 주며) 고, 고, 고맙습니다. (뒤에 손님에게) 뭐.. 뭐.. 드릴래
        요?
장선생   (웃고, 주방에 빵 굽는 분에게) 오선생님, 수고! (하고, 앞치마 벗고, 옆에
        가방 들고 나가며, 영희에게) 두 시간 뒤에 교대할 때 데리러 올게. (하고,
        나가는)

영희	(고개 끄덕이고, 손님의 주문을 받는)
손님	모카라떼랑, 피칸파이..
영희	(진지하게 손님 눈 보고, 들으며 따라 말하는) 모카라떼랑.. 피피피..
손님	모카라떼랑, 호두파이.
영희	(손님 눈 보며, 신중하게 말하는) 모카라떼랑 호두파이랑,

* 점프컷 - 시간 경과 》
영희, 카운터에서 손님 기다리며, 창가로 지나가는 사람들이며 풍경 사진을 핸드폰으로 신경 써서 여러 장 찍는,

씬4.   바다 + 바닷속, 낮.

영옥의 태왁에서 카톡이 오는 소리가 계속 나는,
영옥, 바다에서 나와, 전복을 넣고, 핸드폰을 확인하고, 사진을 보고, 문자 넣는,

영희	(E) 오늘 *월 *일인데.. 나 보러 온다고 했는데, 왜 안 와, 밤에 와?
영옥	(담담히, 톡 하는, E) 일이 바빠, 다음 달 첫 번째 일요일에 갈게.

영옥, 핸드폰 다시 태왁에 넣고, 다시 바다로 신중하게 들어가는,

* 점프컷 》
영옥, 바다로 잠수하는,

씬5.   카페 앞 + 차도, 낮.

카메라, 창 안으로 카페를 보면, 교대한 다른 비장애인들이 카페 일을 하는,
영희, 카페 앞에 내놓은 의자에 앉아, 가방 메고, 손에 뜨개질 가방 든, 장

선생 기다리며, 핸드폰을 보는,

영희   (영옥의 담 달이라는 문자를 보고, 서운해, 구시렁, 가끔 더듬는 O. L) 다
음 달... 다음 달.. 맨날 다, 다음 달. 1, 1월에는 2월... 6월에는 7, 7월.. (하고,
고개 드는데, 정류장에 택시가 줄지어 서 있는, 그 택시들을 가만 뚫어지
게 보고 생각하다, 불쑥) 니가 안 오면... 내, 내, 내가, 내가 간다. (하고, 일
어나, 걸어가, 택시를 타는, 창문 열고, 좋아서, 소리치는) 야호!

카메라, 영희가 타고 있는 택시가 서 있는 모습 보여주다, 한참 뒤로 가면,
장선생의 승합차 서 있고, 그 안의 장선생, 영희의 택시는 못 보고, 카페로
가기 위해, 운전석에 앉아, 음악 들으며 신나는, 편안한,

씬6.   택시 안, 낮.

영희, 차 창문 열고, 바람을 맞으며, 신나, 노랠 부르며, 소리치는, 기사, 이
상한,

기사   (목적지를 말 안 하고, 다짜고짜, 소릴 지르고, 노래 부르는, 영희가 이상
한) 어디 가세요? 손님.. 손님!
영희   (노래만 부르는, 기분 좋은)
기사   (버럭) 손님!
영희   (노래 멈추고, 보면)
기사   (룸미러로 보며, 답답히) 어디 가시냐고, 몇 번을 물어요? 목적지? 어디?
영희   (진지하게 말하는) 제주! 서서서 서귀포! 푸.. 푸릉. 영, 영옥이네. (하고, 가
방에서, 지갑을 꺼내, 돈을 보여주고, 다시 넣고, 창가 보며, 노래 부르는)
기사   (룸미러로 멍하게 영희 보고, 뭔 소린가 싶어, 운전해 가며, 영희를 다시 이
상하다 싶게 보는)

씬7.   거리, 낮.

장선생, 걱정스런, 마구 뛰어서, 지구대를 향해 들어가는,

씬8.   지구대 안, 낮.

지구대 안, 한쪽 보호석에 취객이 자고 있고,
거기서 멀리 떨어진 자리에, 영희, 앉아서, 진지하게 뜨개질을 하며, 경찰
들 일하는 것 보고, 다시 뜨개질하는, 그러다, 문소리가 나, 출입구를 보면,
장선생, 숨을 헉헉대며, 주변을 둘러보며, 영희를 찾는,

영희   (무심히 고개 들다, 장선생 담담히 보고, 조금 미안해, 고개 돌려, 뜨개질
감만 보고, 뜨개질하는)

씬9.   깔끔하고 정갈한 모텔 전경, 밤.

정준의 깔깔거리는, 즐거운 웃음소리가 나는,
영화에서 노랫소리(댄싱 퀸즈의 '아임 서바이버' 같은, 신나는)가 나오는,

씬10.   제법 넓은 모텔방 안, 밤.

티브이가 켜진,
정준, 침대에 속옷 차림으로 누워, 맥주와 피자를 먹으며 영옥을 보는, 영
옥, 티셔츠에 반바지 차림으로 피자를 들고 먹어가며, 티브이 속 영화(댄
싱 퀸즈 혹은 다른 영화, 다른 노래도 됨)에 나오는 가수의 립싱크를 하며,
춤을 추며, 침대 위에서, 뛰어 내려가, 의자 혹은 탁자에 올라, 노랠 부르는
걸 보며, 귀엽고 재밌어 깔깔대고 웃는, 영옥, 작게 흉내 내며 노래하는, 정
준을 보고, 일어나라고 하면, 일상복 차림의 정준, 일어나, 침대에서, 립싱
크를 하며, 영옥과 즐겁게 신나게 노는 모습, 점프컷으로 보여주는,

그러다, 정준, 영옥의 허릴 잡아, 빙빙 돌리다, 침대에 넘어트리고, 정준, 모텔방 끝까지 갔다가, 장난치듯 잔걸음으로 뛰어와 의자를 지지대 삼아 밟고, 침대에 대자로 떨어지려 하면, 영옥, 옆으로 피하며, 즐거운 비명 '악!' 정준, 영옥을 등 뒤에서 안고, 둘이 깔깔대고 웃는, 영옥, 웃으면서도 노랠 부르는,

씬11. 정준의 트럭 안 + 빈 도로, 밤.

정준, 기분 좋게, 운전하며, '라라라'(혹은 신나는 프러포즈 노래) 노랠 틀어놓고, 창문 열고 신나게, 흥얼거리며 가는, 영옥에게 불러주는 세레나데 같은 느낌이다, 그때, 뒤에 있던 영옥의 차, 앞질러 가며, 비상등 켜서, 인사하고, 기분 좋게 운전해 가는, 동네에서 둘이 한 차로 다니는 걸 보이지 않기 위해, 따로따로 가는,
정준, 웃으며, 차를 몰아, 앞질러 가고, 비상등 켜고, 그렇게 엎치락뒤치락 서로 놀듯이 운전해 가는 느낌, 그러다, 정준이 먼저 자기의 버스 앞에 도달하고, 트럭이 서고, 영옥, 차창으로 손 내밀어 밝게 정준에게 흔들어주고, 집 쪽으로 가는, 비상등 깜박여주는, 정준, 트럭에서 나와, 가는 영옥 보고, 기분 좋고, 따뜻하게 웃고, 버스 안으로 들어가는,

씬12. 정준의 버스 안, 밤.

정준, 불 켜고, 양치를 하는, 기분이 너무 좋은, 경쾌한,

씬13. 영옥의 집 앞 + 영옥의 차 안, 밤.

영옥, 편하게 가는데, 거치대의 핸드폰에 전화가 오는, 장선생님이다,
영옥, 집 앞까지 가서, 차를 세우고, 전화를 그냥 보는, 안 받고, 싶은(너무 무겁진 않은, 이런 일이 일상적인, 조금 불편한 느낌으로), 그러다, 전화가

꺼지면, 잘됐다 싶은, 나가려고 핸드폰을 빼고, 톡 오면, 톡을 보는,

장선생   (E, 담담한) 내일 오후 두 시 비행기로 영희가 제주에 간다. 세 시쯤, 마중 나가.

영옥   (순간, 이게 뭔가 싶어, 당황스럽고, 답답한, 전화하며, 집으로 들어가며, 짐짓 가볍게, 양해를 바라는 목소리다) 장선생님, 전화하셨었네요. 제가 오늘 포차 일이 늦게 끝나서, 전화를 못 받았어요, 근데 영희가 제주엘 온다니.. 무슨 소리예요? 영희가 막무가내로 여기 온다고 떼써요?

씬14. 발달장애인 숙소(아파트 구조) 전경 + 거실 안, 밤.

거실에서, 영희(잠옷 차림), 발달장애인 친구들1, 2, 3(잠옷 차림)들이 집에 갈 짐들을 챙기며, 노랠 부르며, 짐가방을 싸는, 영희, 옷을 야무지고 정갈하게 개는,

영옥   (E) 그럼 안 되는데, 제가 물질을 나가서, 영희가 와도, 돌봐줄 수가 없는데.. 여긴 와도 잘 데도 없고...

장선생   (영희에게, 주지시키는) 아래층에서 시끄럽다고 올라온다, 조용.

영희   (눈치 보며, 그러나 기분 좋은, 아주 작게, 노래를 부르며, 옷을 정갈하게 싸고, 가방에 넣는)

발달장애인1, 2, 3 (웃고, 노래 멈추고, 가방을 다 싸고, 잠그면)

장선생   (밝게) 잘했어! 이제 다들 방에 가, 잘 자. (손 내밀어, 하이파이브 하게 해주는)

발달장애인1, 2, 3 선생님, 잘.. 주무세요. (하고, 순서대로, 장선생과 하이파이브를 하며, 각자의 방으로 들어가는)

영옥   (E) 장선생님, 영희 바꿔주세요, 제가 영희 잘 설득해볼게요.

장선생   (다들 들어가면, 영희 보며) 영희가 문제가 아냐, 여기 시설 전체 리모델링이랑 숙소 도배 장판 공사를 해서, 이곳에 있는 친구들 전부 일주일간 집으로 돌아가야 돼, 나도 그렇고. (짐 다 싸고, 자길 보는 영희에게, 편하게) 굿나잇. (하이파이브 하려 손 내밀고)

영희   (일어나, 하이파이브 하며, 가방을 문 앞에 갖다 놓고, 씩 웃고, 방에 들어 가는)

씬15. 영희의 방 안, 밤(스탠드가 켜진).

정갈하고, 군더더기 없는 방(영희와 발달장애 친구1이 같이 방을 쓰는 구조), 영희, 방에 들어와 핸드폰으로 자는 친구의 얼굴 사진을 진지하게 찍는, 한쪽에 책장 서랍에서 스케치북을 꺼내, 연필을 들고선, 책상에 앉아, 핸드폰으로 영옥 사진(어릴 때 영희 영옥 사진)을 열어, 그걸 보며, 그림을 그리는, 아주 진지하게 몰입하는, 그 그림 위로,

영옥   (E, 부탁하는, 속 타는) 장선생님, 제가 번번이 정말 죄송한데, 지금은 영희를 데리고 있을 수가 없어요. 단 하루도. 해녀 일이란 게, 무슨 회사처럼 휴가를 낼 수 있는 일도 아니고.. 여러 사람이 한꺼번에 같이 움직여야 돼서.. 그리고 요즘은 물때 시간이 바뀌어서 새벽부터 일을,

장선생 (E, 담담한, 말꼬리 자르며, 따뜻하게) 영옥아, 나도 니 사정은 알지?

씬16. 영옥의 집 안 + 영희의 숙소 거실 안, 교차씬, 밤.

영옥   (침대맡에 앉아, 난감하고, 당황스럽고, 답답한, 그러나 최대한 맘을 진정하려 하며 전화를 하는) 선생님 어머니 집에 전처럼 잠시만 영희를 좀 맡아달라고 하면 안 될까요? 영희도 장선생님 어머니 좋아하고, 장선생님 어머니도 영희라면 늘 이뻐하시니까,

장선생 (말꼬리 끊으며) 어머니, 치매 걸리신 지 오래야.

영옥   (어쩌지 싶은, 난감한) ?

장선생 전주 오빠네 계셔. 나도 어머니 뵌 지 오래돼서, 이참에 좀 내려가 보려고... 영옥아, 영희 옛날하고, 달라, 많이 교육되어져 있고, 사회성도 훨씬 늘었고, 이젠 지하철도 혼자 타.. 조현병은 벌써 다 나았고..

영옥   (애써 담담히) 조현병 나은 건 저도 알죠. (어떻게 할까, 생각이 많다, 답답

한) 그럼, 제가 서울 올라갈게요. 제가 (옆에 달력 보며, 조업일지를 보며)
담 주 월요일엔 물질 쉬니까, 오늘이 목요일이고, 한 사흘만.. 있다가,

장선생   낼 오후 세 시에 비행기 도착이야. 꼭 나가. 니가 안 나가면, 영희 케어하는
승무원들이 난감해지잖아. 영희도 실망하고... 끊는다. (하고, 전화 끊고, 영
희 방으로 가는)

영옥   (다시 전화하지만, 장선생 안 받는)

* 점프컷 - 영희의 방 안 》

장선생, 영희 방으로 와서, 문 열고,

장선생   (따뜻하게) 영희야.

영희   (그림 그리던 걸 들킬까, 몸으로 스케치북을 안는)

장선생   나도 니 그림 보고 싶은데..

영희   (고개 젓는) ...

그때, 영희 핸드폰으로 영옥의 전화가 오는,

영희   (받으려 하면)

장선생   받지 마.

영희   (장선생 보는) ?

장선생   (웃으며) 그냥 제주 가서 봐. 그래야 더 반갑지. 그림 그려.

영희   (씩 웃고, 고개 끄덕이고, 전화기 책상에 놓고, 그림 그리는)

장선생   잘 자. 이화백,

영희   (미운 듯 눈 흘기고 장선생을 보며, 정정해주는) 이이, 이작가님.

장선생   (웃으며) 그래, 이작가님. 잘 자요, 그림 적당히 그리시고. (하고, 나가고)

영희   (다시 그림을 그리는, 신중한)

* 점프컷 》

영희의 핸드폰에 영옥의 전화가 계속 오지만, 영희는 아랑곳하지 않는,

씬17. 영옥의 방 안, 밤.

영옥, 속상하고, 답답해, 화난 듯, 전화기를 끄고, 전화기를 한쪽에 놓고, 주방으로 가서, 냉장고 문을 열어, 얼음을 꺼내, 물잔에 넣고, 물을 가득 따라 벌컥벌컥 마시는, 그때, 톡 소리 나는, 영옥, 영희일 것 같아, 얼른 달려가 핸드폰을 열면, 정준에게서 동영상 톡이 온, 뭔가 싶어, 열어 보는,

* 점프컷 - 동영상 》
정준, '라라라' 중, '사랑해요..' 부분을 노래하는, 그러다, 멈추고,
정준, 빌라 전단지를 펼쳐 보여주며,

정 준 대출 1억 정도 받으면 현재 내 수준으로 살 수 있는 이 빌라는.. 이십 평형, 방이 두 개에, 화장실이 하나. 대부분의 가전제품 풀 옵션... 바다 전망, 뒤로는 한라산도 보이고...

영 옥 (조마조마한, 슬프고, 당황스럽고, 복잡한, 살짝 아랫입술을 물어뜯는)

정 준 (따뜻하게, 웃으며, 무겁지 않게) 나, 이 집 사려고 하는데 한번 봐주세요. 누나 맘에도 드는지. 우리가 애도 아니고, 뭐 나중에 모르잖아요. 결혼까지 갈지도. 그렇다고, 누나 불편하게 지금 당장 결혼하잔 말은 절대 아니고.. 그냥, 나는 누나를 결혼을 전제로 만난다, 그렇게 내 맘은 진지하다, 말하고 싶었어요. (설레는 따뜻한 웃음을 짓고) 참 그리고 부모님한테 만나는 사람 있다니까.. 한번 보자고.. 가볍게, 밥 먹으러 간다 생각하고, 물질 쉴 때 가요. 잘 자요. 사랑합니다. (장난스레) 충성! (하고, 동영상을 끄는)

영 옥 (난감한, 답답한, 눈가가 붉어지는, 다시 동영상을 틀어 보다, 속상해, 핸드폰 한쪽에 놓고, 거실 창을 열고, 허리에 손 얹고, 바닷바람을 맞는데, 눈물이 나는, 어떻게 할까 생각이 많다, 이런 상황이 기쁘긴커녕 힘든 게, 화도 나고, 손바닥으로 눈물 닦고, 마음의 정리를 하는, 그 모습이 어둡다기보단 뭔가 단호해지려는, 감정적이지 않게, 진지하게 생각하는, 입술도 살짝 무는, 정리하자, 정리하자, 스스로 의지를 다지는, 더 이상 영희를 못 오게 할 방법도 없다, 여기서, 정준과의 관계를 끝내자 싶은)

씬18. 몽타주.

1, 선착장, 정준의 배 안, 희뿌연 새벽.
정준, 노랠 흥얼거리며, 바닷물을 길어, 배의 갑판에 붓고, 밀대로 청소하는(그 모습 점프컷으로, 경쾌하게), 몸짓 하나하나가 가볍고 경쾌하다, 그때, 배선장, 배 위에서 청소하며, 정준 보며,

배선장 (정준을 불편하게 보며) 기준인 없네?
정 준 (일만 하며, 기분 좋게) 정치망 작업 갔습니다.
배선장 뭐 좋은 일 있냐?
정 준 (웃으며) 네! (하고, 노랠 흥얼거리는)
배선장 (웃으며, 배를 청소하며) 둘이 엄청 잘되는구나? 부럽다!
정 준 (노랠 들으며, 청소를·하는, 그 모습이 거의 춤추듯 즐거운)

2, 해녀의 집 앞, 아침.
별이, 커피 전동 리어카 세워놓고 서 있는, 그때, 달이(해녀복 입은), 해녀의 집 쪽에서 나오다, 별이 보고, 밝게, 별이(전동 리어카를 끌고)에게로 가서 같이 나란히 선착장으로 이야기하며 가는,

달 이 (영옥에게) 언니, 빨리 와!

영옥, 태왁 들고 나와, 달이와 별이의 그런 모습 보며, 부럽기도 하고, 불편하기도 한, 배로 가는, 착잡하지만, 차분한, 너무 어둡지는 않은, 정신 차리고, 결정한 대로 가자 싶은, 뒤에 해녀의 집에서 해녀들 나오는,

3, 선착장, 아침.
기준, 정준, 해녀1, 2, 혜자 등, 손잡아서 배에 태우고 있는, '잘 주무셨수꽈!', '잘 잔?!' 하며 서로 인사 건네는,
정준, 영옥이 오면, 손 내미는, 영옥(건조한 표정, 어둡기보단, 담담한), 그냥 손 안 잡고, 배에 오르는, 정준, 남들 눈 때문에 그런가 보다 싶은, 이상하다 생각하지 않는, 그럴 수 있지 싶은, 정준, 이내, 밝은 모습으로, 이후, 춘

희와 다른 해녀들, 손잡아, 태우는, '편히 주무셨수꽈!' 하며 인사하는,

4, 바다 위, 아침.
해녀들, 모두 배로 뛰어드는, 기준, 해녀들에게 '조심합서!'
정준, 그 모습을 보다, 물에 들어가려 물안경 쓰는 영옥을 보는, 영옥, 무심히, 고개 들다, 정준과 눈 마주치는, 잠시 그렇게 둘이 보고 있는, 그러다 정준, 아무도 모르게 살짝 영옥에게 윙크를 하고, 영옥, 편하게(?) 핸드폰으로 문자를 넣고, 물로 들어가는, 정준, 웃고, 그때, 카톡이 오는,

정 준   (옆에 기준에게) 운전해라. (하고, 밖으로 나가, 조금 기대에 차지만, 담담하려 하며, 핸드폰을 열어 톡 확인하면)

기 준   어장으로 간다!

정 준   (핸드폰 보는데)

영 옥   (E, 무겁지 않은, 담담한, 그래서 더 차갑게 느껴지는) 내가 절대 우리 사이 심각해지지 말자고 당부했었는데... 선장만이 아니라, 난 누구랑도 결혼 안 해.

정 준   (순간, 가슴이 쿵 하는, 얼굴이 굳어지는, 이게 무슨 일인가 싶은, 진지하게 문자를 보는)

영 옥   (E) 그럼 내가 선장 부모님 만날 일도 없겠지? 결혼을 전제로.. 보는 거 부담스러. 우리 그냥.. 만났던 거 없던 일로 하고.. 전처럼 선장과 해녀로 지내자. 참고로 난 질척거리는 거 딱 질색이야.

정 준   (얼굴이 어두워지는, 굳은, 가슴이 떨리는, 그래도 일은 해야지 싶은, 심호흡하고, 나중에 일 끝나고, 물어야겠다 맘 정한, 기준에게 가서, 좀 무겁게 운전대 받아, 운전하는, 너무 아이처럼 불안에 휩싸이는 건 아닌, 왜 이런지 물어봐야겠다, 싶은, 다부진)

기 준   (정준 보며) 갑자기 기분이 왜 그래? 좀 전까진 신나는 거 같드니..

정 준   (무겁게 운전만 하는, 서운하고, 화도 조금 난, 묵묵부답 운전해 가는)

씬19.   바닷속, 아침.

영옥, 혜자, 바다로 깊이 들어가는 게 보이는,
영옥, 바다로 들어가며, 차분하고도 차분한, 이미 모든 게 맘에서 정리되어, 불안하진 않은, 단호해지려는,

씬20. 정치망 작업장, 낮.

정준(영옥 생각에 굳은 얼굴로, 그래서 더 일에 몰두하는), 기준과 다른 어부들과 그물을 열심히 끌어 올리는, '하나, 영차, 하나, 영차!(현장에서 다른 구호 있으면 바꾸기)' 구호를 외치는, 미간에 힘이 잔뜩 들어가, 일에 집중해, 영옥 생각을 떨쳐버리려는 듯, 일이 힘들지만, 열심이다,

씬21. 김포공항, 낮.

장선생, 영희(가방 메고, 뜨개질 손가방 든), 대기석에 앉아 있는,
영희, 공항 벽에 걸린 시계를 보면,

장선생 (어이없는, 혼내도 웃음이 나는) 아직 멀었어, 그러게 이렇게 빨리 올 필요 없다니까.
영희 (코를 후비며, 다른 데 보고, 손가락을 수건 꺼내 닦는)
장선생 (귀여워 낄낄대고 웃으며) 딴청은…

씬22. 배 안, 낮.

기준(키 잡고 있는), 정준, 해녀들을 물에서 끌어 올려 태우는,
영옥, 배로 오면, 정준, 굳은 얼굴로, 손 내밀고, 영옥을 빤히 보는, 영옥, 정준 보고, 담담히 정준의 손 잡고 배에 올라타는, 이후, 정준, 춘희 외 다른 해녀들을 끌어 올리는,

∗ 점프컷 – 시간 경과, 배 안 》

기준, 운전하고, 정준, 배 한쪽에 서서, 영옥을 굳은 얼굴로 보는,

춘 희　(영옥의 망사리를 보며) 무사 물건이 족으니(작으니)?

혜 자　(편하게) 물건이 족긴, 자이 수준엔 더 하민, 죽어마씸.

해녀1　(혜자 망사리 보고, 웃으며) 지는 하영 하고이, 영옥이는, 이십 킬로 간신히 해시켜(했겠네). (영옥에게) 너 나 짝할걸이?

영 옥　(웃으며, 담담히) 혜자삼춘이 좋아요.

해녀2　영옥이가, 혜자한티 잔뜩 길이 들었네이... 크크크..

혜 자　이제부터 야이(얘)는 내 꼬붕이라, (영옥 보며) 기? 아니?

영 옥　(고개 끄덕이며, 웃으며) 기에요.

영옥, 춘희, 달이, 혜자, 해녀들, 웃고,
정준, 굳은 얼굴로 웃는 영옥이를 가만 보는, 맘 아프고, 답답한, 화도 나는, 그러다, 선착장 쪽으로 고개 돌리는, 나중에 얘기하면 된다, 스스로 다 잡는, 굳은,

씬23.　김포공항 탑승구 앞, 낮.

영희(화구 가방 메고, 손뜨개질 가방 들고), 승무원(영희의 큰 옷가방 든)의 손을 잡고 탑승구로 걸어가는,
뒤에서, 장선생, 영희가 가는 모습을 흐뭇하게 보다,

장선생　잘 부탁드립니다!

승무원　(따뜻하고, 편안하게) 네!

영 희　(승무원에게) 나... 나.. 쌍둥이 동생 만나러 가, 가요, 여여여여 영옥이.

승무원　(영희 보고, 밝게) 네.

영희, 승무원과 탑승구로 가고,
장선생, 영희를 흐뭇하게 보다, 가는,

씬24. 비행기 안, 낮.

영희(손가방을 든), 승무원(큰 가방 든) 손을 잡고, 맨 앞자리로 와서, 앉는,

승무원   (가방 올려주고, 화장실 쪽 가리키며, 상냥한) 화장실은 저기 있구요, 불편한 거 있으시면, (벨을 짚어주며) 여기 벨 누르시면 돼요.
옆자리 남자   (불편한 듯 다른 자리로 가는)
영희   (상관없이) 이이이이, 비행기 언제 슈슝.. 날아가요?
승무원   잠시 후에 한 이십 분 정도... 비행기 뜰 때 제가 다시 올게요. 손님.
영희   (인사하며) 네.
승무원   안전벨트 해드릴게요. (하고, 안전벨트 해주고, 가는)
영희   (창가 보다, 장선생님 말이 생각나는)
장선생   (E) 장애인증은, 항상, 숨기지 말고, 꼭 보이게, 목에 걸고 있어.
영희   (목에 걸린 장애인증 꺼내, 보이게 하고, 승무원에게) 감사합니다.
승무원   (웃고, 가고)
영희   (창가를 내다보며, 씩 웃는, 기분 좋은)

씬25. 해녀의 집 안, 낮.

영옥, 옷 입은 채, 샤워를 하고, 탕에서 나와, 옷을 갈아입으려다가, 그때 온 문자를 보는,

정준   (E, 차분한, 화도 나지만, 참는, 낮게) 조합에 물건들 넘기고 바로 해녀의 집으로 갈게요. 기다려요. 우리 만나서 얘기해.
영옥   (담담히(이미 마음의 결정을 내린 듯), 핸드폰 놓고, 옷을 갈아입으며, 옆에 옷 입는 달이에게) 삼춘들 오늘은 니가 모셔. 나, 일 있어서.
달이   (별스럽지 않게) 오늘 삼춘들 생선 염장한대.. 안 모셔다드려도 돼.

영옥   (옷 입으며, 편하게, 별 마음 없이) 잘됐다.

씬26. 차도 + 정준의 차 안, 낮.

정준, 표정은 굳어 있지만, 차를 시원하게 몰아 가는, 영옥에게 전화를 거는지 거치대의 핸드폰에서 발신음이 계속 들리는, 영옥은 안 받는, 기준, 조수석에서 창문 쪽 손잡이를 잡고,

기준   오늘 하루 종일 왜 그렇게 기분이 별로야? 어? 동네에서, 차를 씽씽 몰고,
정준   (말없이, 차를 몰아, 앞의 차를 앞질러, 가는)

그때, 영옥의 차가 옆을 스쳐 가는,

기준   (영옥의 차를 보고) 저 차 영옥누나 찬데.
정준   (굳은 얼굴로, 운전해 가다, 룸미러로 가는 영옥의 차를 보고는, 유턴해, 영옥의 차를 쫓아가는, 흥분한 건 아닌, 차분히, 화를 진정하는 얼굴이다)
기준   (차가 급회전하자, 겁먹은) 아, 아아아, 형, 형, 형!

＊ 점프컷 – 영옥의 차 안 》
영옥, 아까 스쳐 간 차가 정준인 줄 모르고, 운전에 집중하는, 차분한,
그때, 뒤에서 경적 소리가 거칠게 나고, 영옥, 뒤차를 보면, 정준의 차가 어느새, 영옥의 앞을 가로막고 서는, 영옥, 차를 멈추면, 정준, 굳은 얼굴로 내려, 성큼성큼 내려 영옥의 차 앞으로 오는,

정준   (차분하려 하며, 낮게) 내가 해녀의 집에서 기다리라고 했는데,
영옥   (차분히(이미 영희의 존재를 못 보게 할 수 없다면, 그냥 자기 식대로 행동하겠다 맘먹은), 차 창문 살짝 내리고, 정준 보며, 말꼬리 자르며) 공항 갈 일이 있어. 나중에,
정준   나중에 언제요?
영옥   (정 없는 느낌) 음... 일주일 후?

정준   (화가 나는, 답답한, 참고, 강단 있게) 지금 공항까지 같이 가면서 얘기하
면 되겠네요. (하고, 문 열려고 하면, 안 열리는, 왜 안 열어주나 싶은, 맘 아
픈, 속상하고, 화도 나, 영옥을 보면)

영옥   (차분히(그래서 더 차가운 느낌)) 좋아, 그럼 선장 차로 따라와. 나 간다, 안
다치게 피해. (하고, 차를 운전해, 가버리는)

정준   (놀라, 손잡이 잡다가, 놓치며, 화나는, 가는 영옥의 차를 서운하고, 맘 아
프게 삼 초 정도 가만 보다가, 화를 억누르고, 짐짓 차분히, 트럭으로 가서,
운전석에 타고, 기준에게, 낮게) 내려.

기준   (어이없는) 여기서?

정준   (화를 참으려, 생각하는, 기준 안 보는) ...

기준   (어이없고, 황당한) 영옥이 누나랑 할 말 있음 나중에 보라게.. 전쟁 난 것
도 아닌디, 한동네 살면서.. 나중에 보면 되지, 무사, 동생을 이디서 내리
랜... (고개 젓고) 아, 황당하니까, 사투리가 막 튀어나오네..

정준   (운전석에서 내려, 조수석 문 열고, 기준 보며 무섭게, 으름장) 나와!

기준   (정준의 눈 보다, 답답한, 버럭) 형... 그냥 가자!

정준   (기준의 멱살을 잡아 내리는, 조수석에서 내리게 하고, 조수석 문 쾅 닫고,
트럭 타고, 운전해 가는, 진지하고, 굳은)

기준, 황당한, 구시렁대는 '야, 여자가 그렇게 좋나, 동생을 길바닥에 버리
고 가고.' 하며, 가는 정준의 트럭 보다, 뒤돌면, 별이, 전동 리어카를 타고
가고, 그옆에 달이가 걸어가는,

기준   (커피 리어카 쫓아가며) 달이야! 달이야!

＊점프컷 》
별이, 전동 리어카에 탄 채, 조금 떨어진 곳에 서 있는, 기준과 달이가 한
쪽에 서서, 얘기하는 게 조금 서운하고 불편한,

달이   (답답한, 이해가 안 가는) 그러니까, 이해가 안 간다고 나는, 니가 별이 있
는 데서 나한테 못 할 말이 뭔데?

기준   (답답한) 삼십 분이면 된다고, 쫌! 쫌! 말 좀 들어라!

그때, 별이, 와서, 화난 듯, 달이에게 수어 하는, 자막 나오는,

별 이   (수어, 자막) 나 먼저 갈게, 둘이 놀다 와.

달 이   (수어 + 말) 뭘 둘이 놀아? 내가 얘랑 뭘 하고 놀아?

별 이   (기준도 안 보고, 화난 듯, 그냥 리어카를 타고 가는)

달 이   (별이 따라가며) 별아, 별아!

기 준   (다가와 달이 팔목 잡고, 답답한) 별이 못 듣는데, 뭘 불러?

달 이   (팔 뿌리치며) 어딜.

기 준   (손 놓고) 카페 가자. (하고, 별이와 다른 방향으로 가는)

달 이   (화나, 따라가며) 너, 내가 니 얘기 들어보고 별거 아니면, 죽었어, 아주. 감
         히 내 동생을 서운하게 보내고.. 재수없는 게..

씬27. 차도 + 달리는 영옥의 차 안, 낮.

영옥, 굳은 얼굴로 진지하게 가는, 강단 있어 보이는, 맘의 정리가 돼, 많이
무겁진 않은, 차분히, 이 상황을 잘 견디려 애쓰는,

영 옥   (N) 나의 엄마, 아빠, 화가셨다.

         ＊ 점프컷 – 사진1, 회상 》
         영옥의 부모 이십 대, 그림 작업하다 찍은 사진인 듯, 밝게, 서로의 얼굴에
         물감을 묻히고, 뽀뽀하듯, 찍은 사진,

         ＊ 점프컷 – 사진2, 회상 》
         영옥부, 양복 입고, 영옥모, 손수 만든 웨딩드레스에 화관을 쓰고, 밝게 찍
         은 사진,

영 옥   (N) 두 분은 대학교 1학년 때, 봉사활동하면서 만나, 첫눈에 서로에게 반
         해, 결혼을 했다. 둘 다 고아였지만, 화가로서 앞날이 창창했던 두 분은, 가

난해도 좋으니 평생 별일 없이 행복하게만 해달라고 늘 기도했다 한다.

* 점프컷 – 동영상1, 회상 》
영옥 부모의 서울 근교 조그만 집 마당,
영옥 부모, 울며, 집 안에서 그림들을 들고 나와, 마당에 모닥불에 던져버
리고, 그림들이 활활 불타는, 영옥부, 우는 영옥모를 안고, 맘 아픈,

영 옥 　(N) 그런데, 기도는 이뤄지지 않았고, 별일이 일어났다. 나랑 재앙이가 동
　　　　시에 태어난 것이다. 그리고 불행이 시작됐다. 하지만,

* 점프컷 – 사진3, 회상 》
영옥 부모가 갓난쟁이 영옥과 영희를 안고, 밝게 찍은 사진,

영 옥 　(N) 착한 엄마 아빠 빨리 정신을 차리고, 돈 안 되는 화가 일을 접고, 잔병
　　　　치레 많은 영희를 돌보기 위해 옷장사를 시작했다. 그리고 늘 진심으로 말
　　　　씀하셨다, 내 쌍둥이 언니 영희가 우리에게 온 건, 우리 가족이 선한 사람
　　　　을 찾는 신의 심사를 통과한 것이라고.

* 점프컷 – 제주 차도 + 영옥의 차 안, 현재 》
영옥, 차분히, 담담한, 그러나 맘 한 곳은 불편하고, 아린, 운전해 가는, 빠
르게,

영 옥 　(N) 신은 조금 아프거나, 특별한 아이를 세상에 보낼 때, 이 특별한 선물
　　　　을 감당할 만큼, 착하고, 큰 사람을 고른다 했다. 그래서 우리 가족이 당첨
　　　　된 거라고. 말도 안 되는 소리다. 그게 사실이라면, 그건 신의 실수다.

* 점프컷 – 제주 차도 + 정준의 트럭 안, 현재 》
정준, 영옥의 차를 찾아보지만, 안 보이는, 화도 나고, 맘 아픈, 운전해 가
다, 신호등에 걸려, 끽 하고 급히 서는, 차분하려, 진정하려 애쓰는,

* 점프컷 – 동영상2, 회상 》

학교 교실, 낮.

선생님, 판서를 하고, 영희와 영옥(둘 다 열두 살), 나란히, 같은 반에서 공부를 하는데, 친구1, 장난으로, 영희가 공부하는 노트를 뺏고, 영희에게 혀를 내미는, 영희, 다른 노트 꺼내면, 또 뺏는, 영옥, 공부하다 그 모습을 그제야 보고, 속상해 눈가 그렁해, 화나, 일어나, 친구1의 자리로 가서, 책상을 집어서, 던져버리는, 스톱 모션,

영옥   (N) 엄마 아빠 착하고 큰사람이 분명하지만, 난 절대 착하지도 않고, 모든 걸 감당할 만큼 그릇이 큰 사람도 아니다. 난 신의 이 특별한 선물이 부담스럽고 싫었다.

* 점프컷 – 사진4, 회상 》

사고 현장, 낮.

영옥 부모의 차 사고 난 사진 여러 장, 영옥 부모의 봉고차와 거대한 트럭이 부딪쳐, 차 안의 영옥 부모가 죽은 사진, 피가 뿌려진 도로, 봉고차가 뒤집어져 쏟아진, 시장에서 사 온 옷가지들, 경찰들이 사고 현장 사진 찍는 장면 등등,

영옥   (N) 그리고 영희와 내가 열두 살 때, 부모님이 돌아가셨다. 이 또한 신의 실수고, 횡포다.

* 점프컷 – 동영상3, 회상 》

이모의 집 안, 영희(13살 무렵)의 방 안 + 거실, 낮.

영희(잠옷 차림), 거울 보며(조현병이 온 것), '니가 잘못했잖아! 니가 먼저, 나를 바보라고 놀렸잖아! 내가 바보면, 너도 바보다! 말해봐? 왜 그랬어! 왜 그랬어!' 하며 소리치는, 열린 방문으로 거실에서, 이모, 이모부와 동갑내기 남자 사촌 하나와 영옥이 밥을 먹으며, 그 소릴 듣는 모습이 보이는, 이모부 내외와 사촌은 이 상황이 많이 불편한, 영옥, 밥만 먹는, 속상한, 그러다, 일어나, 영희의 방문 닫고, 밥 먹는,

사촌   (숟가락 내팽개치며, 짜증 난) 아, 짜증 나! 미쳤나 봐, 쟤! (하고, 자기 방으

로 들어가 버리는)

영옥 (속상한, 그래도 모르는 척 밥만 먹는)

이모부 (일어나) 아.. 밥맛 없어. (이모에게) 다운증후군도 모자라, 조현병까지.. 쟤
약은 멕여?

이 모 (속상한) 먹이지. 그게 하루아침에 낫니? 시간이 걸리지.

이모부 일 간다. 에우.. 짜증 나.. 언제까지 이렇게 살아야 돼.. (하고, 일어나려는데)

영옥 (속상해, 밥상을 엎는)

영옥의 그런 모습, 놀라는 이모부와 이모 모습에서 스톱 모션,

영옥 (N) 우린 한동안, 엄마를 닮아 착하고 착한 이모의 집에서, 살았다. 그러
나 이모 집에서의 생활은 1년 만에 그렇게 끝이 났다. 영희가 특별한 건 맞
다, 영희는 특별히 이상하고, 특별히 못났고, 특별히 나를 힘들게 만드니까.

* 점프컷 - 동영상4, 회상 》
지하철 안 + 밖, 낮(위와 같은 날).
영희(13살, 위와 같은 옷), 앉아서 책을 보고, 영옥, 굳은 얼굴로 속상하게
앞만 보며, 그 옆에 있다가, 지하철이 역에 도착하면, 혼자 일어나 나가는,
영희, 책만 보는, 지하철 떠나는, 영희, 그제야 영옥을 찾아, 지하철 안을
두리번거리지만, 없는, 지하철은 떠나는, 영옥, 승강장에서 떠나는 지하철
과 영희를 보며, 맘 아파 울먹이는, 그러나 미동 없이 가만 서서, 가는 지하
철을 보는,

영옥 (N) 그때 버렸어야 했나? 나는 착하지도 않으면서, 무슨 이유 때문인지 영
희를 차마 버리지 못했다.

* 점프컷 - 동영상5, 회상 》
길거리, 은혜의 집 앞(위의 지하철 씬과 같은 날), 낮.
영옥, 영희 손을 잡고 서로 노래 부르며 걸어가는, 즐거운(다시 만나 영옥
이가 영희의 기분을 풀어주려는 것), 그러다, 둘이 멈춰, 영옥이 영희의 볼
에, 영희가 영옥의 볼에 뽀뽀를 하고, 둘이 마주 보고, 웃으며, 메롱! 하고,

다시 손잡고, 노랠 부르며 가다, 영옥, 영희, 우연히, 길가의 보육시설을 가만 보는, 그 안에서 즐겁게 뛰어놀던 발달장애 보육원생들과 장선생(25년쯤 전이라 젊은), 아이들과 놀다, 멀리 서 있는 영옥, 영희를 보는,

장선생   (편하게) 니들은 왜 거기 서 있니?
영 희   나나, 나는 언니 영희, (영옥 보며) 얘는 동생 여여, 영옥이! (하고, 다시 장선생을 보는)
영 옥   (가만 불안하게 장선생만 보며, 서 있는)

* 점프컷 – 동영상6, 회상 》
시외 버스정류장 + 버스 안, 낮.
장선생과 영희(스물두어 살), 영옥(스물두어 살, 짐 가방을 든) 서 있고, 버스가 오면, 영옥, 버스에 타고 자리에 앉아, 창문 열고,

영 옥   (웃으며, 손을 흔들며) 영희야, 돈 벌어 빵 사 올게! 니 옷도 사 올게!
영 희   (웃는 낯으로 손을 흔드는) 돈 많이 벌어와서, 나 얼굴 수술시켜줘! 니, 니, 얼굴처럼!
영 옥   (밝게) 그래! 돈 많이 벌어서 이쁘게 수술시켜줄게! 사랑해!
장선생   영옥아, 몸조심해!
영 옥   (버스 가는) 네!
영 희   (영옥에게) 사랑해!
영 옥   (밝게) 자주 보러 올게!
영 희   (신나, 껑충껑충 뛰며) 꼭! 꼭! 꼭!

* 점프컷 – 버스 안, 회상 》
영옥, 웃다가, 창문 닫고, 껑충껑충 뛰며 손 흔드는 영희를 보며, 웃음 띠고, 눈가 붉어 보는, 그러다 앞 보는데, 입가에 편안한 미소가 지어지는, 뭔가 시원한,

영 옥   (N) 스물두어 살쯤 일이다. 돈 벌러 지방에 간다는 건 핑계였다. 나는 영희와 멀어지고 싶었다. 그래서, 일자리도 경기에서 충청으로 충청에서 강

릉, 통영, 제주로 자꾸 멀리 옮겼다. 약속도 어겼다. 돈만 보내고, 자주 보러 가지 않았다. 첨엔 두 달에 한 번 보러 가던 걸, 나중엔 온갖 핑곌 대서, 반 년 지나, 다시 일 년 지나 보러 가고, 최근 이 년 동안은 연락만 하고 보러 가지 않았다. 나는 그러다 보면, 영희가 날 잊을 줄 알았다. 아니면, 기다리 다 지쳐, 영원히 나를 안 찾거나... 내가 영희를 너무 쉽게 봤다.

씬28. 제주공항 안, 도착층 출입구 앞, 낮.

영옥, 조금 굳은(그러나 애써 가벼우려 하는, 일주일만 잘 지내고 보내고 싶은), 그러나, 영희(가방 메고, 뜨개질 손가방 든)가 승무원과 나오는 걸, 보는 순간, 뭔가 왈칵하는, 애써 참고, 영희가 두리번거리며, 배웅 나온 많 은 사람들 틈에서 자신을 찾는 걸 기특하기도 하고, 맘 아프기도 한 듯, 가 만 보다, 눈이 마주치면, 입가에 작게 미소 띠고, 손 흔들며,

영옥 (짐짓 밝게, 작게 웃지만, 뭔가 슬픈 것도 같은) 영희야!

영희 (승무원 손 놓고, 손 흔들며, 밝게) 영옥아! (하고, 영옥에게 달려가, 안고, 좋아서, 영옥의 볼에 뽀뽀를 진하게 하는)

영옥 (만나면 늘 그랬던 듯, 영희 볼에 뽀뽀를 진하게 하고, 다시 서로 꽉 안는, 마주 보며) 메롱!

영희 (마주 보며) 메롱!

영옥 (눈물이 자꾸 나려 하면 참는, 눈가에 눈웃음 짓고)

영희 (영옥의 볼을 두 손으로 잡고, 보며, 기분 좋은) 마, 마니 많이 컸네?! 우리 우리, 영옥이.

영옥 (웃으며, 머리 넘겨주고) 왜 이렇게 살이 쪘어. (볼에 다시 입맞춰주며, 승 무원이 주는 캐리어를 받아 들며, 인사하는) 감사합니다.

승무원 (웃고, 영옥에게 목인사 하고, 영희에게) 즐거운 여행 되세요. (하고, 가는)

* 점프컷 》
영옥, 영희의 손을 잡고 가며,

영옥	(짐짓 편한, 대견하기도 한, 애써 밝게) 짐이 뭐가 이렇게 많아?
영희	그림 도구, 뜨개질.
영옥	니가 무슨 그림을 그려?
영희	(눈 흘기며) 그그, 그리거든.
영옥	(웃으며) 가방 들어줄까?
영희	손대지 마. 내가, 내가 들어.
영옥	(속아주자 싶은, 웃으며) 성질은.. 야, 근데, 제법이다. 여길 혼자서 다 오고..
영희	(웃으며) 히히히... 나, 나나, 제법이지?
영옥	(짐 들고 가며, 웃으며) 다 컸네.
영희	(웃으며) 다 컸지! 성인이고, 어, 어른인데... 이제 나 서서서 서른 살도 넘었지?
영옥	(농담처럼) 너 숫자 아직 못 세지? 우린 서른여덟. 우리가 재작년에 봤을 때, 서른여섯.
영희	(영옥의 얼굴 보며, 웃으며, 딴소리) 너너너, 넌 더 이쁘다?
영옥	(어이없는, 웃으며, 가며) 딴청 하지 말고, 숫잘 배워야지, 이 능구렁이야. 글자도 배웠는데, 숫자도 배울 수 있지, 너 숫자 배우는 거, 포기한 거 아니지?

씬29. 공항 주차장, 낮.

영옥, 짐을 들고, 영희와 차로 오는, 그리고는, 자동 키로, 차 문 열고, 영희, 짐 싣고, 조수석을 여는데, 뒤로 보면, 조금 멀리, 정준의 트럭이 와서, 서고, 정준, 영옥을 보고(영희는 못 본), 영옥에게로 뛰어가는, 영옥, 운전석에 타러 가려는데, 정준, 영옥의 팔을 잡는,

영옥	?
정준	(팔 놓고, 숨을 고르고, 화도 맘 아픈 것도 참고, 최대한 감정적이지 않게 이성적으로 말하려는, 그러나 자꾸 맘이 아픈, 되도록 차분히 말하려는) 누나가... 질척거리는 거 싫어하는 줄 아는데, 나도 이러기 싫은데.. 내가 도저히 가만있을 수만은 없어서,

영옥	(말꼬리 자르며, 별일 아닌 척, 담담히, 작게 웃으며, 그러나 감정 없어, 말투가 부드러워도, 뭔가 차가운 듯한) 육지 사는 우리 언니 왔는데, 인사할래?
정준	(무슨 소린가 싶어, 영옥 보다, 조수석을 내려다보면)
영희	(차 문 열고, 정준 보고, 영옥이 보며) 서, 성준이?
정준	(영희 보며, 이상한, 뭐지? 싶은, 지금 난 어떻게 해야 하지? 싶은) ....
영옥	(그사이, 운전석에 타, 안전벨트 하며) 성준이랑 헤어진 건, 삼 년 전.
영희	(영옥 보며) 그 그럼.. 처, 철웅이?
영옥	철웅인, 십 년도 더 됐고.
영희	(정준 보며) 그럼 누구? 나, 난 영옥이 싸, 싸, 쌍둥이 어, 언니, 영희.
정준	(뭐가 뭔지 잘 모르겠는, 인사하며) ..그게 ..그게 .네, 저는 박정준이라고,
영옥	(이미 당황스러워하는 정준을 보며, 맘이 싸해지지만, 아무렇지 않은 척, 영희의 안전벨트를 해주고, 정준 조수석 쪽 창으로 보며) 많이 놀랬나 봐? 나랑 쌍둥이 언니. 이름은 영희. 다운증후군.
영희	(정준 보고, 덤덤히, 장애인증 보여주며) 발달장애 2급.
정준	(이 상황을 어쩌지 싶어, 영희 보고, 거의 정신이 멍한, 영옥 보면)
영옥	(차분히, 감정 없이) 다운증후군이 뭔지 모르면, 인터넷 좀 찾아보고. 간다. (하고, 가버리는)
정준	(가만 가는 차를 멍하니, 보는, 그러다 핸드폰 꺼내, 다운증후군을 찾아보는, 심각하고, 진지한, 싫은 느낌은 아니다)

＊ 점프컷 - 영옥의 차 안, 낮 》

영옥	(룸미러로, 멍하니, 그런 정준을 보고, 더 차분해지는, 운전해, 그냥 가는)
영희	(창가 보며) 저, 저... 남자. 마, 만나지 마.
영옥	(사이드미러 보고, 운전해 가며, 짐짓 가볍게) 왜? 너 잘생긴 남자 좋아하잖아, 잘생겼잖아. 성준이 철웅이보다 훨훨.
영희	(속상한, 창가 보며) 나보고.. 노, 노, 놀, 놀라니까. 아, 아아아, 안 반가워하고..
영옥	(차분한, 맘은 아파도, 참고, 짐짓 담담히) 알았어, 안 만날게. 참 기저귀 챘지?

영희   (쩨려보며, 화난) 내, 내가 알아서 한다고!

   ＊ 점프컷 – 주차장, 낮 》
   정준, 다운증후군에 대한 정보를 다 읽고, 천천히, 걸어가며, 맘 정리를 하
   는, 어둡다기보다, 그런 언니가 있는 건 상관없는, 차에 타고, 이제 영옥과
   얘길 진지하게 해보자 싶은, 차 몰아 가는, 기운 빠진 건 아니다,

씬30. 카페 안, 낮.

   달이, 기준, 차를 마시는, 달이, 놀라, 기준을 보고,

달이   (O. L, 놀라, 버럭) 오 마이 갓, 오 마이 갓!
기준   (수줍은, 음료를 마시고)
달이   오 마이 갓!
기준   (달래는) 그만해.

   주변의 사람들, 달이를 보는,

달이   (마음이 진정이 안 되는) 오 마이 갓, 오 마이 갓! (그러다 주변 보고, 카페
         밖으로 나가, 크게 거리에서 소리치는) 오 마이 갓!

   지나가는 사람들, 다 놀라, 달이를 보고,
   달이, 다시 카페로 들어가, 기준의 머리통을 냅다 치며, 기분 좋은, 앉아, 음
   료 마시며,

달이   야, 너 사람 볼 줄 안다! 너 나와, 오늘 저녁 내가 거하게 쏠게. (하고, 계산
         대로 가고)
기준   (웃으며, 달이 옆으로 와서) 야, 그럼 너 허락한 거다?
달이   암암. (하고, 손을 기준의 어깨 좌우에 올렸다가 머리에 올리며) 둘의 사랑
         을 허락하노라! 크크크... (직원에게) 여기, 얼마예요?

씬31. 은희의 생선창고 앞, 낮.

은희와 춘희, 옥동, 혜자, 별이, 생선 다듬는, 그러며, 하드를 먹는, 한쪽 의
자에 편의점 주인 앉아, 하드를 먹으며, 일하는 것 보는,
그때, 영옥의 차 와서 서는,

영희 (차 창문 열고, 인사하며, 웃지 않는) 안녕하세요, 삼촌들!
춘희, 옥동, 혜자 (보고, 고개를 끄덕이는)
편의점 주인 (영옥이가 별로인, 맘에 안 들게 보는)
영옥 (일상적으로 편하게) 언니, 화장실 좀 쓴다?
은희 (일하며) 써라.

영옥, 운전석에서 나와, 조수석 열어, 영희를 내려오게 하는, 영희, 대변이
보고 싶은지, 엉덩이를 손으로 잡고, 힘들게, 나오는,
은희, 춘희, 옥동, 혜자, 별이, 편의점 주인, 영희 보고, 각자 다른 뜻으로 놀
란,
영옥, 사람들 시선 무시하고, 영희 데리고 생선창고 뒤 화장실로 돌아가며,

영옥 (편한 듯, 차분히, 영희가 대변을 쌀까, 걱정되는) 저랑 쌍둥이 언니예요,
영희! 갑자기, 화장실이 급하대서.

은희, 주인, 이게 무슨 멍한 상황인가 싶어, 영옥 쪽 보면서 고갤 못 돌리
는, 춘희, 옥동, 혜자, 별이, 더는 영옥 쪽 안 보고, 일만 하는,

춘희 (일만 하며, 은희와 주인 꾸짖듯) 그만 보라게.
은희 (아차 싶은, 생선만 다듬으며, 뭔가 싶은)
주인 (당황스럽단 듯) 어머머머.. (은희와 삼촌들에게) 좀 전에 분명히 영옥이
가 지랑 쌍둥이 언니랜 했지예? 어머머, 부모가 화가랜 해신디, 어떵 애
가 저러냐?

춘희, 옥동 (밉게 주인을 보는)

혜자 부모가 화간 거랑, 애 아픈 거랑 무신 상관이 인?

주인 (혜자 보며) 저 언니란 애, 좀 모자란 거 같지예?

별이 (주인, 입 모양 보고, 화난 듯, 말하는) 모자란 거 아니고, (또박또박) 다, 운, 증, 후, 군.

주인 (별이 보며, 이상하단 듯) 뭐랜 하는 거라?

옥동 (버럭, 속상한) 뭐랜 하긴, 다운.. (잘 모르겠는, 춘희 보면)

춘희 (혜자 보는)

혜자 (마저 받아서 해주는, 화난 듯) 다운증후군! 귀가 처먹어신가.

주인 (조금 민망한) 아니, 나는 별이 말은 잘 못 알아들어부난..

혜자 (버럭, 주인 맘에 안 드는) 모자르긴 느가 모자르다! 멀쩡한 귀 가정, 못 알아듣고! 별이는, 다운, 증후군! 또박또박 말해신디, 저추룩(저렇게), 딴 말을.. 가라, 남 일하는디, 귀찮게.

주인 (속상해, 가며) 괜히 나한티.. (하고, 가는)

춘희 (속상히 주인 가는 것 보며, 손은 일하며) 그저 남 일에.. 나서서 안 좋은 소리만.. 허고.. (하고, 은희 보면)

은희 (눈치 보며, 당황한) 전... 그냥 좀 놀라서.. 영옥이헌티, 아픈 언니 있댄한 말을 못 들어서예... 나쁜 뜻은 어서마씸(없어요).

옥동 (담담히, 일만 하며) 다시 영옥이 영희 보민, 모른 척허라.

혜자 (일하며, 은희 보며) 그게 예의라이. (별이에게, 속상한) 우리 손녀는 자폐. 너만 모르는 거 같아 말하는 거라.

별이 (혜자의 손 잡고, 따뜻하게 웃고, 일하는)

그때, 영옥 영희, 화장실 쪽에서 오는,
영옥, 영희 손을 잡고 가는데, 영희, 고개 빼고, 춘희 옥동이 하드 먹는 걸 보는,

영옥 (영희에게, 담담히, 일상적으로) 안 돼. 가자. 남이 먹는 거 보는 거 아니야. 집에 가면 아이스크림 있어.

은희 (영희에게, 어색하지만 밝게) 안녕하세요! 나는 영옥이랑 한집 살아요... 아니, 동생이지, 한집 살아.

영희	(고개 돌려, 은희 보고, 고개 숙여 인사하고, 다시, 옥동의 하드만 보는)
옥동	(웃으며, 별이에게 돈 주며) 하나 사주라게.
별이	(벌떡 일어나, 돈 받아, 하드를 사러 가는)
영옥	(난감한) 그러지 마세요.
춘희	어른 하는 일에 나서지 말라이. (영희에게, 자리 내주며, 웃으며) 앉으라.
영희	(웃으며, 앉아, 생선 보며) 이거 어떻게, 어떻게, 해요?
옥동	(웃으며) 도와줄 거라?
영희	(고개 끄덕이는)
옥동	헹구라. (일하는 모습 보여주며) 이디 이디..
영희	(생선을 헹구는)
은희	아이고, 잘한다!
영옥	(고마운, 그러나 난감한, 머리 쓸어 올리는데)

* 점프컷 》
정준의 차, 오다가, 영옥의 차를 보고, 영옥을 보고, 차를 세우는,
정준, 작심한, 차 창문 열고, 굳었지만, 짐짓 차분히,

정준	영옥누나, 나 좀 봐요!
영옥	(보는, 속상하고, 난감한)

* 점프컷 》
은희, 춘희, 옥동, 혜자, 정준 보는, 영희는 일만 하는,

혜자	(영옥 안 보고, 영옥에게, 일하며) 뭐 허맨, 선장이 보자고 햄신디, 가보라!
춘희	가라게, 영희는 우리가 보켜.

그때, 별이, 하드를 들고 와, 까서, 영희에게 주며,

별이	(말하는) 드세요! 나는 농인.
영희	아.. (웃으며) 그럼 우린 친구네! (하고, 밝게, 하이파이브를 하려고 손바닥 보이는)

별 이   (웃으며, 하이파이브를 하는)

영 옥   (영희와 별이, 둘을 보는, 어떻게 할까 싶은)

정 준   (작심한 듯, 차에서 차분히 걸어 나와, 영희에게로 가서, 쪼그려 앉으며, 영
          희와 눈높이를 맞추고, 조금 긴장했지만, 짐짓 차분히) 저는, 박정준입니
          다, 동생 영옥이 누나랑 사겨요. 잘 부탁합니다.

          영옥 외, 모두 조금은 황당하고, 놀라, 정준일 보면,

영 희   (정준 빤히 보다, 영옥일 보면, 어떻게 해야 돼? 하고 눈으로 묻는 듯한)

은 희   (삼춘들 보며, 영옥 영희 보며, 어색한 웃음) 야.. 이렇게, 너네 사귄댄 하는
          소릴 들엄쩌이...

혜 자   너만 이제 알았쩌. 다 알안!

옥동, 춘희 (웃으며, 일하는)

영 옥   (난감한, 손으로 머리 쓸어 올리고, 영희에게) 삼춘들하고 잠깐만 있어, 하
          드 많이 먹으면, 안 되는 거 알지? 너 괄약근 약해서.. 잘못하면 실수하잖
          아.

영 희   (눈 흘기며) 안 그러거든!

영 옥   (삼춘들에게, 맘이 불편하지만, 짐짓 담담히) 곧바로 올게요. (가며) 따라
          와, 선장.

정 준   (삼춘들에게, 정중히) 죄송합니다. (하고, 따라가는)

영 희   (영옥에게) 빨리 와! (하고, 하드 먹으며, 별이에게) 저, 남자, 마, 맘에 안 들
          어.

별 이   좋은 사람.

영 희   (뾰로퉁) 안 좋은 사람.

별 이   (웃으며) 좋은 사람.

          별이, 영희, 장난치듯, 반복하고, 노는,

은 희   (웃으며) 아이고, 둘이 벌써 친구 돼신게..

춘희, 옥동 (별이, 영희를 보고, 웃는)

씬32. 해안가 일각, 낮.

영옥, 앞서 걸어가는, 화도 나고, 답답한,
정준, 그 뒤를 따라가는, 뭔가 비장하고, 다부진,

영옥   (멈춰 서서, 다시금 맘 다잡고, 정준을 돌아보며, 짐짓 차분히, 격앙되지 않
       은) 왜 이렇게 막 가?
정준   (맘이 아파, 맘은 떨려도, 애써 차분히, 영옥 눈 보고, 흥분하진 않았지만,
       그러나 강하게, 너무 무겁진 않은) 우리가 왜.. 헤어져요?
영옥   그냥 재밌게 놀쟀지? 심각해지지 말쟀지? 근데 웬 결혼?
정준   (맘 아파도, 다부지게 할 말만 하는) 난 심각한 게 아니라, 진지하게 말한
       거에요.
영옥   난 너 선장이랑 재밌게 놀라고, 만난 거야. 근데 안 재밌어졌어. 너 지금 재
       밌니? 재미없지? 너도 나도 재미없는 짓, 그만해. 영희 보고 놀란 가슴이나
       진정하고. (하고, 가려 하는데)
정준   (손목 잡아 돌려세우면)
영옥   (바로, 팔을 빼며, 차분히, 그래서 냉정한) 만지지 마.
정준   (화나지만, 참으려 하며, 잠시 숨을 고르고, 다시 가려는 영옥을 가로막고,
       영옥 보며, 맘 아프지만, 진지하게, 진심을 말하는, 흥분한 건 아닌, 분명히
       말하는) 결혼을 당장 하자는 게 아니에요. 그냥 결혼을 전제로,
영옥   그 말이나 그 말이나.
정준   (화를 참고, 차분히) 좋아요.
영옥   (보면)
정준   (영옥의 눈을 피하지 않고, 진지하게 말하는) 집 얻는 거, 결혼, 그런 게 부
       담스러우면, 다신 말 안 할게요. 우리 부모님 만나는 것도 싫음 안 해도
       돼! 근데, 우리가 애도 아니고.... 재밌는 게 뭐 그렇게 중요해요? 살다 보면,
       안 재밌을 수도 있지? 오늘처럼 심각해질 수도 있지?! 그게 뭐가 그렇게 대
       수예요?! 사람이 어떻게 맨날 좋아서 낄낄대고 웃기만 해요? 이런 게 정상
       이에요. 이런 게 사람 사는 거예요, 좋았다 나빴다, 이런 게.
영옥   (답답하게 보는, 너무 무겁지 않게) 야, 선장,

정준	(제 맘을 모르는 게 속상한, 진지한, 억울하고 속상한 맘에 조금 큰 소리로 말하는) 그래요, 내가 영희누나 보고 놀랐어! 근데, 나는 그럴 수 있죠! 다운증후군을 첨 보는데! 그럴 수 있죠, 놀랄 수 있죠. 그게 잘못된 거면, 미안해요. 그런 장애 있는 사람을 볼 때 어떻게 해야 하는지, 학교 집 어디에서도 배운 적이 없어요, 이런 상황에서 내가 어떻게 하는 게 맞는지, 몰랐다구요! 그래서 그랬어요! (눈가 붉은, 그러나 참고, 다부진) 다신 그런 일 없어요. 그러니까, 헤어지잔 말만 마. 서로 사랑하는데 왜 헤어져?
영옥	(맘 아픈, 눈가 붉어, 가만 보다, 외면하며, 눈가 손바닥으로 닦고, 맘 다잡고, 짐짓 담담히, 차분히) 영희 보고도.. 나랑 계속 만나잔 소리가 나와?
정준	(애써 차분히, 또박또박 말하는) 나와요. 언니 보고 놀랐지만, 시간 지나서 적응되고, 친해지면 되고. 그게 우리가 헤어질 이유 못 돼요.
영옥	(애써 더 모질게) 나한테 정떨어질 일이 더 있는데.. 이 말은 어때? 부모님은 나랑 영희 열두 살 때 돌아가셨어. 다시 말해, 죽을 때까지 영희 부양은 내가 해야 돼.
정준	(영옥이가 너무 안된, 맘 아픈, 눈물 나는 걸 참고, 이를 앙다물고, 잘 듣고, 고개 끄덕이는)
영옥	(그런 정준 보며, 맘 아픈, 애써 차갑게) 이번엔 안 놀라고, 잘 받아들이네. 기특하다, 근데, 다들 그랬지.
정준	(맘 아프게, 속상해, 보는) ?
영옥	... (잠시 보다, 가는)
정준	(옆에서 따라가는, 영옥의 옆에 있어야겠다 다짐이 더 되는)
영옥	(앞 보며, 가며, 자조적으로, 담담한 척) 철웅이, 재덕이, 민호, 성준이... 다 너처럼 그랬어, 처음엔. 나랑 자기 전에, 아니 어떤 앤 자고 나서도 나랑 영희가 질릴 때까진. 하지만, 결국엔 나한테, 특히 영희한테 다들 질렸지.
정준	(걸어가며, 화나는, 영옥을 안 보고, 맘 아파도, 맘 추스르고, 강하게 보며, 낮게 강하게 말하는) 그 자식들 얘긴 그만해요, 진짜.
영옥	(걸어가며) 나 그때마다 엄청 상처받았는데... 그래서, 이번에 너한텐 절대 영희를 꼭꼭 숨겨두고 안 보여주고 싶었는데, 이렇게 됐네.. 괜히 순간적인 객기로, 멋있게 보이려고 애쓰지 말고, 보내줄 때 가지?
정준	(가며, 맘 아프지만, 다부지게) 안 간다고 했지?
영옥	(걸어가며, 맘 아프지만, 약간의 비아냥을 섞어, 정준 보며) 왜, 넌 개들하

고 다를 거 같애? 니 가족들이며, 주변의 시선도 아랑곳없이, 지금처럼 날 사랑하고, 내 언니 영휠 가족처럼 친구처럼 영원히 받아들일 수 있을 거 같애?

정 준 (옆에서 걸어가며, 진지하게) 그래요, 난 그놈들하곤 달라.

영 옥 (무심한 듯, 걸어가며, 그러나 자꾸 믿고 싶어, 맘 아픈, 애써 참고, 짐짓 가볍게) 뭐가 달라?

정 준 (가며, 화나, 강조하며, 말하는) 누날, 안 떠나고, 안 보내, 나는. 죽어도. 나한테 이러는 거 반드시 후회할 날 올 거야. 누나, 날 너무 하찮고, 재수 없게 봤어. (하고, 손잡는)

영 옥 (가며) 놔라.

정 준 못 놔, 어차피 동네 이제 다 알아, 숨길 것도 없어, 더는 숨기고 싶지도 않고.

영 옥 (눈물 나는, 믿고 싶은, 정준 모르게, 눈가 닦고, 가며, 말은 맘과 다르게, 차갑게) 그래, 보자, 선장 니가 며칠이나 가는지..

정 준 그래 잘 봐, 내가 누날 얼마나 사랑하는지... (하고, 영옥의 손 꼭 잡는)

그렇게 걸어가는 두 사람에서 엔딩.

15부 ——————— 영옥과 정준
그리고 영희 2

억울해. 왜 나한테 저런 언니가 있는지. 억울해.
근데.. 나도 이렇게 억울한데....
영희는 저렇게 태어난 게 얼마나 억울하겠어.

자막 : 영옥과 정준 그리고 영희 2

씬1.　　횟집 전경 + 횟집 안, 낮.

　　　　주인, 빠르고, 정갈하게 회를 치는 모습 보이는, 정준, 그 모습을 보고 있는, 영희에게 어떻게 하면 잘해줄까, 방법을 잘 몰라, 답답하고, 그래서, 생각이 많은, 그러나 부딪혀볼 맘에 묘한 긴장감이 있는, 진지한, 마냥 무겁지는 않은,

　　　　* 점프컷 - 시간 경과 》
　　　　주인, 회를 포장해, 정준을 주면, 정준, 카드 주는,

주 인　　그냥 가져가라게.
정 준　　(손사래 치며, 진지하게) 에헤... 그러지 맙서.
주 인　　에헤헤! 가라! 나중에 방어 두 마리로 갚으라게!
정 준　　(거절의 뜻으로) 에헤이! (하고, 지갑에서 현찰 꺼내 놓고, 그냥 밖으로 나가, 트럭 타고, 가버리는)
주 인　　(왜 저러나 싶은, 고마운) 에헤이..

씬2.   동석의 폐가 밖, 낮.

정준, 한쪽 캠핑 도구들이 있는 곳에서 동석에게 줄 라면을 끓여, 달걀 넣고, 동석에게,

정 준   형님, 식사! 김밥!

＊ 점프컷 ‑ 폐가 현관 앞 》
동석, 라면과 김밥을 허겁지겁 먹고,
정준, 동석의 핸드폰 톡으로, 선아가 조깅하며, 웃는 모습을 셀카로 찍은 동영상을 보고 있는, 그리고 그 아래, 다른 동영상을 열면, 선아가 열이와 웃으며 산책하는 모습을 찍은 장면이 나오는, 그렇게 여러 장의 선아의 일상 동영상들이 죽 있는,

동 석   (라면과 김밥 먹으며, 무심한 듯) 거의 맬 아무런 문자도 없이, 그렇게 지내는 모습을 계속 나한테 보내. 무슨 뜻이야? 그게?
정 준   (동석 어이없이 보며, 조금은 웃긴) 알면서 뭘 물어요?
동 석   (보며, 이해가 안 된단 뜻) 내가 뭘 알아? 머리가 나쁜데..
정 준   (담담히) 형님이 자길 걱정하는 맘을 아는 거죠... 형님이, 좋은 거고.. 나는 잘 있다, 형님은 잘 있냐? (그러다 핸드폰 보며) 어, 근데 형은 아무것도 안 보냈네.
동 석   (라면 먹으며) 난 안 보내.
정 준   (이상한) 왜요? 밀당?
동 석   지랄하네. (먹는)
정 준   (작게 웃고, 일어나, 트럭 쪽으로 가며) 나, 가요.
동 석   (라면 먹으며) 야, 일 없음 일 좀 해주고 가.
정 준   (답답한, 트럭에 타며) 가야 돼요. 영옥이 누나 언니가 왔어요. 회 먹고 싶대서, 회 사가지고 가는 길에 잠시 들른 거예요.
동 석   (뚝뚝하게) 영옥이랑은 잘되지?
정 준   네! (하고, 시동 걸려다, 동석 보는데, 살짝 맘이 무겁지만, 힘 있게) 형님?
동 석   (먹다가 보는) ?

정준   (너무 무겁지 않게, 상의하는) 영옥누나, 언니가 좀 아파요. 다운증후군이
       라는 병인데... 좀 애기 같아요.

동석   (먹으며, 무심히, 정준 보는, 별로 어두워지지도 않는, 덤덤한, 만두 먹으며,
       정준 얘기 듣는) 알아, 다운증후군. 영화에서 본 적 있어.

정준   (맘은 무거운 감이 있지만, 그래서 담백하게 말하는) 부모님은 안 계시고..
       나는 그딴 게 다 감당이 되는데, 우리 부모님이랑 기준이한텐 어떻게 설명
       해야 될지.. 조언 좀 해줘요, 형님.

동석   (라면 먹으며) 내 처지에 널 뭘 조언해? 부모님이 기준이가 헤어지라고 하
       면, 헤어질 거야?

정준   (진지한, 의지가 있는) 아니죠.

동석   답은 정해져 있네, 그럼. 너 꼴리는 대로 해, 그냥. 나처럼, 막 가. 나는 자식
       아, 여자 아버지가 자살하고, 엄마는 재혼하고, 지는 이혼하고, 애까지 있
       어도... 그리고 뭐 자주 안 만나도 그냥 좋아하잖아. 남이 뭐래든 말든, 쌩.
       내 인생인데.. 뭐? 너도 너네 부모한테 뭐 받은 거 없잖아? 대학도 안 가서
       학비 안 쓰고, 배도 너가 일해서 사고... 이럴 땐 우리처럼 부모한테 암것도
       안 받은 것들이 편해. 어쩔 거야, 부모가, 뭐, 해준 것도 없이, 낳아준 거밖
       엔 없으면서.. 뭐라 할 거?

정준   (진지한, 그러나 짐짓 가볍게 하려 하며) 부모님한테 받은 건 없지만, 낳아
       주셨잖아요. 부모님 없었음, 내가 영옥누날 어떻게 만나요.

동석   (멋쩍어 빤히 보는) ....너가 그렇게 말함 나는 뭐가 되냐? 새끼.. 둘이 잤다
       며? 둘이 잤는데, 넌 좋은데, 그 여자는 너 믿는데? 쌩까? 이미 튼튼한 백
       미터 제방 쌓았는데? 너네 부모님한테 그래, 아방 어멍, 일이 영 됐수다게.
       끝. 아방이 줘 패면, 몇 대 맞고, 끝. 기준이 자식 그건 뭐 너 알아 하고.

정준   (있는 그대로 말하기로, 작심한, 진지한, 무겁다기보단 다부진) 맞네, 형님
       말씀이. 나도 부모님도 둘 다 편한 그런 방법은 없네. 부모님 뭐라시면, 욕
       처먹고 맞아야겠다. 고마워요, 형님. 머리가 시원해졌어.

동석   가, 회 식어.

정준   (웃고, 운전해 가는)

동석   (라면을 먹다가 핸드폰 들고, 집 내부를 찍어서, 선아에게 보내고, 다시 먹
       는데, 전화가 오는, 선아다, 받는)

선아   (E, 따뜻하고, 밝은) 멋지다, 집.

동석   (어색하고, 좋아, 웃음이 나지만, 참고, 툭툭 말하는) 그냥 ..뭐 ..집이 대충 이렇게 지어지고 있다고.. 애지간한 목수보단 내가 낫다고... 뭐, 보러 오라는 말은 아니고... 그렇다고... 애는 잘 있고?

선아   (E, 따뜻한 웃음기 있는, 목소리) 고맙네, 우리 열이 안부도 물어주고..

동석   너도 잘 있고?

선아   (E) 그럼. 오빠 말 잘 듣고 있지, 맬 운동하고... 가끔 오빨 그리워하면서.

동석   (투박하게) 아직도 동네 오빠로?

선아   (E, 웃고) 나, 일하는 중이야, 회사. 나중에 전화할게. 후배가 부르네.

동석   그래, 그래. 끊어. (하고, 전화 끊고, 라면을 먹다가, 다시 일을 시작하는)

씬3.   영옥의 거실, 낮.

영희(목욕한 느낌, 원피스 일상복 차림, 머리가 젖어 있는), 핸드폰을 들고 제 얼굴을 뽀샵 하며, 진지하게, 앉아 있고, 영옥(안 썻은, 영희를 케어하느라 땀이 난), 서서, 영희의 머릴 드라이로 말리고, 이후, 영희 얼굴에 로션을 발라주는,

* 점프컷 》
영옥, 영희(핸드폰으로 자신을 더 이쁘게 만드는, 뽀샵 하는, 진지한)의 등이며, 팔에 난 종기에 약을 발라주는,

영옥   (약을 꼼꼼히 발라주며, 땀이 나는, 일상적으로 편하게) 그만 미워해, 선장이 널 첨 봐서 조금 놀라긴 했지만, 괜찮은 사람이야.

영희   (눈 흘기며) 잤지?

영옥   (웃고) 그런 거 묻는 거 아냐.

영희   오오, 옷 벗고.. 잤지?

영옥   (웃으며, 별스럽지 않게) 별걸 다 알아. 이제 어디?

영희   (치마 올려, 무릎을 내밀면, 거기에도 종기가 난) 겨, 결, 결혼할 거야? 애, 애기 날 거야?

영옥   (무릎 종기에 약을 발라주며, 맘이 안 좋은, 걱정) 고만. (하고, 다른 얘기

하는) 나이 들면서, 혈액 순환이 더 안 되나... 왜 이렇게 종기가 예전보다 더 나니? (약 바르다, 영희 보며, 버럭) 하드 같은 거 먹으니까, 그렇잖아!

영희 (큰소리로, 서운하게 보며) 아, 아니거든!

영옥 아니긴. 그런 거 먹음 소화 안 된다고! 아까도 하드 먹고, 설사해서, 옷 다 버리고? 그게 다 니가 위가 안 좋아서, 소화가 안 돼서, 그런 거야. 그 나이에 똥이나 싸고..

영희 (그때, 더 말하기 전에, 영옥의 입을 막고, 뒤로 가, 영옥의 입을 틀어막고, 웃으며) 하, 하지 마, 하하하, 하지 마. 또, 똥 얘기 하지 마.

영옥, 웃긴, 힘으로 손을 떼내려 하지만, 안 되는, 영희와 그렇게 엎치락뒤치락하며, 레슬링 하듯, 장난치는, 영옥, 영희의 배로 올라가, 웃으며, '와, 이거 힘 봐라, 힘!' 하며 장난치는,

씬4. 바닷가, 낮.

별이, 놀러 온 손님에게, 커피를 주고, 2천 원을 손가락으로 표시해, 돈 받는, 그 옆에서 기준, 별이를 보며, 서 있는, 별이, 손님 가면, 전동 리어카를 타려는데, 기준, 별이의 팔을 낚아채는,

별이 (뿌리치며, 버럭) 왜?

기준 (수어를 어설프게 하며 답답해, 말하는) 같이 얘기 좀 하자고!

별이 (속상한, 수어 하는, 수어 자막) 니가 왜 수어를 해, 수어는 농인 말인데!

기준 ?

별이 (말하며, 속상한, 말하는) 수어 해도 알아듣지도 못하면서, 니가 왜 수어를 해! 수어는 농인 말인데! (하고, 다시 전동 리어카 끌려 하면)

기준 (못 타게 막아서며) 사귀자고! 사귀자고! 니가 좋다고!

별이 (속상하고, 답답한) 니가 좋으면, 나, 나도 좋아야 돼? 왜? 나는, 자, 장애인이니까?! 그래야 돼?!

기준 (순간 멍한) ?

별이 분명히, 말하지만, 나는 너 별로야. (하고, 가는)

기준	(속상해, 가는 별이를 보며, 울상이 되는)

씬5.   은희의 집 안, 밤.

은희, 달이, 정준, 영옥, 영희, 징거게임을 하는, 영희, 영옥, 정준이 한편, 은
희, 달이, 한편을 먹은, 회며, 밥을 먹었는지, 주방이 지저분한, 게임이 많이
진행됐는지, 징거가 무너지기 직전이다, 위태한,
달이, 신중하게, 놀이에 집중해, 징거를 하나 빼내고, '야!' 하고 소리치는,
은희, 박수 치며, 신난, 달이와 어깨동무하며,

은희	이겼다, 이겼다, 우리 편이 이겼다!
영희	(둘을 밉게 보고, 정준에게, 진지하게) 서, 성준이 해.
영옥	선장.
영희	서, 성준이 해.
은희	(눈치채고, 조금 당황한) 성, 성준이..
달이	(별생각 없이) 성준이가 누구야?
영옥	(아무렇지 않게, 달이에게) 내가 젤 오래 만나고, 최근까지 만났던 애. (정 준 보며, 담백하게) 괜히, 선장 맘에 안 들어서, 그러는 거야. 신경 쓰지 마.
은희	(영희가 귀여운) 크크크... 야, 눈치가 빠하다이!
정준	(징거만 신경 쓰며, 이리저리 보며) 괜찮아요, 결국엔 성준인지 뭔지 그 자 식보단 날 더 좋아하게 될 거니까. (하며, 징거를 발견하고) 요놈이다! (하 고, 조심스레 징거를 빼는)
영희	(좋아서, 소리치는) 악!
영옥	(웃기는) 소리치지 마, 무너져!
영희	(제 손으로 입 가리고, 웃는)
은희	이번엔, 나다. (하고, 징거를 빼는데)
영희	(징거에 후! 하고, 바람을 불어, 무너뜨리는)

징거 무너지고, 정준, '잘했다, 영희누나!' 하며, 영희 손 번쩍 들고, 좋아하
고, 영희, '이겼다!' 하며 좋아하는,

달이, 은희, 징거를 바로 세우며, '야, 이건 반칙이지, 다시 해, 다시 해!' 하는, 영옥, 어이없단 듯, 웃으며, '뭘 다시 해, 우리 언니가 이겼는데! (영희 보며) 그지?' 하고는, 얼굴 잡아 볼에 입맞추는,

영희 (웃고, 영옥에게) 이제 맥주!

정준, 은희, 달이 (놀라, 어쩌지 싶어, 영희 보고, 영옥을 보면)

영옥 (편한) 뭘 놀래, 성인인데, 한잔할 수 있지. 여기 보호자도 이렇게 많은데... 마시자. (하고, 일어나, 주방으로 가고)

은희, 달이 (서로 보며, 조금 당황한) 그러네.. 마, 마실 수 있지.

정준 (영희 보며, 편하게) 무슨 맥주 좋아해요?

영희 (기분 좋게, 웃으며, 정준 보며) 무, 슨, 맥, 주! (하고, 주먹 내밀면)

정준 (편하게 웃으며, 부딪히며) 아, 무, 슨, 맥, 주 좋아하는구나!

씬6.　은희의 마당, 평상, 밤.

달이, 은희, 영희, 별을 보며, 누워서 얘기하는,

은희 (별자리 이름을 가르쳐주는) 저기 저 별은 북, 두, 칠, 성.

영희 (진지하게 보며) 부부부, 북두칠성.

달이 저기 저거는... 카, 시, 오페, 아.

영희 (보는)

달이 너무 어렵나?.

영희 (웃으며) 카, 시, 오, 페아.

은희, 달이 (박수 치며) 아이고, 잘하네!

달이 그럼 이번엔 저 별... 저 별은 금성.

영희 그, 그, 금성.

그때, 영옥, 정준, 술과 안주를 가지고 나오면, 영희, 벌떡 일어나,

영희 맥주다!

영옥	(영희에게, 캔 따주는)
영희	(마시려 하는)
영옥	(말리며) 건배해야지! (캔을 내밀며) 영희를 위하여!

정준, 영옥, 은희, 달이, 영희에게 잔을 부딪히며, '영희를 위하여!' 하는,

* 점프컷 》
컴퓨터 스피커 연결해, 핸드폰으로 노래 틀고, 영희, 캔 들고 춤을 추는, 춤에 심취한, 달이, 은희도, 영희의 기분을 맞추려 따라 춤을 추는,
정준, 영옥, 평상에 앉아, 그런 영희를 보는,
영옥, 영희의 춤을 보며, 웃지만, 살짝 맘도 아픈,

영희	(춤에 심취해, 춤추며) 여, 영옥아, 나, 나랑 추, 춤춰.
영옥	(영희를 가만 보며) 난 이러고 있는 게 좋아.
영희	(춤에 심취해, 추는)

그런, 춤추는 영희의 얼굴 위로,

영옥	(정준에게 말하는, E) 너무 잘해주지 마.
정준	(영희가 이쁘단 생각으로 영희를 보다, 영옥 보면)
영옥	(고개 돌려, 정준 보며, 맘 아파도 차분히) 선장도, 일곱 살 때 일 기억나지? 전부는 아니더라고, 결정적인 일들은? 쟤도 다 알아.
정준	(영옥을 따뜻하고, 담담히 보고, 고개 끄덕이면)
영옥	영희 지능이 일곱 살이라고 해서, 숫자를 잘 모르고, 사회성이 좀 떨어진다고 해서, 아무것도 모르는 게 아니라고, 사랑하는 기쁨, 사랑받는 기쁨, 배신감, 증오, 부모가 없는 서러움, 장애가 있는 슬픔, 다 안다고. 그러니까, 잘해주지 마. 그런 따뜻한 눈빛도 하지 말고, 자기가 사랑받는 줄 알고, 떨어지기 싫어하면, 니가 책임질 거야?
정준	(영옥의 맘을 알겠는, 담담히, 영옥의 손을 꽉 잡고, 영옥일 보는)
영옥	(영희 보며, 맘 아프지만, 참고, 애써 담담히) 대충 해. 나도 대충 하는 중이야. 영희가 시설로 돌아갔을 때 날 잊을 수 있을 정도만. 내가 너무 그리워

	여기 또 오고 싶어 하지 않을 정도만. 나보다 복지사 장선생님을 더 좋아 하게... 그렇게 대충 하는 중이라고. 더 잘해주고 싶지 않아서, 이러는 게 아니라. 상처 덜 주려고 이러는 거라고. 넬도 영희 별이랑 있으면 되니까, 선장은 선장 일,
정준	(영희, 따뜻하게 보며) 벌써 일주일 정도 정치망 작업 못 한다고 말해놨어요.
영옥	(가만 보다, 질리겠지 싶은, 담백하게) 그래, 너 알아 해라. 언제까지 버티나 보자. (영희 보며) 영희야, 그만해! (하고, 일어나는)

＊ 점프컷 ≫

은희, 달이, 정준, 나란히 앉아 있는,
영희, 술 취해, 사진을 찍으려는, 신중하게 찍는,
그래서 더디고, 많이 찍는, 한 사람씩 찍으려 하는, 영옥, 그 옆에서 답답한,

영옥	적당히 찍어.
영희	(술 취해, 사진 찍으며, 버럭) 가만있어! 가가가, 가만! 사진이 자, 잘 안 찍히잖아!
영옥	(답답한, 평소보다 좀 큰 소리) 니가 술 먹고 흔들리니까 각도가 안 잡히잖아? 그러게 한 병만 먹으라니까, 왜 술을 세 병씩 먹고 취해서... 바쁜 사람들 앉혀놓고, 사진을 계속 찍고 또 찍고 뭐 하는 거야, 대충 찍어, 그냥.
영희	(속상해, 영옥 보며) 이, 이거, 있어야 이, 이걸 보고, 그림을 그그 그리지.
달이	(밝게, 영옥에게) 언니, 우린 괜찮은데, (영희 보고) 언니, 사진 찍어.
은희	(영희 편드는) 작가가 그런 그림 받잰 하면 이 정도 노력은 해야지게.
정준	영희누나, 사진 찍어요.
영옥	(핸드폰 뺏으려 하며) 그만해, 내가 찍을게.
영희	(안 뺏기는) 내내 내가, 내가 찍을 거야.
영옥	(답답한) 니가 무슨 그림을... (뺏으려 하며) 놔, 이거, 놔라. 그만해.
영희	(뺏어 핸드폰을 던져, 박살 내고, 영옥을 보며) 나쁜 년! 나쁜 년! 너는 안 믿지, 내, 내가 어, 엄마, 아, 아빠처럼 그리는 거! 내, 내가 그림 그리는 작간 거. (버럭) 너너너, 너... 나 버렸지! 지하철에!

* 점프컷 – 영희, 영옥의 회상(14부) 》

영옥, 지하철에서 승강장으로 나오고, 영희, 지하철 안에서 영옥을 두리번 거리며 찾던, (느린 그림)

* 점프컷 – 현재 》

영 옥　(가만 영희만 보며, 기억나지만 안 나는 척, 맘 아파도 안 그런 척, 더 화내는) 쓸데없는 소리 하지 마. 내가 언제 널 버려,

영 희　(말꼬리 자르며, 소리치는) 엄마, 아빠가.. 잘해주랬지?! 어어어, 언니한테.. 근데 왜 날 버렸어! 왜왜왜, 왜 버렸어! (하고, 영옥의 집 쪽으로 가는)

은희, 달이, 정준　(조금 놀라는)

영 옥　(담담히, 가는 영희를 보는, 다 기억하는구나 싶은, 맘 다스리는)

영 희　(가다, 돌아보며) 나쁜 년! (하고, 영옥의 집으로 들어가는)

영 옥　욕하지 마! 혼날 줄 알아!

영 희　(그냥 가는)

은희, 달이　(얼음이 되는)

정 준　(답답하지만, 이 상황을 잘 정리하고 싶은, 짐짓 가볍게, 핸드폰 집으며) 핸드폰이 오래됐드라구요. 하나 사줘야겠다.

영 옥　(은희 달이에게) 전엔 안 그랬는데, 자꾸 거짓말을 해. 그림 같은 거 못 그려. 기대하지 마. (하고, 정준 보고, 참담한) 이 정돈 약과. 아주아주 약과. 포기하지? (하고, 가는)

정 준　(가는 영옥 보는, 속상한, 맘 아픈)

은 희　(일어나, 정준 어깨 툭 치고, 밝게) 야야, 치우자. 치워. (달이에게) 근디 생각했던 것보다 영희가 잘도 밝다이. 제법 말도 통허고.

달 이　그러게요. 귀엽고.

정 준　(주변 치우는, 생각이 많지만, 너무 무겁지 않은, 잘 지내야겠단 생각이 더 많은)

씬7.　영옥의 방 안, 밤.

영희, 삐진 것처럼 침대에 누워 있고, 영옥, 화장실에서 씻고 나와, 옆에 눕는,

영옥 왜 그렇게 화났어? 내가 사진 그만 찍재서, 화가 났어? 아니면,

영희 (일어나 앉으며, 눈 흘기며) 니니, 니가 날 버렸지.

영옥 (터무니없는 소리라는 듯, 짐짓 화난 듯) 쓸데없는 소리, 스물두 살 때까지 같이 살았잖아? 아냐? 너랑 나랑 장선생님 그리고 친구들 다 같이 살았잖아? 보육원 그리고 나중엔 홈스테이.

영희 (보면서, 순간 헷갈리는) ?

영옥 (믿는구나 싶은, 다른 말 하는) 땡깡 그만 부리고, 그림이나 보여줘봐. 니가 진짜 그림을 그리는지 아닌지, 내가 봐야겠다. (하고, 한쪽에 놓인 영희의 가방을 턱으로 가리키며) 저짓어? (하고, 일어나 가방 쪽으로 가서 가방을 잡으면)

영희, 일어나, 영옥이 든 가방을 뺏어서, 자기가 안고, 침대로 가서, 모로 눕는, 영옥, 웃긴, 뒤로 가, 안아주고,

영옥 (장난) 오호.. 육감적인데?

영희 (눈 감고) 졸려.

영옥 (일어나, 편하게) 야, 근데 너 정말 그림을 그려?

영희 자, 잘 그려.

영옥 장선생님이, 잘 그린대?

영희 (눈 감고) 아아아, 아니, 내가. 장선생님은 못 봤지.

영옥 (어이없이 웃고) 너 엄마 아빠 그림 그리는 것도 못 봤잖아? 말로만 화가란 소리 듣고? 그림 학원 갔어? 안 갔지? 근데 니가 어떻게 그림을 그리냐?

영희 (졸린) 애기 때.. 엄마 아빠한테 배, 배, 배, 배웠지.

영옥 (가만 영희의 등 보고) 니가 천재냐? 애기 때 엄마 아빠가 가르쳐준 걸 기억하고, 그림을 그리고?

영희 ...

영옥 (가만 보다) 야, 너, 엄마 아빤 기억나냐?

영희	(자는) ..
영옥	(일어나, 궁금해, 영희의 가방을 몰래 뺏으려 하는)
영희	(벌떡 일어나, 영옥의 손을 물려 하는)
영옥	(피하며, 등짝 치며) 어디 동생을 물라고..
영희	또, 또 그럼 앙, 할 거야. (하고, 가방을 꼭 안고, 다시 눕는)
영옥	(귀여운, 웃으며) 아이고.. 무서워라... (하고, 뒤에서 영흴 꼭 안고, 맘이 차분해지며, 울컥하는) ....잘 자... 언니. 그리고 (아주 작게) 지하철은 미안..

＊ 점프컷 - 시간 경과, 깊은 밤 》

영희, 자다, 일어나, 가방을 들고 거실 한쪽 앉은뱅이책상으로 가서, 그 위에 스탠드 불을 켜고, 가방에서 스케치북을 꺼내 펴는(카메라, 그림 보여주지 않기), 그리고, 자는 영옥 쪽으로 책상을 옮기고, 자는 영옥의 그림을 그리는, 손길과 눈빛이 섬세하고, 진지한, 너무 힘든지, 이마에 땀이 나고, 연필 든 손이 아픈지, 몇 번 손을 털고, 다시 그림을 그리는, 그렇게 새벽이 오면, 영희, 그림을 가방에 넣고, 바닥에 그냥 대자로 뻗어 자는,

씬8. **선착장 + 바다로 가는 정준의 배 안, 아침.**

정쥰의 배가 떠나는,
정준과 춘희, 혜자, 영옥, 달이, 다른 해녀들, 선착장의 영희(가방 메고, 뜨개질 가방 든)와 별이에게 손을 흔드는, 다들 기분 좋은,
기준, 운전하며, 기분이 안 좋은, 별이(영희를 맡아주기로 해서, 영희와 손잡고 있는)와 영희 보고, 속상한 듯한,

영희	(손을 흔들며) 여, 영옥아, 돈 많이 벌어 와! 그래서, 나 수수수 수술시켜줘!
영옥	(밝게, 손 흔들며) 그래!

춘희 외, 기분 좋게 웃는,

영희	벼, 별이처럼, 달이처럼, 너처럼 이쁘게! 이, 이쁘게, 이쁘게!
영옥	(밝게) 그래!!

배가 가는,

＊ 점프컷 - 배 안 》

해녀1	(영옥에게, 웃으며) 얼굴이 이뻐지고 싶나 보다이. 근디, 너추룩 수술하잰 하면 돈이 하영 이서야켜(있어야겠다).
영옥	(웃으며, 서글픈 농담) 그러게요. 돈을 모아도 모아도 끝없이 모자라네요.
해녀2	근디, 기냥 살지, 무신 수술이라? 기냥 살아도 될 거 같은디.. 힘들게.
혜자	(버럭, 속상한) 영옥이가 힘들지, 너가 무사 힘드느니(힘드니)?
해녀2	(왜 화를 내나 어이없게 보는)
혜자	사람들이 이상하게 보난, 자이(손가락으로 멀리 영희 가리키며)도 경하는 거지게. 사람들이 자이를 볼 때마다 아꼽다, 곱다 하민이, 누가 지 얼굴에 칼을 대고 싶어 하크냐! 자이도 수술하민 아픈 줄 알 건디!
해녀3	(답답한) 혜자 말이 맞다게. 그만들 허라.
춘희	(가만 태왁에서 사탕 하나, 영옥에게 꺼내 주고, 자기도 입에 넣는)
영옥	(춘희의 맘을 알아서, 받아주고, 싶은, 사탕을 와작 깨물어 먹는)
춘희	이 좋다.. (하고, 웃으며, 사탕 빨아 먹는, 계속 손 흔드는 영희를 이쁘게 보는)

＊ 점프컷 - 선장실 안 》
정준, 기준 보며, 굳은,

기준	(화난, 속상한) 뭘 봐, 영옥이 누나랑 헤어지라니까.
정준	(조금 굳어서 보고, 앞 보고, 운전하는, 으름장, 그러나 너무 심각하지 않게) 죽을라고..
기준	(속상해, 버럭) 나는 장애인 좋아하고, 형은, 장애인 언니 있는 영옥누나 좋아하면, 엄마 아빠가 뭐라 그러겠냐?!
정준	(뭔 소린가 싶어, 보면)?

기준	(보며, 속상한, 울 것 같은) 달이 말고, 별이 좋아한다고. 오래됐다고. 난 못 헤어진다고.
정준	(가만 짠하고 기특하게 웃음이 번져 보다, 터프하게, 기준의 머리 쓱 쓸어 주고) 다 어멍 아방 잘못이지 뭐, 아들 둘을 이렇게나 착하고 멋지게 낳아 논 배, 오후에 니가 몰아, 난 영희누나랑 놀아야 돼.
기준	(속상한) 아씨, 진짜... (바다 보는)

∗ 점프컷 - 바닷속 》
영옥, 잠수하는데, 한없이, 자유롭지만, 빈 바닷속을 혼자 가는 게, 조금 슬픈 것도 같은,

씬9. 핸드폰 가게 안, 낮.

정준, 영희 각자 핸드폰을 고르는,
정준, 젤 좋은 것을 골라 영희에게 보여주며,

정준	(편하게) 누나 이거.
영희	(제가 보던 것 놓고, 정준이 준 것 받아 들고, 자세히 보는)
정준	맘에 들어?
영희	니가 사? 나, 난 돈이, 있지만, 보육원 청소하고, 카페에서 모, 모카라떼 아, 아이스커피 팔고.. 돈 벌지만.. 나중에.. 수술해야 돼, 이, 이쁘게. 그러니까, 니가 사.
정준	(편하게) 야, 누나 카페서 일하는구나.. 대단하다! 그래요, 이건 내가 사줄 게요, (주인에게) 이거 주세요. (하고, 주머니에서, 깨진 핸드폰 꺼내 보이 며) 이거,
영희	사진.
정준	(주인에게) 사장님, 여깄는 사진들, 새 폰에 넣어주실 수 있죠?

씬10. 편의점 일각, 낮.

정준, 영희(손은 뜨개질하며) 맥주를 마시며, 얘기하는,

정준   누나, 천천히, 어제처럼 많이 마시면 안 돼요. 천천히, 그리고, 딱 그것만.

영희   (맥주 시원하게 마시고) 캬! (잔 놓고, 손뜨개질하고, 정준 보며, 안 웃고, 진지하게) 마, 말해봐, 너 영옥이가 이뻐서 좋지?

정준   (웃으며, 편하게) 아이, 그런 거 아니고요. 뭐랄까? 누나가, 착하죠.

영희   우우우, 웃기고 있네. 영옥이가 세, 세, 섹시하고, 이쁘니까, 좋으면서. 인물 보고, 외, 외모 보고, 사람 좋아하는 놈.. 나쁜 놈.

정준   (편하게, 웃으며) 누나, 난 그런 사람 아니에요. 인물보단 사람 마음. 영옥이 누나 맘이 이쁘니까.

영희   그그, 그럼... 나도 좋냐?

정준   (웃으며, 친구처럼) 누나 좋죠. 얼마나 귀여운데.

영희   그, 그럼, 나도 맘이 맘이 이쁜데, 나, 나, 난 왜 남자가 없냐?

정준   누나도 나같이, 좋은 남자 나타날 거에요. 진짜로.

영희   나, 나, 난 안 나타나. 왜, 왜, 왜냐면, 남자들은 이쁜 여잘 조, 좋아하니까.

정준   (웃으면서도, 짠해지는, 애써 편하고, 담담하게) 누나도.. 연애하고 싶어요?

영희   (뜨개질하며, 담담히) 그, 그럼 하고 싶지. 나도. 화장도 이쁘게 하고. 매력적이고 싶지. 키스도 다, 달콤하게 하고 싶지. 그, 근데 남자가 없지.

정준   (영희, 따뜻하게 보며, 친구처럼) 남자 놈들이 바보다. 누나 이쁜데.

영희   너, 너도.

정준   맞아, 나도. 인물 보고 사람 좋아하고, 나쁜 놈. 에이, 술이나 더 마셔야겠다. 누나 꺼 내 꺼! (하고, 영희의 술 마시는)

영희   (뜨개질하며) ..영옥이는.. 이쁘지.

정준   (보면) ?

영희   자, 자자, 자랑스럽지. 내 동생. 나, 나 같지 않고. 매, 매력 있고, 세, 섹시하고... 나 나는, 바다가 무서운데... 바다도 풍덩 들어가, 가고... 영옥이는.. 백 점! 이쁘지. (하고, 하이파이브를 하자고 하는 듯, 손 내밀면)

정준   (웃으며, 하이파이브를 해주고)

영희   너너 너는, 착하다. 많이. 나랑 놀아도 주고.. (하고, 뜨개질하는)

정준   (영희를 귀엽게 따뜻하게 보며) 그거, 떠서, 나 줘요.

영희	(밉게 보며, 진지한) 안 돼. 여, 영, 영옥이 꺼. (하고, 뜨개질하는)
정준	(영희를 가만 보며, 그 맘이 이쁘고 짠하고, 귀엽고, 술 마시며, 다른 데 보는)

음악이 흐르는,

씬11. 몽타주.

1, 바닷속, 다른 날, 낮.
영옥, 풍덩 바닷속으로 뛰어 들어가는, 담담한,

2, 영옥의 집 안, 다른 날, 낮.
영희, 핸드폰 속 사진을 보며, 빵을 먹어가며, 열심히 앉은뱅이책상에서 그림을 그리는, 연필로 그리다, 지우개로 지우고, 지우개똥을 후후 불고, 다시 그리는, 이마에 땀이 송골송골 난, 그러다, 문득, 주방 쪽을 보면, 가스레인지에 라면이 끓고 있는, 일어나 주방으로 가는,

3, 영옥의 가게, 낮.
영옥, 주방에서 음식 만들고, 달이, 별이, 손님에게 서빙하고, 가져다주는, 손님들이 많은, 바쁜,

4, 영옥의 집, 낮.
영희, 레인지 위에 라면 냄비 뚜껑을 열어 보면, 다 탄,

영희	(덤덤히, 가만 보다가) ....불 끄고.. (하며, 가스레인지 불 끄고, 혼잣말) 타, 탄 건 먹지 말고. (하고, 돌아서서, 가서, 다시 그림을 그리는, 그 모습이 진지한)

그때, 문 열리고, 은희, 고개만 디밀고, 영희 보며,

은희	잘 있지이?
영희	(보면)
은희	(미안한) 감시하는 거 아니고...
영희	(그림을 그리는)
은희	(영희가 멀리 있어 그림은 못 보는) 뭐, 필요한 거 이심 연락해이. (하고, 문 닫고, 나가는)
영희	(그림을 그리는)

5, 화구가게, 낮.
영옥, 무슨 물감을 산다고 난린가 싶어, 맘에 안 드는,
정준, 사장에게, 뭔가 물어가며, 좋은 물감을 고르는,

6, 시내, 낮.
영옥, 정준, 둘이 손잡고 걸어가며, 아이스크림을 먹는,

영옥	손 놔.
정준	(손을 더 잡고)
영옥	벌써, 서귀포시까지 소문 다 났어. 너랑 나 사귄다고. 대충 해. 나중에 나랑 헤어지면.. 나보다 너 더 욕먹어. 니가 얼마나 헤어지기까지 힘들었는진 사람들은 상관없어. 아픈 언니 있는 여잘 인정머리 없게 버린 놈 소리만 하지. 사람들은 아픈 언니가 있는 여자도 싫어하지만, 그런 여잘 버리는 놈 도 싫어하거든.

정준, 영옥의 말 끝나기 전에, 자기 아이스크림을 영옥의 입에 확 넣어버리는, 입가가 아이스크림 범벅이 되는,

영옥	(눈 흘기면) ..
정준	그러게, 왜 자꾸 나쁜 말을 해요... 자기나, 날 차지나 마.
영옥	(손등으로 입가 닦는 척하며, 정준의 아이스크림을 뺏어, 얼굴에 뭉개고, 웃으며, 도망가는)
정준	(웃으며, 가는 영옥 보는, 영옥이 귀엽고, 좋은)

7, 영옥의 집, 다른 날, 밤.

영옥, 자는데, 영희, 일어나, 책상으로 가서, 정준이 사 온 물감과 팔레트를 꺼내 물감 짜고, 붓칠해, 스케치북에 그린 그림에 물감을 칠하는, 진지한,

8, 해녀의 집 앞, 영옥의 포차, 정준의 버스로 장소가 옮겨지며, 다른 날들로 변하는.

영희(진지한), 한쪽 의자에 앉아, 앞에 옥동, 춘희, 혜자 외, 다른 해녀들을 한 명씩 앉히고, 사진을 찍는(더러는 해녀복을 입은), 이후, 사진 찍히는 사람들, 자리를 바꿔가며(점프컷), 사진을 찍는, 달이와 별이가 안고 있는 모습, 인권, 호식, 영주 현이(안고, 밝고, 익살스럽게), 은희 모습을 사진 찍는, 그런 모습들, 점프컷으로, 보여주며, 다른 날이 되는,

＊ 점프컷 - 해변가, 다른 날 》

멀리 영희와 정준이 안고 있고, 별이와 달이가 그 모습을 사진 찍는,

영옥   (E) 삼춘.. 우리 영희 그림 못 그리는데...

＊ 점프컷 - 정준 영희가 사진 찍는 게 뒤로 보이는 위치 》

영옥, 서 있고, 춘희, 옥동 앉아, 영희를 보고 있는,

영옥   (춘희의 핸드폰을 받아, 만수 해선 은기의 사진을 보며, 걱정스레 춘희 보며) 영희 그냥 거짓말하는 거예요. 그림을 잘 그린다고 하면 관심받으니까, 관심받을라고. (하고, 핸드폰을 주는)
춘희   (서운한, 핸드폰 받는) ?
옥동   (핸드폰에서, 동석이 동이 사진(동석 15살, 동이 19살, 서로 안고, 익살스런 표정의 사진, 옥동의 집에 있는)을 찾아 주며) 동석이 동이.. 잘 못 그려도 된다게.. 한번 그려나 보랜 허라.
영옥   (속상한, 난감한)
춘희   (자기 핸드폰을 다시 영옥을 주는, 부탁조) 그려나 보랜 허라.
영옥   (두 사람의 핸드폰 사진을 영희에게 보내는, 기분 별로다, 다시 핸드폰 주

며) 영희한테 이 사진 보내긴 했는데, 기대는 마세요. 얼굴이랍시고, 눈 코 입도 안 그리고, 달걀귀신처럼 동그라미만 그려 와도.. 실망 마시구요. (하고, 가며, 영희에게, 속상한) 영희야, 가자, 이제!

춘희, 옥동 (일어나, 둘이 손잡고 가는)

춘희 기대는 무신.. 기댈 헐 거니... (옥동 보며) 언젠 우리가 기대하고 살아시냐? 아니민 말고지게.

옥동 (고개 끄덕이고 가는, 차분한, 담담한)

* **점프컷** 》

영희, 열심히 사진을 찍는, 영옥(대충 이 상황을 끝내고 싶은, 너무 무겁진 않은), 정준(편안하고, 최대한 밝게) 바닷가를 배경으로 안고 있는, 별이, 달이, 그런 두 사람을 보는, 기준, 멀리서 별이를 보고 있는,

달이 (밝게) 웃어라, 좀, 영옥언니! 둘이 싸웠냐?!

별이 (밝게) 언니, 웃어!

정준 (그 호응에 맞춰, 더 영옥을 끌어안고, 웃고)

영옥 (밀쳐내며, 편하게, 정준에게) 고만해. (영희에게) 대충 해!

그때, 기준, 별이 옆에 와서,

기준 (박수 치며) 뽀뽀해! 키쓰해!

달이, 별이 (보면)

기준 키쓰해!

달이, 별이, 기준 뽀뽀해!

* **점프컷** 》

정준, 영옥을 안고, 볼에 입을 맞추고, 영옥, 얼굴 찡그리며, 웃고,
영희, 그 사진들을 진지하게 찍는,

* **점프컷** 》

영희와 영옥, 꼭 안고, 행복한, 정준이가 사진을 찍어주는,

달이 별이 기준도 멀리서, 물장난치며, 노는,

＊ 점프컷 》
영희와 기준, 달이 바닷가를 뛰어다니며 노는, 영희, 놀다가 영옥을 보면,
정준, 영희의 그 모습을 핸드폰으로 사진 찍는(나중에 그림 그릴 컷),

＊ 점프컷 - 시간 경과 》
영옥, 한쪽에 앉아, 바닷가에서 즐거운 영희를 보는데, 맘이 짠해지는,

＊ 점프컷 》
별이, 다 놀았는지 걸어가는데, 그때, 기준이가 옆에 와서 걸으면,

별 이	(보면) 난 너 싫어.
기 준	(앞만 보고 가며) 난 박기준이라고 해.
별 이	(보면)
기 준	(편하게, 밝게, 크게 말하는) 널 초등학교 때부터 좋아했어.
별 이	(어이없는, 멈춰 서며) 내가.. 왜, 왜 좋아, 니가? 나, 나는, 말도 잘 못하는데.
기 준	너랑 말하면, 니 눈을 봐야 하는데, 니 눈이 좋아. 니가 날 그렇게 빤히 보면서 말하는 게 좋고! 낼 또 보자. (하고, 가는)
별 이	(가는 기준을 보는데, 맘이 좀 수그러드는) 나, 난 바다에서 일하는 사람 싫어.
기 준	(다시 와서, 보며) 니가 싫다면 당장 그만둘게. 사겨만 줘. (하고, 웃고 가는)
별 이	(가는 기준을 가만 보는)

＊ 점프컷 》
정준, 달이는 물놀이하며 놀고,
영희, 영옥에게로 오며 바다 보는 영옥의 사진을 찍고, 앉으며,

영 희	넌 왜 아, 안 놀아..
영 옥	(바다 보며) 난 혼자 있는 게 좋아.

영희	고, 고, 고독이 좋아?
영옥	(어이없는 웃음 나, 바다만 보며) 고독이란 말은 또 어디서 배웠어, 대체...
영희	나, 난 난 시, 싫은데.. 고독... 나, 나는 너랑 같이 있는 게 좋은데...
영옥	(바다만 보는)
영희	무, 물에 들어가면, 좋아?
영옥	(바다만 보며) 어.. 바다에선... 오로지.. 나 혼자니까.
영희	바다엔 내, 내, 내가 없어서.. 좋아?
영옥	(가만 보며, 속상하지만, 짐짓 대수롭지 않게) ....쓸데없는 말 그만하고 너 좋아하는 스테이크 먹으러 가. (하고, 일어나) 선장, 그만 놀고 가자! (하고, 해변가를 나가는)
영희	(가는 영옥을 가만 보다, 일어나, 따라가는데, 기분이 안 좋아지는, 굳은)

씬12. 고급 레스토랑 전경 + 안, 낮.

영희, 목 앞에 냅킨을 두르고 포크를 들고, 전채요리를 우적우적 조금 급하게 먹는, 영옥 정준, 먹는, 영옥, 영희가 급하게 먹어서 입가에 음식이 흐르면, 손수건으로 입가를 닦아주는, 정준, 그 모습 보며, 영옥이 좋고, 영희가 귀여운,

* 점프컷 》
영옥, 정준, 영희의 옆 테이블에 엄마 아빠(삼십 대)와 남자아이(일곱 살 정도)가 같이 식사를 하고 있는, 세 명 모두 영희가 싫은 느낌, 남자아이는, 영희 보며, 자기도 같이 막 먹는 시늉 하며, 놀리는, 다른 테이블의 사람들은 별로 신경 안 쓰며, 식사하는,
영희, 전채요리 다 먹고, 영옥, 입을 닦아주면, 직원이 스테이크를 들고 나오는,

영희	(스테이크를 보며, 좋은, 큰소리로) 와! 와! 와!

그때, 사람들 모두 영희 쪽을 보며, 다른 사람들은 무심한데, 한 테이블의

연인과, 부모와 남자아이 테이블은 싫은 눈빛으로 보는,

영 옥   (영희의 손을 테이블 밑으로 잡고, 작지만, 분명하게, 제지하는) 조용.
영 희   (조용히 하는, 장난, 작게) ....와. 와.
직 원   (음식을 주고, 편하게) 맛있게 드세요.
정 준   감사합니다.
직 원   (가면)
정 준   (영희의 접시를 가져와 고기를 잘라서, 영희에게 다시 주는)
영 희   (급하게, 먹다가, 남자아이와 눈을 마주치며)
남자아이   (영희를 흉내 내며 먹는, 빤히 보는, 놀리는)
영 희   (먹다가, 남자아이에게) 보, 보보, 지마.
남자아이   (흉내 내는) 보보보보 보지 마. 바보.
정 준   (조금 불편하지만, 참고, 남자아이에게, 애써 작게 부드럽게 말하는) 그러
       지 마라.
영 옥   (불편함 참고, 남자아이를 안 보고, 영희에게, 애써 편하게) 자리 바꿔줘?
영 희   (고개 젓고, 먹다가, 다시 자길 흉내 내는, 남자아이를 보며, 작게, 타이르
       듯) 그그그, 그러지 마라.
엄마, 아빠   (남자아이에게, 투박하게, 영희가 불편해, 짜증스레) 그냥 먹어.
남자아이   (아랑곳없이, 먹으며, 다시 영희 보며, 흉내 내면)
영 희   (속상한, 버럭) 그러지 말라고!

사람들 모두, 영희 보는,

영 옥   (참고, 먹다가, 포크를 놓고, 옆 테이블의 엄마 아빠에게, 애써, 차분히) 애
       기가, 우리 언닐 보고 놀리네요. 그러지 말라고, 하세요. 장애인을 빤히 보
       는 것도, 놀리는 것도, 하면 안 되는 짓이라고, 알려주세요.
정 준   (영옥의 손을 위로하듯 잡는, 말리는 느낌은 아니다)
영 옥   (정준의 손을 살짝 뿌리치고, 부모에게, 정중하려 애쓰며) 부탁드릴게요.
       (하고, 일어나, 자릴 옮겨, 남자아이가 영희를 못 보게 앉는, 영희에게, 차분
       히) 꼭꼭 씹어 먹어.
엄 마   (영옥 밉게 보며, 애기에게, 화난, 그러나 영희에게 화난 듯, 버럭) 그러지

마! 왜 장애인을 보고 놀려!

영 옥   (화 참는)

정 준   (참고, 영희에게 자신의 고기를 주는)

* 점프컷 》

남자아이   (엄마에게 눈 흘기며, 버럭) 엄마, 미워! (포크 던지며) 안 먹어. (하고, 화장
실로 가는)

직 원   (그걸 보고는, 얼른 와서, 포크를 집고, 새 포크를 주는)

엄 마   (구시렁) 아, 간만에 나왔는데... 짜증 나.

아 빠   (먹다가, 화난, 냅킨으로 입 닦는, 뭐 저런 것들이 이런 델 왔나 싶은, 와인
을 벌컥벌컥 마시는)

영 희   (음식 잘 먹다가) 화장실.

영 옥   (손으로 가리켜주며) 저기. 같이 가?

영 희   (고개 젓고, 가는)

아 빠   (아이 엄마에게 말하지만, 영옥이 들으라고) 야, 그만 가자, 밥맛 떨어져 못
먹겠다.

영 옥   (먹다가, 더는 화나, 못 참겠는, 보면)

아 빠   뭘 봐요! 우리가 가겠다는데! 밥맛 떨어져서!

사람들 보는,

영 옥   (속상한, 애써 참으며) 애기가 장애인을 보고 놀려서, 그러지 말게 해달라
고 부탁한 게 밥맛 떨어질 일이에요?

엄 마   (화난) 우리 애한테, 꾸중했잖아요, 내가! 장애인 놀리는 거 아니라고!

영 옥   (참으려 하며, 폭발하는) 거긴 매너도 몰라요? 장애인 앞에서 장애인 장애
인.. 뭐 하는 짓이에요!

아 빠   아, 진짜! (하고, 열받아, 일어나면, 키가 작은)

정 준   (화나, 포크 놓고, 일어나 아빠를 보며, 차분히, 정중하지만, 힘 있게) 그만
하시죠... 그만.

아 빠   (순간, 정준의 키와 덩치 보고, 좀 기죽는)

직원, 와서, 아빠에게 '손님, 그만하세요', 정준에게, '손님, 참으세요' 하는,
주변 손님들, 아빠를 보며, 싫은 표정 짓고, 밥 먹는,
엄마, 사람들 눈치 보고, 아빠를 주저앉히며,

엄 마   참아, 참아. 먹어.
아 빠   (앉아, 기분 풀려, 술을 벌컥벌컥 마시는)
영 옥   (참고, 주변 사람들에게) 죄송합니다. (하고, 식사를 하는, 답답한)
정 준   (가만, 앉아, 고기를 써는, 맘이 좀 아픈)

씬13.   화장실 안, 낮.

남자아이, 소변을 보고, 손을 닦고, 나오다, 영희를 보고 놀라 주저앉는, 무
서운, 영희, 그 앨 화난 듯 가만 보는,
남자아이, 두려워 넘어진 채 한참 영희를 보는,

영 희   (가만 그 앨 보다가) 내내, 내가, 빠, 빤히, 보, 보면 너는 좋냐?
남자아이   (무섭게 보고, 울 것 같은, 영희 보면)
영 희   (가만 보다, 손 내밀고) ...손.

남자아이, 두렵지만, 울 것처럼 보다, 손을 안 잡으면 더 화를 낼까, 두려워,
손을 내밀면, 영희, 잡아서, 일으켜 세우고, 남자아이의 엉덩이의 먼지를
털어주며, 덤덤히,

영 희   어른, 놀리는 거 아냐. 자자자, 장애인, 놀리는 것도 아니고... 빤히, 빤히 봐
도 안 돼. 너 빤히 보면 좋아? 버버버, 벌, 받아? 호, 혼나. (하고, 시무룩하
게, 가는)
남자아이   (가만 가는 영희를 보는, 미안한)

씬14. 길거리, 해 질 녘.

영옥, 앞서 속상해 가고, 영희(그림 그리는 가방 메고, 뜨개질 손가방도 들고)와 정준, 손잡고 걸어가는, 영희도 기분이 안 좋은, 영옥, 무단 횡단하려 하면,

영희   (밉게 영옥을 보며) 빠, 빨간 신호등. 파, 파란 신호등에 건너야지.
영옥   (신호등 보고, 멈춰 서는, 착잡한)

세 사람, 그렇게 신호등을 기다리고, 신호등 바뀌면, 걸어가는,

영희   나, 내, 낼 안 가고, 여기 살까 봐. 서서, 선장.
정준   (무슨 소리지 싶어, 보면) ?
영옥   (가다, 멈춰, 영희 보며, 속상한, 차갑게) 쓸데없는 소리 하고 있어. 약속한 대로, 낼 낮 비행기로 넌 은혜의 집으로 가는 거야. (하고, 가는)
영희   (영옥을 밉게 보는)
정준   (영희 손 잡고, 건널목 건너며 맘이 불편한, 영희가 안된)

씬15. 은희의 마당, 밤.

영희, 모포를 덮고, 평상에 앉은뱅이책상을 올려놓고, 그림 색칠을 하는, 그러다 가끔, 뒤를 돌아보는, 누가 오나 안 오나 보는, 그리고, 다시 그림을 그리는, 은희, 창문 열고, 옥수수를 먹으며, 영희 보며,

은희   영희야,
영희   (그림을 못 보게, 큰 도화질 덮는)
은희   우리 집에서 그리라게. 추워.
영희   (고개 젓는)
은희   추우민 들어와이.
영희   네.

은희	(창문 닫고)
영희	(큰 도화지에 색칠을 하는)

＊ 점프컷 》

색칠되어진 그림, 이젠 카메라가 조금 보여주는,

정준	(E) 그러지 말고, 영희누나, 이삼 일만 더 있다 보내요.

씬16. 영옥의 집 안, 밤.

영옥, 화난 듯, 설거지하고, 정준, 한쪽에 앉아, 영옥을 보며 말하고 있는,

정준	(편하게) 여행 갈까요? 우리 셋이?
영옥	(설거지를 하다, 내팽개치고, 정준 보며, 속상하지만, 강하게) 왜, 한 일주일 봐보니까, 이젠 아주 영원히 영흴 봐줄 수 있을 거 같애? 착각하지 마! 내가 이렇게 될까 봐, 잘해주지 말랬지?!
정준	(조금 맘 아프게 보면)
영옥	내가 오죽하면, 너 같은 괜찮은 남자랑도 헤어지자 그러겠어! 오늘 일도 약과야. 선장 니가 본 건 다, 아주아주 작은 일이라고. (하고, 다시 설거지하며, 울컥하는 맘 참고, 화나고, 속상한) 이보다 더한 일이 얼마나 많았는데. 식당에서 길거리에서 머리 뜯고 싸우고, 테이블 뒤엎고, 쫓겨나고. 나도 이해해, 사람들은 영희 같은 애를 잘 못 봤으니까, 이상하니까.. 자기도 모르게 자꾸 눈이 가겠지, 근데, 왜 (하고, 다시 뒤돌아, 싱크대에 기대 정준 보며, 맘 아픈, 그러나 모질게) 사람들이 영희 같은 앨 길거리에서 흔하게 못 보는 줄 알아? 나처럼 다른 장애인 가족들도... 영희 같은 애들을 대부분, 시설에 보냈으니까.
정준	(맘 아프게 보는, 피하지 않는, 영옥의 마음에만 집중하는)
영옥	(맘 아픈, 그러나 너무 격양되지 않게) 한땐 나도 같이 살고 싶었어. 근데, 같이 살 집을 얻으려고 해도 안 되고, 일도 할 수 없고! 영희 어쩌면 일반학교에서 계속 공부했다면, 지금보다 더 나아질 수 있었어. 근데, 일반학교

에선 잴 거부하고, 특수학교는 멀고, 시내 가까운 덴 특수학교 못 짓게 하고, 어쩌라고! 시설에 보내면, 보낸 날 모질다고 욕하고, 안 보내면, 오늘 같은 일을 밥 먹듯이 당해야 돼?! (못 참고, 격앙되는) 대체 날더러 어쩌라고!

정준   (맘 아프게 보는, 피하지 않는)

영옥   (눈물 나고, 화난, 맘 아픈) 영희도 다 알아! 개도 고양이도 감정이 있는데.. 영희도 사람들이 자길 이상하게 보는 거 다 알아! 내가 이십 년도 훨씬 전에 자길 지하철에 버리려고 했던 것도 다 안다고! 다 기억한다고! 지금 내 맘이 어떤지도 영흰 다 알아! 내가 자길 얼마나 버거워하는지, 안다고! 그래서, 추운데도 밖에 있는 거라고! 지가 내 눈앞에서 없어지면, 내가 화를 덜 낼 줄 아니까!

씬17.   은희의 마당, 밤.

영희, 모포를 덮고, 그림 그리는, 영옥의 소리가 들리는, 울면서도 담담히, 그림만 그리는,

영옥   (E) 지금 이 소리도 영흰 다 듣고 있다고! 근데, 나는 모른 척할 거야, 영희는 감정도 없고, 머리도 모잘라, 지금 내가 하는 말도 전혀 이해하지 못한다고 믿을 거야.

씬18.   영옥의 주방, 밤.

영옥   그저, 밥 먹으라면 먹고 자라면 자는.... 그런 애라고 믿을 거야. 그래야, 내가 다시 잴 시설로 보낼 때.. 내 맘이 편하니까. 모자란 앤 함께 살 수 없는 세상이니까.

정준   (맘 아픈, 일어나, 가서, 영옥을 안으려 하면)

영옥   (맘 아프게, 밀치고, 눈물 닦고, 모질고, 냉정하게) 내가 아까 그런 사람들을 보면, 무슨 생각을 하는 줄 알아? 제발, 영희 같은 애를 낳아라! 아님,

머리 위로 벼락이 떨어지거나, 사고가 나서, 장애인이나 돼라,

정준 (눈가 붉어져, 맘 아픈, 말꼬리 자르려, 안아주는, 잠시, 그러고 있다, 울며, 영옥의 얼굴을 두 손으로 잡고, 엄지손가락 하나를 입술에 대고, 막으며) 그 이쁜.. 입으로.. 그런 못된 말 하지 마. (하고, 다시 따뜻하게 꼭 안아주고, 맘 아픈) 하지 마.

영옥 (맘 아픈, 가만 정준을 밀치고, 냉장고로 가서, 물 꺼내 마시고, 정준을 보며) 억울해. 왜 나한테 저런 언니가 있는지, 억울해, 왜 우리 부모님은 저런 앨 착하지도 않은 나한테 던져두고 가셨는지. (의자에 앉아, 우는, 맘 아픈, 참으려 하는)

정준 (영옥의 머릴 안고, 등을 쓸어주며, 맘 아픈 것 참는, 듬직하게) 더 이상 어떻게 착해. 더 이상 어떻게 착해. 난 누나 착해서 좋아해. 영희누날, 못 버리는 사람이라 좋아.

영옥 (정준 품에서 빠져나와, 설거질 마저 하며, 맘 아픈, 그러나 애써 별스럽지 않게) 근데.. 근데.. 나도 이렇게 억울한데.... 영희는 저렇게 태어난 게 얼마나 억울하겠어. (눈물이 나도, 설거지를 하는)

정준 (의자에 앉아, 영옥을 보는, 따뜻하고, 맘 아픈)

씬19. 은희의 집 앞, 밤.

정준, 영희(화구 가방은 메고, 손에 뜨개질 가방 들고) 손잡고 웃으며 걸어가는, 그 뒤에서 영옥, 두 사람 보며,

영옥 딱 맥주 한 병씩만 마시고 와! 더 마시면 안 돼!

영희 (웃으며, 그냥 가고)

정준 (가며, 영옥 보며) 한 병씩만 마실게요! 더는 안 마실게요. (하고, 웃으며, 가는)

영옥 영희야, 너 낼 첫 비행긴 거 알지?

영희 (돌아보며) 안 가! (하고, 다시 정준 보고, 노랠 부르며 가는)

정준 (웃고, 노랠 부르며 가는)

영옥 (가는 영희 보며, 편하게, 말하는) 안 가긴... (하면서도, 정준 보는, 고맙고,

미안한, 조금 맘이 차분해지는, 들어가는)

씬20. 정준의 버스 전경, 밤.

영희, 버스 창가로 바다를 내다보며, 놀라는,

영 희 오호호호호!
정 준 (맥주와 안주를 준비하며, 웃는)

씬21. 버스 안, 밤.

영희, 바다 보다, 정준 보며,

영 희 오호호. 바다, 무섭다.
정 준 그럼 내가 창문을 닫으면, 되죠? (하고, 버스 창문 닫고 커튼을 쳐주는)
영 희 너너, 넌 착하다.
정 준 (웃으며, 편하게) 그럼요. (하고, 캔을 따주며) 여기.
영 희 (맥주를 마시는)
정 준 술은 언제 배웠어요?
영 희 여, 영옥이. 어른이 돼서 영옥이가... 철, 철웅이랑 헤어지고.... 술 마실 때... 갈쳐줬는데.. 시원하고.. 맛있더라. 영옥이, 영옥이랑, 장선생님, 친구 진숙이랑만 가끔.. 마마마, 마셔. 그리고... 이제 선장하고.
정 준 (웃고)
영 희 (가방에서 스케치북과 그림을 빼서 주는)
정 준 ?
영 희 (맥주 마시며) 봐, 내 그림. 여, 영옥이가 조, 좋아할까?
정 준 (스케치북을 받아, 무심히 펼쳐 보다, 놀라는, 너무 잘 그려 믿기지 않는, 다시 넘기고, 다시 넘기는, 맘이 울컥하는, 영희는 정말 어쩌면 모든 걸 다 아나 싶은(아직 카메라는 그림을 다 보여주진 않는), 가만 영희를 보는데

눈가가 붉어지는, 기특하고, 대단한 느낌이다, 그림을 봐도, 잘 믿기지가 않는)

영 희   (맥주 마시며, 웃으며) 자, 잘 그렸어?

정 준   (그림 보고, 영희 보며, 맘이 짠한, 짐짓 가볍게) 어, 엄청요. 근데.. 언제.. 이 많은 그림을 그렸어요?

영 희   (맥주 한 모금 마시고) 외, 외, 외로우면 그렸지. 여, 영, 영옥, 보고 싶을 때마다.

정 준   (눈물이 살짝 차오르는, 얼마나 영희가 영옥을 보고 싶어 했으면, 외로울 때가 많았으면, 이렇게 그림 실력이 늘었을까 싶은, 그림 보고, 맥주를 마시는, 눈물이 나면, 몰래 닦고, 다시 영희 보고, 그림을 보며) 사, 삼촌들.. 아니 할머니들 좋아하시겠다. 이런 그림 구경도 못 했을걸요?

영 희   여, 영옥이가 좋아해야지. 이쁜 내, 내 동생.

정 준   (따뜻하게 보며, 편하게) 동생이 화냈는데도 좋아요?

영 희   걔, 걘 원래.. 그러지. (웃는) 히히. 그, 근데... 착하지, 날 버릴라고 했다가, 도, 아, 안 버리고.. 여, 여기 제주도도 오라고 하고...

정 준   (따뜻하게 보며) 영옥누나도 그림 엄청 좋아할 거에요, 분명히, 엄청. 근데, 그림에 제목이 없다.

영 희   (가방에서, 펜 꺼내며) 써야지. 여, 여기서. 영옥이, 모르게.. 나, 나중에, 놀라게.

정 준   (그림 한 장을 내밀어, 영희에게 주며) 이건, 춘희삼춘.

영 희   (그림에 글자를 쓰는, 춘희삼춘, 그리고, 자기 이름을 쓰는)

정 준   글씨 잘 쓴다.. (뭔가 생각난 듯) 잠시만요. (하고는, 영희의 필통에서 지우개 꺼내 칼로 조각하는)

영 희   ?

정 준   (조각하며) 작가면 그림에 낙관이 있어야지. (하고, 지우개에 새를 조각하는)

* 점프컷 》

영희, 정준이 준 조각한 지우개를 받아서, 그림에 낙관을 찍으면, 새다,
영희, 웃고, 정준 보며,

영희   병아리다.

정준   (영희 보며, 따뜻하게) 새. 곧 날개를 펼치고, 자유롭게 날아갈 새.

＊ 점프컷 》
영희, 그림에 제목들을 쓰는, 대부분, 사람 이름이다,
영옥 정준의 그림(다 보여주진 않는) 위에,
〈영옥과 정준 사랑을 하다〉 라고 쓰는,
영희가 글씨를 쓰면, 정준, 그림을 버스 안에 붙이는 모습이 풀 샷으로 보이는,
정준, 그렇게 영희의 그림들을 버스에 붙이는,
영희, 열심히, 그림에 제목을 쓰고, 낙관을 찍는,

씬22. 영옥의 화장실 안 + 집 안, 낮.

영옥, 세수하고, 화장을 하며,

영옥   영희야, 짐 쌌어?! 비행기 시간 다 됐어! 빨리 준비해! 너 가방 쌀 줄 알잖아! (하고, 화장하고 나오면, 영희가 없는, 이상한, 조금 놀라, 바깥으로 나가면)

씬23. 은희의 마당, 낮.

영옥, 나오며, '영희야, 영희야!' 하며, 영희를 찾다가, 순간 멈추면,
영희, 가방 메고, 뜨개질 손가방을 들고, 캐리어도 앞에 두고, 문 앞에 서 있는,
영옥, 순간 울컥하는,

영희   (영옥이 맘에 안 드는) 왜 늦어! 이제 가야지... 여, 열 신데.. 비행기 놓치는데! 장선생님이, 나를 기다리는데.. 으, 은혜의 집에서... 옷 입고 나와!

영옥	(울컥한 맘 참고) 일 분만 기다려. (하고, 들어가는)
영희	(영옥 밉게 보고, 핸드폰 꺼내, 자기 사진을 뽀샵 하는)

그때, 정준 오고,
영희, 하이파이브를 하고, 그리고, 핸드폰을 보여주면,
배경화면이 정준이 영옥의 볼에 뽀뽀하며 찍은 사진이다,
영희, 핸드폰 뺏고, 무심히, 다시 핸드폰으로 뽀샵 하는, 진지한,
정준, 영희 귀엽게 보고,

씬24. 공항 안, 낮.

영옥, 영희, 손잡고 서 있는, 정준, 캐리어를 들고, 서 있는,
그때, 승무원 오고, 정준, 캐리어를 전해주고,

정준	잘 부탁합니다.
승무원	네.
영옥	(영희를 꼭 안아주고, 짠해지는, 담담히, 애써 편한 듯) 전화 자주 하지 마, 일하니까. 밥 잘 먹고, 똥 잘 싸고. 아프면 병원 가고, 주사 무서워 말고. 겨울에 보자.
영희	(영옥의 몸에서 떨어져, 손뜨개 가방에서 목도리 꺼내 영옥에게 해주며) 넌 돈 많이 벌어, 나 수술시켜줘.
영옥	(짠하게 웃고, 담백하게) 가.
영희	(정준에게, 밝게) 안녕. (하고, 승무원 손잡고 가는)
정준	(가는 영희 보며) 누나 잘 가요.
영희	(돌아보며, 손 흔들며) 안녕! 선장, 내 동생! (하고, 가는, 영희의 모습 느린 그림)

씬25. 해안도로, 낮.

정준, 영옥의 차를 몰고 가는,

영옥, 담담히 창밖을 보며, 목에 두른 영희의 목도릴 만지는, 정준, 그런 영옥을 보다, 손을 내밀어, 영옥의 손을 잡고, 편안하게 운전해 가는,

씬26. 정준의 버스 앞, 낮.

정준이 모는 영옥의 차 도착하는,
영옥, 내리면,
정준, 차 안에서, 버스 키 주며,

정준 들어가 있어요. 내가 맛있는 커피 사가지고 올게.
영옥 알았어. (하고, 키로 버스 문을 여는)
정준 (차를 몰아, 멀리 한 바퀴 돌아서, 버스 옆에 세우는, 커피는 거짓말이고, 영옥에게 그림을 보여주려 한 것)

씬27. 정준의 버스 안, 낮.

영옥, 차 안에 들어와, 버스 내부를 보면, 커튼이 다 쳐져 어두운, 그림들 있지만, 잘 안 보이는,

영옥 (무심히) 불이 어딨어. (하고, 커튼을 하나 치고(밖이 보이는), 옆에 스위치를 켜고, 고개 돌리는데, 영희의 그림들이 보이는, 순간 굳는)

영희의 연필그림에, 춘희삼춘, 옥동삼춘, 은희, 인권, 호식, 영주 현이, 달이 별이, 기준, 혜자삼춘 등 이름이 쓰여진, 영희 글씨를 알아서 뭔가 싶은, 그러다, 그림을 더 보면, 엄마 아빠 영옥 영희의 어릴 적 그림이 보이고, 그 그림 위에 〈엄마 아빠 영옥 영희〉라고 쓰인, 다시, 다른 그림을 보면, 영옥이 12살, 영옥이 18살, 영옥이 24살, 영옥이 24살(다른 사진 보고 그린 그림), 영옥이 26살, 영옥이 27살, 영옥이 28살, 영옥이 31살, 영옥이 32살,

영옥이 34살, 영옥이 36살, 온통 영옥이의 그림이 있는, 영옥, 눈물이 차오르는, 참고, 큰 도화지 위에 물감으로 색칠한 그림을 보면,

* 점프컷 》
영희 영옥이가 해변에서 안고 있는 사진이 보이는, 그 그림 위에, 제목이, 〈영희, 영옥 서로를 사랑하다〉라고 쓰여진, 눈물 참는, 흐르면 닦고, 다시 정신 차려 옆에 그림을 보는, 정준과 영옥이가 안고 있는 그림이 보이는, 제목 보면, 〈영옥과 정준 사랑을 하다〉라고 쓰인,
영옥, 그 그림을 가만 보면, 실력에 감격한, 맘 아프게 세밀히 보는데, 그 모습 위로,

영옥　(E) 나중에, 영희에게 물었다.. 너는 어쩌다 그렇게 그림을 잘 그리게 됐냐고.. 영희가 말했다... 내가 보고 싶을 때마다 외로울 때마다 그림을 그리다 보니, 그렇게 잘 그리게 됐다고...

* 점프컷 - 버스 밖 》
정준, 버스에 기대(커튼 열린 쪽), 가만 바다를 보는,

영옥　(E) 나는 그때 아무 말도 할 수 없었다. 대체 사람이 얼마나 외로우면, 얼마나 보고 싶으면... 영희 같은 애가.. 이렇게까지 그림을 그릴 수 있게 되는 건지... 나는.. 알고 싶지 않았다.

* 점프컷 》
영옥, 맨 아래 그림을 보면, 영옥이가 혼자 바닷가에 앉아 있는 그림이 보이는, 위에 제목을 보면, 〈영옥, 영희 없는 고독을 좋아하다〉라고 쓰인,
영옥, 맘 아파, 눈물을 참을 수 없는, 그 옆 그림을 보면, 영희가 해변에 앉아, 영옥을 보는 그림이 그려진, 제목 〈언니 영희, 내 동생 영옥을 사랑하다〉가 쓰여 있는,

* 점프컷 》
영옥, 버스 한쪽에 주저앉아, 눈은 여전히, 그림(혼자 있는 영옥, 자신을 보

는 영희)을 보며, 엉엉 우는,
그런 영옥과 버스 밖에서 그런 영옥이 울게 놔두는, 정준의 모습,
맘 아프고, 따뜻한 모습이 한 화면에 잡히면서 엔딩.

16부 ────────── 춘희와 은기 1

할머닌 내 편인데, 왜 내 편 안 들어주냐고!
걔네 할머니도 나보고 혼내고!
나는 잘못이 없는데.. 왜 그러냐고, 바보 똥꼬같이!

씬1.   프롤로그.

1, 캠핑장, 낮.
만수 은기 해선, 유치원 학부모 두 팀과 함께 캠핑을 와서, 세숫대야에 물 받아 학부모들과 아이들이 얼굴을 박고 누가누가 더 오래 버티나, 숨 참기 (잠수) 놀이를 하는 상황,
화면, 블랙에서, 호루라기 소리가 들리고, 작은 스피커에서 나오는 동요 '멋쟁이 토마토(다른 동요도 가능)'가 시작되고, 박수 소리가 들리면서, 카메라, 물 받은 대야 속에 얼굴을 박는 만수의 모습으로 시작하는,

* 점프컷 》
해선, 대야에 얼굴을 박고,

* 점프컷 》
은기(긴팔 래시가드 입은), 대야에 얼굴을 박고, 숨 참는, 그러다 바로, 얼굴을 들고, 긴장돼 주변을 보면, 다른 친구들과 엄마 아빠가 숨을 억지로 참는,
잠시 후, 학부모와 은기 친구들, 대야 속에서 하나둘씩 숨을 못 참고 얼굴을 드는, 경기에 진 사람들은 아쉬워하면서도 '멋쟁이 토마토'를 부르는, 은기, 엄마 아빠가 질까 봐, 긴장해, 해선과 만수를 보면, 계속 숨을 참고 있는, 함께 놀이한 대부분의 사람들이 고갤 들고, 아빠1(친구 찬성의 아빠),

대야 속에 얼굴을 박고 버티는, 은기, 친구들과 어깨동무를 하며, 고래고래 '멋쟁이 토마토'를 부르며, 응원하고, 다른 부모들도 박수 치며, '은기엄마, 은기아빠, 이겨라!', '찬성아빠, 이겨라!' 하며 즐겁게 응원하며, 노래 부르는, 잠시 후, 해선, 숨을 못 참고, 얼굴 들고, 힘들어하면, 주변 어른들 웃으며, '야, 독하다' 하며 수건 갖다주고, 해선, 웃으며, 수건으로 얼굴 닦고, 은기와 손잡고, '멋쟁이 토마토'를 부르며, 만수를 보며 응원하는, 응원 열기가 후끈한, 한참 후, 아빠1, 못 참고, 대야에서 얼굴을 들고, 찬성, 울며, '아빠가 졌잖아! 왜 져, 왜 져!' 하고, 울고, 아빠1, 찬성 안고, 힘든, '담엔 이길게! 은기네 아빠가 너무 잘하잖아!' 하며, 달래고, 은기, 찬성 보고 긴장하고, 잠수하고 있는 만수를 보고, 응원하는 노래 계속 부르면, 해선, 만수의 등짝 치며, 웃기고, 걱정되는, '여보 여보, 자기가 이겼어! 그만해, 그만!' 해도 만수, 계속 숨을 참다가, 다른 학부모들도 '은기아빠, 이겼어, 그만해! 그만! 와, 완전 사람이 아니고, 돌고래네! 왜 저렇게 잘해!' 하자, 만수, 대야 속에서 고갤 들고, 옆에 은기를 번쩍 들어, 무등 태우고, 캠핑장을 뛰어다니며,

만 수	(신난) 은기야, 아빠가 이겼다!
은 기	(신나) 울 아빠가 이겼다, 은기가 이겼다!
해 선	(웃고, 어이없게 둘을 보며) 이제 그만 밥 먹자! 그만해!

＊ 점프컷 》
만수, 은기를 무등 태우고, 신난, 느린 화면,

| 만 수 | (신난) 은기야, 아빠가 이겼다! |
| 은 기 | (신나) 울 아빠가 이겼다, 은기가 이겼다! |

2, 텐트 밖, 밤.
해선, 졸린, 텐트 안에서 하품하며 잘 준비하는,
만수, 은기를 안고, 캠핑 의자에 앉아, 하늘의 별을 보는,

| 은 기 | (가만 큰 별을 보며) 저게 진짜.... 뽀뽀야? |
| 만 수 | (담담하게, 친구에게 대하듯, 툭툭, 너무 애한테 말하는 것 같지 않게) 그 |

럼. 저 별이 얼마 전에 차에 치여 하늘나라 간 우리 강아지 뽀뽀야. 그리
고, (멀리 별을 가리키며) 저건 작년에 죽은 금붕어 빨강이, 그리고 저건,
니가 지지난달에 길가에서 본.. 검은 고양이.

은 기   (별을 진지하게 보는) ..그럼 나중에 아빠, 엄마, 은기도 죽으면 별 돼?

만 수   (은기 보고, 웃으며, 담백하게) 별 되지. 반짝반짝! 은기야, (별들을 가리키
며) 저 별은 아빠 형들이다. 저 별은 아빠가 어려서, 홍역 앓다 죽은 쌍둥
이 첫째 둘째 형, 그리고, 셋째 형, 그리고, 저 별은 아빠의 아빠, 은기 할아
버지.

은 기   (별만 보며) 죽으면 별 되면, 안 슬픈 거네. (만수 보며) 이쁜 별 되고, 이렇
게 맬 보니까?

만 수   (웃고) 그럼.

은 기   그럼 나도 뽀뽀 죽었어도 안 슬픈 거네? (별 보며) 저 별 보면 되니까?

만 수   (웃고) 크크크 맞았어! (하고, 은기 볼에 입맞추고)

은 기   (별 보다, 달 보며) 아빠, 그럼 달은 누가 죽어 된 거야?

만 수   (보름달 보며, 무덤덤히) 달은.. 누가 죽어서 되는 게 아니라, 그냥 달이야.
별들을 지키고, 사람들의 소원도 들어주고.

해 선   (졸린, 만수 옆에 와 앉으며, 만수 귀에 대고, 편안한 농담, 안 웃고) 그만
구라 까라, 애한테.

만 수   (해선에게, 친구처럼) 넌 빠져라. (은기에게) 은기야, 내년 봄에 꽃필 때 제
주 가면 아빠가 어디 데려간댔지?

은 기   달 백 개 있는데.

만 수   백 개는?

은 기   열 개가 열 개.

만 수   크크크, 맞았어!

해 선   (만수 보고, 어이없이 웃으며) 점점. (은기에게) 은기야 아빠 믿지 마. 달은
한 개야.

만 수   (은기에게) 아빠 거짓말해, 안 해?

은 기   (웃으며) 안 해. 캠핑도 온다고 하면 오고.

만 수   (은기의 볼을 꼬집고, 웃고) 그지, 아빠 거짓말 안 하지?

해 선   (만수의 어깨에 기대서 달 보는) 진짜 제주 갈 거야? 난 여기 목포가 좋은
데.

만수   (아랑곳없이, 은기에게) 그 백 개의 달을 보고 소원을 빌면, 아빠가 뭐라 그
      랬어?

은기   (달을 보며) 백 개의 소원이 한꺼번에 이뤄진다고, 은기 수영도 잘하고, 은
      기 좋아하는 돌고래도 보고, 아빠도 멀리멀리 일 안 가고, 맬 은기랑만 놀
      고... 엄마는 은기 안 혼내고, 안 짜증 내고, 외할머니 허리도 안 아프고,

      ∗ 점프컷 – 은기의 환상1 》
      은기가 달을 보는데, 하나의 달이 죽 옆으로 길게 백 개의 달이 되는,

      ∗ 점프컷 – 현실 》
      은기, 홀린 듯 멍하니 달을 보는데(웃지는 않는),

만수   (달 그림 위로, 대사) 또 거기 제주엔 세상에서 젤 힘이 센 은기 친할머니,
      춘희할망이 있고, 알지? 제주 할머니? 재작년에 간 거 기억나지?

은기   (만수 보고, 고개 젓는)

만수   핸드폰으로는 자주 봤잖아? 기억 안 나?

은기   (고개 끄덕이고) 나. 근데 제주 할머니 진짜 아빠보다 힘세?

만수   그럼. 아빠는 쨉도 안 되지.

은기   (신기한) 우와.

      ∗ 점프컷 – 바닷속, 은기의 환상2 》
      1) 춘희가 남자를 구해, 수영해 물 위로 올라가는 모습.

만수   (E) 아빠보다 힘센 제주 춘희할망은, 아빠 같은 큰 남자 어른도 바다에서
      구하고, 또 구하고, 또 구하고,

      2) 춘희, 큰 문어를 갈고리로 찍어 들고 물 위로 오르는,

만수   (E) 아빠보다 더 큰 문어도 한 손으로 잡고,

      3) 돌고래, 수영을 하고, 멀리 춘희, 돌고래가 수영하는 걸 보며, 웃으며, 옆

에서 수영해 가는,

만수   (E) 돌고래랑 친구라서 돌고래랑 같이 맬맬 수영을 하고 놀고,

* 점프컷 - 텐트 안, 밤, 현실 》
해선, 자고, 은기, 만수 누워 있는,

은기   (안 졸린, 만수에게) 우와... 또?
만수   (졸린) 물에선 아빠보다 더 오래오래 숨도 잘 참고,
은기   (신기한) 또?
만수   춘희할망은, 맬.. 은기 무등도 태워주고, 제주에서도 바다에서도 대장이고..
은기   대장? 우와!
만수   (졸린, 대충대충 말하는) 그래서 엄마도 아빠도 춘희할망한텐 절대 못 이기고.. 싸움하면 다 지고.. 춘희할망이 다 이기고.. 그리고, 아빤, 제주 가면 사람들 소원 들어주는 달배 타고...
은기   또?
만수   (자는)
은기   아빠, 또 ?
만수   (자는)
은기   (자는 만수를 보는데, 만수의 팔뚝에 한문 일심이 보이는, 가만 그걸 보고, 만지고, 고개 돌려, 천장 보고, 작게) 제주.. 가고 싶다.. 아빤 달배 타고.. 난 달 백 개 보고... 춘희할망도 보고....

* 점프컷 》
누워 있는 은기와, 천장에 수영하며 가는 춘희의 모습 한 화면에 잡히면서,

자막 : 춘희와 은기 1

3, 작은 빌라 앞, 다른 날, 낮.
은기(속옷 차림, 머리는 산발이다), 해선에게 안겨, 베란다 창을 열고, 소리
치는,

은기   (울며) 아빠, 가지 마! 아빠, 가지 마!

* 점프컷 》
만수, 덤프트럭 운전석에 앉아, 은기를 보며, 소리치는,

만수   (웃으며) 은기야, 아빠, 서른 밤 자면 또 오잖아! 열 밤씩, 세 번!
은기   (울며) 아빠! 가지 마! 아빠!
해선   (은기 달래려는 맘, 속상해, 버럭) 그냥 당신이 가! 말 시키지 말고! 조심하
          고, 다치지 말고! 나랑 은기 너밖에 없다! 조심!!
만수   (웃으며) 그래, 해선아! 은기야! 잘 있어! 아빠 돈 많이 벌어 올게! 제주 가
          서 달배 타자! (하고, 차(밝은 은기 해선 만수의 사진과 춘희가 해녀복 입
          고, 밝게 찍은 사진이 펜던트에 붙어 있는)에서 핸드폰으로 신나는 트로
          트('어머니', 빠른 버전으로)를 틀어놓고, 손 흔들고 가는, 노랠 부르며, 밝
          은)
은기   (울며) 아빠 아빠!

4, 도로, 낮.
만수, 노랠 부르며, 열심히 운전해 가는, 차가 언덕을 넘어가면,
그 모습 위로, '쾅!' 하는 소리 들리는,

5, 마트 안, 낮.
해선(유니폼), 울며(만수의 사고 전화 받고 가는), 에스컬레이터를 뛰어 내
려가는,

6, 유치원, 낮.
은기, 친구들과 춤추고 노래하는, 신나는 모습,

7, 응급실 안, 낮.
만수, 의식 없이 피가 낭자한 채, 침대에 누워 있고, 의사, 제세동기로 심폐
소생술을 하는, 만수의 몸이 침대에서 튀어 오르는,

8, 바닷속 + 물 위, 낮.
춘희, 미역을 따서 오르고, 수면 위에서 숨비소릴 내며, 힘이 든지, 헉헉 대
는, 다시, 물로 들어가는,

9, 중환자실 안, 다른 날, 낮.
만수, 온몸에 붕대를 감고, 누워 있는,
은기, 해선 뒤에 숨어서, 두렵고 슬프게 만수를 보는, 해선, 눈가 붉어 참담
한 맘으로 물수건으로 만수 손가락을 정성스레 닦아주는,

은기	(슬픈, 아빠가 이상한, 두려워 작게) 엄마.. 아빠.. 왜 안 일어나?
해선	(물수건질하며) 아프다고 했잖아. 열 밤씩, 세 번 자고 나면 일어날 거야.
은기	됐는데, 열 밤..
해선	(물수건질만 하며, 속상해, 괜히 투박하게 말하는) 열 밤 됐지, 열 밤씩 세 번은 안 됐어.
은기	(만수만 보며) 됐는데...
해선	(손수건으로 닦기만 하며, 속상해, 괜히 툭툭 말이 나가는) 열 밤씩 세 번은 서른 밤이야. 숫자도 못 세면서, 우기지 마.
은기	(울 것같이, 속상해, 입을 내밀고) ...엄마 ..나빠.
해선	(속상한, 눈물이 뚝 흐르는, 만수의 몸만 닦는)
해선모	(속상한, E) 너 미쳤구나?

10, 만수의 집 안, 밤.
해선모(허리 보호대를 한, 허리가 많이 아파 보이는), 설거지를 하고, 해선,
은기의 짐가방을 챙기는,

해선모	(설거지하다 멈추고, 속상해, 따지는) 마트 일 관둔대서 좋아했더니, 웬 식당이랑 편의점 알바?

해 선   (담담한, 짐만 챙기며) 마트는 하루 종일 일해서, 아침저녁 병원에 손서방 보러도 못 가잖아. 돈은 벌어야 하고.. 낮엔 식당, 밤엔 편의점, 잠깐씩 일할 거야.

해선모   집 팔아, 병원비 내.

해 선   이 집 팔아, 만수씨 깨면 제주 갈 거야. 만수씨 갖고 싶어 하는 배 살 거야.

해선모   (억장 무너져서, 주방 의자에 앉아, 해선 보며, 애써 기운 차리려 하며) 은기 짐 더 싸. (맘 아파도, 모질게) 은기, 이 주가 아니라, 이참에, 손서방 깨어날 때까지, 아주 제주 보내, 그냥.

해 선   이 주만 보낼 거야. 이 주면, 내가 새 직장 일에 적응될 거고, 그럼 데려올 거야.

해선모   설마, 너 아직도, 손서방 사고 나 다친 거 니 시어머니한테 말 안 했어?

해 선   (일어나, 주방으로 가서 은기 수저통과 플라스틱 캐릭터 접시들을 챙겨 와, 캐리어에 넣으며, 단호하게, 속상한 맘, 눈물 참고) 어떻게 얘기해.

11, 춘희의 집, 밤

춘희, 모로 누워, 핸드폰 속 만수 은기 해선이 노는 동영상 보는데, 만수가 살림 꾸려 사는 게 흐뭇하고, 짠하고, 기특하고, 대견한, 만수 식솔이 그리운 듯도 한,

춘희의 집 벽엔, 일관성 없는 액자들이 걸린, 춘희의 부모와 시부모, 춘희의 결혼사진, 춘희, 춘희 남편, 만덕 만길의 초등학교 1학년 때 사진, 만영, 고등학교 때 웃으며, 폼 잡고 찍은 사진, 그리고, 만수의 중등학교 졸업사진, 만수 해선의 결혼사진, 춘희가 안고 찍은 은기의 돌사진, '제주 사랑 푸릉 사랑'이라고 쓰인 현수막 들고 찍은 해녀들 단체 사진들(시대별로, 여러 개, 흑백과 컬러)이다, 영희가 그린 춘희의 초상과 만수 은기 해선의 그림도 보이는,

춘희, 동영상을 보고, 또 보다, 잠이 안 오는지, 일어나, 티브이를 켜고, 쓸데없이 이리저리 채널을 돌리다, 시계 보면, 밤 11시 30분이 넘어가는, 순간, 아차 싶어, 옆에 있는 약을 먹고, 파스를 꺼내, 아파하며 허리에 다리에 붙이고, 다시, 누워, 티브이를 끄고, 다시, 핸드폰을 켜서, 은기를 보는, 덤덤하지만, 입가엔 작은 미소가 번진, 그 그림 위로,

해선   (E) 우리 제주 간다고, 우리 오면, 배 사준다고, 집 사주고 차 사준다고, 그 나이 먹도록 찬 바다에서 물질하는 노친네한테..... 아버님, 만수씨 형제들, 어머니 혼자 두고 다 죽었는데... 평생 정신 못 차리고 속 썩이다, 이제 간신히 철든 막내아들 그거 하나 남았는데.. 그 자식이.. 사고가 나서 한 달 넘게 안 깨어난다고, 내가 어떻게 어머니한테 말을 하냐고, 어떻게!

12, 만수의 집 앞, 밤.
해선모와 해선, 빌라에서 나오는,

해선모 (돌아보며) 이 주 후에도 손서방 안 깨나면, 은기 데려올 생각 마. 의사가, 산다고 장담 못 한다고,

해선   (속상하지만, 단호히, 차분히) 만수씨 옆에 있던 환자도 의사가 가망 없댔는데, 두 달 만에 기적처럼 의식 차리고 일어났잖아. 만수씨도 그럴 거야. (하고, 들어가는데, 맘 아픈)

해선모 (가는 해선 등 뒤에 대고) 깨어나서도 사지 운신 못하면, 은기, 아예 데려오지 마. 너라도 살아야지,

13, 바다 위, 달리는 제주행 배 전경 + 배 안, 다른 날, 낮.

＊ 점프컷 - 선내 》
은기(목에 핸드폰을 건), 자리에 앉아 바다를 보고, 갈매기(혹은 물고기 잡는 갈매기)를 보며, 신기한, '우와, 우와!' 하는, 해선, 옆자리에서 우유팩을 따서, 은기 주면, 은기, 자기가 멘 가방에서, 자기 빨대를 꺼내, 우유팩에 빨대 끼워서 먹는,

해선   (맘이 착잡한, 되도록 담백하게, 너무 슬프게 말하지 않는, 축축 처지지 않게) 춘희할머니가 은기한테 아빠 어딨니, 하면 뭐라 그래야 된다고?

은기   (우유 마시며, 바다만 보며, 담담히) 은기 뭐 사 줄라고, 일 갔다고..

해선   어디로?

은기   (해선 보며, 생각하는, 잘 모르겠는)

해선   서해, 백령도.

은기	(바다 보며) 서해, 백... (생각하다) 령도.
해선	(머리 쓰다듬어주며) 잘했어. 근데, 어른한텐, 존댓말 쓰랬지?
은기	(바다 보며) 어.
해선	다시.
은기	(해선 보며) 네.
해선	아빠 아픈 거 말하면 돼, 안 돼?
은기	(딴소리하는) 엄마, 제주도 같이 가자.
해선	그럼 아빤? 병원에 무섭게 혼자 둬? 너 전에 배 아파서 병원 갔을 때 아빠랑 엄마랑 같이 있었지? 근데 아빤 혼자 둬? (하고, 은기의 머리를 다시 묶어주며) 할머니 말 잘 듣고, 할머니랑 열 밤하고 네 밤만 자. 그러면, (맘 아프지만, 참고, 별스럽지 않게, 담백하게) 엄마가 아빠랑 은기 데리러.. 제주 올게. 그럼 엄마 아빠 은기랑 같이.. 소원 들어주는 달 백 개도 보고.. 아빠가 운전하는 달배도 타고... 그러니까, 제주 할머니한테 아빠 아픈 거 말하면 돼, 안 돼?
은기	안 돼.
해선	왜 안 돼?
은기	(우유 마시며, 아무렇지 않게) 외할머니처럼 놀래갖고.. 쓰러져서 허리 다쳐. 늙어서.
해선	그지? 할머니 늙어서 쓰러지시지? 그럼 아빠 속상하니까, 안 되지? 할머니가 백령도에 전화해라 하면 뭐라 그래야 돼?
은기	산에 나무하러..
해선	벌목,
은기	벌목하러 가서 전화 안 돼요.
해선	(짠해, 은기의 머릴 안고) 열네 밤만 자. 그럼 엄마가.. (맘 아프지만, 참고) 아빠랑 데릴러 올게.

씬2.   해녀의 집 안, 낮.

춘희(몸이 아픈), 영옥, 달이, 해녀들 샤워를 하고,

* 점프컷 - 시간 경과 》
해녀들, 옷을 갈아입거나, 다들, 서로 파스를 붙여주거나 하는, 영옥, 춘희
의 몸에서 파스를 떼내고, 새 파스를 팔며, 팔목, 허리, 다리 등에 붙여주
고, 달이, 혜자의 몸에서 파스를 떼주고 새 파스를 붙여주는,

혜자   (파스 붙이며, 춘희 보며, 속상한) 파스를 온 천지 덕지덕지, 그러다 죽어
        양, 엔간히 물건 욕심냅서. 오늘도 힘들게 물건을 하영 하고.. 젊은 우리도
        육십 킬로를 못하는디, 노친네가 칠십 킬로를..
달이   (혜자 등에 파스 붙이며, 춘희 보고, 걱정) 맞아, 삼춘, 일 너무 많이 하지
        맙서.
영옥   (춘희 등에 파스 붙이며, 혜자 보며, 편하게, 농담) 제가 춘희삼춘이랑 짝하
        면, 춘희삼춘 일 못 할 건디, 저 단속하시느라 바빠서, 혜자삼춘, 내가 달이
        랑 짝 바꿔 춘희삼춘이랑 물질할까요? 혜자삼춘이 달이랑 하고?
혜자   (으름장, 칠 듯이, 농담) 지랄한다이, 콱! 너는 죽어도 나 옆에서(내 곁에서)
        죽으라.
춘희   (편하게, 농담, 영옥에게) 들었지이?
달이   (웃긴) 크크크.. 영옥언니, 잔대가리 쓰다 들켰네!

해녀들, '아이고, 영옥아' 하며, 다들 웃고,

해녀1   (옷 입으며, 춘희에게) 근디, 손지(손주) 온다고 안 햄마씸?
해녀들   삼춘은, 좋으쿠다(좋겠네)!
혜자   (갑자기 버럭) 삼춘, 하루만 있당 가랜 합서! 아들내민 바빵 오지도 못하
        고, 메누리랑 손지만 오는디, 메누리, 그 육지 게 와서, 뭐, 삼춘 일을 도와
        줄 거도 아니고, 성가시게.
해녀들   그래도 오민 좋지게.
혜자   좋긴... 오민 돈 쓰지게. 손지새끼 용돈도 줘야지이, 뭐 해 먹여야지이.
달이   (밝게) 부럽구나, 혜자삼춘.
혜자   (버럭, 웃으며) 그래, 부럽다! 나 손지는 안 오는디,
춘희   (혜자 보고, 그 맘 안다는 듯, 안쓰럽게 웃는)
혜자   (주머니에서 돈 꺼내, 춘희 주며) 손지 까까나 사줍서.

춘 희	(고맙지만, 거부하는) 에헤!
해녀들	(만 원씩, 춘희 주며) 받읍서, 받읍서!
춘 희	에헤이, 에헤이!

달이, 영옥, 돈을 걷어, 춘희의 옷에 돈을 넣으며, 받으란 뜻으로 '에헤이!' 하는, 춘희, 고맙지만, 부담스런, '에헤이' 그렇게 '에헤이!' 소리만 하며, 다들 웃는,

씬3. 동네길, 낮.

춘희, 옥동, 손잡고, 걸어가는,
그러다, 옥동, 한쪽에 돌탑 쌓아둔 걸 보고, 길거리에서 돌 하나 주워, 그 돌탑에 쌓는,

춘 희	(속상한, 맘에 안 드는) 암 걸려도 병원도 안 가는 양반이..... 무사, 병 낫게 해달랜 빌엄수꽈?
옥 동	(편하게, 웃으며) 혼저(빨리) 데령가달랜 빈다.. 너도 빌라..
춘 희	(속상해, 가며) 이날 입때껏 뭐 하나 빌엉, 이뤄진 것도 어신디... 뭘 빌 거라?! 언니나 나나 자식새끼, 서방 다 데령가불고,,, 천하 쓸데어신(없는) 짓을 ...
옥 동	(가며, 덤덤히) 은기는 메칠이나 있는디?
춘 희	(걸어가며, 덤덤히) 모르쿠다. 메누리가 바빠서..
옥 동	너는, 늙엉 팔자가 핀다이.
춘 희	(멈춰 서서, 옥동이 안된, 보면)
옥 동	(멈춰 서서 보며) 만수도 착하고, 메누리도 착하고, 손지도 오고..
춘 희	(가만 보며, 안된) 부러우꽈?
옥 동	(춘희가 좋은 게 좋아서, 짠한, 편하게, 손으로 큰 원을 크게 그리며) 하영(많이), 부럽지게. (하고, 춘희 손잡고 가며) 웃으라, 나 따문에(때문에) 존디, 좋은 척도 못 허지 말고이.... 친구.. 너라도 사람답게 살앙, 나가이 얼마나 존디..

춘희	(장난스레, 일부러, 옥동 웃으라고, 이 내밀고) 히!
옥동	(춘희 보고, 웃고, 손잡고, 가는)

춘희, 옥동이 안된, 맘 추스르고, 집 앞을 보면, 툇마루에 은기 앉아 있는, 은기, 춘희를 보는데, 얼음이다. 춘희, 은기 보고 순간 좋은, 옥동 손 놓고, 뛰어가, 은기의 얼굴을 두 손으로 만지고,

춘희	아이고, 너 누게니(누구니)?
은기	(멍한, 춘희가 낯설고 두려운) 손, 은, 기.
춘희	(밝게) 은기라! 깔깔깔! (하고, 안고, 몸 흔드는)
옥동	(은기 보고, 너무 이뻐, 보며, 웃고)

씬4.   춘희의 방 안, 낮.

은기(내복 바지에, 래시가드를 위에 입고, 목에 전화기를 걸고 있는, 이후에도 은기 늘 핸드폰을 걸고 있는), 자고, 옥동, 머리맡에서 은기를 가만 보고, 앉아 있고,
춘희, 앉아, 귤을 먹으며, 해선(설거지를 야무지게 다 하는)을 보며, 말리는,

춘희	고만하라게, 촌살림 다 더럽지. 내불라(냅둬라). 이추룩(이렇게) 살당 죽게.
해선	(설거지에 집중하며, 짐짓 가볍게) 어머니가 왜 돌아가세요, 만수씨랑 저랑 은기랑 재밌게 오래오래 사셔야지. 다 했어요! (하고, 주방에서 물러나, 바닥에 있는 걸레를 들어, 방을 야무지게 닦는) 방만 닦을게요.
춘희	귤 먹으라. (하고, 귤을 일하는 해선 입에 넣어주는)
해선	(웃고, 먹으며, 일하는)
옥동	(해선 이쁘게 보며) 손끝이 야무지다이..
춘희	(다시 귤을 하나 까, 해선 입에 넣어주는, 해선을 보기만 해도 좋은 듯, 입가가 올라간)
해선	귤이 달아요. (하고, 어색하게 웃으며, 귤 먹으며, 열심히 바닥을 닦는, 맘이 짠해지는)

옥동, 한쪽에 앉아, 춘희와 얘기하는 해선을 가만 보고,
춘희, 조금 답답하게 해선 보고, 해선, 짐짓 밝게 말하는,

해 선   딱 보름만, 아니, 딱 이 주만 있다가, 은기 데려갈게요, 어머니. 만수씨도 백
         령도 벌목하는 데 몇 달씩 일 가 있는데, 이번에 제가 마트에서 인정받아
         바라고 바라던 책임자가.. 주임이 됐는데.. 은기 때문에 주임 일 못 하겠다
         고 하는 게 싫어서.. 주임 되면 월급도 많고.. 내년에 만수씨랑 여기 제주
         오기 전까지 바짝 벌면, 좋겠어서..

춘 희   (너무 어둡지 않은, 은기 보고, 해선 보며) 이 주면 되지이?

해 선   그럼요..

춘 희   (은기 보고, 좀 난감한) 곧 겨울이라 물질이 많이 없긴 헌디... 경해도 가끔
         은 물질을 해야. 나가 어시민(없으면), 조합에 할당량을 못 맞춰부난이..

옥 동   (춘희에게) 가랜 허라.

해 선   (보면) ?

옥 동   (춘희 보며) 자식들 먹고살잰 애쓰는디, 봐주라게. (은기 보며, 머리 쓰다듬
         으며, 작게 웃으며) 덕분에 나도 이 요망진 것 좀 더 보고이..

해 선   (옥동 보고, 미안한, 춘희 보는)

춘 희   (은기 ㅂ 구, 작심한, 해선 보며) 갈 거미, 지금 가라, (서랍에서 돈 꺼내, 봉
         투 하나에 넣으며) 은기 깨기 전에.. (하고, 봉투를 해선의 가방에 넣고) 가
         라.

해 선   (울컥하는) 돈은 안 주셔도..

옥 동   너네들 주잰 번 거라, 이딘 돈 쓸 데도 어서(없어)... 그거 들고.. 가라.

해 선   (눈물 참고, 춘희에게) ..죄송해요, 어머니..

춘 희   다른 건 몰라도 은기 전화는 꼭 받고이..

해 선   그럼요.

춘 희   (고개 끄덕이며) 가.

해 선   (일어나 가는)

춘 희   (가는 해선 보고, 짠한, 옥동 보며, 담백하게) 애가 착허다.

옥 동   착허다.

춘희 옥동, 자는 은기 보며, 귀여워, 환하게 웃는,

춘희   (은기 보며, 이쁜) 낄낄... 입을 조개추룩(처럼) 벌리고.. 몸은 공추룩 돌돌 말앙..

옥동   (귀엽게 보며, 좋은, 작게) 어디서 와시니, 이런 게이..

씬5.   동네길 + 춘희의 집 앞, 오후 + 밤.

해선, 가방 들고 울며 가고,
카메라, 가는 해선 보여주고, 뒤로 가면, 밤이 되는,

은기   (큰소리로, 악을 쓰며 우는, E) 엄마, 엄마!

씬6.   춘희의 집 안 + 화장실(방 안에 화장실이 있는 구조), 밤.

은기, 내복 입고 화장실 문 열고, 변기에 앉아, 오줌 누며 우는,

은기   엄마! 엄마!.. 엄마!..

춘희(내복 차림), 옥동, 오줌 누며 우는 은기가 귀여운, 누워서 쳐다보며,

옥동   (귀여워, 웃긴, 따뜻하게) 아고, 서러워이.. 어멍 어멍 부르민 뭐 할 거라, 어 신디? 너 내불고(냅두고) 가신디?

춘희   뚝! (일어나, 빗자루로 바닥을 치며, 짐짓 화내는 척) 뚝 안 할 거라! 느 어 멍이 울랜 해시냐, 할망 말 잘 들으랜 해시냐?

은기   (변기에 앉아, 울먹이며, 소매로 눈물 닦고) 할머니 말.. 잘 들으라고.. 요.

춘희   (은기 말하는 게 귀여워, 웃는) 크크크... (옥동 보며) 이거이 말하는 거 보 라...

| 옥동 | (웃긴, 귀여운) 할망이 은기 달 주카(줄까)? |

씬7. 춘희의 마당, 밤.

옥동, 그릇에 물을 받아, 보름달을 그릇 가득 비추게 해서, 은기를 보여주는,
은기, 그릇에 담긴 달 보고, 너무 이쁘고, 커서, 조금 놀라, 옥동 보는,
옥동, 은기가 이쁜, 가만 보다, 물그릇을 한쪽에 놓고(그릇 안에 달이 들어간 듯 보이는), 춘희, 수돗가에서 걸레를 빠는,

옥동	매일 이디다 소원 빌라.. 어멍 아방 은기 데리러 옵서.. 하고이. 그럼 어멍 아방이 혼저.. (서울말로 해주는) 빨리 오지게.
은기	(고개 끄덕이는)
춘희	(걸레 빨아, 들고, 일어서며) 늑엉 맨 거짓말만 햄시니. 느 어멍 올 때 되면 올 거여, 그디(거기다) 안 빌어도.
은기	(춘희가 좀 무서운, 올려다보는)
옥동	(은기에게 웃으며) 은기 들어가라이. 할망 가켜(갈게). (하고, 가고)
은기	(가는 옥동 보고, 달이 담긴 그릇 보는데)
춘희	자자.
은기	달 보고... 소원 빌고.
춘희	(일부러 무섭게 장난치듯, 물그릇을 드는)
은기	(춘희 보며) ?
춘희	말도 안 듣고이, 할망이 이 달을 먹어부러야켜(먹어야겠네). (하고, 그릇의 물을 다 마셔버리고, 빈 그릇을 한쪽에 두고 방에 들어가는)
은기	(가는 춘희 보다, 그릇 보면, 물도 달도 없는, 울먹이는, 춘희 보는)
춘희	(문 열고 은기 보고) 아이고 서러워... 우리 은기 못 살커이(못 살겠다)... 할망이 달을 먹고이.... 하하하. 고개 들엉 하늘 보라.
은기	(하늘 보면)
춘희	있지이? (하고, 손 흔들며, 웃으며) 들어오라, 들어오라, 은기... 춥다게.. 들어오라..

씬8.   춘희의 방 안, 밤.

춘희, 은기 하는 짓을 귀엽단 듯, 어이없단 듯 보며 앉아 있고,
은기, 자기 가방에서 칫솔과 치약을 꺼내서, 칫솔에 치약을 묻히는,

춘 희   (기특하고, 귀여운, 따뜻하게 웃으며, 자분자분 말하는) 그거, 너 살림이
        냐? 느 어멍이 그 꼴 같지 않은 거를... 너 이디서 살림 살랜 가방에 싸줘시
        냐?
은 기   (이 닦으며, 고개 끄덕이고, 화장실로 가, 이를 헹구는)
춘 희   (앉아, 은기 보며, 어이없어, 웃긴) 기껏 두 번 닦고 헹구고.. 뭔 짓이라.. (하
        고, 옆에 있는, 물과 약을 먹는)
은 기   (세수도 대충 한두 번 하고, 수건으로 얼굴 닦고 와서, 춘희 보는) 뭐 먹어?
춘 희   (가르쳐주는) 뭐 먹어요...
은 기   (존대하는) 뭐.. 먹어요?
춘 희   과자, 주까?
은 기   (고개 끄덕이는)
춘 희   (물을 은기한테 먼저 먹이고) 삼키고, 입 벌리고.
은 기   (물 삼키고, 입 벌리면)
춘 희   옛다, 과자. (하고, 손가락을 은기의 입에 넣는)
은 기   (손가락 물고, 슬픈)
춘 희   (손가락 물린 채, 웃긴, 뭐 이런 게 있나 싶은) 크크크..

    * 점프컷 》
    춘희, 은기 나란히 마주 보고 누운, 불 꺼진, 달빛만 비추는,

춘 희   (졸리지만, 은기를 따뜻하고 이쁘게 보며) 그 옷은 무사 안 벗엄시니?
은 기   래시가드. 수영복. 할머니랑 수영해. 할머니가 수영 갈쳐주면 그담에 벗어.
춘 희   (어이없는, 따뜻하게) 초겨울에 뭔 수영이라..... 너 할망 좋으냐?
은 기   좋아.

춘희	무사 할망이 좋아? (하고, 은기의 머릴 쓰다듬어주며) 그릇에 이신 달도 먹고, 은기 약올리는디?
은기	(무섭지만, 차분히 말하는) 할머닌 힘도 세고, 대장이니까.
춘희	(이해 안 되는, 졸린) 뭔 소리라?
은기	아빠가 그랬어요. 할머닌, 돌고래랑 친구고, 수영도 잘하고, 그래서 은기 수영도 잠수도 가르쳐주고, 할머닌 힘도 아빠보다 세고.... 사람도 많이 구하고.. 대장이라고...
춘희	(어이없이 웃는) 흐흐.... 느 아방이 그렇게 말해시냐? 느 아방 어디 이시니?
은기	(가만 보는, 거짓말을 해야 한단 생각이 드는) ....
춘희	(가만 보며, 담담히, 입가에 미소 띤) 너 바보라? 아빠 어딘 이신 줄도 모르고이?
은기	아빠.... 서해 백령도..
춘희	(말하는 게 귀여운, 입가에 미소 띠고, 머리 만지며) 거긴.. 무사?
은기	돈 벌러... 트럭으로 나무 날라.
춘희	느 아방, 돈 벌엉 뭐 한댄 해냐?
은기	제주 올라고.. 은기랑 엄마랑 할머니랑 살라고..
춘희	(대견해, 따뜻하게 웃는) 우리 은기 잘도(엄청) 똑똑허다이.. 그럼 아방 올 때까지 할망 말 잘 들어야 되크냐? 안 들어야 되크냐?
은기	(가만 보며) 잘.. 들어야... 돼요.
춘희	(새끼손가락 내밀고) 약속.
은기	(새끼손가락 걸고) 약속.
춘희	약속해서이, 약속 어기민, 아방 어망 이디 오지 말랜 할 거이, 할망이. 그럼 은기는 평생 아방 어멍 어시(없이) 할망이랑만 살아야 돼이? 이디서?
은기	(기죽어, 춘희만 보며) 은기 말 잘 들을.. 거예요.
춘희	아까추룩 울지도 말고이?
은기	네. (하다, 춘희의 팔뚝에 일심을 보고) 이거 할머니도 있네! 울 아빠도 있는데! 이거, 은기도 있고 싶어요!
춘희	(이불을 덮어주며) 별걸 다 있고 싶네. 이건 예전에 푸룽 해녀들만 했던 거라! 멀리 거제도 같은 데 돈 벌러 물질 강.. 우리끼리 한맘으로 단합하자, 그추룩 약속하는 의미로. 근디 너가 무사 그걸 해? 너 물질할 거라?

은기	(기죽은) 아뇨.. 수영 못해서 못해.
춘희	자. (하고, 하품하며, 뒤돌아, 눈 감는)
은기	(춘희 등 보고, 좀 무서운) 할머니.. 돌고래랑 친해요?
춘희	(졸린, 안 보고) 안 친해. 할망은 돌고래 싫어.
은기	(슬픈) 왜?
춘희	(졸린) 바당에서 돌고래가 옆드레(옆에) 오면, 해녀들 다쳐.. 천방지축이라 부난 그것들은.. 자꾸 놀잰 덤비고...미워.
은기	(실망한) 난 돌고래 좋은데...... 할머니.. 팔.. 베개.
춘희	(졸린, 고개 돌리며) 팔베개해주고, 아방 어멍 오지 말랜 하카(할까), 아님 팔베개 안 해주고 어멍 아방 오랜 하고.. 은기 혼자 자카?
은기	(슬픈, 보는) ......아빠 엄마 오라고 하고.. 은기 혼자.. 자요..
춘희	(졸리지만, 웃고) 자. (하고, 등 돌리고 눈 감으며, 아픈) 아고.. 전신이 아리다..

그때, 은기의 시선으로, 바람이 불어, 창문이 덜컹대는, 창문 밖, 나뭇가지가 바람에 창을 치는,
은기, 두려운, 일어나, 한쪽 벽에 있는 달력으로 가서, 가방에서 색연필 꺼내, 숫자에 엑스 표를 치는(날짜를 세는), 그러다 뭔가 이상해, 천장을 보면, 쥐가 다니는지, 다다닥 소리가 나고, 천장이 꿀렁대는, 무서운, 슬픈, 춘희에게 가서, 등 뒤에서 팔 벌려 안고, 꼭 붙어, 눈물이 그렁해, 눈 감는, 춘희, 그런 은기를 느끼고, 귀여운, '에고..' 하고, 등 돌려 안고, 자는, 부감 샷으로 보여주는,

씬9. 춘희의 뒷마당, 아침.

은기(내복 바지에 래시가드), 닭장의 닭과 병아리, 토끼 새끼에게 배춧잎 같은 걸 주며,

은기	꼬꼬야, 바니야, 먹어, 먹어.
춘희	(E) 은기야, 은기야!

은기   (닭과 토끼에게) 나중에 봐. (하고, 뛰어가는)

씬10. 춘희의 부엌, 아침.

춘희, 주방에서 국에 넣을 파를 썰고,
은기, 옆에서 춘희에게,

은기   할머니 뭐 해요?
춘희   (웃으며) 너 주잰, 고깃국.
은기   (웃으며, 좋은) 고기 좋아. 은기는 뭐 해요?
춘희   (양은 상을 가리키며) 저거 가져강 상 차려이. (하고, 행주 주며) 이걸로 닦고.
은기   네. (하고, 상을 힘들게 끌고 가서, 놓고, 행주질하는)
춘희   흐흐흐... 힘이 장사네.. (웃는, 국에 파 넣고, 간 보는)

   * 점프컷 – 시간 경과 》
   밥상에 자리젓과 김치와 밥 두 개, 옥돔국(생선 머리째 있는, 눈알이 다 보이는) 두 개가 놓인,
   카메라, 은기의 국그릇을 보여주면, 국그릇에 옥돔 모양이 그대로다,

은기   (옥돔 보고, 울먹이며, 고개를 여러 번 젓고, 앉은걸음으로 뒤로 물러나는)
         .....
춘희   무사?
은기   (구석으로 가며) 못 먹겠어.. 요.. 고깃국.. 눈이.. 무서워..
춘희   (속상한, 옥돔 머릴 손으로 집어 빨며, 왜 저러나 싶은) 무사 무서워.. 죽어신다? (하고, 은기에게 생선 눈알을 손으로 빼서, 주며) 먹어. 존 거라. 너 눈알 밝아지게. 먹으라.
은기   (울먹이며, 고개 젓고, 일어나, 구석으로 가서 앉는, 슬픈)
춘희   (속상한, 이번엔 손으로 자리젓의 살을 골라, 은기에게 다가가서, 주며) 그럼 이거 먹으라.

은 기   (춘희 손가락 빨고, 짜서, 뱉고, 우는) 앙!
춘 희   (답답한, 속상한, 은기 보며) 아이고... 그럼 너는 무시걸 먹을 건디?! 나는
        손질 안 키워봥.. 모르는디.. 우리 애덜은 잘도 먹어신디.. 너는 뭘 먹을 건
        디, 대체?!

        * 점프컷 - 다른 날, 낮 》
        밥상 차려진, 갈칫국이다,
        은기, 슬프게 고개 젓고, 춘희 보면,

춘 희   (답답한) 이것도 아니라?
은 기   (슬픈, 고개 끄덕이는)
춘 희   (속상해, 손 내밀며) 너 전화 주라! 어멍헌티 할망 말 안 듣고, 속 썩이난
        이디 오지 말랜 하켜이, 이 할망이.
은 기   (핸드폰 잡고, 일어나 구석으로 가서) 구워주면 되잖아요.... 그거는 굽는
        건데.. 왜 물에 넣고..... 구워. 구워..

        * 점프컷 - 다른 날, 밤 》
        갈치를 새까맣게 구운, 춘희, 손으로 갈치살 발라, 은기를 주려 하면,
        은기, 슬픈, 고개를 저으며, 다시 일어나 구석으로 가서 서서, 슬픈,

춘 희   (속상한, 답답한) 무사 또?
은 기   ... (슬픈) 탔어... 까매.... 엄마가 그런 거 먹지 말라고.. 암 걸린다고....
춘 희   (어이없고, 속상해, 보는) 지랄햄쪄... 그러다 굶어 죽어이?
은 기   (슬픈) 소시지.. 후라이... 닭고기...
춘 희   (힘들게 보는)
은 기   (울며) 우유.. 시리얼....
춘 희   (답답하고, 속상해) 그거 사잰 하민, 시내 가야 하는디, 할망은 차도 어신
        디... 느네 아방 어멍이 돈을 벌어도 벌어도 어신 이유가 있쩌.. 기양 아무거
        나 처먹이.. 안 먹을 거민 말라. (하고, 밥을 먹으며, 은기에게 놀리듯, 버럭)
        아고, 맛 좋다!
은 기   엄마한테 전화할 거야. 데려가라고. (하고, 핸드폰을 켜 전화하려 하면)

춘희	전화행, 할망 주라. 은기 말 안 들으난 데릴러 오지 말랜 하켜. 할망이.
은기	(전화하려다 안 하고, 슬픈)

씬11. 길가, 다른 날, 아침.

춘희(머리에 장에서 팔 나물을 이고 있는), 은기(머리는 산발하고, 얼굴은 안 씻어, 꼬질한), 손잡고, 걸어가는, 몇 걸음 가다가,

은기	(가면서, 슬픈) 힘들어.
춘희	(힘든) 걸으라.. 저디 가면 차 올 거여...
은기	무등...
춘희	(멈춰 서며, 은기 보며, 답답한) 너가 날 무등 태우라.
은기	(슬픈) 아빠가 할머니 힘세다고...
춘희	무신 할망이 힘이 세여... 다 늙어신디..
은기	아빠가...
춘희	(속상한) 느 아방이 거짓말했쪄. 할망은 늙엉 힘어서!
은기	(주저앉아, 울먹이며) 할머니 미워! 똥꼬.. 그지야!
춘희	(속상한, 괜한 으름장) 똥꼬 그지는.. 느가 똥꼬고 그지지.. 혼나잰.
은기	올 아빠 거짓말 안 한다고! 할머니 미워! 돌고래도 안 보여주고, 수영도 안 가르쳐주고! 할머니 미워!
춘희	(속상한) 나도 너 밉다. 그러게, 무사 새벽에 깨워신디, 안 일어나. 할망이 은기야, 은기야, 장에 가자 부르고 또 불러도.. 그저 처자고이... 새벽에 일어나시민, 삼춘들 차 타고 가고... 얼마나 좋아! 밥도 안 먹고, 걷지도 않고, 여섯 살이나 되신디.. 그저 애기추룩... 떼쓰고... 그러니 느네 어멍 아방이 데리러 안 오게! 너 맘대로 허라. (하고, 가며, 답답한) 말도 안 들고이.. 여섯 살이면 다 커신디..
은기	(울며) 할머니, 할머니...
춘희	(가다가, 돌아보고, 속상한, 달래는) 오라. 오라.
은기	(울며, 일어나 가서 손잡는)
춘희	(답답한, 가며) 아직도 열흘은 더 이서야 되는디.. 큰일이여..

씬12. 오일장, 낮.

　　　　＊ 점프컷 - 시장 밖 》
　　　　동석, 옷을 파는, 말없이, 박수 치고, 발만 구르며 호객하는, 사람들, 옷을
　　　　보는,

　　　　＊ 점프컷 - 은희의 가게 》
　　　　은희, 영옥, 정준, 기준, 달이, 열심히 물건을 팔거나, 생선을 치거나, 생선을
　　　　닦아, 소금을 치거나, 택배 포장을 하는, 손님이 많은, 바쁜,

　　　　＊ 점프컷 - 시장 내 》
　　　　호식, 리어카를 끌고 달려가며, '얼음 얼음!' 하는,

　　　　＊ 점프컷 - 순댓국집 앞 》
　　　　인권, 부지런히 순댓국을 마는, 사람들 오면, '혼저 옵서' 큰소리로 말하고,

　　　　＊ 점프컷 - 할망장터 》
　　　　춘희(속상한), 옥동, 손님들에게 물건을 파는지, 봉지에 담아 주는,

옥동　　(편히) 또 옵서.
춘희　　삼만 오천 원. (하고, 돈 받고) 갑서. (하고, 나물이며, 마른 생선 꺼내 다시
　　　　진열하는)
옥동　　(지나가는 손님에게) 고사리, 조 있어양! 마른 생선 있어양!

　　　　은기, 그 옆에 앉아, 화가 나고, 슬픈,
　　　　맞은편에 장사하는 할머니1, 2, 그런 은기를 보고 말하는,

할머니2　(은기 보고) 아예 제주 살잰 와시냐?
은기　　(시무룩해, 보면)

할머니1	(아는 척) 메누리가 잠깐 맡기고 갔쪄.
할머니2	(은기에게) 얼마나 이실 거?
은 기	(순순히) 열네 밤인데 (손가락 네 개 펴며) 네 밤 잤어.... 요.
할머니2	(뭔가 찝찝한) 열네 밤? 두 주 이실 거... (하고, 한쪽을 보면)

＊ 점프컷 - 은기와 조금 떨어진 곳 》
할머니3, 물건 팔고, 소희(밝은)가 그 옆에 앉아 뻥튀기를 먹으며, 핸드폰을 보고 있는, 그런 소희 얼굴 위로,

할머니1	(E) 무사 그러는디?

＊ 점프컷 》
할머니2, 소희를 보다, 할머니1 보고,

할머니2	(턱으로 소희를 가리키며) 저 두엉리 할망.. 손지...
할머니1	(소희 보고, 할머니2 보며) 자이가 무사?
춘 희	(둘이 말하는 걸 못 들은 척, 일하고, 손님 오면) 뭐 찾암수꽈?
옥 동	(할머니2를 보는, 속상한, 채소만 다듬는)
할머니2	어멍이 이 주만 애 봐달랜 하고.. 간 게 벌써 1년이 넘었쪄. 어멍이 육지서 같이 일하던 남자랑 바람이 나가지고.. 지 새낀 늙은 시어멍한티 버린 거라!
은 기	(할머니2 보며, 뭔가 슬픈 서러운, 울 것처럼, 보는) ?
춘 희	(물건 정리하다, 할머니2를 보는, 맘에 안 드는)
옥 동	(속상한) 일 년 아니고, 이 년. 근디, 너는 그 소린 무사 하는 거라?
할머니2	(좀 큰 소리로) 요즘 세상이 그렇다고! 여자들이 뻑하면, 애들을 버리고,
은 기	(소희 보고, 할머니2 보며, 울먹이며) 울 엄만 안 그래요.. 울 엄만, 거짓말 안 해요.. 열네 밤 자면 온대요.. 아빠랑..
춘 희	(말꼬리 자르며, 화나서, 버럭) 너는 무사 애 듣는디 그런 소릴 햄시니!
할머니2	(미안한, 왜 저러나 싶은) 아니, 나는 기양....
춘 희	(속상한, 옆에 채소 담긴 바구닐 던지며) 기양(그냥)?! 기양?! 지랄햄쪄! 나가 기양, 너 메누리가 너 아들 버리고, 너 손지 버리고, 육지 놈이랑 정 붙

엉, 도망갔댄 하면 넌 좋으크냐! 어?!

* 점프컷 》
은희, 영옥, 정준, 기준, 달이, 소리 난 쪽 보고,
지나가던, 사람들 다 보는,

* 점프컷 》

옥동   (바구니 치우며, 춘희를 떠밀며) 기양, 은기 데령가라. 가라.
은기   (일어나, 춘희의 옷 잡고, 울며) 할머니, 할머니, 싸우지 마, 할머니..
춘희   (일어나, 속상한) 쌍것들이, 애 듣는디, 할 말 못할 말 다 허고... 그러니, 자
        식이 너 보러도 안 온다! (하고, 가는)
할머니2 (벌떡 일어나, 가는 춘희에게 소리치는, 속상한) 너는 자식이 보러 왐시냐!
        너는 자식이 보러 왐시냐!
춘희   (가며, 버럭) 왔다! 너나 안 오지, 난 온다게!
할머니2 (화나 할 말 못할 말 다 하는, 큰소리) 팔자 드러웡 일찌감치 서방에, 자식
        들까지 다 죽인 게 무신 할 말이 있댄!
춘희   나가 무신 자식이 다 죽어서? 만수가 이신디, 만수가 이신디!
옥동   (속상한, 옆에 바구닐 할머니2에게 던지며, 버럭) 그만허라! 그만! (하고,
        춘희를 밀며, 속상한) 가라게, 가! 가라!
춘희   (속상해, 울 것 같은 얼굴로 우는 은기를 데려가며) 씹어 조질 늙은이..
옥동   (주변에 널브러진 바구니며 야채 정리하는)

* 점프컷 》
동석, 그 소리에 옥동 쪽 보는, 박수 치고, 발 구르며, 어이없는, 왜 저러나
싶은, 무심히, 별스럽지 않게 보는,

* 점프컷 》
별이, 커피 팔다, 주변 분위기 이상해, 가는 춘희, 옥동을 보는,

* 점프컷 》

은희, 영옥, 정준, 달이, 일이 많아 춘희, 옥동 쪽에 가지도 못하는, 속상한,

은희   (걱정) 엄마, 어머니, 무사마씸(왜요)!
옥동   (화난) 일허라! (하고, 주변 치우는)

* 점프컷 》
동석, 그냥 별스럽지 않단 듯, 다시 옷가지 정리하며, 발을 구르고 박수 치
며, 호객하는데, 동석 쪽으로 춘희, 은기 나오는, 춘희, 속상해, 한쪽에 앉
는, 은기, 그 옆에 앉는, 동석, 박수와 발 구르며 호객하며, 눈은 춘희와 은
기를 보는,

춘희   (은기 보며, 속상한, 괜히 투박하게) 느 어멍, 남자 이성? 느네 집에 아빠 말
        고 남자 오냐? 느 어멍이 너 두고 도망가시냐?
은기   (울며, 고개 저으며) ..아니, 아니야.
춘희   (속상한, 은기, 손으로 얼굴 닦아주며) 그럼 됐게 무사 울엄신디?! 너가
        밥도 안 처먹고, 울고, 더럽고, 경하난, (서울 말하는) 그러.. 니까, 남들한티
        그런 소릴 듣지게! 너 두고 어멍 도망갔댄!
은기   (서럽게 울며) 할머니가 잠 깨우고, 소시지도 시리얼도 안 주고... 돌고래도
        안 보여주고.. 머리도 안 묶어주고.. 무등도 안 태워줬잖아.. 요.
춘희   (속상한) 그거 다 해줌 안 울 거라?
은기   (고개 끄덕이는, 울며) 네.
춘희   (깊게 한숨 쉬고, 동석 보며, 기운 없는) 오라.
동석   ? (자길 부르는 게 이상한, 손가락으로 자길 가리키며) 나요?
춘희   (힘든, 며느리 집 나갔단 소리가 속상한) 아이, 무등 좀 태우라.
동석   (황당한, 어이없는) 내가요?
춘희   (답답한) 만수 똘이민 느 똘이게. (은기에게) 저 삼춘이 너 무등 태워줄
        거라. 놀고 있어이. (하고, 가는)
동석   (난감한, 가는 춘희 보고, 자길 빤히 보는 은기 보고, 어이없는, 그때, 호식
        이가 리어카를 끌고 나오는 거 보면서) 형님,
호식   (동석 보면)
동석   자이(쟤) 만수 똘이랜. 춘희삼춘이, 형님한티, 무등 좀 태우라고!

호 식	(동석 보고, 은기 쪽 보고, 밝게, 다가가) 아이고, 너가 만수 똘이냐?
은 기	울.. 아빠 알아요?
호 식	알지? 너네 아빠랑 친하지? 내가 형님! 무등 태워주카? (하고, 무등을 태우고, 동석에게 가서) 이 아저씨한테 돈 달랜 해.
은 기	?
호 식	너네 아빠 친구민 너 아빠라, 돈 달랜 해.
동 석	(호식 보다, 은기 보며, 투박하게) 너 돈 알아?
은 기	(동석이 무서운, 고개 끄덕이고)
동 석	(주머니에서 천 원, 오천 원, 만 원, 오만 원권까지 꺼내 죽 펼쳐 보이며) 뭐 가지잰?
은 기	(오만 원짜리 집는)
호식, 동석	(깔깔대고 웃는)
호 식	아이고 잘했쪄!
동 석	(귀여운지, 피식 웃고) 잠깐. (하고, 목에 두른 수건에 물병의 물을 적셔서, 은기 얼굴을 잡고, 박박 두어 번 문지르고) 드러. 그지야? (하고, 한쪽에 있는 애기 옷 하나 집어, 은기 주며) 가져가! 만수 똘이난 주는 거라. 아무나 그냥 안 줘. 가. (하고, 박수 치며, 호객하는)

호식, 은기(동석이 좋은), 무등 태우고, 가는,

호 식	길 비킵서! 만수 똘 나가양! 길 비킵서!
은 기	여기, 울 아빠 다 알아요?
호 식	그럼 그럼.. 다 알지.. 너네 할머니도 다 알고...
은 기	우리 할머니 대장이에요?
호 식	누가 그래?
은 기	아빠가.
호 식	너 아빠 말이 맞아! 너네 할머니가 대장이라! 인권아, 사돈, 만수 똘래미 왔쪄!
은 기	(무등 탄 채, 좋은, 얼굴이 환해지는)

＊ 점프컷 - 시장 》

인권, 은기를 무등 태우고, 은기, 아이스크림을 먹는,

인권, 은희의 가게로 가서,

인권	(무등 한참 태워, 힘든) 아이고 죽겠다, 야이(애) 좀 어떵(어떻게) 해보라.
정준	(은기를 안아, 무등 태우는) 삼춘 무등 타자.
은희	(웃고, 은기에게) 야, 그 아저씬 너무 높지 않냐?
은기	(웃고, 좋은, 아이스크림 먹는)
인권	(순댓국 가게로 가며) 아, 곧 영주 산달인데... 손주 나면 못 업겠다, 나는.
정준	(은기 무등 태우고, 영옥에게, 장난, 가볍게) 내 아들을 낳아도!
영옥	(장난) 죽어.
정준	딴 여자한테 낳아달래야지.
영옥	?
정준	그 말도 서운하지? 날더러 어쩌라고? (휙 돌아서서, 가며, 웃으며) 은기야, 꽉 잡아! (하고, 달려가는)
은희	낄낄낄...
영옥	(어이없어, 째려보는) ?
기준	(영옥에게) 울 엄마 아빠가 누나 한번 봤으면 하던데?
영옥	날?
은희	야, 한번 찾아가라!
달이	그게 예의지.
영옥	(피하고 싶은, 생선 만지며, 손님에게) 뭐 드릴까요? 오늘 갈치랑 백조기 좋은데?
은희, 달이, 기준	당일바리, 당일바리, 갈치, 고등어, 열기, 백조기! (등등 말하는)

씬13. 시장 내, 화장실, 낮.

화장실 칸에서, 옥동, 춘희 차례로 나와, 손을 닦는,

옥동	진배기 할망 말, 맘에 담아두지 말라.
춘희	(손 씻으며, 속상한) 뭔가 이상허우다.. 만수가 한 달 넘게 연락 안 한 적은

	어신디.. (힘든지, 쪼그려 앉아, 전화기에서 만수를 찾아, 전화를 걸어보는,
	전원이 꺼져 있단 음성메시지가 나오는)
옥동	(옆에 쪼그려 앉으며) 신호는 감시냐?
춘희	전화기가 계속 꺼져 이서... 지난달도 그러더니..
옥동	백령도는.. 전화가 안 된다매? 꺼졌나 보지..
춘희	(이상한, 전화 끄고, 옥동 보며) 요즘 세상에 전화가 안 되는 데가 어디 이
	수꽈?
옥동	?
춘희	추자도 마라도... 먼 섬까지.. 몬딱 전화가 되는디..
옥동	산에 벌목하러 가민 안 되지게.. 한라산 가민 전화 안 되매..
춘희	벌목한 거 트럭에 싣고 시내로 내려오는 날은 되주게(되지)... 겐디(그런데)..
	안 돼마씸(안 돼요).
옥동	(걱정) 메누린 은기 전화는 받암고(받고)?
춘희	밤에만.
옥동	일하니까.
춘희	(답답해, 일어나려다, 다시 앉으며) 근디 지 일한댄 저 어린 걸 유치원도
	안 보내고이.. 무사 나한티 보내신고(보냈을까)? 하루 이틀 갈수록 자꾸..
	의심이 들어마씸(들어요)..
옥동	전화행 물어보라?
춘희	(속상한, 참고) 뭐랜 물어볼 거? 너 남자 이시냐 하고 물을 거라? 너 남자
	이서부난, 만수랑 헤어정, 만수는 어디 강 술타령하고 이시냐, 물어볼 거?
옥동	(걱정되는, 안쓰런) 못 물을 건 뭐라... 아님 말고지게..
춘희	(작심하는) 맞다, 못 물을 건 뭐라! (하고, 일어나 나가는)
옥동	(일어나 나가는)

씬14. 해변, 낮.

달이, 해변에 앉아, 은기의 머리를 묶어주고 있는,
별이, 그 옆에서 은기를 귀엽게 보고 있는,
멀리, 소희가 혼자서 해변에서 모래로 집을 짓는,

은기	(별이에게) 진짜 언니 이름이 별이야?
별이	(고개 끄덕이는, 웃는)
은기	(달이 보며) 진짜 언니 이름은 달이고?
달이	(웃으며) 그럼.
은기	(좋은) 나 별도 달도 좋아하는데. 달은 소원 들어주지, 언니?
달이	(웃으며) 아마도?
은기	은기아빠 오면 달 백 개 보러 간다.
달이	익! 달 백 개! 그게 어딨는데?

그때, 기준, 머리핀 사 들고 오며,

기준	(달이에게, 핀 주는) 사 왔어.
달이	(핀 받는)
기준	(별이 옆에 앉는)
별이	(은기만 보는)
달이	(은기 머리에 핀 꽂아주고, 별이에게) 야, 그만 튕겨! 기준이가 어때서?
별이	(수어 하는) 난 언니랑 살 거야.
달이	너 결혼하면, 내가 그 옆집 살게.
기준	(웃으며) 잘한다!
별이	(달이에게 수어, 자막, 속상한) 난 기준이 싫다고! 너처럼 바닷일 하는 거 싫다고! (하고, 가는)
기준	(수어를 몰라, 달이 보면)
달이	(별이 속상하게 보고, 기준 보며, 가볍게) 너 싫다는 게 아니라, 니가 배 타는 게 걱정되는 거야. 나처럼 바닷일 하는 게. 따라가.
기준	(별이를 쫓아가는)
은기	(가는 기준 보다, 소희를 발견하는)
달이	(소희 보고, 은기 보며) 놀고 싶어?
은기	어.
달이	놀아. 길 잃어버리면, 춘희할망 손주예요, 해. 그럼 다 찾아줄 거야.
은기	(웃고) 울 할머니는 대장이니까. 다 알아! (소희에게로 뛰어가는) 야, 같이

놀자!

달 이   (웃고, 한쪽에 둔 커피 리어카 끌고 가며) 핫커피, 냉커피, 주스, 뜨건 미숫
        가루! 유자차!

＊ 점프컷 》
은기, 소희 모래성을 열심히 짓는,

소 희   (웃으며) 너 잘한다.

은 기   (모래성 쌓으며, 웃는) 히.

소 희   (슬슬 다가와서) 너 육지서 왔지?

은 기   (밝게) 육지가 뭔데?

소 희   배 타고 왔냐고?

은 기   (순순히) 응. 엄마랑.

소 희   (웃으며) 나도 엄마랑 배 타고 왔는데. 니네 엄마가 너만 두고 갔지?

은 기   어.

소 희   (좋은) 그럼 너도 나처럼 엄마가 버렸구나.

은 기   (보면, 속상한)

소 희   아까 장에 할망들이 그러던데.. 너도 나처럼 엄마가 여기 버린 거라고!

은 기   (속상한, 화나서 벌떡 일어나는, 울먹이며, 버럭) 아니야!

소 희   (일어나며, 밝게) 아니긴, 울 엄마도 나 버리고 갔고, 너 엄마도 너 버리고
        간 거지! 그러니까, 우리 친구 하자!

은 기   (씩씩거리는, 버럭) 아니라고! 넌 버렸고, 난 안 버렸다고!

소 희   (속상한, 친구 안 한다는 소리처럼 들리는, 씩씩거리는) 너만 모르고 다 알
        아! 너도 나처럼 버린 거거든!

은 기   (화나, 울 것처럼, 모래를 움켜쥐고 소희 얼굴에 뿌리는)

소 희   (눈에 흙이 들어가) 앙! (하고, 우는)

은 기   너 나빠! 너랑 안 놀아! (가려고 하면)

소 희   (은기 밀쳐, 넘어지게 하고, 모래를 쥐고, 은기에게 뿌리는)

은 기   (넘어져, 울음이 터지는) 앙!

그때, 멀리 별이와 있던 기준, 은기가 우는 걸 보고 뛰어와, 안으며,

기준 (은기에게) 야야야야, 왜 그래, 왜 그래, 왜 그래! (하고, 소희 보는, 속상한)

씬15. 춘희의 집 전경, 밤.

은기 (E, 울며) 은기가 먼저 잘못 안 했다고!

씬16. 춘희의 집 안, 밤.

옥동, 우는 은기 보며, 안쓰럽고 웃기고,
춘희, 속상해, 빗자루 들고 은기를 나무라고,
은기, 구석에 앉아, 눈물 그렁해 야무지게 말하는,

춘희 (빗자루로 속상해, 바닥 치며, 으름장) 그래도 그래도 이게! 소리치고이!
은기 (울며) 걔가 울 엄마가 나 버리고 갔다고... 했다고요! 아닌데!
옥동 어멍이 나 안 버리고 갔쪄! 하면 되지게, 무사 친구 얼굴에 먼저 흙을 뿌
려.
은기 (옥동 보며, 울며) 그랬는데도, 화나게 하잖아요! 걔가.. 나 속상하게! 하잖
아요! (춘희 보며) 할머닌 내 편인데, 왜 내 편 안 들어주냐고! 걔네 할머니
도 나보고 혼내고! (가슴 치며) 나는 잘못이 없는데.. 왜 그러냐고, 바보 똥
꼬같이!
옥동 가슴 치명 우는 건 어디서 또 봐시니? 너 어멍이 하는 거 봐시냐? 아님 외
할망이 하는 거 봐시냐? 하하하. (하고, 웃는)
춘희 (빗자루 놓고, 달래려는, 안쓰런) 알았쪄, 알았쪄, 이 할망이 잘못해서. (수
건으로 은기 얼굴을 닦아주며) 그만 울어이.. 그만 울어이.. 밥도 안 먹고..
고만 울어이.. 지쳐이!

씬17. 병원, 중환자실 안, 밤.

해선, 울며, 맘 아프게 의사가 만수에게, CPR 하는 걸 보는,
만수, 의식 없이, 호흡기를 달고, CPR 하는 충격으로 몸이 들썩이는,
심박기에서 심박이 정지되는 듯, 보이는,

씬18. 춘희의 집 안, 밤.

옥동, 춘희, 누워 있고, 가운데 은기(내복에 래시가드), 자는, 춘희, 은기 손
을 보며, 심란한, 옥동, 춘희에게,

옥동 전화해보라. 메누리한티, 경 심란해 말고이.
춘희 (답답한) 좀 나중에..
옥동 그동안에 애탕 죽으켜(죽겠다), 기양 허라. 애 버리고 간 거, 아니냐 하고
   딱 물어보라!
춘희 (생각하다, 벌떡, 일어나, 핸드폰으로 해선에게 전화를 하는)

신호음만 가는데, 안 받는,

옥동 (일어나며) 안 받아?
춘희 (조금 맘이 출렁하는, 안 좋은, 시계 보면, 9시가 넘은)
옥동 (은기의 목에서, 핸드폰을 빼, 주며) 이거로 해보라.
춘희 (은기 핸드폰으로 해선에게 전화하는데, 신호음만 가고, 안 받는)
옥동 무사 애 전화도 안 받아... 애 아프민, 어쩌랜... 집은?
춘희 (맘이 무거워지는, 가슴이 철렁하는) 집전화 어서. 나가이 애 전화는 무신
   일이 있어도 받으랜 해신디(했는데)...
옥동 일하는 디 해보라? 늦게까지 문 여는 큰 마트랜 했네?
춘희 (힘든) 전화번호를 몰라... (하다가, 은희에게 전화를 거는) 은희야, 너 목포
   마트에 전화 좀 걸어서, 오해선이 좀 찾앙 나한티 전화허라... 그래... 그래..
   지금.. (하고, 전화 끊고, 옆에 약 먹는)

잠시, 전화기 두고 가만있는데, 전화 오는, 은희다,

춘희 (전화 받으며) 어, 은희야...

옥동 (뭔가 싶은, 걱정되는)...

춘희 (사이, 맘이 힘든) 어... 기(그래).. 언제?... 별일 아니여... 자라.. (하고, 전화 끊는)

옥동 은희가 뭐랜 햄시니(뭐라고 하니)?

춘희 (힘든) 해선이가... 거기 일을 안 한댄. 며칠 전에 관뒀댄 하는디... (은기 보며, 맘 아픈) 대체 그 착한 애가.. 애까지 버리고 ...어딜 가시니... 어딜 가시니, 어딜...

춘희의 막막하고, 눈물 그렁한, 슬픈 얼굴에서 엔딩.

17부 ——————— 춘희와 은기 2

은기 소원 백 개 말고...
아빠 낫게 해달라고 백 번.. 빌 거야.

씬1.　　프롤로그.

1, 옥동의 집 전경, 깊은 새벽.
방 안에서 불이 켜지고, 옥동, 잠자리에서 일어나 움직이는 모습이 보이는,
방문이 아주 조금 열려 있는,

2, 옥동의 집 안, 깊은 새벽.
옥동, 담담히, 서랍장에서 서랍을 빼, 방 안에 죄다 엎어버리는, 그리곤, 버릴 옷들을 정리하는, 죽은 남편의 옷, 동이가 어려서 입었던 옷들, 동석의 옷까지, 다 펼쳐보고, 버려야겠다 싶은지, 문 쪽으로 다 던지는, 비장하지도 않고, 담담한, 다른 서랍들 속에서도 예전에 입었던 옷들을 꺼내 다 던지는, 그리고, 다른 서랍을 열면, 온갖 고지서가 있는, 뭐가 뭔지 모르겠는, 그것도 서랍째, 힘들지만 엎어버리고, 다시, 다른 서랍을 여는,

3, 밭으로 가는 길가, 깊은 새벽.
은희, 트럭을 몰고 가다가, 옥동 밭에서 불길을 보고, 뭔가 이상한, 가만 보면, 옥동이 옷가지들을 쏘시개로 뒤적거리며 불에 태우고 있는 게 보이는, 은희, 차를 멈추고, 불에 옷을 태우는 옥동을 보고, 뭔가 싶어, 차에서 내려 옥동에게 가는,

은희　　어머니, 엄마, 뭐 해마씸? 이 신새벽에! 날도 추운디!

옥동   (은희 보고, 덤덤히 불만 태우는)

은희   (옥동 옆에 와, 앉아, 옷가지들을 들춰보고) 뭐라..

옥동   동이 옷 동석이 옷 가이네(걔네) 아방 옷들..

은희   아방 옷 동이 동석이 어렸을 때 옷을 여적 가지고 있언마씸?

옥동   (불만 태우는)

은희   (옆에 사진들을 보면, 어렸을 때, 동석, 동이와 옥동 남편과 옥동이 찍은 사진이며, 동석이 중학교 졸업사진, 동이가 해녀복을 입고 찍은 사진, 옥동과 동석(고2)이 찍은 사진 등등이 있는) 아이고 내 친구 동이 있네..

옥동   (그걸 무심히 뺏어, 불길에 넣는)

은희   (아까운) 아이고, 동석이랑 어머니 사진은 놔두지 무사 그걸 아깝게 다 태웜수꽈!

옥동   (옆에 서류며, 고지서들 보며) 남길 게 있나 뭐... 찾아보라.. 이 천치가 글을 몰랑.. 뭐든 잡스럽게 모아둬신디..

은희   (고지서 보며) 죄다.. 몬딱 쓸데가리 어신 것들예.

옥동   아이고, 기냐(그러냐)? (하고, 일어나는)

은희, 보면, 옥동의 옷자락에 불이 붙은, 은희, 놀라, '아이고, 어머니' 하며, 옆에 옷가지들로 호들갑스레 옥동의 옷에 불길을 잡는, 불길 잡히고,

은희   아이고, 큰일 날 뻔했수다! 그러게 뭐 하잰 밭에 불을 지펑, 이런 걸 한댄, 나 놔뒀당 뭐 할 거꽈, 이런 거나 시키지!

옥동   (다시, 앉아, 불쏘시개로 불을 지피다, 쿨럭하고, 입가를 쓱 닦는데, 피가 난)

은희   (그 모습을 보고, 앉아, 옥동 보며, 낮게) 어머니.... 무사.. 입에서..

옥동   (다시 입가 닦다가, 손에 피 묻은 것 보고, 일어나 집으로 가는) 시장 가라. 바쁠 건디.. 오늘은 너 사는 생선이 싸야 할 건디이..

은희   (앉아, 멍하니, 가는 옥동을 보는데, 놀라고, 맘 아픈) ..

4, 섬 안, 낮.
동석, 만물 트럭을 운전하고 가는, 동석이 녹음한 내용이 뜨는,

동 석   (E) 먹어나 봤나 흑산도 홍어, 들어나 봤나 흑산도 홍어, 구자섬엔 없는 육지에서 온 꽁치, 꽁치, 계란계란, 두부두부, 순두부순두부, 비지비지, 시금치시금치, 시발나물 아니고(감정 없는) 세발나물, 시발나물 아니고 세발나물, 양배추양배추, 포도포도, 요쿠르트요쿠르트, 뻥이요 뻥튀기, 뻥이요, 뻥튀기, 강냉이강냉이, 추억의 과자 센베이, 추억의 과자 센베이, 양은냄비양은냄비, 스텐냄비스텐냄비, 후라이팬후라이팬, 펜치망치도라이바공구일체, 펜치망치도라이바공구일체, 윗도리아랫도리, 윗도리아랫도리...

＊ 점프컷 》
동석, 택배 짐과 야챗거리들을 들고, 동네로 뛰어가는, 배달하는, 땀이 철벅이 된, 동네길에 앉아 있던 노인들, 동석 보며,

노인1   우리 꺼는 안 줄 거냐?
동 석   (짐들 중 하날 떨어뜨려 주고, 가는)
노인1   돈은 장부에 써놓으라!
동 석   (가며, 버럭) 현찰 줍서!
노인2   (길 위에서 내려오며, 스쳐 가는 동석에게) 동석아, 우리 집에 문고리 좀 고치라!
동 석   아들내미한티 하랜 합서!
노인2   (가는 동석에게 속상한) 돈 번댄 아주 육지 가부렀쪄....
동 석   (멈춰, 고개 돌려 보고, 안된, 다시 앞 보고 가며) 기다립서, 좀 이땅, 해드리쿠다!

＊ 점프컷, 농가 》
동석, 문고리를 고치는, 힘든, 그때, 노인2, 국수를 말아 오는, 동석, 일하다, 말고, 국수를 허겁지겁 먹는, 그때, 전화 오는, 보면, '...'이라고 쓰여 있는, 옥동이다, 동석, 답답한, 국수 먹다가, 전화 안 끊기자, 전화 받는,

동 석   (별스럽지 않게, 투박하게) 종우 아니우다게. (하고, 전화 끊는, 다시 전화 오는, 안 받으려다 받는)

※ 점프컷 - 옥동의 방 안과 동석 교차 》

동석   종철이 아니우다게. (하고, 다시 전화 끊으려 하면)

옥동   (불쑥, 담담한) 동석아, 담 주... 나.. 목포 좀 데령가라. (하고, 전화하며, 달력을 보고, 기일을 확인하는)

동석   (어이없고, 뭔 소린가 싶은) 어디?

옥동   목포..

동석   (화나는, 애써 참고, 국수를 마시듯 먹고, 화난 참으며) ...목폰 무사?

옥동   종우 종철이 아방, 담 주 토요일에... 제사라..

동석   (화가 나는, 화를 참으려, 국수를 마시다, 옆에 던져놓고, 화를 간신히 참으며) 미천마씸? 돌안마씸? (버럭) 어디 썅, 전화를 해서, 그 새끼들 집엘 간댄! 나가, 나 아방 제삿날도 안 가는디, 가이네(개네) 아방 제삿날엘 무사 가마씸?! (화 다스리며, 낮게 깔아) 뭐 하는 짓이우꽈?

옥동   (별로 미동 없는, 덤덤한) 너도 그 양반 밥 얻어먹었쩌. 토요일 새벽에 집에 오라. 나 데령 목포 가라. (하고, 전화 끊는)

동석   (황당한) 여보세요? 여보세요? (하다가, 끊긴 전화를 보다가, 다시 옥동에게 전화를 하는, 화를 참으려, 후후 한숨 쉬는)

옥동   (전화가 오지만, 안 받고, 이불 호청을 빨기 위해, 이불을 뜯는)

동석   (전화기를 끄고, 화를 참으며, 구시렁) 아, 돌겠네, 진짜, 이 늙은이.. 나랑 붙자는 거야, 뭐야. (하고, 문고리를 다는)

자막 : 춘희와 은기 2

씬2.   춘희의 집 안, 낮.

춘희, 소시지와 계란 반찬을 해서, 그릇에 대충 담는, 모습 컷컷, 보여지는, 다른 솥엔 닭이 삶아지는, 춘희, 닭을 젓가락으로 찍어보고, 다 익었는지, 솥에 불을 끄고, 상 차리는,

※ 점프컷 - 시간 경과 》

은기(내복 차림, 래시가드는 벗은), 화장실에서 세수하고 나와, 구석에 앉아, 상을 쳐다보는, 춘희, 상(소시지, 계란, 닭이 올려진) 앞에 앉아, 닭살을 찢으며,

춘희   (담담히) 무사 노려보고만 이시맨? 와서, 먹으라?
은기   (속상해, 춘희 보며, 슬픈, 고개 젓고) 안 먹어.. 요.
춘희   (담담히, 고기만 찢으며) 무사?
은기   (눈 흘기며, 슬픈) 어제.. 할머니가 내 편 안 들었잖아요. 아프게, 등짝도 때리고...
춘희   (어이없게 보다, 보며) 이거 먹으민, 할망이 돌고래도 보여주고, 너 잠수하는 것도 갈쳐주고 할 건디, 그래도 안 먹을 거냐?
은기   ?
춘희   이거 내다 버리켜이? 길 가는 개 줘이?
은기   (소시지를 가만 보고, 춘희 보며, 입을 삐죽이며, 슬픈) 할머니 나한테 잘못했으니까, 잘못했다고 해야지..
춘희   (져주자 싶은, 웃기기도 한) 어젠 할망이 잘못했쪄. (웃고) 너도 나 등짝 패라. (하고, 등을 내밀며) 경하고 먹어. 어서.
은기   (가만 보다, 소매로 눈가 닦고, 와서, 밥을 먹는)
춘희   무사 할망을 안 패?
은기   (고개 젓고, 밥만 먹는)
춘희   할망 늙으난 봐줄 거?
은기   (고개 끄덕이는)
춘희   (은기가 귀엽고 웃긴) 웃기다 이거이.. (닭살 발라주는)
은기   (닭고기 먹으며, 맛있는, 좋은) 닭 좋아요, 맛있어. 이거 은기 줄라고 사 왔어요?
춘희   사 오긴.. 뒤뜰 꼬꼬 잡았지?
은기   (슬픈, 입에 있는 것 뱉고, 뛰어나가는)
춘희   (웃으며, 닭을 먹는) 가봐야, 없다이!

씬3.   뒤뜰, 낮.

은기, 뛰어와, 닭장 보면, 닭이 하나 안 보이는, 슬픈, 토끼 보면, 토끼는 그
대로인, 다시, 닭장을 보다, 울 것 같은, 마당에서 소리가 나서 보면, 춘희,
마당에서 닭(닭장에서 빠져나온 것)을 잡아, 오며,

춘희 이 새끼, 또 닭장을 기어 나오고..
은기 (멍한) 꼬꼬다!
춘희 (닭을 닭장에 넣고, 앉아, 은기 보며) 할망이 꼬꼬 안 잡았지이? 은기, 친구
하라고이?
은기 (고개 끄덕이는)
춘희 할망 좋지이?
은기 (좋은, 고개 끄덕이고) 나 밥 먹을래. (하고, 가는)
춘희 (가는 은기 보며, 힘들게 일어나 가며) 꼬꼬를 좋아하민 닭을 먹질 말든가..
아이고...

씬4. 춘희의 마당 + 춘희의 집밖, 낮.

춘희, 은기의 팔뚝에 볼펜으로 한자로 일심을 써주는,

춘희 별걸 다 한댄..
은기 (일심 보며, 좋은)
춘희 또 뭐?
은기 (춘희 보며, 웃으며) 할머니 알아요? 소원 백 개 들어주는, 달 백 개 있는
데? 알면, 은기 데려가요?
춘희 (가만 어이없게 보며, 가당찮다는 듯) 달 백 개는 무신... 어려서.. 지 아방이
랑 똑같은 소릴 햄쪄.. 쓸데어시(없이)..
은기 할머니도 알아? 달 백 개? 울 아빠, 달 백 개에 빌어서 나 낳았대요.
춘희 (귀찮은) 알지.. 근디, 그건 느 아방이랑 가라.. 그거 말고 또 뭐?

* 점프컷 》

빨랫줄에서 래시가드를 걷어, 은기에게 입히는,

춘희   기양, 하면 되지게, 이걸 꼭 입겠다고...
은기   입어야 된다고요.. 옷 젖어서.
춘희   (옷 입히며, 답답한) 이것도 물장난치면 젖지게! 경하면 빨아야 되고.. 아는 척은!

* 점프컷 》

'멋쟁이 토마토' 노래 들리는,
대야의 물속에 춘희, 얼굴을 박는,
대야에 은기, 얼굴을 박고,
은기, 하나나 둘을 하고, 고개 들면, 춘희는 여전히 대야에 얼굴을 박고 있는,
은기, 좋고, 신기한, '우와, 우리 할머니 잘한다!' 하며, 뛰어다니고, 다시 와서, 대야에 고갤 박는, 그러다 또 몇 초 못 가, 고갤 들면, 춘희는 그대로 대야에 얼굴을 박고 있는,
은기, 좋아, 동네를 뛰어가며, '울 할머니가 잠수 대장이다! 할머니 잠수 잘한다! 아빠 말이 맞았다! 할머니가 잠수 대장이다!' 하며, 뛰어가다, 멀리 소희가 바닥에 그림을 그리고 노는 걸 보고, 은기, 멈추는, 소희, 안 웃고 은기를 가만 보는, 은기, 가만 보다, 다시 집 마당에 가면, 춘희, 여전히 대야에 얼굴을 박고 있는, 은기, 춘희를 보며, 노래 부르며, 춤추는, 그때, 마루에 놓아둔 은기의 핸드폰에서 전화 오는, 은기, 전화기로 뛰어가, 핸드폰 보고, '엄마다!' 하면, 춘희, 대야에서 얼굴을 들고, 목에 건 수건으로 얼굴 닦는, 은기, 핸드폰 하며,

은기   (밝게) 엄마!
춘희   (은기 옆에 앉으며, 걱정스레 전화 내용 듣는)
은기   엄마, 나 오늘 밥 많이 먹었다! 할머니가, 소시지랑 계란이랑,
춘희   (은기에게 가르쳐주는, 해선의 전화가 뭔가 불안하지만, 참고) 닭도 줬댄이..
은기   엄마, 할머니가 닭도 삶아줬다!

춘희	할망이 잘해준댄...
은기	(밝은) 할머니가 맬맬 잘해줘!
춘희	(은기에게 전화 달라고 하는)
은기	엄마, 할머니 바꿔줄게. (하고, 전화 주고, 나가서, 소희를 두리번거리며 찾다가, 멀리 소희가 벽에 기대 있는 걸 보고, 소희 옆에 가서, 기대서서, 소희 보는, 어제 일로 좀 미안한)
해선	(E) 죄송해요, 어머니, 제가 어젠 일이 많아서, 은기 전화를 못 받았어요.

씬5.　**춘희의 집 안, 낮.**

춘희, 밖에서 들어와, 앉으며, 걱정돼 꾸중하는,

춘희	아무리 일이 바빠도, 애가 전화를 하민 받아야지게, 뭐 대단히 먹고산댄, 전화도 안 받고, 에미가... 돼가지고이.. 경할 거면(그럴 거면), 은기 데령가라이.

씬6.　**병원 일각(춘희의 집 안과 교차), 낮.**

해선, 울다 지친, 힘든, 전화를 하는,

해선	죄송해요...
춘희	(맘이 힘든, 말할까 말까 망설이다, 작심하고) ....너 일 따문에 ..은기 두고 간 거 맞지이?
해선	그럼요.
춘희	너, 혹시.... 만수 새끼가 속 썩영 이디 은기 맡겨시냐?
해선	(맘 아픈, 애써 밝게) 아니에요... 만수씨 이제 제 속 안 썩여요, 진짜. 어머니 그런 걱정 마세요.
춘희	(의심스레 묻는) .너.. 아직도 목포마트 다니는 거 맞지이?
해선	(그때, 의사가 지나가는 걸 보고) 어머니 저 일해야 돼요, 나중에 전화드릴

게요. (하고, 의사에게 달려가며) 선생님!

춘희 (전화 끊고, 얼굴이 어두워지는, 구시렁) 마트에서는 지가 없댄 하는디.. 지는 거서 일을 한댄 허고... 무신 일이라..... (잠시, 생각하다, 한쪽에 목포 가는 배 시간표(그 옆엔 제주시, 서귀포시 가는 버스 시간표가 붙은) 붙은 걸 보는, 갈까 말까 망설이는)

씬7. 춘희의 집에서 좀 떨어진 길가, 낮.

은기, 소희, 땅바닥에 그림을 그리며 노는, 은기, 엄마를 그리는,

소희 너네 할머니는 아빠 병원 있는 거 몰라? 왜 몰라?
은기 (그림만 그리며, 밝게) 말 안 해서. 할머니가 늙어서.. 알면 쓰러져. 우리 외할머니가 전에 전에 나 다리 다쳤는데, 놀라서, 우리 집에 오다 쓰러졌어. 그래서 허리 다쳤어. 지금도 아파. 그래서 말 안 해.
소희 (고개 끄덕이며) 그래...

   ＊ 점프컷 》
   옥동, 오다가, 은기 소희가 얘기하는 걸 보고는, 귀여워, 조금 떨어져 길가에 쪼그려 앉아, 둘을 지켜보는,

은기 참 너 달 백 개 있는 데 알아?
소희 (이상한) 달은 한 갠데..
은기 울 아빠가 그러는데 제주에 아빠가 아는 어떤 데가 있는데... 거긴 달 백 개가 뜬대. 그래서 거기서 소원 빌면 백 개치 소원이 한꺼번에 이뤄진댔어.
소희 (하늘 올려다보고, 은기 보며) 달 백 개 보면, 너 뭐 빌 껀데?
은기 수영 잘하는 거랑, 한글 다 아는 거랑, 숫자 백 개까지 다 아는 거랑, 돌고래 보는 거랑, 엄마 은기한테 짜증 안 내고 화 안 내는 거랑, 엄마 아빠랑 맨 노는 거랑...
소희 (이상한, 하늘 보며) 달 한 갠데.. (다시, 은기 보며) 너네 아빠가 거짓말한 거 아니고?

은기   (째려보며, 화난) 울 아빠 거짓말 안 하거든! 울 아빠가 달 백 개 있는 데 안다고 했거든! 울 아빠가 병원에서 나오면, 나 덱고 간다고 했거든!

* 점프컷 》
옥동, 은기가 말하는 '아빠가 병원에서..'라니, 뭔 소린가 싶은,

* 점프컷 》

소희   좋겠다. (하고, 바닥에 그림을 그리며) 울 아빠 거짓말 잘하는데... 맨날 나 덱고 놀러 간다고 하고 안 놀러 가고.. (은기 보며, 웃으며) 나도 달 백 개 보고 싶다. 아빠가 나랑 놀아달라고 소원 빌게.
은기   (웃으며) 울 아빠 병원에서 나오면, 내가 너 덱고 갈 수도 있어! 달 백 개 보러! 그럼 좋겠지?

그때, 소희 할머니 목소리 들리는,

할머니 (E) 소희야, 소희야!
소희   (일어나, 뛰어가며) 소희 가요!
은기   (가는 소희 보다, 옥동 보는, 아빠 병원 소릴 들었나 걱정스런) ?
옥동   (힘든, 은기 오라고 손짓하고)
은기   (옥동 옆에 가서 앉으면)
옥동   (걱정스럽지만, 담담히) 너 아빠 병원 이시냐?

그때, 춘희, '은기야, 은기야!' 하며 나오고,

은기   (춘희 보는, 걱정되는, 말을 하면 안 되는데 싶은)
춘희   뭐 한댄 둘이 길바닥에... (하고, 옥동 쪽에 쪼그려 앉으며, 아프고 힘들어 보이는 옥동에게) 얼굴이 무사 허영허니?
옥동   (은기에게만 묻는, 차분히) 너 아빠, 병원에 이서부난(있어서), 느 어멍이 너 여기 두고 간 거냐?
춘희   (뭔 소린가 싶은) ?

은기	(옥동 보고, 춘희 보고, 말하면 안 된다는 생각 때문에, 불안한, 슬픈)
춘희	(뭔가 느낌이 있는, 쿵 하지만, 낮게 차분히, 은기에게) 느 아방 어디 이시니?
은기	(춘희 보며, 슬픈) 서해.. 백령도. (들킬까 무서워, 울음이 나는) 서해 백령도 있다고요! 산에 나무하러 갔다고! 은기 맛있는 거 사주고, 달배 살라고.. 제주 할머니한테 올라고.. (더 크게, 울며) 목포병원 안 갔다고요! 머리도 다리도 안 다치고, 안 아프다고!
춘희	(가슴이 쿵 하지만, 참고, 애써 차분히) 느 아방... 머리 다청... 목포병원에 이시냐?
은기	(울며, 고개 젓고) 아니라고! 서해, 백령도 있다고요! 이제 몇 밤만 더 자면 엄마랑 아빠랑 나 데릴러... 온다고요!
옥동	(은기를 보고, 춘희 보는, 걱정, 맘 아픈)
춘희	(은기 보다, 옥동 보며, 뭔가 짚이는, 눈가가 붉어지며, 가슴이 무너지지만, 참는, 일어나, 은기 손 끌고 가며) ...그래, 알았쪄.. 가자, 가.
옥동	(두 사람 보다, 옆에 돌을 주워, 일어나, 한쪽에 돌탑에 쌓고, 따라가는데, 맘이 짜르르한, 애써 담담히 가는)

씬8. 춘희의 집 안, 낮.

춘희, 눈가 붉어 맘 아픈, 그러나 오기 부려 참고, 옷을 갈아입는, 그 모습이 의지와 강단 있어 보이는, 옥동, 방 안에 앉아 그런 춘희 보며, 담담히,

옥동	조심허라. 서둘당 너 다치민, 여러 사람 폐 돼이.
춘희	(맘 아픈 거 참으려, 강단 있게) 폐 될 거민, 혀 깨물고 죽으켜.
옥동	너가 그럴 팔자나 됨시냐, 은기는?
춘희	(속상해, 투박하게) 병원 강 약이나 타 처먹으라, 언니는.
옥동	은기는, 정준이, 영옥이 맡아준댄 했쪄. 돌고래 보여준댄 허난, 잘 따라가서. 영옥 정준... 가이들한틴 암 말 안 했쪄이.
춘희	(서랍에서 통장 꺼내 보는, 눈물 나면, 쓱 닦고, 도장도 꺼내는, 강해 보이는)

옥동   (그런 춘희를 안쓰럽지만, 차분히 보는)

씬9.   바다, 낮.

정준, 영옥, 은기, 달이, 별이, 기준, 배 타고 나가는, 시원한 물살에 다들 신
난,

은기   (좋아서) 야! 악!
영옥, 달이, 별이, 기준   악! 악!
영옥   (정준에게) 야, 선장두 소리 질러! 폼 잡지 말고!
정준   (큰소리로) 악!
은기   (정준 보고, 좋은, 웃고, 소리치는) 악!

씬10.   병원, 약국, 낮.

옥동, 의자에 앉아 있고, 은희, 맘 아픈, 참고, 약국에서 약 타 와, 옥동 옆
에 앉아, 옥동이 든 가방에 넣어주다, 울컥해, 고개 숙이고, 잠시 맘 다스리
고,

은희   (일어나 가며) 어머니.. 갑서. (하고, 먼저 가는)
옥동   (차분히, 일어나 따라가는)

씬11.   병원 주차장, 낮.

은희, 트럭의 문을 열고, 옥동, 부축해 태우고, 운전석에 앉는,

은희   (짐짓 맘 아파도 참는, 왠지 이 상황이 화가 나는) 동석이 새긴 알아야지
게..

옥동	(창가만 보며) 알앙 뭐 해? (차창을 내리고) 근디, 너 시집 안 갈 거냐? 선이라도 좀 보라?
은희	(맘 아픈, 투박하게) 내가 알아 할 거양. 무신 그딴 거까지 어머니가 신경을 쓰고... 짜증 나게.. (하고, 운전해 가는, 속상한)
옥동	(은희 보며, 답답한, 쓴소리) 별게 다 짜증 난다, 경하난, 너가 남자가 어서. (하늘의 구름을 보며, 이쁘다, 귀하다 싶은, 담담한) 많이 살았쪄.. 젊은 애들도 빽하민 죽어 나자빠지는데 늙엉 죽는 게 무사 큰일이라... (뜬금 없을 만큼, 진지하게 하늘을 보며) 근디, 구름이 춤말로 꼭 양 같다이......

씬12. 목포 가는 배 안, 낮.

춘희, 배 안에서 가만 바다만 보는, 멀멀한, 멍한,

은기	(E) 돌고래다!

씬13. 바다, 낮.

바다에 돌고래가 풍덩풍덩 수영을 하는,
정준의 배, 한쪽에 띄워져 있고, 모두들 돌고래를 구경하는,

은기	(신난, 좋은) 아빠 말이 맞았다! 돌고래다! 돌고래 있다! 돌고래야, 난 손은기야! 너는 이름이 뭐니! 돌고래니?! 크크크.

정준, 화상통화로 영희에게 돌고래를 보여주는,
영희도 화상으로 좋아서, '와, 와!' 하는, 정준, 영옥을 보여주면,

영옥	(영희에게 밝게) 언니, 돌고래 첨 봤지! 야, 너 동생 잘둔 줄 알아! 너 그리고 약속했다, 돌고래 보여주면, 전화 조금만 하기로!
영희	(화상으로) 너너너, 한테 아, 안 하고.. 우리 정준이.. 선장... 전화해.

영옥	(웃으며, 영희에게) 우리 정준이?
영희	크크크..
정준	(웃으며, 영희에게) 누나, 나한테 전화해요! 언제든지! 돌고래 더 봐요! (하고, 핸드폰으로 돌고래 보여주는)
은기	(달이에게) 언니 울 아빠 거짓말쟁이 아니다!
달이	(웃으며, 은기 보는) ?
은기	(좋아서) 할머니는 잠수 대장이고, 돌고래 있고, 울 아빠 말이 다 맞다! 울 아빠 거짓말 안 한다!
달이	(웃으며, 뭔 소린지 모르지만) 당연히, 아빤 거짓말 안 하지!
은기	(신나, 바다 보며, 소리치는) 아빠, 엄마! 돌고래야! 할머니!

정준, 은기 안아, 돌고래를 더 가까이 보여주고, 돌고래 때문에 물이 튀고, 물벼락 맞은 은기, 깔깔대고 웃는,

씬14. 목포 버스정류장 앞, 낮.

춘희, 버스를 기다리며 옆에 핸드폰만 보는 남학생에게,

춘희	여기, 555번 버스 오지이?
남학생	(핸드폰만 하며) 네.

그때, 버스 오고, 춘희, 일어나, 힘들게 버스를 타는,

씬15. 버스 안, 낮.

춘희, 버스에 타, 흔들리는, 넘어지지 않기 위해, 손잡이를 잡고 선, 그때, 젊은 만수 같은 남자가 일어나 자리를 내주면,

| 춘희 | 고맙수다게. (하고, 자리에 앉아, 밖을 보다, 남자에게) 이거 목포마트 가는 |

거 맞지예?

남자 (걱정) 아닌데요... 반대편에서 타셨어야 되는데..?

춘희 (아차 싶은, 일어나, 다시, 버스 출입구로 가서, 버튼을 누르며) 기사양반, 세워줌서, 세워줌서!

씬16. 목포마트 앞, 낮.

춘희, 해선이 남편이 아파 그만뒀단 말을 들은, 맘 아프게 걸어 나와, 가는,

씬17. 목포병원, 밤.

춘희, 병원에 들어와, 안내 데스크에 가서 묻는, 애써 차분히, 기운이 없지만, 애써 견디는,

춘희 손만수라고.. 내 아들이.. 있는지, 이디 있는지 찾아봐줌서...

직원 네. (하고, 컴퓨터로 찾는) 중환자실에 계시네요. (손으로 중환자실 쪽 가리키며) 저쪽으로 가세요.

춘희 (만수가 여기 있는 게 맘 아픈, 중환자실로 가는)

씬18. 목포병원 중환자실 앞, 밤.

보호자들, 길게 벤치에 앉아 있는, 춘희, 벽에 기대 멍하니, 서 있는, 그때, 중환자실 문 열리고, 간호사 나오며,

간호사 보호자분들, 들어오세요. 면회 시간은 삼십 분입니다. 시간 엄수해주세요.

춘희와 보호자들, 들어가는,
그때, 해선, 허겁지겁 오다, 들어가는 춘희 보고, 놀라는, 멈추는,

씬19. 중환자실 안, 밤.

간호사, 춘희를 만수의 침상으로 데려가며, '여깁니다' 하고 가는,
춘희, 만수(지난번과 다르게, 얼굴은 보이는, 팔도 보이는, 지금은 머리와
다리에 붕대 하고, 의식만 없는)를 보고, 맘 아픈, 애써 참고, 의자에 앉아,
손을 잡는, 가슴이 무너지는, 만수를 가만 보는, 이를 앙다물고, 눈물 참
는, 그리고, 주머니에서 손수건을 꺼내, 문 쪽의 수돗가로 가서, 손수건을
빨아, 다시 만수에게로 와서, 만수의 얼굴을 닦는데, 그때, 해선, 와서, 만
수의 발가락을 주물러주며,

해 선   (안 울고, 맘 아프지만, 차분히) 한 달 좀 더 됐어요. 과속하던 덤프차가,
          만수씨 차를 들이박아서.. 사고가.. 의식은 첨부터 없었어요..
춘 희   (손을 닦다가, 팔을 보면, 한자 일심이 보이는, 울컥해도 참고, 손만 닦는)
해 선   (춘희 보고, 발만 주무르며) 제주 떠나 서울에서 저 만나 맘잡고 목포로
          왔을 때.. 고생하는 어머니 절대 안 잊겠다고 정신 차리겠다고.. 저랑 같이
          문신하는 데 가서.... 만수씨가 어머니 많이 생각했어요.
춘 희   (가슴이 아픈, 참고, 차분히, 그 문신을 손수건으로 닦아주면)
해 선   (애써 기운을 내서) 의식이 없어 그렇지, 많이 좋아졌어요... 엊그제 패혈증
          고비가 왔는데도 잘 이겨냈구요... 곧 깨어날 거예요.
춘 희   (얼굴을 닦으며, 에서 차분히) 그게.... 의사 말이라.. 너 말이라...
해 선   (말을 못 하는) ...
춘 희   (만수의 몸만 닦는, 맘 아파도 참고) ..너 말이구나이... (하고, 맘 아파도, 따
          뜻하게, 만수의 목이며, 몸을 닦는, 눈가 붉어져도, 잘 참고, 그저 손만 움
          직여, 닦는)

씬20. 병원 택시정류장, 밤.

춘희, 해선(춘희가 맘 아픈), 걸어서 정류장으로 와서 의자에 앉는,

해 선   새로 구한 일들이 어느 정도 적응이 돼요. 담 주에 은기 데리러 갈게요. 힘
          드실 건데.. 오늘 하루 그냥 저희 집에서 쉬고 낼 가세요.

춘 희   (생각이 많은, 멍한, 그러다 가방에서 통장과 도장 꺼내 주고, 별 맘 없이,
          멍해서, 덤덤히) 의사가.. 하잔 대로 허라. (담담히) 입하고 코에다 낀... 명
          줄.. 떼자고 하믄 떼라이.... 괜히 돈 들고 몸고생 말고이. (하고, 택시 오면,
          일어나, 타는)

해 선   (맘 아픈, 일어나) 어머니.

춘 희   (차창으로 해선 보며, 눈가 붉어, 맘 아파, 낮게) 은기 데려갈 생각도 말라
          이. (하고, 기사에게) 갑서, 배 타는 데.

기 사   (가는)

해 선   (의자에 앉아, 우는)

❋ 점프컷 - 차 안 》

춘 희   (백미러로 해선 보다, 더는 못 참고, 엉엉 우는)

씬21.   배 안, 밤.

여기저기, 배 안의 사람들이 지쳐 자는,
춘희, 넋 나간 사람처럼 바다를 바라보는, 팔자 생각도 나고, 만수가 죽음
같이 죽겠다 생각도 하면서, 은기는 어쩌지, 걱정도 되고, 별 기대도 희망
도 없어 보이는, 멍한, 넋이 나간 듯한,

씬22.   은희의 거실, 밤.

은희, 주방에 앉아, 소주를 마시는, 생각 많은, 옥동 생각하며, 왜 세상이
이런가 싶은, 영옥, 은기와 엎드려 있는, 은기가 그리는 그림을 영옥이 보
는, 도화지에 배가 그려진, 그 배 위에 은기, 엄마, 아빠, 할머니가 기도하는

모습도 그리는,

은기   (그림 그리다, 시계 보면)

영옥   (편하게) 할머니, 시내 일 보러 가셨잖아, 곧 오실 거야. 야, 근데, 너 그림 정말 잘 그린다. 울 언니도 그림작가인데.. 여깄는 사람들 누구야?

은기   (도화지에 색을 칠하며, 영옥 안 보고) 은기, 엄마, 아빠, 할머니.

영옥   뭐 해?

은기   (도화지만 보며) 기도.

영옥   왜?

은기   (그림만 그리며) 달 보고 소원 빌어.

영옥   야, 근데 달이 왜 이렇게 많아?

은기   (노란색 크레파스로 도화지에 달을 크고 작게 동그랗게 마구 그리는, 영옥 안 보고, 집중해, 그림만 그리는) 울 아빠가 아는 곳에는요, 달이 백 개 있는 데가 있대요. (영옥 보며) 거기 가면 소원 백 개가 한꺼번에 이뤄진대요.

영옥   (안 믿기는) 그래? (그래도 귀여워 묻는) 너 소원이 백 개야? 뭐가 그렇게 많아? 젤 큰 소원이 뭐야?

은기   (달 그림만 열심히 그리며) 엄마 아빠 은기 행복한 거,

영옥   (어이없는) 야, 니가 행복을 아나?

은기   (영옥 보며, 환하게, 웃으며) 서로 보고 히! 웃는 거.

영옥   (웃긴) 어머, 얘 말하는 거 봐. (하고, 은희 보며) 언니, 얘 말하는 거 들었어? 행복한 건 서로 보고 웃는 거래!

은희   (옥동 생각에 술만 마시는, 답답한, 맘 아픈, 어떻게 할까 싶은)

영옥   애 보는데 술은... (하고, 다시 은기 보며, 노랑색과 비슷한 크레파스로 달을 같이 그려주며) 언니가 같이 그려줄게.

은기   (좋은, 열심히 달을 그리는)

* 점프컷 》

영옥, 은기, 은희 자는, 카메라, 은기 머리맡의, 도화지에 그린 그림 클로즈 업하면, 검은 바다, 검은 하늘 위에 크고 작은 달 백 개가 있는,

씬23. 춘희의 집 가는 길, 밤.

춘희, 멍하니 생각 많게 집으로 걸어가는, 힘든지, 잠시 멈춰, 벽에 손을 기
대고 있다, 다시 기운 내 걸어가는, 옥동의 집을 지나쳐 가는,
그때, 툇마루에 앉아 있던 옥동, 가는 춘희를 보고, 나와, 가는 춘희에게,

옥동   은기는 은희네서 잠쩌. 은희가 낼 데령온다고이.. (하고, 가는 춘희 뒤에 대
         고) 만수는?
춘희   (돌아보고, 막막한) 숨도 기계로 쉬고.. 내가 가도 몰란 게... 내 복에 무슨...
         자식을.. 옆이 두고 살 거랜... 은기에미보고 만수 명줄 끊으랜 했쪄.. (하고,
         돌아서서 가는데, 멍한, 눈물이 흐르는)
옥동   (가슴이 아픈, 가는 춘희 보고, 돌아서서, 툇마루를 짚고, 방으로 들어가
         려다, 멈춰, 엉엉 우는)

         ＊ 점프컷 》
         춘희, 눈물이 흐르는, 집으로 가는, 힘든, 멍한,

씬24. 선착장, 아침.

춘희(멍한), 은기, 옥동(짐짓 편안한 얼굴로) 손을 잡고 서 있고,
은기, 정준의 배에 탄 영옥 달이 정준 기준에게 손을 흔드는, 별이, 선착장
에서 배 안의 달이에게 수어로 조심하라고 하는, 달이, 수어로 알았다고
하는, 배 안의 기준, 수어로, 웃으며, 별이에게 사랑한다고 말하는,

달이, 영옥   은기야! 언니들이 맛있는 전복 따 올게!
은기   소라요!
혜자   (깔깔대고, 웃으며, 은기 보고, 농담) 너 빨리 목포 가라, 느네 할망 물에 들
           어오게! 너 따문에, 돈도 못 벌엄쪄!
해녀들   (웃으며) 애한티 돈돈 햄시니!

해녀1	(은기에게, 소리치는) 은기, 언제 갈 거!
은기	(웃으며, 밝게) 낼모레요! 열두 밤 잤어요! 두 밤 자면, 가요!
달이	좋겠다!
은기	(밝게, 손 흔드는)

그때, 트럭 몰고 가던, 은희, 춘희 옥동을 보고 차 세우는,

씬25. 바닷가, 낮.

은기, 소희와 소꿉놀이하는, 장난감에 밥을 짓고, 반찬을 하는, 즐거운, 춘희, 그 옆에서 은기를 안쓰럽지만, 애써 웃으며, 멀멀하게 보는,
은기, 장난감 그릇에 흙을 담아, 춘희 주며,

은기	여보 밥 먹어.
춘희	(힘들어도, 안 그런 척 놀아주는, 그래도 힘없는 게 느껴지는) 존댓말 써야 지게?
은기	아냐, 엄마는 아빠한테 반말해. 밥 먹어. (하고, 소희에게 장난감 밥그릇에 바닷물을 떠서 주며) 물 천천히 마시고. 너는 왜 자꾸 칠칠맞게 물을 흘려, 은기야!
소희	(웃고)
은기	(손으로 입 가리고, 엄마 흉내 내며, 웃고)
춘희	(장난감 그릇의 모래밥을 장난감 수저로 먹는 척하며, 힘들어도 웃으려 하며) 아고 맛없다.....
은희	(맘 아픈, 낮게, E) 아.. 아... 썅..

* 점프컷 》
옥동, 은희(눈가가 붉은), 한쪽에 앉아, 춘희와 은기 보고 있는,

| 은희 | (맘 아픈, 만수 얘길 들은, 춘희를 가만 아프게 보는, 화도 나는, 맘 아픈 탄식) 아... 어떵해... 아.. 어떵해.. 우리 어떵.. 만수.. 저 애기.. 어떵해... |

옥동   (춘희만 담담히 보는)

은희   아.. 진짜! (하고, 일어나 가는데, 속상해, 눈물 나는)

옥동   (가만 은희 보다, 춘희를 보는)

＊ 점프컷 》

은기, 소희, 어느새 소꿉장난 팽개치고, 뛰어다니며, 깔깔대고 웃는,

씬26. 정준의 버스 안, 다른 날, 새벽.

정준, 버스 안에서, 바다를 보며, 걱정스런,

그때, 버스 안에서 자던 영옥, 일어나, 이불을 덮어쓰고, 정준 옆에 와, 바다
보며,

영옥   바다가 왜 저래...

정준   (영옥 어께 잡아 안고, 바다 보며, 걱정) 그러게요..

씬27. 인권 호식의 집 안, 새벽.

인권 호식, 둘이 서서, 바깥을 보며,

인권   아... 어마무시하네...

호식   (답답하게 보다, 거실 쪽 보는)

＊ 점프컷 》

전날, 은희와 함께 춘희 일로 속상해, 술을 했는지, 거실에 술병이 뒹굴고,
은희는 퍼질러 자는,

호식   (은희 보다) 은희가 속이 하영 상했쩌. (인권 보며) 우리도 만수 보러.. 목포
한번 가봐야크라, 사돈.

인권 (답답한, 속상한) ....보면 눈물 나고.. 난 안 가켜.

호식 (답답한, 창가만 보며, 버럭) 아, 진짜, 비도 엔간히 오라게, 진짜!

씬28. 옥동의 집 주방, 어두운 새벽(바람 부는 소리가 들리는).

옥동, 주방에서 냄비에, 생선 찌꺼기로 개죽을 끓여서, 냄비째 들고 나가는,

씬29. 옥동의 집 마당, 어두운 새벽(비바람이 치는).

옥동, 초라한 비옷을 입고, 냄비 들고 나오면, 마당에 개 밥그릇이며, 빨랫줄에 널린, 걸레들이 빨랫줄이 끊겨, 바닥에 나뒹구는, 개들과 고양이도 모두 숨는, 항아리 위에 물그릇(정한수)이 엎어져 뒹구는, 옥동, 냄비의 개죽을 마당에 뒹구는 개 밥그릇을 찾아 붓고, 정한수 그릇도 찾아, 마루에 놓고, 속상해, 집을 나가는, 춘희의 집으로 가는, 그러다, 길가에 돌탑을 가만 보다, 돌탑을 손으로 쳐서, 넘어뜨리고, 속상해 가다, 돌아서서, 다시 와서, 눈물을 참고, 맘 아픈 것 참고, 돌을 다시 쌓는,

씬30. 병원 입구 + 중환자실 앞, 아침.

해선, 급하게 입구를 들어와, 안내 데스크를 지나쳐, 중환자실로 가는,

＊ 점프컷 – 중환자실 앞 》
해선, 뛰어와, 중환자실로 가려다, 멈추면, 의사, 중환자실에서 나오다, 해선을 보고, 걱정스런, 해선, 숨이 탁 막히는 듯한, 벽에 손 짚고, 서서, 의사를 보는,

씬31. 춘희의 집 안, 아침(밖에서 비바람이 치는 소리 나는).

옥동, 방 한구석에 앉아, 전화하는 춘희를 보는,

춘 희 ..그래 ..그래.. (가만 듣는, 해선이 만수가 오늘이 고비라고 말을 한 듯한, 맘 아프고, 이 상황이 화가 나는, 이를 앙다물고, 참는, 짐짓 괜찮은 척, 참고, 창으로 바람을 보며, 쓰러지지 않으려 애써 투박하게 말하는) ....오늘은 비 바람 쳐부난, 배도 비행기도 안 뜬다.... 낼 아침 비 그치민 비행기 탕 가켜 이... (하고, 전화 끊고, 주방으로 가, 소시지를 볶는, 맘 아프고, 화가 난, 참 는, 일만 하는)

옥 동 (춘희를 보는, 대충 짐작이 가는, 걱정되는)

춘 희 (소시지를 볶으며, 제 팔자가 화나는, 간신히 버티듯, 화를 참는, 쓰러지지 않기 위해, 오기 부리듯, 투박하게) 만수가 그만.. 가잰 햄신게(가려고 하 네) ...고비라고 ...의사가 가족들 인사하랜 했댄...

옥 동 (맘 아픈, 참고, 애써 담담히) 풍랑이 세부난.. 비행기도 배도 안 뜰 건디..

춘 희 (자꾸 화가 나는, 맘 아픈, 모질게 참는) 낼 가면 되지.... 은기 저게.. 지 아 방 얼굴은 봐야지게.. (스스로에게 욕하듯) 무신.. 이추룩 더런 팔자가 이 서이... (이를 앙다물고, 꾹꾹 참는)

옥 동 (맘이 아픈, 가만 춘희만 보는)

그때, 은기, 수건으로 얼굴을 닦고, 나오는,

은 기 (자랑하듯) 할머니, 은기 씻었어요!

옥 동 (맘 아픈, 애써 참고, 은기에게) 오라.

은 기 (옥동에게 와서 앉으면)

옥 동 (옆에 크림 병을 들어, 은기에게 발라주는, 맘 아픈 것 참고, 애써 담담한)

씬32. 폐가, 낮(비 오는).

집이 거의 다 된, 동석, 다 된 집에, 부분적으로만, 칠을 하다가, 비바람 소

리가 너무 거세, 일을 접고, 덜컹거리는 창문 쪽으로 가서, 뭔갈 끼워, 덜컹
거리지 않게 문단속을 잘하고, 한쪽에 둔 커피잔을 들어, 커피를 마시며,
비바람 치는, 바깥 풍광을 보는,

동 석   (걱정, 답답한) 지랄 맞은 제주 날씨.. 무서워 죽겠네.

그때, 전화가 오고, 동석, 핸드폰 보면, 선아다, 전화 받는,

선 아   (E) 뭐 해?
동 석   (바깥 보며) 폐가에서 비바람 치는 거 보면서 커피. 넌?

씬33. 선아의 서울 인테리어 사무실 안, 낮.

선 아   (창가 보며, 차 마시며, 작게 웃음 짓고, 담백하게) 사무실 창가로, 햇살 좋
은 바깥 보면서.. 커피.

* 점프컷 – 교차 》

동 석   (설레도, 투박하게) 병원 잘 다니고?
선 아   어.
동 석   왜, 전화했어?
선 아   (웃음 띤, 설레기도 하는) ....보고 ..싶어서.
동 석   (좋지만, 참고, 괜히 맘 안 들키려, 투박하게) 여전히, 동네 오빠로, 아니면,
..남자로?
선 아   (창가 보고, 차 마시며, 잠시 생각하다) ..남자로.
동 석   (설레지만, 안 그런 척, 참고, 바깥을 보는) ....
선 아   (설레는, 가만있는) ...
동 석   (괜히, 딴말하는) 집 다 지었어. 난 가끔 여기서 자. 이뻐, 집이. 제법이야,
내 솜씨가.
선 아   (따뜻하고, 설레게 웃으며) 나 ..거기 한번 갈라고.

동석	언제?
선아	한 열흘 뒤? 담 주... 주말.
동석	설마 또다시 바닷물에 빠지러? 야, 얼어 죽어! 겨울엔 제주 바다도 차, 임마.
선아	다른 목적 없이.. 오빠만 보러.
동석	(설레지만, 괜히 투박하게) ...오케이. 끊어. 바뻐. (하고, 전화 끊고, 일어나, 소리치는) 앗싸! (하고, 일어나, 서둘러, 집을 더 가꾸려, 집수리 하며, 노랠 부르는)

* 점프컷 – 선아의 사무실 안, 낮 》
선아, 웃으며, 커피 들고 자리로 와서, 일하는,

씬34. 춘희의 집 안, 낮.

춘희(얼굴이 잔뜩 제 팔자에 화가 난, 마늘을 까며, 금방이라도 폭발할 것처럼 생각이 많다), 옥동(춘희도 은기도 걱정되는, 생각 많은, 이제 어쩌나 싶은) 마주 앉아, 마늘을 까는, 은기(아무것도 모르고 밝은), 편하게 누워, 방에서 뒹굴거리며, 귤을 먹으며, 벽에 붙은 사진들을 보며,

은기	(괜히, 방 안을 뒹굴뒹굴거리다, 문득, 벽을 보고, 어린은기와 춘희 사진을 가리키며, 아는데도 묻는) 저 애긴 누구예요?
춘희	(화와 속상함 참고, 은기 보고, 사진 보고, 다시 마늘 까며, 투박하게) 너는 너도 모르냐.
은기	(알고 있단 듯, 낄낄대고 웃는, 만수와 해선 결혼사진 보고, 밝은) 아빠랑 엄마다! (춘희 보며) 히히히... (만수부(젊은) 사진 보고, 편하게) 저 아저씬, 누구예요?
춘희	(은기가 가리키는 사진 보고, 속상함 참고, 투박하게) 느 하루방.
은기	(일어나, 춘희 보며, 아무렇지 않게) 아저씨 같은데?
춘희	(속상함 참고, 투박하게) 죽었쩌.
옥동	(그냥 마늘만 까는)

은 기 (담담히) ..우리 강아지, 뽀뽀도 죽었는데... 그때, 나 슬펐는데..

춘 희 (맘 아픈, 참는, 마늘을 까는데, 맘이 아프다 못해, 화가 자꾸 나는, 참는)

은 기 (춘희 보다, 어린 만덕, 만길 사진을 보고, 별스럽지 않게, 무심히) 저 오빠
들은요?

춘 희 (오빠란 소리에 이미 자식들인 줄 아는, 마늘만 까며, 맘이 아픈, 화난 듯)
느 아방 형아들 다 병 앓당.. 죽었쩌.

은 기 (속상한, 만영의 사진 보고) 저 오빠는요?

춘 희 (힐끗 사진 보고, 다시 마늘을 까며, 속이 너무 상한, 참으며, 투박하게) 그
것도 술 처먹고 고랑에 빠정 죽었쩌.

은 기 (춘희를 보는, 불쌍하단 생각이 드는, 다시, 사진을 보며, 담담히) 그럼 다
별 됐겠네... 우리 뽀뽀처럼..

옥 동 (은기를 보는)

은 기 (옥동 보며, 편하게) 아빠가 그러는데 사람도 동물도 죽음 다 별 된대요..
그러니까, 안 슬퍼해도 된다고..

옥 동 (고개 끄덕이고, 은기의 머릴 슬쩍 만져주는)

춘 희 (마늘을 까며, 화난, 구시렁) 개뿔... 별은 무신 별.. 흙 되고, 먼지 됐지게. 죽
음 다 끝이라... 너 아방 말 믿지 말라.

은 기 (속상한, 눈가 붉어) 아닌데.. 아빠가 죽음 별 된다고 했는데.. 우리 강아지
뽀뽀도 별 됐는데.... 흙 아니고.

춘 희 (만수 얘기에 속상해, 은기의 말 끝나기 전에, 까던 마늘 그릇을 엎어트리
며, 울 것처럼, 속상해, 은기에게 소리치는) 별 되면 뭐 할 거라! 만지지도
못하는디! 안지도 못하는디!

은 기 (할머니가 왜 저러나 싶은, 놀라고, 소리치는 게 슬픈, 춘희 보는, 겁먹은)
?!

옥 동 (맘 아픈, 마늘을 다시 그릇에 담는)

춘 희 (물 마시고, 은기 보며, 모질어도, 말해야겠다 싶은, 눈가 붉어, 낮게) 느네
아방은 거짓말쟁이라! 병원에서 못 나온다게. 흙 될 거여! 너 아방 말 믿지
말라! (힘들어, 숨을 쌕쌕 고르는)

은 기 (아빠가 거짓말쟁이란 말에, 안 온단 말에 속상하고, 화나는, 눈물이 나는,
일어나, 화난 듯, 구석에 놓인, 제 가방을 가져와, 방 안에 있는 그림 도구
며, 자기 옷가지들을 챙기다, 춘희 보고, 울며, 말하는) 할머니 미워! 아빠

거짓말 안 하는데! 거짓말은 할머니가 하지! (울며, 제 물건들을 챙기다, 춘희 보고, 소리치는) 엄마 아빠한테 나 데릴러 오라고 할 거야! 낼 말고 오늘! 낼 말고 오늘, 지금! 갈 거야! 집에! (하고, 울며, 목에 건 핸드폰을 켜려 하면)

춘희 (속상한, 앉은걸음으로 걸어가는, 눈물 나는, 짐짓 더 모질게) 어딜.. (하고, 은기의 핸드폰을 목에서 빼, 가방까지, 뺏어 들고, 문 열고, 비 오는 마당에 다 버리고, 주저앉는, 눕는, 너무 맘이 아파 정신이 없는, 넋이 나간 듯한)

은기 (일어나, 마당에 던져진, 핸드폰이며, 가방을 보는, 악을 쓰고 우는) 앙!

옥동 (일어나, 마당에 나가, 물건들을 줍는)

은기 (비가 와, 나가지도 못하고, 문 앞에서 동동거리며 우는) 앙!

춘희 (넋이 나간 듯, 천장 보며, 스스로에게 말하는 듯한, 기진맥진한 듯) 너는 이제 할망이랑 살 거라.. 너 아방 흙 되고.. 병원서 못 나올 거여... 너 어멍은 너 어시(없이), 혼자 살랜, 할망이 놔주켜(놔줄 거야). 너 아방도 어멍도 안 올 거라..

은기 (울며, 악을 쓰며, 소리치는) 아니야! 아니야!

춘희 (천장만 보며, 눈물 흘리며, 맘 아픈, 구시렁대는) 제주 왕 갈칫배 탄다는 말도.. 나랑 살러 온댄 한 말도, 병원서 나왕, 너 데령간다는 말도 다 거짓 말이라.... 다 거짓말이라... 다.. 이 더런 년 팔자에.. 무슨 자식을 끼고.. 메누 릴 끼고... 손주를 데령 살 거니.. 이 더런 년 팔자에... (목 놓아, 엉엉 울며) 만수야.. 만수야.. 내 새끼, 만수야...

은기 (쪼그려 앉아, 악을 쓰는) 앙! 앙! 엄마! 아빠! 은기 데릴러 오세요! 엄마, 아빠...

춘희 (눈물 흘리며, 넋 나간 듯, 혼잣말처럼) 목이 쉬게 불러봐라, 오나.

옥동 (짐을 다 챙겨놓고, 방으로 들어가, 은기를 안고, 맘 아픈, 눈물 나도 참고, 은기의 우는 얼굴을 만져주는)

은기 (울며) 엄마, 아빠, 은기 데릴러 오세요.

씬35. 바다, 비바람이 치는, 저녁.

춘희 (기운 없는, E) 밥 먹어.

씬36. 춘희의 집 안, 저녁.

은기(울어, 얼굴이 벌건), 가방을 안고, 해선에게 핸드폰을 하며(신호음 가지만, 안 받는), 구석에 쪼그려 앉아, 밥상 앞에 앉아 있는 춘희를 밉게 쏘아보고 있는,

춘 희   (밥상에 앉아, 은기 보며, 더 혼내고 달랠 기운도 없어 보이는) 느 어멍 전화 안 받을 거여.. 바빠... 밥 먹어이...

은 기   (춘희 슬프고, 밉게 보고, 다시 전화하며) 안 먹어.. (하고, 전화 안 받자, 핸드폰을 빼 던지고, 소리 안 치고, 춘희 보며, 슬픈) 나도 아빠 따라 별 될 거야... 밥 안 먹고 할머니 말대로 흙 될 거야...

춘 희   (가슴이 무너지는, 아픈, 가만 보는, 기운이 없는) 못된 소리 햄쩌...

은 기   ...

춘 희   (힘들어, 창가를 보면, 비 오는, 그렇게 가만 창가를 보다, 고개 돌려, 벽의 만수의 결혼사진을 보는, 멍한)

은 기   (슬프게, 울 것처럼, 춘희만 꼬나보는)

춘 희   (만수 사진 가만 보는데, 맘이 아픈, 참고, 은기 보며) 어떵하민 밥을 먹을 거라?

은 기   (슬픈) 달 백 개... 소원 들어주는 달 백 개...

춘 희   (심란하게 가만 보는) ...

은 기   (눈물 나는, 작게 말하는) 은기 소원 백 개 말고... 아빠 낫게 해달라고 백 번.. 빌 거야.

춘 희   (가만 보다, 들어주자 맘 내는) ...밥 먹으라... 그리고, 가자, 달 백 개 보러. 밥 안 먹으민 달도 어서이(없어).

은 기   (눈물 그렁해, 가만 보는, 의심스런) ...

춘 희   (은기 보며, 밥상으로 오라고 손짓하는, 힘든) 와. 먹어.

은 기   (조심스레 밥상으로 가 밥을 입 안 가득 먹는, 어거지로라도 달 백 개 볼 생각에 먹는)

춘 희   (맘 아픈, 그 모습을 보며, 기운 없지만, 애써 다잡고) 천천히 먹으라.. (하

고, 은기 숟가락에 반찬을 손으로 놔주고, 전화기를 드는, 착잡한)

씬37. 영옥의 가게 안, 비 오는, 밤.

정준, 답답한 맘으로 선장들과 전화하고 있는,
영옥, 달이, 별이, 나물을 다듬는, 걱정되는,

선장   (E, 말도 안 된다는 듯, 큰소리로) 야야, 이 날씨에 배를 어떵 띄워! 배 뒤
       집어지매(뒤집어져)!
정준   아, 형님!
선장   (E) 안 돼, 안 돼! (끊기는)
달이   (걱정) 어떡해?
영옥   (심란한, 정준 보며) 관둬, 무슨 이 비바람에... 밸 띄워.
정준   (무시하고 다른 번호로 전화 거는, 답답한)

       그때, 은희, 인권, 호식, 들어오는,

인권   막걸리에, 은어구이!
은희   (자리 앉으며, 정준 보며) 무사? 얼굴이 어두워?
정준   (답답한, 은희 보고, 전화만 집중하며) 배 띄우잰마씸? (전화 받으면) 아,
       이선장님 지금 어디?
은희   (영옥에게) 뭔 소리라, 배를 무사 띄워?
인권, 호식 ?

       ＊ 점프컷 》
       호식, 인권, 답답한 얼굴로 술 먹고, 은희, 전화를 하고 있는, 영옥의 가게
       문밖 처마에서 정준, 전화를 하고 있는 게 보이는,
       달이, 별이, 걱정스레 물건 손질하며, 정준, 은희를 보는, 영옥, 답답한 얼굴
       로 설거지를 하는,

은희   (전화하며, 화내듯, 버럭대는) 야, 자식아, 나가 너 부탁을 들어준 게 한두
         번이라? 나는 너 부탁 빽하민 들어줘신디, 너는 무사 내 부탁을 안 들어
         주맨, 어? (답답한) ..너는 무사, 배가 맨날 고장 남시니! 이 정신 빠진... (하
         고, 전화 끊고, 다른 데 전화하다, 인권, 호식 보며, 화난) 너네들은 뭐 하는
         짓? 배 띄우랜 전화 안 햄시냐?!

인권   (속상한) 무슨 배를 띄우랜 동창들을 조져?! 이 비에!

은희   춘희삼춘이, 이 비는 좀 있당 그치는 비랜 햄네(하잖아)!

인권   (답답한) 야, 비가 저추룩 오는디,

은희   (싸울 듯) 너가 그추룩 잘난? 춘희삼춘보다 너가 잘난? 어머니가 비 그친
         댄 하면 그치는 거 몰람시냐?! 어머니가, 곧 날이 갤 거랜 햄네! 보라게, 하
         늘! (하고, 바다 보면, 번개가 치는, 다시, 전화하며) 젖은 벼락 아니고, 마
         른벼락 치잖아! 당장 배 띄우라! 아는 놈들한티 전화허라!

인권   (속상한) 배 띄우민, 뭐.. 만수가 살아 오크냐! 살아 오민 나가 배 열 개 아
         니라, 백 개도 띄운다! (하고, 속상해, 가는)

호식   (속상한) 배 띄워도 만수가 안 살아 오민, 은기가 더 실망할 거여. 나도 그
         꼴 보기 싫다이. (하고, 술 마시는)

영옥   (가는 인권 보고, 은희 보며) 내 생각도 그래, 언니. 이건 쓸데없는 짓이야.

은희   (시비하듯) 나는 너만큼 머리가 어성, 이 짓을 하는 줄 알맨?

영옥   언니, 내 말은, 은기가 나중에, 더 실망할까 봐,

         그때, 정준, 들어오며,

정준   (답답하지만, 차분하게) 그건 그때 가서 생각해요. (은희에게) 누나, 나 배
         띄워양! 박선장님 온댄. 달곳이로 어른들 모시고 옵서. (하고, 뛰어가는)

은희   (정준 보다, 호식 보며) 그래라, 너는 쓸데없는 짓 말고, 술이나 처먹으라.
         나는, 뭐라도 안 하민 머리가 돌 거닮앙, 나는 이 쓸데어신 짓이라도 하커.

         그때, 배선장, 가게로 들어오고,

호식   (벌떡 일어나, 배선장 앞으로 가서, 무섭게 허리에 손 올리고, 꼬나보는)

배선장   (어리둥절, 놀라, 달이, 영옥, 은희, 호식 보며) 왜? 왜?

호식   (배선장 목덜미 잡고, 끌고 나가며) 너 나와, 배 띄워!

씬38. 검은 제주 길 + 은희의 트럭, 밤.

은희의 트럭(춘희, 옥동, 은기, 은희가 탄) 달리는, 비가 그친, 바람만 부는,

씬39. 은희의 트럭 안, 밤.

은희   (춘희 보며, 맘이 조금 무거운) 어머니 말이 맞았수다. 비가 그천마썸.
춘희   (낮게, 창가 보며, 넋 나가, 구시렁) 뭔 짓인지..
옥동   (은기(앞만 보는) 안고, 담담히) 길가 돌멩이들한티도 빌고... 괜히 검은 바
         당 보고도 비는디, 등 보고 못 빌 건 뭐라.. 너 데려가고 만수 내놓으랜 빌
         라.
춘희   (창가만 보며, 넋 나간 듯, 힘든) 수천 날을 경 빌었수다. 자식들 보낼 때마
         다.
옥동   (담담히) 이번엔 될 거여. 지성이면 감천이랜 해서.
춘희   (창가만 보는, 막막한) ..
은희   (춘희 옥동의 말에 맘 아파도 애써 밝게, 은기에게) 은기 좋아? 달 백 개
         보러 가서?
은기   (안 웃고, 진지한, 앞만 보며, 나름 비장한, 달 소원만 생각하는) 네.
은희   (맘 아파도, 짐짓 밝게) 자식!

         ＊ 점프컷 》
         은희의 트럭, 달리는,

씬40. 오름, 밤.

춘희, 막막하게 오르는, 옥동, 힘들어도 기운 내서, 가는, 은희, 은기(땀이

나도, 힘 있게 가는)의 손을 잡고, 앞서가면서도, 뒤에 춘희와 옥동 오는 걸 살피면서 가는,
은희, 트럭의 헤드라이트를 켜둔, 저마다 핸드폰으로 불을 밝힌,

은희　　은기 힘든데도 잘 가네? 업어줄까?
은기　　(고개 젓고, 땀이 나도, 열심히 가는)

씬41.　검은 바다, 밤.

정준, 배를 띄워 가는, 그러다, 갈칫배들을 보고, 고마운, 경적을 울리는, 갈칫배 선장1, 정준 보고, 웃고, 경적을 울리는, 정준, 다른 배들은 없나 싶어, 걱정되는, 그때, 경적 소리가 나고, 멀리, 배선장과 호식이 배를 타고 오고,

배선장　(답답한) 뭔 짓인지 모르겠다!
정준　　(고맙지만, 안 웃고, 짐짓 투박하게) 그러게요! 나중에 내가 거하게 술 한 잔 살게요!
호식　　(웃으며, 다른 쪽 보면, 배가 하나 더 오고, 선장2에게) 야, 너도 배 띄워시냐?!
선장2　(웃으며) 은희가 춘희삼춘 일이랜 지랄하는디, 안 띄우고 배기크냐!
정준　　(고마운, 그 맘들이 짠한, 멀리 오름을 보고, 경적을 울리는)

씬42.　오름 정상, 밤.

경적 소리 나고,
은희, 은기가 오름에 서는, 은기, 바다를 보면, 첨엔 달이 안 보이는, 슬픈, 울 것 같은, 그러다, 고개 돌려, 다른 곳을 보면, 갈칫배가 전구를 환하게 밝힌, 은기의 눈에는, 배와 사람은 안 보이고, 등이 달처럼 떠 있는 걸로 보이는, 멍한, 놀란,

은기   (울먹이며, 조용히, 구시렁) 아빠... 달이... 진짜... 백 개야... 아빠가 맞았어...
      달이 진짜.... 백 개야..

      그때, 은희, 은기가 안쓰럽고, 이쁜, 은희, 은기 보다, 바다를 보면, 은희 눈
      에는 달이 아닌 갈칫배로 보이는,
      춘희, 옥동, 오름에 서는, 두 사람 눈에도 갈칫배로 보이는, 은기, 가만 달(?)
      을 보다, 무릎을 꿇고 기도하는, 춘희, 옥동, 막막한, 슬프게 갈칫배를 보다,
      기도하는 은기를 보는, 옥동, 은기 옆에서 무릎을 꿇고, 기도하는, 눈물이
      나는, 담담한,

씬43. 중환자실 안, 밤.

      잠겨 있던 중환자실 문이 큰 소리로 벌컥 열리고, 의사와 간호사가 만수
      의 침상을 빠르게 끌고 나오는, 그 뒤에 해선, 울며 뛰어나와, 침상을 뒤따
      라가는, 느린 그림,

씬44. 오름 정상, 밤.

은기   (울며, 비는, 작게) 아빠.. 아프지 마세요.. 아빠... 은기 데릴러 오세요. 은기
      말... 잘 들을게요...
은희   (그냥 가만, 은기 옆에서 기도하듯 하는, 맘 아파도, 힘 있게) 만수야, 와
      라!
춘희   (가만 갈칫배만 보다, 맘 아픈, 이게 무슨 소용인가 싶지만, 고개 돌려, 옥
      동, 은희, 은기의 기도하는 모습 보고, 맘이 울컥한, 자기도 무릎을 천천히
      힘들게 꿇고, 울며, 눈 감고, 기도하는)

      ＊ 점프컷 》
      만수와 은기의 즐거웠던 모습과 사진들과 방에 누워, 만수와 은기의 동영

상을 보며, 흐뭇하게 웃는 춘희의 모습에서 엔딩.

18부 ──────── 옥동과 동석 1

내 맘 안다고 하지 마. 차라리 모른다고 해. 그냥.
내가 세상에서 젤 듣기 싫은 말이 뭔 줄 알아?
남이. 날 이해한다는. 말이야.

씬1.   프롤로그.

1, 동대문 옷가게 안, 새벽.
왁자한 시장 내부, 상인들, 부지런히 옷을 고르며 사고, 흥정하는 풍경, 아
주 바쁘고, 일사불란한, 그 가운데, 동석도 판매할 이 옷 저 옷을 진지하게
고르는 모습 컷컷 보여지는,

2, 시장 건물 계단, 새벽.
동석, 옷을 잔뜩 사서, 이고 지고, 힘들게 계단을 뛰어 내려가는, 땀범벅인,
지나가던 상인을 아는지, 인사하는,

상 인   (반가운) 물건 많이 했네. 돈 많이 벌었냐?
동 석   (가며, 웃으며) 좀 줘?
상 인   (웃으며) 그래, 좀 주라.
동 석   (제 갈 길만 가며, 농담) 내 폰 알지? 계좌번호 찍어!
상 인   크크크.. (하며, 가고)
동 석   (가며, 웃고)

3, 식당, 희뿌연 아침.
동석, 식당에서 메뉴판 보는데, 주인, 물 가져다주며,

주 인	우리 집은 된장찌개 잘해요.
동 석	(불편한) 된장 안 먹어요. 김치찌개.
주 인	(웃으며, 가며) 된장 싫어하는 사람도 있네.
동 석	(물을 마시고, 자기 옷의 냄새를 맡는, 별로 냄새가 안 좋다 싶은, 다시 물을 마시고, 다시 옷의 냄새를 맡고, 물 마시는)

4, 시장 근처의 여관 전경, 아침.
물소리 나는,

5, 여관방 욕실 안 + 방 안, 아침.
동석, 샤워하며, 동시에, 바닥의 옷을 발로 밟아 빠는,

* 점프컷 - 방 안 》
동석(속옷 차림), 다 씻은 얼굴로, 빨래한 옷을 수건에 돌돌 말아, 밟아서 물기 제거하고, 다시 탁탁 펴서, 마른 수건 위에 놓고, 드라이기로 옷을 말리는, 신중한,

* 점프컷 》
한쪽에 빨래한 옷이 걸려 있고, 옷 방향으로 선풍기가 틀어져 있는, 동석, 현관 쪽에서, 젖은 수건으로 운동화를 닦다가, 전화로 선아에게 문자 하는,

동 석	(E) 어느 날 갑자기 내가 니 앞에 불쑥 나타나면 어떨 거 같아? 놀라기만 할 거 같아? 아님 반가울 것도 같아?

잠시 후, 톡 오는,

선 아	(E, 편안한, 웃음기 있는 목소리) 엄청, 반가울 거 같애.

동석, 톡 보며, 수줍게 작게 웃고, 핸드폰 시계를 오후 5시에 맞추고, 전화를 한쪽에 두고, 일어나, 창의 커튼을 닫는데, 전화가 오는, 동석, 고개 돌

려, 한쪽에 둔 전화기를 보는,

6, 옥동의 집 안(문이 조금 열린), 낮.
집 안 가득 온통 봄, 여름 이불이 꺼내져 있는, 뭔가 짐 정리를 하는 듯한,
옥동, 방 한쪽에 앉아, 전화를 하는(동석에게), 그때, 은희의 차 소리 나고,
말소리 나는,

은희 (E) 어머니, 어멍, 엄마! 아침 진지 드셨... (하며, 문 열고, 손에 국 담은 밀
   폐용기 들고 들어오며, 걱정) 아우, 이 추운데 문을 무사 열어마씸? (하고,
   문 닫으려면)
옥동 (전화기를 귀에 대고, 신호음 들으며, 보며) 열라.. 더워.
은희 (걱정) 덥긴.. 추워마씸!
옥동 (전화기든 채, 고개 젓는)
은희 (왜 저러나 싶은, 답답한, 조금 열어두고, 앉아, 집 안에 널려진 이불 보며,
   뭔가 싶은) 이건 다 뭐우꽈?
옥동 (아무렇지 않게) 이불.. (그중 깨끗한 걸 보여주며) 이건 작년에 인권이가
   사준 건디.. 너 가지잰?(가질 거야?)
은희 (정리하는 것 같아 속상한) 어머니 쓸서, 뭐 한댄 새벽부터 이불을 정리하
   고이... (고개 돌려, 한쪽에 물린 상을 보면, 젓갈 반찬 하나에 맨밥 뜨다 만
   게 보이는, 속상한, 손에 밀폐용기 들어 보이며) 나가 맛난 소고깃국 핸예
   (했어요). 국물이라도 좀 드십서.. 끓여 올게양. (하고, 일어나려다가) 근디,
   누구한티 전화햄수꽈?(해요?)
옥동 (고개 돌려, 은희 안 보고) 동석이... 목포 종우아버지 제사 가자고 전화햄
   쪄.
은희 (다시 주저앉아, 속상하고, 답답해 큰소리가 나는) 어머니도 촘말로, 가이
   가 거길 가겠... (말하지 말자 싶은, 속상한) 동석이 전화, 안 받아마씸?
옥동 (안 보고, 담담히, 전화기만 들고 신호음을 듣는)

* 점프컷 – 동석의 여관방과 교차씬 》
동석, 전화기를 들어 발신자명 '...'을 맘에 안 들게 가만 꼬나보듯 보는, 진
짜 왜 이러나 싶다, 그러다 전화 끊기면, 침대에 누워, 머리맡에 불 끄고,

눕는,

* 점프컷 》

옥동   (말없이, 전화 내려놓고, 좀 전에 인권이 사줬단 이불을 보여주며, 가지란
        뜻) 깨끗한디?

은희   (그런 옥동을 보는, 맘 아파 화가 나, 투박하게 말하는) 안 가지쿠다(안 가
        져요!) 국 뎁혀 올게양. (하고, 바깥 주방으로 가는, 속상해, 문을 쾅 닫는)

옥동   (문 쪽 보다, 앉은걸음으로 가서, 문을 조금 열어두는, 쓸 만한 이불을 한
        쪽에 던지고, 다른 이불을 펼쳐보는, 버릴 것과 남 줄 거를 챙기는 듯한, 그
        러다 전화기를 다시 보는)

* 점프컷 - 동석의 여관방 안 》
동석, 자는데, 전화가 오는, 짜증 나, 전화기를 들어 보면, 은희누나라고 쓰
인, 동석, 귀찮고, 답답한, 전화를 받는,

동석   (애써, 짜증을 자제하고) 어.. 누나.

* 점프컷 - 옥동의 주방 + 동석의 여관방과 교차씬 》
은희, 전화기를 들고, 한쪽 손은 허리에 올리고, 화를 참고 서서,

은희   (속상함과 답답함 참고) 너... 어멍 전화 무사 안 받암시냐?

동석   (짜증 참고, 귀찮은, 별스럽지 않게, 크게 화도 안 내는) 내가 어멍이 어딨
        어?

은희   (자꾸 속상해, 화가 나는, 참고) 너, 어디 인? 당장 나한티 좀 오라.

동석   (귀찮은, 속도 상하는) 서울 왔어요, 물건 하러. 새벽까지 물건 했다고.. 잘
        거라고, 이제. 장날에나 봐.

은희   (말꼬리 자르며, 속상하지만, 힘주어, 담백하게 말하는) 느네 어멍.. 암이다.
        것도 말기.

동석   (뭔가 싶은, 미간을 찡그리며, 뭔 소린가 싶은, 가만 이게 무슨 상황이지 생
        각하는, 놀라거나 하지 않는, 가만있다가, 불편한 맘으로, 덤덤히) .....그래

서?

은희   (순간 화난, 버럭) 그래서는, 무신! 그걸 말이라고.. (하다, 참고, 차분하려 애쓰며) 병원서도, 손 못 쓴다고... 손 났쩌게.

동석   (얼굴 찡그린 채, 미동 없이, 가만 듣는, 그래서 날보고 뭐 어쩌란 건가, 불편한 맘이 드는, 자신도 모르게 왠지 화도 나는)

은희   (처지지 않게, 말하기가 힘들어, 뜸은 들여도, 담백하게) 어머니도... 죽기로 작정해신지(하셨는지), 병원에서 권하는 수술도 안 행, 수술 시기도 다 놓쳤쩌..... 아마도 곧 가실 거 같다. 오라, 당장, 나중에 후회 말고이.

동석   (군은, 이를 앙다물고, 가만있다가, 자기도 모르게 화가 나는, 슬픈 것도 아니지만, 아무렇지 않은 것도 아닌, 한참, 이 기분은 뭐지 싶게 앉아 있다가, 투박하게 일상적으로, 큰소리가 아닌 낮게) ....나중에 ..후회할게. (하고, 전화의 전원을 꺼버리고, 답답한, 침대에 돌아누워, 몸이 아닌, 머리만 이불에 파묻는)

자막 : 옥동과 동석 1

씬2.   서울 시내 도로, 저녁.

동석, 답답하고 군은 얼굴로 운전해 가는, 옥동 생각을 하는,

동석   (답답한, 뭔가 기분이 영 안 좋은, 옥동 생각을 하는, 그러다 고개를 젓고, 떨쳐버리고, 이를 앙다물고, 내가 무슨 상관인가, 그냥, 내 할 일이나 하자 싶은, 거칠게 운전해 가는)

씬3.   선아의 회사 안 + 밖, 저녁.

선아, 서둘러, 계단을 빠르게 뛰어 내려가는,
조금 들뜬, 바쁜 모습이다, 회사의 로비를 지나쳐, 뛰어나가는데, 전화가 오고, 전화를 받으며 뛰어가는,

선 아   (바쁜 맘, 애써 진정하며, 말하는, 뭔가 전화는 건성이고, 다른 데 맘이 가
         있는 느낌이다) 어.. 오빠... 어.. 나?.. 지금? 막 퇴근해서 회사 나가는 중이
         야.... (하고, 회사 현관문을 열고 나와, 두리번거리는)

         ＊ 점프컷 - 선아의 회사 맞은편, 동석의 트럭 안 》
         동석, 전화를 들고, 트럭 안에서 선아를 보고, 전화를 내려놓는,

         ＊ 점프컷 》

선 아   (전화하며, 왜 전화가 끊겼지 싶은, 이상한) 오빠? 오빠?

         ＊ 점프컷 》
         동석, 경적을 울리는,
         그때, 경적 소리와 동시에 열이의 '엄마!' 하는 소리 들리는,

         ＊ 점프컷 - 동석과 선아의 교차씬 》

선 아   (전화기에 대고) 여보세요? (하다, 고개 돌려 열이를 보고, 환하게 웃으며,
         열이에게로 가며, 밝게, 아이처럼 달려가며) 열아..

동 석   (왜 선아가 자기 쪽을 안 보고, 다른 쪽으로 가는지, 이상해, 눈으로 선아
         를 쫓으면)

         태훈, 열이를 안고, 선아 보고, 환하게, 웃는,

태 훈   (열이를 선아에게 주고, 선아의 가방을 자기가 메는) 이건 나 줘.

선 아   (열이 안고, 가며, 밝게) 엄마 보고 싶었어?

열   많이.

선 아   (안고, 몸을 흔들며) 나도.

태 훈   (웃으며, 선아에게) 이번 주는 유난히 널 찾드라. 내가 달래느라, 아주 혼났
         다.

| 선아 | (태훈 보고 웃고, 열이 보고, 밝게 웃으며) 우리 열이가 엄마가 엄청 보고 싶었구나? |

＊ 점프컷 – 동석의 차 안 》
동석, 이게 뭔 상황인가 싶은, 선아의 웃는 모습을 가만 골똘히 보다, 고개 돌려, 행복해 보이는 태훈을 주시하는,

＊ 점프컷 》

열	(밝게) 어.
태훈	자식.. (하며, 선아의 머리카락이 눈에 내려온 걸 귀로 넘겨주는)
선아	(태훈 보고, 웃고, 가며, 열이에게) 오늘 뭐 먹을까?
열	피자.
태훈	(편안하게) 맨날 피자는.. 안 돼. 피자도 치킨도 그만 먹고, 오늘은 무조건 밥.
선아	(열이 보고, 웃으며) 아빠 말 들었지? 피자는 그만. 오늘은 무조건 밥.

그때, 남자가 지나가면, 태훈, 선아의 어깨를 잡아, 남자와 부딪히지 않게 하는, 태훈, '조심해야지..' 하는,

＊ 점프컷 》

| 동석 | (차 안에서, 백미러로 행복해 보이는 선아를 조금 서운하게, 그 광경을 부럽게 보는, 그만큼 자신이 초라해지는 것도 같은) |

＊ 점프컷 – 10부, 회상 》
태훈의 집 앞에서, 동석이 선아가 열이에게 달려드는 걸, 막아 안고, 태훈에게 가라고 하던 선아, 동석의 장면, 플래시컷으로,

＊ 점프컷 – 6부, 회상 》

동 석	(무심히, 식탁의 사진 보며) 근데 사진은 뭐야?
선 아	(반창고를 발라주며, 무심히) 헤어진 전 남친.
동 석	헤어진 놈 사진을 왜 둬. 버리지?
선 아	(가볍게) 또 만날 수도 있으니까?
동 석	헤어졌음 그만이지. (하고, 사진을 손으로 엎어버리는)
선 아	(웃고, 맥주캔 따며, 편한)

* 점프컷 - 현재 》

동 석	(둘이 다시 만났구나, 둘이 잘 어울리네 하는 생각이 드는, 자꾸 초라해지고, 답답하고, 화도 나는, 태훈과 웃으며 서로 안부 인사하며 가는 선아를 보다, 다시, 잠시 앞을 보고, 후, 한숨 쉬며, 홧김에 경적을 두세 번 크게 빵빵빵 치는)

* 점프컷 》

지나가는 사람들, 멀리, 태훈 선아 열이도 그 경적 소리를 쫓아 동석의 트럭을 보면, 동석, 이내, 차를 몰아, 그냥 가는(선아가 자신의 차를 본 걸 모르는, 이제 끝내자 싶은, 이런 초라함도 싫단 생각이 드는) 동석의 차를 보는 선아와 차를 몰아 가는 동석의 모습 느린 그림.

씬4.   제주로 가는 배 안, 밤.

동석, 배의 의자에 가로로 누워, 바다를 보는, 그때, 전화가 오는, 주머니에서 전화기 꺼내 보면, 은희다, 전화 끄고, 다시 눕는데, 또 전화가 오는, 보면, 선아다, 동석, 답답하게 전화기 보다가, 이번엔 전원을 끄고, 모로 누워, 바다를 미간을 찡그린 채, 덤덤히 보는,

씬5.   선아의 집 안, 밤.

선아, 거실 침대에 앉아 전화를 하는, 옆에선 열이가 자는, 선아, 열이의 머리 쓰다듬으며, 전원이 꺼졌단 음성메시지 듣고, 전화 끄고, 담담히, 열이에게 팔베개를 해주고, 누워, 전화기 들어, 옛날 동석이 말 타던 동영상을 열어, 동영상을 보는, 동석이 보고 싶기도 하고, 동석이 그렇게 간 게 살짝 걱정되기도 하지만, 전화를 다시 하면 받겠지 싶어, 많이 어두운 건 아니다,

씬6. 섬, 낮.

동석, 트럭을 한쪽에 세워놓고, 물건들을 잔뜩 이고, 멀리 있는 집에 배달을 하러 가는, 전화가 주머니에서 계속 울리지만, 상관없는, 땀 흘리며, 걸어가는,

씬7. 섬 일각, 낮.

동석, 트럭 세워놓고, 그 앞에서, 끓는 물에 라면을 넣고, 휘휘 젓는,
계속 문자가 여러 개 오는 소리가 나는, 동석, 주머니에서, 핸드폰 꺼내 보는, 담담한,

인권 (E, 화나) 야, 너 미쳤쪄? 너가 사람이라? 느네 어멍이 죽는다는데도 아는 척도 안 허고, 이 개가 물어뜯어놓고 먹지도 않고 뱉을.. 전화하라...

호식 (E, 달래는) 동석아, 너 어디시냐? 나가 가켜. 너 어딨쪄!

춘희 (E, 속상한, 투박하게) 느네 어멍 암이란 소리 은희한티 들었으민서, 너 무사 어멍한티 전활 안 하냐? 전화허라!

동석 (별스럽지 않게, 신경 안 쓰인단 듯한 얼굴이다, 그리고 선아의 문자를 보는)

선아 (E, 차분한) 그날 왜 그냥 갔어? 전화해도 안 받고.. 전화 줘, 오빠.

동석 (핸드폰을 주머니에 넣고, 라면을 맛없게 먹다가, 무심히 냄비를 들어 마시려다, 놓치는 바람에 허벅지에 냄비가 엎어지고, 일어나 팔짝팔짝 뛰며, 소리도 못 지르고, 아파하는, 모든 상황이 화도 나는)

씬8.   옥동의 주방 + 마당, 다른 날 낮.

정준, 여기저기 나사가 흔들거리는 싱크대 문을 공구로 고치는, 얼굴이 잔뜩 진지하고, 옥동 생각에 속상한, 다 고치고(고치는 모습, 점프컷으로 보여주는), 밖으로 나가,

정 준   (옥동에게) 삼춘, 또 어디 고쳐요!

＊ 점프컷 – 마당 》
춘희, 김치를 버무리고, 옥동, 기운 없지만, 애써 내색 않고 단아하게 앉아, 파를 다듬으며, 춘희를 보고 있는, 영옥과 은희, 달이, 별이 그 옆에서, 전을 부치거나, 잡채를 만드는, 목포 가져갈 제사 음식을 준비하는 중인,

옥 동   (정준 보며) 지붕.. 지난번에 인권이 호식이가 고쳐신는디.. 뭐가 잘못돼신지, 자꾸 덜그덕거려서이..
정 준   (옥동의 상태 때문에 맘 쓰여, 좀 답답한, 큰소리로) 올라가 볼게요! (하고, 사다리를 찾아, 흔들거리는 걸 확인하고, 망치로 못을 쳐서, 박고, 지붕으로 올라가는)
옥 동   (그런 정준 보고, 춘희에게) 깨 더 넣으라.
춘 희   (깨를 더 넣어, 버무리며, 투박하게) 이거 넣어라, 저거 넣어라, 말도 많다.
별이, 달이 (그런 두 사람 보며, 작게 웃는)
은 희   (둘을 보며, 자꾸 속이 상한)
옥 동   맛보게.
춘 희   (옥동을 가만 보다) 나가 언니 쫄이라?
옥 동   (작게 웃으며) 쫄이지게.
춘 희   (김치를 하나 집어, 먹어보고) 맛나다. (하고, 그중 하날 집어, 아주 작게 찢어서, 옥동의 입에 넣어주면)
옥 동   (맛보고, 인상 찡그리며) 싱겁다.
춘 희   싱거? (하고, 다시 김치에 액젓을 넣으며) 이만썩(이만큼)?

옥동	(힘들게, 고개 끄덕이고)
춘희	(버무려, 다시 맛보게, 김치를 주면)
옥동	(고개 젓고, 안 먹고) 되실 거라(됐을 거다).
영옥	삼춘, 저도.
춘희	갓당(갖다) 먹으라.
별이	(춘희에게 와, 손바닥에 김치를 한 움큼 올려서, 가지고 가, 하나씩, 새처럼 벌린 모두의 입에 넣어주는)
은희, 영옥, 달이, 별이	(맛있어하는) 맛있다! 죽인다!
은희	(옥동 보며, 걱정) 어머니, 추워마씸, 들어갑서.
영옥	(전 부치며) 바람이 좋으시대잖아.
은희	(옥동 보고, 답답한) 종우 종철네보고 지 아방 제사 음식은 좀 지들이 하랜 하민 되게게, 무사.. 어머니가 이걸 해서, 목포까지 간댄.. 나가 일 많앙(많아) 따라가지도 못하는디..
달이	(은희를 툭 치며, 눈치 주는) 그만해. 삼춘이 하신다는 걸 우리가 나서서 하면서, 생색도 아니고.. (고개 저으며, 말하지 말란 뜻) 말할 거면 하지 마.
은희	(답답한) ...
옥동	(춘희에게) 또 보자이.
영옥	(웃고) 자꾸 보고 싶으신가 보다. 우리 여깄는 동안 세 번은 보셨는데..
춘희	(어이없게 보며, 장난치듯) 돈 주라.
옥동	(주머니에서 만 원 주면)
달이	(웃으며) 넘 비싸다!
춘희	(눈 흘기며) 비싸긴..
별이, 달이	(춘희 옥동이 귀여운, 웃고)
춘희	(만 원 받아서, 주머니에 넣고, 핸드폰을 꺼내 동영상을 찾아 보여주는)
옥동	(핸드폰의 동영상을 그립고, 짠해, 보는)

✻ 점프컷 - 동영상 》

은기, 화상통화하는 내용, 해선이가 전화를 들고 있는 상황,

은기	(밝게) 할머니 내가 맞았지? 아빠 살았지? 할머니가 틀렸지? 은기가 맞았지?

해선, 전화기로, 병원 침대 위에 누워 있는 만수를 보여주는,
은기가 만수 옆에 앉아, 귀를 만수(의식 있는)의 입에 대고, 만수가 하는
소릴 듣고는, 해선이 들고 있는, 핸드폰에 대고, 말하는,

은 기　（밝게) 아빠가, 제주에 바람이 많이 부냐고! (하고, 다시 만수의 입에 귀를
　　　　갖다 대고, 만수의 말을 듣고, 다시, 핸드폰에 대고) 할머니 몸 아픈 데 없
　　　　냐고?! (하고, 다시, 만수의 입에 귀를 대고) 은기가, 엄마 아빠 말 잘 듣고
　　　　노래도 잘한다고! 할머니가 그러니까, 은기, 장난감 사주라고.

해 선　（제 얼굴을 화면에 보이며, 밝게) 어머니, 장난감 사주란 건 거짓말이에
　　　　요.

은 기　（입 가리고, 히히히, 웃고, 손에 그린 아주 엉망진창인, 일심을 보여주며)
　　　　아빠가 또 해줬다!

만 수　（힘들지만, 목이 꽉 잠겨, 웃으며) 노래.. 할머니 듣게.... 노.. 래..

은 기　（동요를 신나게 부르는, 좋아서, 한껏 춤을 추며, 신난)

옥 동　（은기가 눈물 나게 이쁜)

춘 희　（은기와 만수가 이쁘고, 그리운, 옥동이 안쓰럽지만, 웃으며) 좋아?

옥 동　（핸드폰의 은기만 보며) 너는 자식만 보고 살앙(살아).. 착허난(착해서), 복
　　　　받았쪄... (하고, 다시 은기를 보는)

춘 희　（옥동 맘 알겠는, 맘이 짠한) ...한 번 ..더 트카(틀까)? 이번엔 돈 안 받으크
　　　　라.

씬9.　　은희의 창고 안 + 밖, 낮.

　　　　동석, 제 트럭의 물건들을 창고로 두어 번 옮겨, 쟁여 넣는 모습 점프컷으
　　　　로 보여주는, 물건을 다 나르면, 이내, 창고를 나와, 문을 닫고, 제 트럭에
　　　　오르려는데,
　　　　그때, 경적 소리 나서, 동석, 돌아보면, 호식, 트럭을 몰고 와, 동석 옆에 세
　　　　우며,

호 식	(화를 참고, 속상한) 너.. 무사 형 문자를 씹엄시니?
동 석	(가만 꼬나보듯 보며, 담담히) 씹을 만하니까 씹어. (하고, 차를 타면)

인권, 트럭을 몰고 와, 동석의 차를 가로막으며,

인 권	(동석을 꼬나보며) 내리라.
동 석	(인권을 답답하게, 왜 이러나 이 사람들이 하는 얼굴로 한참 꼬나보듯 보고, 호식을 보고, 그래 얘기나 들어주자 싶은, 차를 뒤로 몰아, 주차하고, 내려, 영옥의 가게로 가는, 불편한 맘이다)

인권, 호식, 차를 정렬하고, 의미심장하게 동석을 따라가는,

씬10. 영옥의 가게 앞, 낮.

영옥, 나와, 팻말(영업준비 중)을 걸고 들어가는,

씬11. 영옥의 가게 안, 낮.

동석, 인권, 호식, 은희, 정준, 한 테이블에 앉아 있고,
영옥, 달이, 별이는 한쪽에서 음식들을 준비하거나, 채소를 다듬는, 조금은 무거운 분위기다,
인권, 잔에 소주를 따라, 잔을 동석에게 주는,

동 석	(투박하게, 꼬나보는 듯도 한) 안 마셔. 차 몰아야 돼.
호 식	(꼬나보며, 맘에 안 드는) 자식이 촘말로..
은 희	처마셔.
동 석	(투박하게 꼬나보며) 안 마신다고? 안 먹고 싶다고? (바다 쪽 보며) 얘기해. 바빠.
은 희	(동석일 꼬나보며, 맘에 안 드는) 너가 뭐가 바빠? 지금 너한티 느네 어멍

일보다 바쁜 게 뭐 이서?!

동 석 　(은희를 꼬나보는) …

영 옥 　(동석 보며, 고개 젓고, 일을 하는)

정 준 　(담담히, 소주잔을 들어, 동석 앞에 놓고) 형님 차, 제가 몰게요, 형님.

동 석 　내 찰 왜 니가 몰아? (하고, 은희 보며, 답답한) 할 말 합서.

은 희 　(동석 눈만 보며, 화를 참고, 투박하게 말하는) 어머니랑, 목포 가라. 나가 바쁜 일 작파하고 모성 가잰 해신디(모셔 갈라고 했는데), 느네 어멍이 싫다고…. 글도 모르는 어멍 혼자 목폴 어떵 갈 거라, 너가 모성(모시고) 가라게.

동 석 　(은희 가만 꼬나보듯 보다, 인권 보며) 이제 하실 말씀들 끝?

호 식 　(답답한, 속상해 동석 보며) 나가이 너 맘 모르는 거 아니라, 너도 화나지게!

인 권 　(속상해, 화나는, 호식에게) 무사 화가 나는디? (버럭) 어멍이 암인 게 지가 무사 화날 일인디?! (동석 보며, 소리치는) 맘 아프고, 걱정할 일이지게! (소주 마시고, 동석 보며, 답답해, 화가 나는) 너가이, 인간이민.. 사람 새끼민, 쨔샤, 지금.. 다른 일도 아니고, 느 어멍이 암이랜 하는디, 그것도 살 가망 어신(없는) 말기 암이랜 하는디, 당장 찾아뵙고 지난 일들 잘못했댄(했다) 빌고, 효도할 일이지게, 뭐 하는 짓이라! 전화도 안 받고, 뻗대고! 남인 우리도 느네 어멍 살아온 거 생각하민, 자다가도 눈물이 앞을 가리는디,

동 석 　(말꼬리 자르며, 속상한, 비아냥, 시비조) 남 일이라고 참 말들 쉽게 하시네. 형님이 형님 어멍 돌아가시고 후회한 거처럼, 나도 내 어멍 돌아가시고, 후회할라 그래. 그럼 됐지? 이제 끝? 나 가도 돼?

인권, 호식 　(어이없는) 이 자식이 진짜…

영옥, 달이, 별이 　(속상하게, 조금은 밉게, 눈만 들어, 동석을 보는, 손은 일하는)

인 권 　(벌떡 일어나, 허리에 손 올리고, 맘에 안 들게 동석 꼬나보며, 주먹을 들었다 놨다 하는) 아.. 이걸 촘말로 한 대 죽게 줘 패고 싶네, 진짜.

동 석 　(고개 들어, 인권 꼬나보며, 어이없단 듯) 형님이 패면.. 내가 맞나 하고?

인 권 　(답답한, 웃옷 벗어 확 던지는, 진짜 한판 붙고 싶은)

호 식 　(일어나 인권을 주저앉히며) 무사 옷은 벗고, 우리가 이디 싸우잰 모여시냐?(싸우자고 모였냐?)

은 희 　(동석만 맘 아프게 보며, 인권에게) 앉으라게.

인권	(속상하고, 화 참는, 앉는) 아.... 열받아.. (하고, 술 따라 마시는)
은희	(속상해, 눈가 붉어지며, 낮게) 동석아,
동석	(속상해, 화 참고, 보는) ?
은희	우리가이 진짜 널 이해 못 해서, 이러는 줄 알암시냐? 나는... 느네 누나, 내 친구 동이 죽었을 때...
동석	(동이란 말에 맘 아파, 소주를 마셔버리고, 바다를 고집스레 보는)
은희	(진심 속상한) 느네 어멍이 한 달도 안 됐(안 돼), 보따리 쌍(싸) 딴 남자한 티 시집갔을 때.. 나도 느네 어멍, 미웠쪄? 이해 안 됐쪄? 나가 이런디, 너는 오죽하카(할까).. 나가이 이제 와 하는 말이지만이, (동석만 보며, 울컥하는) 너 불쌍해 운 날이... 하루 이틀인 줄 알암시냐?
동석	(화와 속상함을 참고, 꼬나보듯 보는데, 속상하고, 살짝 눈가가 붉어지는)
은희	근디, 동석아.. 느네 어멍... (눈물 나는, 참고, 애써 담담히) 이젠 밥도 못 드 시고.. 피 토하고... (맘 다스리고, 동석 보며, 맘 아프게) 너도 화나지이, 근 디, 화를 내는 것도 어멍 건강하실 때 말이라.. (맘 아프지만, 단호히) 너가 지라. 어멍, 소원 들어줭(들어서).. 목포 가라. 그리고, 돌아가심 맘 편히.. 끝 내라, 지긋지긋한 둘 관계. 장렌 우리덜이 도왕(와) 치러주켜(치러줄게).
정준	(맘 아픈, 물을 마시고, 가만 고개 숙이고 있는)
동석	(눈가가 좀 붉어지는, 그것도 화가 나는, 단호한, 자꾸 맘이 어깃장이 나는, 은희 보며) 못 져. 안 져. (은희 안 보고, 바다 보며) 목포 안 가.
인권	(속상해, 달래는) 야, 짜샤, 나도 이 형님도 좀말로 너 맘 아는디이,
호식	(속상한, 달래려는) 우리가 너 맘을 모르면 누가 아는디?! 나는 하늘에 맹 세코 너 이해한다! 근디,
동석	(말꼬리 자르며, 고개 돌려 꼬나보며, 낮게) 내 맘 안다고 하지 마.
인권, 호식, 은희	???
동석	(붙자는 투로, 열받는) 차라리 모른다고 해, 그냥. (은희 보며, 눈가 붉어, 화 나도 참으려 하며 담백하게) 내가 세상에서 젤 듣기 싫은 말이 뭔 줄 알 아?
영옥	(동석을 보는)
정준	(고개 숙이고, 맘 아프게 가만있는)
동석	남이, 날 이해한다는, 말이야. (인권 호식 보며, 진지하게, 강조해 말하는) 뭘 이해해? 형님 어멍이, 형님 아방 친구랑, 형님 친구 아방이랑, 형님 보는

눈앞에서, 방에 들어가 방 불을 딱 *끄고*... (가만 보며, 맘 아픈, 참고, 비아냥) 부스럭부스럭부스럭 이불 소릴 내며, 자는 거.. 본 적 있어?

은희, 인권, 호식　(맘 아픈, 속상한) ..

동 석　(맘 아픈, 간신히 화를 참으며) ..안 봤잖아? 근데 뭘 이해해?

은 희　(영옥에게, 속상해, 버럭) 영옥아! 잔 바꿔!

영 옥　네. (큰 컵을 여러 개 가져가며, 속상한, 가서, 소주잔을 큰 컵으로 바꿔주고, 가는)

인권, 호식　(컵에 소주를 따르고, 마시는)

동 석　(정준(맘 아파, 고개 숙인 채 있는) 보고) 내가 왜 여러 여잘 만나도 단 한 번도 결혼 생각을 안 하는 줄 아냐? 내 어멍(어멍이라고 말하기 어색하고, 불편한) ..아니, 강옥동여사 닮은 여자 만날까 무서워서. 내가 아무리 괜찮은 여자라도 그 여자가 어멍을 눈꼽만치라도 닮은 거 같음, 가던 정도 떨어져.. 내 어멍이 나한테 무슨 짓을 했는지, (하고, 말하지 말자 싶어, 술 마시는데)

＊ 점프컷 - 동석의 회상, 바람 부는 황량한 오름, 낮, 플래시컷 》

젊은옥동(멍하니, 넋이 나간 듯한), 어린동석(이미 입가가 터진, 동석이 열다섯 살 때(영희의 그림 속에 있는))의 멱살을 잡고, 뺨을 마지막으로 서너 대 내리치는,

＊ 점프컷 - 현재 》

동 석　(그때가 생각나, 속상하고, 화나, 술잔을 바닥에 던져 깨트리는, 씩씩대는)

모 두　(동석을 보고, 조금 놀라고, 걱정스런)

동 석　(일어나, 문 열고 나가려다가, 돌아서서, 은희, 인권, 호식 보며, 화가 나 씩씩거리며) 날 이해해? 뭘 이해해들? 암것도 모르면서. 열받게. (하고, 지갑에서, 술값 내놓고, 그냥 빠르게 가는, 눈물 그렁해, 참고, 후후... 뱉으며, 가는)

정 준　(일어나, 동석 쪽으로 가는)

은희, 인권, 호식　(막막한)

영 옥　(담담히, 속상해도 참고) 동석오빠가, 우리가 모르는.. 뭔가가 또 있나 봐

요. 다들 하실 만큼 하셨어요. 그만하세요, 이제.

달 이	(속상해, 눈물 쓱 닦고, 일을 하는)
인 권	(속상한) 그래, 관두자.. 남 일이다게, 술이나 마시자. (하고, 술 따라주고) 근디, 담 달, 오산리랑 친목 체육대회 선수 뽑아얄 거 아니?(뽑아야 할 거 아니냐?)
은 희	(답답하게, 소주를 마시다, 그 말을 이 자리에서 할 상황이냐 싶게 보는)
호 식	(맘에 안 들게 보며) 입 닫어.
인 권	(눈치 보며) 그래. (하고, 술 마시는)

씬12. 폐가로 가는 길 + 동석의 차 안, 낮.

정준, 운전하고, 동석의 트럭을 몰고 가는,
동석, 눈가 붉어, 가만 굳은 듯, 창가만 보며, 가는, 화를 간신히 참는 모습
이다,
정준, 맘 아프지만, 담담하게 운전해 가는,

정 준	(가만 운전해 가다) 형님...
동 석	...
정 준	해안도로.. 한번 돌게요.
동 석	...
정 준	(차를 유턴해, 바다로 가는)
동 석	(가만 창밖만 보는, 예전에 있었던 일(선아 씬에 나옴)을 생각하며, 맘이 찢기는 듯한)

씬13. 해안도로, 해 질 녘.

달리는 동석의 차,

＊ 점프컷 - 바닷가 일각 》

동석의 차 세워져 있고, 차 안에서 동석 정준, 해 저무는 모습을 보는,
해가 저물면,

정 준   (차 안에서, 해 저무는 모습을 보는)
동 석   (해 저무는 모습을, 동이가 들어간 바다, 아버지가 있는 바다를 가만 맘 아
        프게 보다, 고개 돌려, 눈 덮인 한라산(인서트)을 한참 보는, 담백하게) 싫
        은 어멍, 미운 어멍.. 암이라는데.. 기분이 이상해. 슬픈 것도 아니고, 그렇
        다고 신나는 것도, 기분이 째지는 것도 아니고, 자꾸 스멀스멀 화가 나는
        게.... 기분이 드러.
정 준   (가만 바다를 보는데, 맘 아픈)
동 석   (속이 상해도, 담백하게) ..가자.
정 준   (차를 몰아 가는)
동 석   (가면서, 백미러로 계속 한라산만 보는, 주머니에서 전화가 계속 오는, 확
        인하지 않는)

씬14. 폐가, 밤.

        정준, 동석(주머니의 핸드폰 계속 오는)의 차를 몰아, 와서, 한쪽에 세우는,
        시동 안 끄고, 차의 헤드라이트도 켜둔, 동석, 내려, 폐가로 들어가, 불을
        켜는,
        정준, 차의 시동 끄고, 내려서, 동석을 안쓰레 맘 아프게 가만 보고, 되돌
        아 길가로 걸어가는,

        ＊ 점프컷 》

동 석   (여기저기 폐가의 불을 켜고, 한쪽에 앉아, 핸드폰을 보면, 선아다, 그걸 가
        만 보다가, 전화를 켜고 받는) 어. 나.

씬15. 선아의 집 안, 밤.

선아, 의자에 앉아, 바깥 풍경을 보며, 전화하는,

선아   (편안하게, 따뜻하게) 전화.. 받았네. 이번에도 안 받으면, 어쩌나 했는데.

* 점프컷 - 교차씬 》

동석   (한쪽에 둔 물병을 들어 마시는) ...
선아   (이상한, 전화를 끊었나 걱정되는) 오빠?... 오빠?...
동석   (남 일처럼, 말하지만, 뭔가 불편한) 어멍이 암이래.
선아   ? (놀라기보단, 걱정되는, 진지하게, 듣는)
동석   (별 감정 없는 듯) 말기, (왠지 모르게 맘이 불편하지만) 근데 난 아무렇지
         도 않아, 이대로 지겨운 인연 끝나도 싶어. (말과 다르게, 답답한 듯, 이
         를 앙다물고 말하는) 뭔가.. 후련하기도 하고. 근데.. (엄마란 소리도 어색
         해, 힘든, 투박하게 툭툭 말하는) 어멍이..... 양아버지... 종우 종철이아방 제
         사에 가자고.
선아   (동석의 맘이 힘들까 걱정되는) ...
동석   내가 뻔히 싫어할 줄 알면서, 한판 붙자는 것도 아니고... 내가 가야 돼?
선아   (가만 동석의 마음만 집중하며, 진지한) ....글쎄..
동석   (답답한, 화를 참으며) 동네 형이나 누나는 가야 된대, 암 걸린 어멍이 마
         지막으로 부탁하는데 안 가면, 개자식이라고 사람 새끼 아니라고.. 근데,
         난 가기 싫어.
선아   .. (맘 아픈, 진지하게 듣는, 그러다 단호히) 그럼, 가지 마. (하고, 일어나, 냉
         장고에 가서, 맥주 꺼내 마시고, 듣는)
동석   (가만 생각하다, 옛날 일을 생각하며, 차분히, 맘 아픈, 말하는) 아방, 배 타
         다 죽고, 삼 년 만에 누나가 물질하다 죽고 그때 나한텐 어멍밖에 없었는
         데.. 우리 어멍이 종우 종철이네 살러 들어가면서.. 나한테 가장 먼저 한 말
         이 뭔 줄 아냐?

* 점프컷 - 회상, 앞 씬에 나왔던 오름 상황 》
회상 속 두 사람은 말하지만, 묵음 처리, 동석의 목소리가 들리는,

젊은옥동, 리어카를 밀고 가다, 돌아서서, 넋이 나간 듯, 뒤따라오는 어린 동석에게 가서, 가만 노려보다가, '이제부터 어멍이랜 부르지 말라, 작은어 멍이랜 부르라, 이제 종우 종철어멍이 느 어멍이여.' 어린동석, 악에 받쳐, '싫다게! 내가 무사 종우 종철어멍을 어멍이랜 부르냐?' 그러자, 리어카 끌고 가던 젊은옥동, 뒤에 오는 어린동석을 넋이 나간 듯, 가서, 멱살을 잡고 뺨을 치는, (때리는 모습 풀 샷으로)

동 석   (속상해, 눈가 붉어, 격앙되지 않고, 맘 아픈, 비아냥, E) 이젠 이 어멍한테 어멍이라 부르지 말라.. 작은어멍이라 부르라, 이제 종우 종철어멍이 니 어 멍이다. (더, 낮게) 그래서 내가 말했지, 못 한다... 내 어멍은 당신이, 내 어 멍이다. 내가 왜 종우어멍을, 그 여잘 어멍이라 부르냐? 근디.. 울 어멍이 그 런 날 보고, 어쨌는 줄 알아.. 날 가만가만..... 노려보다가, 그냥 내 싸대기 를! 한 대 두 대도 아니고. 열 대 스무 대, 내가 입가가 다 터질 때까지... 남 보다 키도 작고 몸도 작은... 새끼를 ...개 패듯..

✳ 점프컷 – 현재 》

동 석   (맘 아픈, 화를 참고) 그날부로 나는, 착하게, 진짜 착하게, 어멍을 어멍이 라고 부르지 않았어. 시키는 대로 그날부터 지금까지.. 어멍을 작은어멍이 라고 하지. 후.. (한숨 쉬고, 물 마시는) 첨 해본다, 이런 얘기도... 남한테..
선 아   ... (머리 쓸어 올리며, 맘 아픈) 지금 오빠가.. 내 옆에 있으면 안아쳤을 텐 데....
동 석   (맘 아픈, 화를 참고) 내가 종우 종철이네 집에서 금붙이랑 돈이랑 털어서 나올 때도 말했어. 어멍, 같이 서울 가자, 여기 뜨자, 나랑. 이 돈은 내가 종 우 종철이한테 맞아준 깻값이다, 미안할 것도 없고, 절대 나쁜 짓도 아니 다.. 그러니까 가자, 나랑... 근데.. 울 어멍이 날 빤히 보더니, 또 뭐랬는 줄 아냐?
선 아   (맘 아픈, 동석이 안된, 진지하게 듣는) ...
동 석   (맘 아픈, 애써 힘주어, 참고, 담백하게) 가지 마라, 울긴커녕, 같이 살자 매 달리긴커녕, 딱 한 마디 하드라. (한 자썩, 맘 아프게 강조하는) 도, 둑, 놈 의, 새끼.

선 아 (맘 아파, 눈을 감는)

동 석 (일어나, 차로 가서, 맥주를 꺼내 다시 폐가 현관 쪽으로 와서, 마시며) 너는 니 아들 열이한테 이혼한 거... 안 미안하나?

선 아 (맘 아픈, 그러다 담백하게 말하는, 처지지 않게) 미안해. 다른 건 몰라도 어른들 선택 때문에... 아인 상처받았으니까.

동 석 (가볍게, 말하는 듯하지만, 맘 아프게 느껴지는) 근데, 울 어멍은 왜 나한테 늘.. 당당하나? 뭐가 그렇게 잘나고, 당당해서, 감히 나한테.. 목포 데려가라. 부탁도 아니고, 명령조로, 데려가라... 내가, 가야 되냐? 안 가면 개새끼냐?

선 아 (맘 아픈, 진심) .....오빠 맘 가는 대로 해.

동 석 (눈가 붉어, 오기에 차, 애써 화를 참고, 차분하려 하며) 내 맘대로? 그럼 내가 지금처럼 가만 안 있지. 당장이라도 달려가, 따지지. (얘기하며, 서서히 격양되는) 진짜, 대체 나한테 왜 그러냐고?! 암 걸린 게 뭐 벼슬이냐고?! 암 걸림 당신이 나한테 이래도 되는 거냐고! 대체 나한테 뭐 해준 게 있어서, 뭘 잘했다고! 당당하게 전화해서, 목폴 가자! 감히 그러냐고! (맥주를 한 모금 마시고, 애써 진정하려 하지만, 잘 안 되는) 내가 종우 종철이한테 쌍으로 처맞을 때는 눈만 꿈벅꿈벅.... 뉘 집 개가 처맞았나 싶게 봤으면서, 그렇게 지는 단 한 번도 엄마 노릇 한 적 없으면서! 이제 와 나한텐 아들 노릇 하라는 게 말이 되냐고? 쌍! (술 마시고, 화를 참고, 낮게, 강조해 말하는) 성질대로면 진짜, 앞뒤 안 가리고 한판, 오지게, 붙고 싶다, 진짜.

선 아 (동석의 맘을 공감하는, 진지한, 차분하지만, 단호한) 난, 그렇게 하는 것도 나쁜 거 같지, 않아.

동 석 (미간을 찌푸리며, 가만 골똘히 듣는) ...

선 아 (진지하고, 단호하게) 나 역시 지금도 아빨 생각하면, 따지고 묻고 싶거든. 어떻게 딸내미가 보는 앞에서 바다에 뛰어들 수 있는지.. 나는 당신한테 진짜 아무것도 아니었는지.. 근데 나는 지금.. 따지고 싶어도 못 따져.. 그래서 어쩌다 꿈에서라도 아빨 보면.. 악을 쓰고 따지지.. 왜 그랬냐고.. 그러다 꿈을 깨고... 오빤 그러지 마. 엄마한테 따질 수 있을 때 따져. 물을 수 있을 때 물어. 나한테 미안한 적 있었냐? 자식인 날 사랑한 적은 있나? 왜 내가 맞을 때 보호해주지 않았냐? 다 물어, 나중에 더는 궁금한 거 하나 없게.

동석	(가만 생각하다, 말 꺼내기 자존심 상하지만, 어렵지만, 묻는) ....너, 그 새끼... (고개 젓고) 열이 아빠, 다시 만나냐?
선아	(물어준 게 고맙단 생각이 드는, 진지하고, 담백하게) 아니... 안 만나.
동석	(가만 예상 밖의 대답을 들은 듯, 진지하게, 미간을 찡그리며, 가만있는)
선아	오빠가 온 그날, 태훈씨가 온 건 순전히 열이 때문에.... 나는.. 지금 그 사람이 아닌 (어렵지만, 진지하게, 고백 같아, 눈가가 축축해지는, 왜 그걸 의심하나 하는 맘이다) 오빠를 만나.. 지.
동석	(눈가가 붉어지는, 뭔가 사랑받는 느낌이 어색) ....
선아	(그 맘을 가만 느끼며, 달래듯 차분하게, 따뜻하게) 물어줘서 고마워. 안 묻고.. 넘어가면, 내가 말해줘야지 했는데..
동석	(뭔가 맘 아프고, 설레임이 어색해, 투박하게 말이 나가는) .나 보러.... 진짜 여기 와?
선아	이번 주말에, 갈려고 했는데, 엄마가 온대서... 담 주 초에 휴가 냈어.
동석	(어색한, 머릴 긁으며) ..자고.. 가?
선아	....그럴려고.
동석	(설레는 게 어색해, 자꾸 머릴 긁거나, 미간을 찡그리는) 와서 봐.
선아	..어머니하고는..?
동석	(답답한, 맘 아픈, 화도 나는, 진지한, 맥주를 마시고) ...끊어. 잘 자고. (하고, 전화 끊는)
선아	(전화기 놓고, 창가를 보는, 담담한, 동석이 안쓰럽기도 그립기도 한, 맥주를 마시는)
동석	(폐가 밖으로 나가, 열이가 탈, 그네(다 만들어진)를 이쁘게 사포질하며, 생각이 많은, 화가 나는 듯, 미간이 찡그려지는, 다짐하듯, 일하는)

* 점프컷 - 회상, 바람 부는 황량한 오름, 낮 》
젊은옥동(멍하니, 넋이 나간 듯한), 어린동석(이미 입가가 터진, 동석이 열다섯 살 때(영희의 그림 속에 있는))의 뺨을 마지막으로 두어 대 치고(때리는 모습 풀 샷), 어린동석, 넘어진 채, 입가에 피 터져, 젊은옥동을 화가나 밉게 보는데, 젊은옥동, 정신없는 듯, 휘적휘적 걸어가, 한쪽에 둔 리어카(살림살이가 가득한)를 끌고 가는,

어린동석 (입가에 피 터지고, 옷이 더러운, 힘들게 일어나, 가는 옥동을 한참 보다가, 따라가는)

젊은옥동 (넋이 나간 듯, 화가 나, 휘적휘적 리어카를 밀고 가는)

어린동석 (눈가 그렁해, 씩씩대며, 입가 터져, 천천히 따라가며, 속상해, 악을 쓰는) 엄마! 어멍! 어머니! 집에 가게! 집에 가게! 종우네 종철이네 가지 말고, 나랑 집에 갑서! 나가 잘해주크라(잘할게)! 나가 육지 강(가) 돈 벌엉(어) 주크라(줄게)! 어멍 먹여 살려주크라! 나랑, 집에 갑서!

둘의 모습 풀 샷으로 보여주는,

＊ 점프컷 – 현재 》

동 석 (대패질하며, 맘 아픈, 구시렁) ..좋다... 쌍.. 붙어보자..... 내가 싹 다 물어볼 거야, 쌍.. 그때 왜 그랬는지.. 자식이 문밖에 있는데 (눈가 붉어, 이 앙다 물고) 바로 다른 남자랑 잠이 왔는지.. 신났는지.. 종우 종철이가 나 때릴 때... 피 터진 날 보며 진짜 기분이.. 어땠는지... 어멍을 어멍이라 부르는데 왜 때렸는지.. (하고, 일손 놓고, 한숨을 쉬고, 가만 골똘히 생각하다, 화를 참으며, 이 앙다물고, 다시 대패질을 하며, 눈가 붉어) 다, 싹 다, 물어볼 거야.. 내가...

씬16. 오일장 풍경, 새벽.

거의 텅 비어 있는, 상인들 하나둘, 부지런히, 가게로 들어오는,

＊ 점프컷 – 인권의 순댓국집 안 》
인권, 현, 아줌마들, 열심히, 가스불을 올리고, 파를 썰고, 그릇 닦는,

＊ 점프컷 – 은희네 생선가게 》
은희, 영옥, 달이, 가게에 생선들을 진열하는,
정준, 기준, 장부를 보고, 주문 들어온 생선들을 포장하는, 분주한,

✳ 점프컷 – 할망장터 》

춘희, 옥동, 바구니에 물건들을 정리해 놓는,
별이, 그 옆에서 커피를 타, 춘희 옥동에게 주는,

옥동　(커피값을 주는)

별이　(손사래 치면)

옥동　(우겨서, 별이 주머니에 주고, 별이에게, 담담히) 동석이 커피, 주라.

별이　(이상한, 동석(옷 정리하는) 보며) ?

춘희　(옥동 보고, 별이에게) 타라. (동석 보고) 동석아! 동석아!

동석　(옷 정리하다가, 또 뭔가 싶어, 맘에 안 들게, 보면)

춘희　(물건 정리하며) 이디 오라!

동석　(화나도, 마지못해, 답답하지만, 가면)

별이　(그사이 커피를 다 만든)

춘희　(아무렇지 않게, 별이가 만든 커피를 턱으로 가리키며) 커피 마시라. (물건
　　　만 만지며) 느네 어멍이 산 거라.

별이　(동석에게 커피를 주는, 동석의 기분이 좀 걱정스런)

동석　(별이 안 보고, 옥동만 보며, 커피 받아, 옥동을 무표정, 혹은 꼬나보듯 보
　　　는)

옥동　(물건만 정리하는)

춘희　(동석 보며) 뭐 햄시냐? 마시지게?

호식, 리어카 끌고 가다, 옥동과 동석을 보는, 걱정스런,

동석　(옥동을 꼬나보고, 착잡한, 그 자리에서 커피를 후후 불어, 단숨에 마시고,
　　　자기 자리로 가는)

호식　안 뜨거우냐?

동석　(이미, 자리로 가서, 일하는)

호식　(동석 걱정스레 보고, 옥동 안쓰레 보고, 일이나 하자 싶은, 빠르게 가는,
　　　큰소리로) 리어커 리어커!

* **점프컷 - 시간 경과, 인권의 가게** 》

춘희, 옥동, 은희, 호식, 밥을 먹고 있는,

그때, 동석, 와서, 앉는,

현, 아줌마와 설거지를 하고,

인권, 다른 손님에게 국밥을 퍼주다, 동석을 보고, 답답한, 바로 고개 틀어, 옥동을 보는,

옥동, 별일 없는 듯, 마치 동석을 안 본 듯, 국물만 먹는,

인권	(동석 보며, 답답한 듯) 뭐 주카?
동석	(수저를 수저통에서 꺼내며) 이 집에 순댓국밖에 더 있어?
인권	(어이없단 듯) 우리 집에 무사 순댓국밖에 어서이? 순대, 수육, 순대국밥, 순대국수, 메뉴가 천진디?
동석	(다른 데 보며, 불편한) 국밥. (하고, 물 마시고, 설거지하는, 현에게, 투박하게) 넌 학교 영 때려쳤어?
현	(수줍게, 웃으며) 나중에 검정고시 볼 거예요.
인권	(국밥 말며, 동석에게) 우리 현이가 임마, 사내 중 사내야. 지 마누라한테 잘하지이, 애 키울 거랜 일하지이, 이 아방한티 효도한댄 이디 왕 일도 잘하지이.. 시내 식당서도 일하지, 너보다 천배 백배 나?
동석	누가 뭐래? (현 보며) 영주 애는 언제 나?
현	(수줍게, 웃으며) 담 달이에요.
동석	(어이없단 듯, 귀엽단 듯 웃으며) 좋냐? 아빠 돼서?
현	(웃으며) 네. (하고, 설거지하는)
동석	(밥 먹는 은희를 보는)
은희	(반찬을 춘희 옥동에게 놔주고, 밥 먹는, 동석 아는 척 안 하는)
동석	나랑 아는 척 안 해, 이제?
은희	(보고, 밥 먹으며, 답답한) 언젠 뭐 우리가 대단히 아는 척해시냐?
동석	(호식 보며) 그랬나? 우리가 아는 척 안 했나?
호식	(밥만 먹으며, 투박하게) 밥이나 먹으라.
동석	(인권이 국밥 주면, 먹으며, 옥동 안 보고) 제사 언제?
춘희	(밥 먹다, 동석 보며) ?
은희, 인권, 호식	(조금 놀라, 동석 보고, 옥동 보면)

옥 동	(국만 먹는)
춘 희	(옥동 보고, 팔로 툭 치며, 동석에게) 낼 저녁이여.
동 석	(국만 먹는, 옥동 가만 보며) ...그럼 낼 오후 배로 가야겠네.
옥 동	(국을 먹다 동석 보며, 담담히) ...데령(데리고) 갈 거라?
동 석	(국밥을 아구아구 먹는)
은 희	(동석에게) 어머니 묻네?
호 식	(동석 보고, 은희에게, 눈치 주며) 가잰 하니까 묻네. 야이가 미쳤다고, 안 갈 걸 물으카?! (동석에게) 그지게?
동 석	(국밥만 먹는)
인 권	(동석 맘에 안 들지만) 배 속에 그지가 들었나.. 야, 고만 처먹고, 어머니 묻는 말에 대답허라. 어머니 모시고 갈 거민, 갈 거다! 확실하게! 자식이, 사람 떠보는 것도 아니고... 뭐 하는 거라.. 말을 하다 말고!
동 석	(국물까지 후두둑 다 먹고, 말없이 다시 국을 먹는, 옥동 보며) 저녁 제사니까, 저녁 비행기 타면 돼?
호 식	(동석 보고) 되지이? (하고, 옥동 보며) 어머니 이번엔 비행기 탑서! 배 타지 마시고예? 힘들어예?
춘 희	(투박하게) 비행기를 언제 타봐시니(타봤니)? (옥동에게) 배 타라게. (동석에게) 오후 두 시 배 타고,
옥 동	(보며, 담담히) 새벽 배로 가.
동 석	(눈치두 안 보고, 당당히 말하는 게 어이없는, 가만, 맘에 안 들게, 옥동 보는) ...
은 희	(동석의 싫다는 뜻을 눈치채고, 옥동에게) 어머니, 무사 밤 제산디, 새벽부터, 기냥, 점심 드시고, 천천히,
춘 희	(국을 먹으며) 뭘 천천히... 기왕 갈 건디, (동석에게) 새벽 배 타게, 네 시에 오라.
동 석	(오만 원을 꺼내놓고) 전부. (하고, 일어나 가며, 옥동 안 보고) 낼 새벽 네 시에 집으로 갈게요.
은 희	(벌떡, 일어나, 동석에게 가, 어깨동무하고, 동석의 머리카락을 흩트리며) 잘했쪄, 잘했쪄.
동 석	(은희를 뿌리치고, 속상하고, 답답한 얼굴로 그냥 가는)
은 희	(장난스레, 어깨동무 더 하고, 목을 조르며) 자식이.. 누나가 이뻐해주는

줄 모르고..

동 석 (답답한, 은희 안 보고, 그냥 가는)

은 희 (동석에게, 진심, 울컥해) 잘했져.. 착한 놈, 착한 놈. (하며, 가는)

* **점프컷** 》

인 권 (옥동에게, 짠하게 웃으며) 우리 어머니, 소원 이루셨네이. 동석이랑 배 타
고.. 자이도 어머니 아프시댄 하난, 뻗대다가도 기어이는 맘 내네, 자식.

옥 동 (고개만 끄덕이고, 인권에게) 국물 더 주라.

인 권 아이고, 듣던 중 반가운 소리다! (하고, 국그릇 집어 국을 뜨며) 무조건 드
시민 나사(드시면 나). 병도 무조건 드시민 나사.

현 (설거지하다, 문자 보고, 점점 어두워지는)

춘 희 (탁자 밑에서 옥동의 손을 잡고, 옥동에게) 잘 생각했져, 언니. 막 먹으라.
그래야 기운 낭(나) 동석이랑 목포도 가매.

옥 동 (담담히, 고개 끄덕이는)

그때, 현, 서둘러 앞치마를 벗고, 뛰쳐나가는,

인 권 야, 너 뭐 햄서?!

현 (울 것처럼 뛰어가며) 영주가, 영주가, 학교에서 공부하다, 병원 갔대요!

인권, 호식 뭔 소리라.. (뛰어가며) 야, 같이 가!

호 식 (울상, 뛰며) 애가 무사 벌써 나왕시니(나오니), 담 달이 산달인디,

인 권 (울상, 뛰며) 말하지 말앙, 뛰라, 기냥!

춘희, 옥동 (가는 현 인권 호식을 보는, 걱정스런) ?

씬17. 도로 + 달리는 인권의 차 + 차 안, 낮.

인권의 차에 인권(속 타는) 운전하고, 호식(속 타는), 현(걱정돼, 눈물 나는,
걱정돼 이를 앙다물고, 눈물 참는), 타고, 빠르게 달리는,

씬18.   병원 앞 + 병원 주차장, 밤.

은희, 트럭을 몰고, 병원으로 들어가, 주차장에 세우고, 한쪽을 보면, 병원
담벼 아래, 인권과 호식이 눈가 그렇해, 울며, 앉아 있는, 은희, 걱정스레 조
심히 내려, 그 옆에 가서, 쪼그려 앉아,

은희   (조심스럽고 걱정스레, 낮게) 무사?.. 무사?
호식   (훌쩍이는, 우는)
인권   (눈물을 닦는)
은희   (가슴이 철렁하는, 걱정되는) 무슨 일이라.... 호식아.
호식   영주가 너무 아파햄쪄. 벌써 산통한 지 열 시간이 넘어서.
은희   (걱정, 조심스레 묻는) 기냥... 아파하는 거지이? 기냥 산통 중이지? ..애가
          영주가 어떵 된 건... 아니고이?
호식, 인권 (맘 아픈, 고갤 끄덕이는)
은희   (버럭, 펄쩍 뛰며) 아이고, 놀래라! (호식 인권 등짝 팰 듯이) 아우, 아우!
          뭔 일 났는 줄 알고 놀랑 기절하는 줄 알았쪄! 아우, 다리 힘 풀려. (하고,
          옆에 주저앉아, 하늘 보다, 호식 보며) 별일 없겠지이.. (하고, 병원 쪽 출입
          구 보며) 별일 어서야 되신다..

씬19.   산모 대기실, 밤.

영주(산모 옷을 입은), 힘든지, 엎드려뻗쳐 한 자세로, 이로 수건을 물고,
신음을 참고 있고, 현, 무릎 꿇고, 그 옆에서, 영주의 얼굴을 수건으로 닦
아주며,

현   (너무 힘들어, 거의 기절할 것 같은) 산통이... 또 와?
영주   (이를 앙다물고, 고개 끄덕이는)
현   (시계 보고, 맘 아픈) 이제 거의 삼 분 간격이야.. 쫌만 참.. (참자는 말을 차
          마 못 하겠는) 영주야, 수술해달라고 할까? 너무 아프면?

영주	(고개 젓고, 다시 고통이 오는지, 이를 앙다물고, 참는, 땀이 턱에서 뚝뚝 떨어지는)
현	수술하자, 너 너무 힘드니까, 수술하자. (빌며) 수술하자.
영주	(힘든, 고개만 젓는)

그때, 간호사, 들어와, 영주의 산모 옷을 들춰, 진단하고,

간호사	(현에게) 애기 곧 나오겠네요. (하고, 영주에게) 산모는 바로 누우시고.. (밖에 대고, 다른 간호사 부르는) 여기 산모 분만실 들어가요!

다른 간호사, 들어와, 바로 누운 영주의 침대를 끄는,

현	(울며, 애원조) 조심해, 주세요, 조심해주세요! 우리 영주 조심해주세요..

씬20. 대기실 앞 + 분만실 앞, 밤.

간호사들, 영주의 침대를 이동해, 대기실에서 나오는데, 호식 인권 은희 들어오다, 영주를 보고, 놀라는, 간호사들, 이동침대를 밀고, 그들 앞을 지나가는, 현, 울며, 같이 가고, 인권 호식 은희, 멍하니 보다 쫓아가는, 느린 그림,

＊ 점프컷 – 분만실 앞 》
분만실 열리고, 간호사, 침대를 밀고,
현, 들어가려 하면, 간호사들 제지하고(분만실 문하고 멀리 떨어진 곳에서), 침대를 밀어, 들어가고, 현, 그 자리에서 멍한데, 분만실 문 열리고 의사, 나와, 현에게 오라고 손을 흔드는,
호식, 뛰어오다, 자기를 말하는 줄 알고, 뛰어 들어가려 하면, 인권, 은희, 말리고, 현, 놀라, 뛰어 들어가는, 문 닫히는, 호식, 주저앉아, 눈물 흘리며, 불안하고, 멍한, 느린 그림,

씬21. 옥동의 집 안, 밤.

이불 보따리가 한쪽에 싸여 있는, 옥동, 옷가지들을 정리하는,

* 점프컷 》
이불 보따리, 옷가지 보따리들이 한쪽에 놓여 있는,
옥동, 걸레로 꼼꼼히 방 안을 닦는, 그리고 시계를 보면, 새벽 두 시가 좀
넘은, 할 일이 없는지, 공책을 가져다, 미란이 사준, 글자판을 보고, 볼펜을
가져와, 노트를 펴보는, 온통 가나다라... 만 잔뜩 쓰여 있는, 다시, 가나다
라를 입으로 작게 읽으며, 정성 들여 노트에 쓰는,

* 점프컷 – 욕실 + 방 안 》
옥동, 세수하고, 방으로 나와, 옷을 갈아입는(새옷이라고 해도, 초라한), 그
리고, 시계를 보면, 새벽 세 시 반이다, 그러다 문 열린 욕실 안을 보면, 어
질러진 게 보이는, 일어나는,

씬22. 옥동의 집 앞 + 방 안, 새벽.

동석, 트럭을 세우고, 불 켜진 집을 보고, 내려, 방 쪽에 대고,

동 석   (투박하게, 소리치는) 가요! 가요!

불 켜진 방 안(문도 조금 열린)에서 아무 소리도 안 나는,

동 석   (답답한, 방으로 걸어가, 문 열고) 안 가요?! (하고, 문 열어 보면, 아무도 없
는, 이상한) 나, 동석이! 없어요?! 자요?!

그때, 욕실에서, 옥동의 소리 들리는,

옥동	(E) 기다리라.
동석	(뭔가 싫어, 방에 들어가, 욕실을 보면)
옥동	(욕실 안에서 옷을 차려입은 채, 변기를 수세미로 거품 내 닦고 있는)
동석	(황당한) 가자며?
옥동	(일만 하며) 더러워서... 기다리라.. (하고, 일만 하는)
동석	(아이없고, 화도 나는, 나가려다, 다시 옥동 보며) 나가 종우야, 종철이야? 동석이야?
옥동	(가만 보면)
동석	(답답한, 맘에 안 드는) 바쁜데 청소는... 치매는 아니시지?
옥동	(그냥 보다, 일하며) 방에 둔 보따리 좀 버리라.
동석	(방에 둔 보따리를 보는, 왠지 짜증이 나는) ?
옥동	(일만 하며) 뒷밭에. 그디 버려두민, 은희가 낭중에 알앙 할 거여.
동석	(이불 보따리와 옷 보따리 보며, 착잡한, 자기도 모르게 자꾸 화가 나는, 화를 참고) 무사? 인생 정리하시게? 뭐 정리할 거나 있수꽈? 남은 사람들이 어련히 알앙 다 할 건디.. 춘희삼춘이 가져다 쓰시게 하든지,
옥동	(일만 하며, 덤덤한) 팔자 드런 년 물건을 재수 옴 붙게 누굴 줄 거라..
동석	(답답한, 보따리 들고 나가려다, 문틀 위에 붙은 어릴 적 동석(15살) 동이(19살)의 짓궂은 표정의 사진과 그걸 그린 영희의 그림을 보고, 그 옆에 자기 아버지와 옥동의 결혼사진, 옥동의 그림(영희가 그린), 종우의 결혼사진, 종철의 결혼사진이 보이는데, 순간 성질이 나는, 화를 참고, 맘 아픈 것 참고, 이내 보따리 들고 나가는)

씬23. 밭, 어두운 새벽.

동석, 보따리를 두 개, 들고 나와, 화를 담아, 내팽개치듯, 버리고 가는, 이렇게 삶을 정리하면 그뿐인가 싶은,

씬24. 옥동의 집 앞, 새벽.

동석, 부엌에서 반찬 짐들을 무겁게 두 묶음 들고 나와, 트럭에 싣는, 동석,
짐을 싣는데도 화가 자꾸 나는, 참는, 그때, 옥동, 방에서 나와, 해진 신발
을 찾아 신고, 옆에 둔 냄비를 들어, 개나 고양이들 밥을 주는,

동 석   (트럭에 짐 싣고, 운전석으로 가려다, 짐승들 밥을 놔주는 옥동이 답답한,
         그냥 차에 타는)
옥 동   (혼자 힘들게 조수석 문 열고, 차에 타, 안전벨트를 하며) 마루에 이신(있
         는), 보따리도 실으라.
동 석   (옥동을 가만 보는, 왜 이렇게 명령조인가 싶은, 가만 보는) …
옥 동   (앞만 보며, 담담히, 미안한 것도 없이) 고사리랑, 무말랭이.. 종철이가 좋아
         한다. 실으라.
동 석   (가만 숨 고르며 화를 참고, 일어나 문 쾅 닫고, 나가, 마루의 보따릴 트럭
         안 좌석에 싣고, 차에 타려는데)
옥 동   (동석 보며, 담담히) 나물 뒤에 실으라. 춘희삼춘도 같이 갈 거여.
동 석   ? (어이가 없는, 왜 미리 말도 안 하고, 그러나 싶은, 화가 나는, 빤히 보는)
옥 동   만수 보러.
동 석   (만수란 소리에 화를 참고, 보따리를 들어, 트럭 뒤에 성질부리며, 아무렇
         게나 던지고, 운전석에 타며) 문 닫읍서.
옥 동   (손잡이 잡고, 앞만 보고) 너가 닫으라. 기운 어성.
동 석   (잠시, 한 호흡 고르고, 다시 내려가, 문을 닫고, 다시 운전석으로 와서, 시
         동 걸고, 화 참고, 딱딱하게) 이제 어디? 춘희삼춘네?
옥 동   (담담히, 고개 끄덕이는)
동 석   (잠시 보다, 차를 운전해 가는, 이 앙다물고, 어디 해볼 때까지 해보세요,
         하는 맘이다)

씬25.   은희의 냉동고 앞, 어슴푸레한 새벽.

         춘희, 옥동, 트럭에 앉아 있고, 동석, 냉동고에서 큰 박스를 이고 나와, 춘희
         를 보여주는,

춘희	(동석 보며) 하나 더 있쪄, 노란 끈 맨 박스. 옥돔 말린 거.
동석	(트럭에 짐을 싣고, 와서, 춘희 보며, 답답한) 시간 어신디.. 한꺼번에 말씀 하시지... 기냥 가면 안 되마씸? 배 놓치는디,
춘희	(동석 보며, 말 같지 않단 듯, 보며) 가정(가져)오라.
옥동	가정오라.
동석	(화 참고, 다시 창고로 가는)

＊점프컷 》
동석, 창고에서 상자를 들고 나오는데,

춘희	하나 더 이신디,
동석	(멈춰 춘희 보며, 화를 참는) 첨부터 두 개라고 하시지이..

씬26. 도로 + 동석의 트럭 안, 어슴푸레한 새벽.

제주시로 달리는 동석의 트럭,
춘희, 옥동 손을 꽉 잡고 가는,
동석, 무표정하게, 화난 듯, 운전만 하는, 시계를 보면, 다섯 시 삼십오 분이
다, 배를 놓칠 거 같은, 기름을 보면, 거의 없는, 화가 나, 더 빠르게, 앞차를
추월해 달리는,
옥동, 춘희, 그 바람에 몸이 출렁하고 놀라는,

씬27. 제주 여객 터미널, 새벽.

멀리, 배가 떠나는 게 보이는,

＊점프컷 - 동석의 트럭 안 》
동석, 화를 참고, 떠나는 배만 보는, 옥동, 춘희, 가는 배를 보는,

춘희	(동석 보며) 커피.
동석	(어이없게 보는, 춘희 보면)
옥동	(춘희에게) 아침 먹고, 커피 마셔이.
동석	(가만 앞 보고, 맘 다스리고, 차에서 내려, 조수석 문을 열어주고, 먼저 식당을 찾아가며) 따라들 옵서.

옥동, 춘희, 서로 도와 힘들게 차에서 내려, 둘이 손잡고, 동석을 쫓아가는,

* 점프컷 - 식당 앞 》
동석, 춘희 옥동에게, 건물들을 가리키며,

동석	저기, 커피숍, 저기는 식당, 들어들 갑서. 나는 (편의점 가리키며) 저기서 김밥. (하고, 돈을 꺼내, 옥동 주머니에 넣어주고 가는)
춘희	(속상하게 동석을 보고, 옥동의 손 끌고, 식당으로 가려 하며) 밥 먼저 먹게.
옥동	(춘희 손 놓고, 동석에게 가는)
춘희	(옥동을 안쓰레 보고, 따라가려다, 둘이 있는 게 낫겠다 싶어, 그냥 식당으로 가는)

* 점프컷 》

동석	(편의점 들어가려다, 뭔가 이상해, 뒤돌면, 옥동이 서 있는, 왜 이러나 싶은) 무사?
옥동	(편의점으로 가며) 가게, 김밥 먹으러.
동석	(말도 안 된다는 듯, 답답한, 짜증 나는) 위암이시라며? 무슨 김밥.
옥동	(가는)
동석	(가는 옥동 보다, 자꾸 속상하고, 화가 나는, 성큼 가서, 옥동의 손을 잡아 세우고, 답답한) 국밥 드십서.
옥동	김밥 먹게.
동석	(잡은 손 뿌리치며, 속상한, 버럭) 에우.. 진짜.. 고집도! 진짜, 드럽게 말도 안 듣고.. (머리 벅벅 긁고, 화 참으려 하는데 안 되는) 아, 아, 그래그래 맘

대로 합서! (버럭) 난 국밥! (하고, 다시 춘희가 간 식당으로 가는데, 속이 상하는)

옥동   (동석을 가만 보다, 동석을 따라가는)

그렇게 따로따로 가는 두 사람에서 엔딩.

19부 ———— 옥동과 동석 2

나한테 지금껏 살아오면서..
왜.. 단 한 번도 미안하단 말을 안 해?
말해봐.. 나한테 미안은 해?
미안한 짓 한 거, 상처 준 거 진짜 아시냐고?

씬1.   프롤로그.

1, 정준의 버스 안 + 밖, 아침.
정준, 음악을 틀어놓고, 세수한 얼굴에 로션 바르고, 향수를 뿌리며, 음악
에 가끔 몸을 흔드는,

* 점프컷 》
정준, 옷을 외출복으로 갈아입고, 옷이며, 주변을 잘 정리해두고, 버스에서
나가서, 차를 타려다, 순간, 놀라는, 한쪽 보면, 영옥, 예쁘게 차려입고, 선
물 들고, 자기 차에 기대 정준을 꼬나보고 있는,
정준, 웃음 띠고, 영옥을 보고,

정 준   (밝고, 감격스럽단 듯) 우와, 왜 이렇게 이쁘냐!
영 옥   (선물 주며, 담담히, 그닥 무겁지 않게) 가기 싫어. 이건 니가 가지든가, 부
         모님한테 전해주든가.
정 준   (선물 받아 들고, 순간 굳어지는, 잠시 맘 추스르고, 너무 무겁지 않게, 영
         옥 옆으로 가, 차에 기대서며) 음... 좋아요, 가지 마.
영 옥   (정준 보며, 의아한) 진짜?
정 준   그래, 진짜로. (생각하듯) 음.. 그럼.. 어차피 오늘 일도 안 하는데... 옷까지
         차려입었겠다... 영화나 보러 갈까요? 아님, 시내 구경 가든가?
영 옥   (진지하게 보며, 그러나 너무 무겁지 않게, 바다 보고) 영화 보자. (하고, 자

기 차 운전석에 오르는)

정 준   (아무렇지도 않게, 조수석에 타는)

영 옥   (시동 걸고, 가다, 멈추고, 다시 정준 보며) 니네 부모님한테 전화해, 나 간다고 기다리실 거 아냐. 못 간다고 전화해.

정 준   안 가면, 안 가는 줄 아실 거예요.

영 옥   (시동 끄고) 전화해. 그게 예의지,

정 준   (보며, 편하게) 못해요, 죄송해서. 그냥.. 쌩깔 거야.

영 옥   (어이없이 보고) 전화 오면?

정 준   (가볍게) 피할 거예요, 당분간은.

영 옥   (어이없게 보는) 그러게 왜 간다고,

정 준   (진지하지만, 무겁지 않게) 누나가 간다고 했어요.

영 옥   (당황해, 버벅대는) 야, 그, 그날은 술 먹어서, 그, 그냥, 내가 얼결에, 선장 니가 하두 눈빛을 그윽하게 하고, 가자 가자 하니까,

정 준   (답답한, 맘 빠르게 접고) 알았어요, 내가 다 잘못했어. 내가 개놈. 이제 그 얘긴 끝내요.

영 옥   (미안하지만) 개놈은 무슨.... 내가 싫지?

정 준   (이쁘게 보며, 장난스레, 손가락으로 작게 표현하며) 이 순간, 쪼끔.

영 옥   (답답한, 한숨을 쉬고, 바다를 보다, 정준 보며) 우리 언니 영희 얘기 했어?

정 준   네.

영 옥   엄마 아빠 돌아가신 것도?

정 준   네.

영 옥   그래도 반갑게 오래, 날?

정 준   (가만 보는)

영 옥   반갑게는 아니구나? 어쩔 수 없이, 구나?

정 준   (가만 보다, 미안하지만, 고개 끄덕이는, 진지한) 근데, 누나... 보면, 좋아하실 거예요.

영 옥   (잠시, 생각하다, 보며) 니 차 말고 이 차로 가. 가서, 니네 부모님이 날 너무 대놓고 싫어라하는 표정을 보이시면, 미안한데, 안 참을 거야, 바로 그길로 내 차 타고, 올 거야. 그리고, 다신 니네 집에 안 가고, 너랑,

정 준   헤어진단 소리 하면, 혼나요.

영 옥   (다시, 시동 거는)

정준	난, 우리 엄마 아빠가 우리 결혼,
영옥	(째려보면)
정준	(결혼을 싫어하는 줄 아니까, 번복하는) 결혼 말고, 만나는 거 싫어해도, 난 누나 만나요. 그건 변함없어. 그리고, 오늘 우리 부모님이 혹시나 누나 맘에 안 들게 해도 세 번은 참아줘요. (운전대의 영옥이 손 잡고, 따뜻하고, 진지하게) 날 봐서. 그래야 나도 부모님 뜻을 거역해도 덜 미안하지. 그 정돈 이해하죠?
영옥	내가 진짜 너 많이 사랑하는 줄이나 알아.
정준	(웃으며) 알지, 진짜. (조수석에서 나가, 운전석 문 열고) 운전은, 내가 할게요.
영옥	(나오고)

둘이 자리를 바꾸고,
정준, 차에 타, 핸드폰으로 신나는 음악을 틀고, 웃으며, 가는,
영옥, 정준 보다, 바다 보며, 생각 많은,

2, 제주 길 + 달리는 영옥의 차, 낮.

3, 정준 부모네 집으로 가는 동네 + 달리는 영옥의 차 안, 낮.

영옥	(긴장하는)
정준	(영옥 슬쩍 보고, 웃으며, 숨 뱉는) 후후.. 긴장되면.. 후후...
영옥	후후... (하고, 앞 보고) 니네 부모님은 반드시 날 싫어할 거야.
정준	절대 아닐걸.
영옥	선장 너, 그 마냥 긍정적이기만 한 것도 지금은 맘에 안 들어. 짜증 나.
정준	(운전에만 집중하며) 반드시, 부정적인 사람이 되도록, 노력해볼게요.
영옥	(어이없게 정준 보고, 맘에 안 드는, 고개 젓는)
정준	(그때, 멀리 밭일하는 부모님을 발견하고) 엄마다! (차 멈추고, 멀리 있는 엄마 아빠(일하다, 허리 펴고, 담담히, 조금은 무겁게 정준 쪽을 보는)에게) 엄마, 아빠, 저 완마쌈(왔어요)! (하고, 안전벨트 풀고, 영옥에게) 내가 존경하는, 정말 좋으신 분들이에요.

영 옥	(눈으론 멀리 부모님 보고, 안전벨트 풀며) 너한테나 좋은 분이겠지.
정 준	(웃고, 나가) 무사, 밭일햄수꽈? 우리 온다니까!
영 옥	(멀리 보이는 부모님한테 인사하고, 정준 보며, 거의 복화술처럼) 두 분 다 나보고 안 웃으셔. 나 지금 한 번 참았다.
정 준	(웃고) 네. (하고, 밭으로 가며, 밝게) 밥 줍서, 밥!

3, 정준의 집 안(평범한 양옥), 낮.
정준, 집을 마대걸레로 청소하고 있고, 정준부, 텔레비전을 보고 있고, 기준, 소파에 앉아, 강냉이를 먹으며, 정준부를 보다, 정준 보고, 작게 소리 안 내려 입 모양으로만, '아빠 기분이 별로.. 엄마는 아주 별로..' 하는, 정준, 담담히, 청소만 하는,

4, 정준의 집 마당, 낮.
정준모, 말없이 마당에 닭 삶은 걸, 쟁반에 담는, 영옥, 그 옆에서, 어색하게, 쟁반 받으며,

영 옥	제가 들게요...
정준모	(말없이, 손사래 치고) 정준아! 정준아!

그때, 정준, 뛰쳐나오며,

정 준	네, 엄마!
정준모	쟁반 들으라.
정 준	(쟁반 들면)
정준모	닭 꺼냉(내) 쟁반에 담앙(담아) 오라. (하고, 집으로 들어가는)
영 옥	(모멸감이 살짝 드는)
정 준	(쟁반에 닭을 꺼내 담는)
영 옥	선장 엄마 나한테 말 한 마디 안 건다.
정 준	원래, 말수가 적으세요,
영 옥	눈길도 안 줘. 어쨌든 난 두 번 참았어. 마지막 한 번 남았어, 이제. (하고, 먼저 집으로 들어가는)

정준   (담담히, 닭을 쟁반에 담는)

        5, 정준의 집 거실, 낮.
        기준, 정준, 정준모를 도와 차려진 상에 반찬을 나르는,
        정준부, 무뚝뚝한 성격에 어색한 맘에, 티브이만 보는, 영옥, 무릎 꿇고 앉
        아, 맘이, 불편하다,
        정준, 기준, 정준모, 자리로 와서, 앉는,

기준   자자자자, 이제 밥 드십서, 밥. (정준모에게) 근디, 엄마 아빠 사람 오랜 해놓
        고, 무사 말이 어수꽈? 사람 민망하게이,
정준부   (밥상으로 와, 밥을 떠먹고, 정준 영옥 안 보고) 다들 먹어라.
기준   (정준모에게) 말 좀 겁서, 엄마. 별이 와서도 영할 거민(이럴 거면) 나 별이
        안 덱고 오켜(올 거야)
정준   (불편한, 정준모 보며) 엄마,
영옥   (불편한, 상 아래로 정준의 손 잡는, 말하지 말란 뜻이다)
정준모   (아무렇지 않게, 영옥에게) 밥 먹으라. (하고, 손으로 닭고기를 발라 영옥
        에게 주는)
영옥   (뭐지 싶은) ?
정준모   (안 보고, 닭을 바르며, 진심, 영옥이가 안쓰런) 부모 어시, 혼자서, 장애 이
        신 언니를 거두는 게.. 얼마나 힘든 일이라.... 고생 많다이, 너가.. (하는데,
        눈가 붉어지는)
정준, 기준 (맘이 짠한)
영옥   (맘이 짜르르한, 어색한 밥을 수저로 뜨는데)
정준부   (정준모 보고) 밥상머리에서 눈물은.... (영옥에게) 고기 먹으라. (정준 보며,
        투박하게) ..야이한티 잘허라.. (영옥에게) 정준이가이, 안 잘해주민(주면)
        나한티 말허라이.
정준   (웃으며) 무사? 이쁜 아들을 줘 패시게?
정준부   (하고, 밥 먹는)
기준   (기분 좋게, 밥 먹고) 야후! 통과! 낄낄낄.
정준   (닭다리를 뜯어 먹으며, 크게) 맛있다!
정준모   (김치를 찢어, 영옥에게 주며) 먹으라. (영옥 무릎 꿇고 앉은 걸 보고, 안쓰

린) 다리 풀고.. 다리 풀고.. 괜찮아이.. 괜찮아이..
영옥	네.. (하고, 다리 풀고, 먹는데, 이런 평화로운 분위기가 어색하고, 고맙고, 울컥하는)
정준	(상 밑으로, 영옥의 손 꽉 잡고, 고기를 먹는)

자막 : 옥동과 동석 2

씬2.   목포로 가는 배 안, 낮.

동석, 화장실에서 나오는, 그리고는, 바람 맞으러 배 난간으로 나가는데, 옥동, 난간을 잡고 바람을 맞고 있는 게 보이는,
동석, 옥동 보고 다시 배 안으로 들어가려다가, 잠시 멈춰, 생각하고, 옥동에게로 가서, 말하는,

동석	(바다 보며, 답답한, 작정한 듯) 하고 싶은 거 이심.. 싹 다 말씀하서.
옥동	(동석을 가만 보는)
동석	(바다를 보다) 나가, 다 들어주크다. 목포 가서, 종우네 가서, 제사 지내고 (옥동 보며) 또 뭐? 하고 싶으신 거?
옥동	(가만 보다, 담담히) ...마당리 가.
동석	(보며) 뭐?
옥동	목포 끝.. 마당리.
동석	(잘 모르겠) 거긴 또 어디야? (어디든 가주겠다 맘 정리하고) 암튼.. 마당리 가고 또 그리고? ..그리고 또?
옥동	(고개 젓고, 바다를 보는)
동석	그게 끝?
옥동	(고개 끄덕이고, 바다 보면)
동석	(맘에 안 들게, 원망스레 보다, 바다 보며, 맘 다잡고) 종우네 가고 마당리 가고 하는 동안... 살아생전 하고 싶으신 거 생각남 또 말씀하서.
옥동	(가만 보면)
동석	(옥동 꼬나보듯 보며) 나가, 다 들어드리쿠다. 그게 뭐든...

옥동	(동석을 찬찬히 그렇게(?) 보면)
동석	(보며, 조금은 비아냥) 야이가 갑자기 무사 이럴까 싶지예? 뭘 잘못 먹엉이러나? 어멍 (맘 아픈, 모질게 참고) 죽는다고.. 개과천선했나 싶지예?
옥동	(보면)
동석	(꼬나보듯, 맘 아픈, 비아냥, 화도 나는) 촘말로.. (구시렁) 사투리도 쓰기싫어. (부러, 옥동이 쓰는 사투릴 안 쓰며, 서울말로 하는) 진짜 내가 왜 이러나 알고 싶지? ...알려드릴게. 곧. 어멍 하고 싶은 거 다 한 담에.. 그담에... 기대해요.
옥동	(가만 동석을 보는, 얘가 이렇게 생겼구나, 여기까지 뭔 속으로 왔을까 싶게 보는, 슬프거나, 처지는 느낌은 아니다, 나중에 뭔갈 퍼붓는다고 해도 두렵지도 않은, 가만 동석을 볼 수 있을 때 보고 싶은)
동석	(가만 보며, 눈가 붉어, 맘 아픈, 비아냥, 낮게) 그때... 내가 무슨 말을 하는지.. (하고, 배 안으로 들어가는)
옥동	(가는 동석을 보다, 바다를 보는)

씬3. 배 안 매점, 낮.

동석, 매점에서 음료수를 세 병 사고, 돈 주고, 자기 차로 가는, 곧 하선할거란 안내방송이 나오는,

＊ 점프컷 – 배 안, 차 선박장 》
옥동, 춘희, 타고 있는, 동석, 그때 음료병을 들고 와서, 운전석에 타는, 그리곤, 음료병을 따서, 하나는 춘희에게, 하나는 옥동에게 주는,

춘희	(동석이가 잘해주는 게 어색한, 그래도 좋은, 마시는) 이렇게 잘할 거멍(잘할 거면서)..
옥동	(마시는, 그러나 음료를 입가에 조금 흘리면)
동석	(자기 물 마시다, 무뚝뚝하게 그걸 보고, 주머니에서 손수건 꺼내 옥동의 입가를 닦아주는, 따뜻하기보단, 별로 맘에 없는 행동들처럼 보이는)
옥동	(동석이 나중에 자기한테 붙을 거 지금 잘하는 줄 알겠는, 그래도 싫지

않은) ..

춘희 (둘을 이쁘게 보고, 옥동 보며, 귀에 대고) 동석이가 언니 아프댄(아프다고) 잘해준다, 기지이?(그지?)

옥동 (담담히, 고개 끄덕이고)

동석 (건성, 맘에 없는) 자자, 안전벨트들 하시고..

춘희 (안전벨트 하고)

옥동 (가운데 탄, 옥동, 안전벨트를 하려는데, 잘 안 되는)

동석 (그 모습을 보고, 답답하지만, 참고, 안전벨트를 해주고, 앞 보고, 배가 선착장에 정착하면, 운전해 가는)

씬4. 목포 시내 + 병원 앞, 낮.

동석의 트럭, 시내를 달려, 병원으로 가는,

씬5. 병원 주차장, 낮.

동석, 트럭에서 내려, 조수석 문 열어, 춘희와 옥동을 내려주는,

동석 이제 난.. 여기서 기다리면 돼?

옥동 춘희삼춘 짐들,

춘희 그건 나중에, 은기에미한티,

옥동 (춘희에게) 만수 주소.

춘희 (조금 미안한, 손가락으로 가리키며) 병원 저 뒤에 하나빌라..

동석 (야, 진짜 왜 이러시나들 싶은) ...

옥동 (동석에게) 경비실에 맡겨불라. 만수네 거랜, 말하고이.. (하고, 춘희의 손 잡고, 병원으로 들어가다, 돌아보며) 만수 볼 거라?

동석 (옥동이 불편한, 맘에 안 들어, 투박하게) 내가 다 알아서.. (맘, 다스리고) 통화했어요. 우린 벌써. 나중에 다 나으면 술 먹자고 얘기도 했고. 물건 두고 나면,

옥동	(말꼬리 자르며) 이디로 오라. (하고, 춘희 손잡고, 가는)
춘희	(가며, 옥동에게) 저게.. 정은 있쩌이.. 만수한티 전화도 하고이..
옥동	(차분히, 고개 끄덕이는)
동석	(명령조로 이래라저래라 하고 가는 옥동이 어이없어, 기가 차, 웃음이 나는, 가는 옥동을 꼬나보듯 보며) 야.. 진짜.. 하고 싶은 거 다 하랬더니, 진짜... 하고 싶은 거 다 하시네... (웃음이 가시는, 화가 나는, 하지만, 이왕 하는 거 빨리 하자 싶어, 다시 차에 타고, 트럭 몰아 가는, 맘이 복잡하다)

씬6.   병원, 로비, 낮.

춘희, 옥동, 손잡고, 병원에 들어서면,
그때, 은기와 해선, 한쪽 의자에 앉아서 춘희 옥동을 기다리다, 둘을 보고,
은기, 반갑게 달려와 '할머니!' 하며, 춘희에게 안기는,
춘희, 반갑고 울컥해 은기 안고, 몸을 흔들며, 좋은,

춘희	아이고, 우리 강생이. 아이고, 우리 강생이.
옥동	(그 모습이 부러운, 가서, 은기 머리 만지며) 은기, 이 할망도 알지이?
은기	(밝게, 웃고, 옥동에게 안기고)
옥동	(은기가 이쁜)
해선	(춘희, 옥동 보며, 고마운, 작게 웃고) 먼 길 오시느라, 고생하셨죠?

씬7.   병실 안, 낮.

만수, 누워 있는, 전화 동영상 때보다 조금 더 나아 보이는,
춘희(서 있는), 옥동(힘든지, 앉아 있는), 만수의 발을 보면,
만수, 누워, 발가락을 움직이는(O. L),
춘희, 발가락을 잡고, 눈가 붉어지며,

춘희	히히히.. 진짜 움직이네.. 내 새끼... (하고, 손수건으로 손이며, 발을 닦아주

는)

만 수   (힘들어도, 웃으며) 진짜라니까... 목도 들어.. (하고, 목을 들어 보이는)

춘 희   (걱정) 조심허라.

만 수   척추도 문제없다고.. 의사가 기적이래, 의식 찾고 바로 이러기 쉽지 않다고..

옥 동   (만수가 기특해 보는, 작게 웃으며)

만 수   (옥동 보며, 안돼, 이미 사정을 다 아는 듯한) 삼춘은 무사 아파마씸?

옥 동   (따뜻하고, 기특하게 보고, 웃으며) ..만수야, 얼릉 나서이, 너 나 죽으민 걸어서, 떡 먹으러 오라.

만 수   (속상한) 에이.. 무슨 그런 말씀을...

춘 희   (속상해, 버럭) 야이가 무신 떡 먹을 데가 어성(없어), 언니 죽은 초상집에 강(가서) 떡을 받아 먹을 거우까? 맨정신에 쓸데어시. (하고, 만수를 주무르는)

옥 동   (만수 보다, 춘희 보고, 작게 웃으며) 나 죽음 콩떡 허라, 오메기도 하고.. 너 좋아하는 떡 다.

춘 희   (속상한, 눈 홀기며) 점점..

옥 동   (만수 보고) 발가락 한 번 더 움직여보라..

만 수   (옥동이 짠해도, 애써 웃고, 발가락을 움직여보는)

옥 동   (그 발가락을 만지며, 고맙단 생각이 드는)

씬8.   병원 화장실, 낮.

춘희, 세면대에 기대 막막하니 멍하니 있는, 화장실 안에서 옥동이 구토하는 소리가 심하게 들리는, 가만 먹먹하게 담담하게 그 소릴 듣는, 잠시 후, 화장실 다른 칸에서 한 사람 나오며, 불편한 듯 옥동의 구토 소릴 듣고, 서둘러, 손 닦고 나가는, 고통스런 옥동의 구토 소리가 들리다 멈추고, 물 내리는 소리가 들리는, 그리고 이내, 옥동, 담담히 나와, 손을 닦는, 치마가 옷에 말린,

춘 희   (가만 옥동을 보는) 속은?

옥동	(손 닦으며) 괜찮다게.
춘희	(옥동의 치마를 정리해주는, 맘 아파도, 짐짓 덤덤하게 말하는) 이디선 죽으면 안 되어. 나 제주 가걸랑 가.. 낼 동석이랑 언니 부모 산소도 가젠 하민(갈려면), 정신 차립서양.
옥동	(손을 다 닦고, 가방에서, 돈봉투를 꺼내, 춘희의 옷에 넣는)
춘희	(속상한, 돈봉투를 꺼내, 다시 옥동 가방에 넣으며) 언니 가지라게.
옥동	(다시, 돈봉투를 꺼내, 춘희 주머니에 넣고, 춘희가 못 빼게, 주머니 막고) 만수 주라. 은기 주라.
춘희	(속상한, 맘 아픈) 동석이 줍서게. 만수는 나가 주쿠다게.
옥동	(맘 아프지만, 담담히) 만수 은기 안 줄 거민.. 너 가지라. 너 가지라.
춘희	(눈가 닦고, 돈을 체념하고 받는, 담담히, 오기 부리듯, 옥동 안 보고) 언니 따라갈 거라, 나.
옥동	(짠해 웃고) 내년에 만수 걷는 거 보고, 후년에 은기 학교 가는 거 보고, 오라. 급할 거 없쪄.. (하고, 나가는)
춘희	(속상한, 가만 맘 추스르고, 나가는)

씬9.   병원 주차장, 낮.

동석, 차 안에서 담답한, 언제까지 기다리나 싶은, 시계를 보면, 오후 다섯시가 넘어가는, 그때, 춘희와 옥동 손잡고 나오는,
동석, 내려, 조수석의 문을 여는,

옥동	(춘희에게) 들어가라.
춘희	(맘 짠한, 오늘은 버틸까 싶은) 갑서.
옥동	(차에 오르고)
동석	(조수석 문 닫고, 운전석에 올라, 춘희 보며) 가요. (하고, 차를 모는)
춘희	(가라고 손짓하는, 안쓰레, 옥동을 보는)
옥동	(가만 앞만 보는, 기운 없는)
춘희	(옥동을 가만 계속 보는, 맘 아픈, 인생이 뭐 이런가 싶은)
옥동	(차 백미러로, 춘희를 가만 담담히, 눈가만 조금 붉어 보는)

동 석　(운전해 가며, 복잡한 맘에 말이 자꾸 투박하게 나가는) 자, 이제 또 뭐? 어디로 모셔?

옥 동　제삿술.

동 석　(맘에 안 들고, 화 참고) 네에... 그깟 거 해드리죠..

씬10.　슈퍼 앞, 어두운 오후.

옥동, 동석 트럭에 타고 있는, 동석, 슈퍼에서, 소주 댓병을 꺼내 들어 보이고,

동 석　이거?

옥 동　존 거, 정종 사라.

동 석　(맘에 안 들지만, 이내 들어가, 정종 사서, 나와, 트럭에 올라, 술을 옥동에게 주고, 안전벨트를 하는데)

옥 동　(정종병의 글자를 가만 보다, 글자 하나를 가리키며) 이거는 수 자지이.

동 석　(옥동 보고, 황당한) ....아직도 글을 몰라? 누나도 나도 어려서 그렇게 갈쳐신디.. (사투리 쓰기 싫은, 고개 젓고) 갈쳤는데도? 바보지?

옥 동　(병만 보며, 읽으려 하는데, 입이 안 떨어지는, 그중 한 자를 가리키며) 이거는 복 자지이?

동 석　(옥동 보고, 답답한, 글자 보고, 한 자 한 자 짚어주며, 크게 읽어주는) 만, 화, 수, 복. 화목하고, 오래 살아라.

옥 동　(고개 끄덕이고, 글자를 보는, 이게 그런 뜻이구나 싶은)

동 석　아우... 여적 글자도 모르고.... 주소. 종우네. (하며, 핸드폰의 내비를 켜는)

옥 동　(창가 보며, 차분히) 사정 우송아파트 102동 1106호.

동 석　(황당한, 옥동 보며) 아니, 그걸 외우는데, 어떻게 글을 못 외워? 이해가 안 가네. (하며, 가는)

씬11.　종우의 아파트 단지 앞, 어두운 오후.

옥동, 서 있고, 동석, 짐을 바리바리 트럭에서 내리며, 말하는,

동석 종우, 종철이 자식은 가끔 제주 와서 (턱으로 옥동 가리키며) 봐?

옥동 (안 보고) 어쩌다.. 종철이는..

동석 (맘에 안 드는, 화가 나는) 어쩌다? 종철이만? 지 어멍 병 수발을 십오 년 들고, 지 아방 병 수발을 십 년 넘게 들었는데, 한 놈은 어쩌다 오고.. 한 놈은 (턱으로 아파트 가리키며) 아예 안 오고?

옥동 (동석 안 보고, 짐 하나 챙겨 들고) 나가 보러 오면 되지게.

동석 (종우 종철에게 화나는, 참고) 이번에 제사 오라고 그것들이 전화는 핸?.. (사투리 쓰기 싫은, 고개 젓고) 했어?

옥동 (짐 하나 들고 앞서가는)

동석 (가는 옥동 보며) 오라지도 않는데.. 오는 사람이나... 오라고 말하지 않는 싸가지들이나.... (하고, 힘들게, 바리바리 짐을 다 들고도, 빠르게 가서, 옥동의 짐까지 낚아채 드는)

옥동 ?

동석 (가며, 투박하게 말하는) 잘해줄라고, 해줄 수 있을 때까지는 잘해줄라고. 나중에, 내가 이렇게 잘해주다.. 뭔 말 할지는.. 알아서 맘에 준비하시고. (하고, 가는)

옥동 (따라가는)

씬12. 엘리베이터 안, 어두운 오후.

동석, 옥동, 엘리베이터에 들어서는,

동석 몇 층?

옥동 (힘든지, 벽에 기대, 표시판 보고) 11층.

동석 (버튼을 11층을 눌러주고, 올라가는)

씬13. 종우네 아파트 앞, 어두운 오후.

엘리베이터 서면, 동석, 짐을 들고 나오는,

옥동, 서둘러 먼저 나와, 종우네 집에 서는,

동석, 짐을 집 앞에 놓는,

옥동, 초인종을 누르는,

동석, 그냥 가는,

옥 동   (가는 동석 보며) 너도이, 그 양반 밥 얻어먹었쩌. 돈도 가져다 쓰고이.. 가
         서 술 놓고 죄송허댄 절하라...

동 석   (가다, 말꼬리 자르며, 멈춰, 뒤돌아, 옥동 보고, 화 참고, 말도 안 된다는 듯
         보며, 으름장 놓듯) 고만허셔... 고만. 내가 내 아방 제사도 안 지내는디, 무
         슨... 진짜... 보자 보자 하니까.. (하고, 가는)

그때, 문소리 나고, 여자 목소리 들리는,

여 자   누구세요? 할머니는?

동 석   (엘리베이터 버튼, 누르려다, 뭔 소린가 싶어, 여자 쪽 종우 집 쪽을 보는)

옥 동   이디가, 김종우네..?

여 자   (이상한) 김종우요?

동 석   (다시 여자에게로 와서, 답답한) 여기 김종우 집 아니에요?

여 자   아닌데... 아, 김치공장 김사장님 말씀하시는구나. 이 바로 앞동 103동
         809호로 이사 가셨어요. 일 년 다 되어가는데.

옥 동   (난감한)

동 석   (어이없는) 일 년.. 이요?

여 자   네.

동 석   (짐 들고, 가는)

옥 동   (여자에게) 죄송합니다.

여 자   네. (하고, 가는)

＊ 점프컷 - 엘리베이터 안 》

동석, 옥동, 엘리베이터로 들어서서, 1층으로 내려가는,

동 석 (화를 참으며, 낮게) 종우랑 언제 통화했어?

옥 동 지지난달.. 지 어멍 산소 와서.. 봤쩌..

동 석 (옥동 꼬나보며, 황당한, 다시, 담담히, 표시판만 보며) 그 새끼 오늘 어멍 제사 오는 거 알어, 몰라?

옥 동 ...알지 ..그때 말해시난이(말해서)..

동 석 근데.. 새끼가 이사했단 말을 안 했네?

옥 동 (안 보고, 싸울까 싶어) 너는이, 종우네 들어가지 말라...

동 석 (옥동 보는, 바본가 싶어, 화가 자글자글 나다 못해, 차라리 차가워지는, 가만 보고 있다, 앞 보고) 들어가 달라고 사정해도 안 들어가.

씬14. 809호, 종우의 집 앞, 저녁.

동석, 화가 나, 차갑고, 무표정하게 짐을 집 앞에 놓고, 엘리베이터로 가며,

동 석 제사 끝나면 차 세운 데로 와. 기억하지?

옥동, 초인종을 누르고, 동석, 엘리베이터 앞에 서 있는,
종우처, 문 여는 소리와 목소리 들리는, 걱정스런, 그러나 반갑진 않은, 느낌이다,

종우처 아우, 어머니.. 무슨 짐을 이리 들고... 전화하시지, 그럼 모시러 갈 건데... 난 전화 없으셔서 안 오시나 했네요.... (짐 들고, 들어가며) ...일단 들어오세요, 들어오세요..

동석, 그 목소리 들으며, 엘리베이터 오면, 타며, 구시렁대는, '지가 전화하면 되지.. 얌통머리 없는 것들' 하고, 엘리베이터 버튼 눌러, 내려가는,
옥동은 종우처와 집으로 들어가는,

씬15. 아파트 주차장 앞, 저녁.

동석, 동에서 나와, 자기 차로 가는데, 그때, 동석의 트럭 근처에 종우(단정한, 그럭저럭 사는 정도, 넥타이 안 한)의 차가 와서 서고, 종우, 차에서 내리다, 동석을 보고, 순간 굳는, 가만 동석을 꼬나보는, 옥동이 왔구나 싶어, 맘도 불편한, 이 자식이 여길 왜 왔지 싶은, 그냥 무시하자 싶은, 동석, 그때까진 모르고 오다가 뭔가 느낌이 이상해, 고개 들면 종우가 자기를 보고 있는 게 보이는, 종우를 보는,
동석, 종우 보며, 저게 날 왜 쳐다보나 아는 척도 없이, 하는 눈빛으로 가만 보는, 종우, 남 보듯 아는 척 않고, 차 문을 잠그고, 가며, 동석의 어깨를 살짝 스쳐 지나가는,
동석, 순간 화가 나는,

* 점프컷 - 9부, 회상 》
종우가 동석의 발을 걸고, 사정없이 짓밟던,

* 점프컷 - 현재 》
동석, 자기 차로 두어 걸음 가다가, 순간, 붙고 싶은 맘이 나는, 자신이 피할 필욘 없단 생각이 드는, 뒤돌아, 저벅저벅 종우 뒤를 따라가는, 종우는 모르고, 가는,

* 점프컷 - 엘리베이터, 현관 》
종우, 엘리베이터 앞에서 버튼을 누르고, 들어가, 닫힘 버튼을 누르려 하면, 이내, 동석이 들어와, 옆에 서는,

종 우   (동석 보며, 뭔가 싶은, 신경이 예민해지는) ?
동 석   (8층 버튼을 누르고, 종우를 빤히, 보며, 가볍게 툭 내뱉는) 나도.. 제사. 너네 아방.
종 우   (너네 아방이란 소리에, 화가 나는, 동석을 가만 보다, 답답해지는, 화를 참자 싶은, 앞 보고) ...뭐 해 먹고살아, 넌?
동 석   만물상... 너는 큰 사업 하다 망해 처먹고... 김치공장 한다고... 소문으로 들

었다.

종우 (동석 보며, 맘에 안 드는, 낮게, 화 참으며) 너는? 너는? ....말조심해라?

동석 (어이없어 웃음이 슬몃 나는) 그럼 너지... 내가 널.. 뭐, 형이라고 부를까?

종우 (가만 보다, 앞 보고) 집에 와이프랑 애들도 있다.. 제사상에 술이나 한잔 놓고 가. 느 어멍 생각해, 내가 그것까진 봐줄게.

동석 (종우를 가만 꼬나보는, 어이없는, 웃음도 나는)

씬16. 종우의 집 안(삼십 평대의 평범한 느낌이다, 그닥 잘살지도 못살지도 않는), 밤.

동석, 소파에 다릴 쩍 벌리고 앉아, 결혼사진(옥동도 사진 속에 있는, 옥동 집에 있는 사진은 옥동이 함께 찍은 사진은 아니다)을 보는, 사진 속 옥동 을 꼬나보는 듯한, 이내 보다, 고개 돌려, 아들 딸(중고등학교 정도)과 찍은 사진이며, 축구동호회 트로피며, 살림살이 등을 보는,
옥동, 종우처(옥동과 동석이 불편한 듯 보고)와 종철처(살림이 어려운 느 낌, 옥동과 동석에게 호의적인)와 접시에 옥동이 싸 가지고 온 음식을 담 는, 상이 한쪽에 차려져 있고, 아직, 음식을 그 상에 올리지는 않은,

종철처 (옥동에게 잘하는 느낌이다, 편하게, 음식 집어 먹으며) 애 아빠는 오늘 식 당에 단체 손님이 와서 못 왔어요. 취소하면 손해 막급이라. 죄송해요, 어 머니. 근데, 무슨 음식을 이렇게 산더미처럼... 어머니 덕분에 우리가 손에 물 안 묻히고 제사상을 차리고, 호강하네요.

옥동 (음식을 접시에 담으며) 너 오면 됐지게. (종우처에게) 애기들은?

종우처 (답답한, 억지웃음) 큰애는 서울로 유학 갔잖아요. 작은애는 친구 집에서 공부하다 잔다고..... 시험이 얼마 안 남아서.. 전화할까요, (억지로 말하는) 보고 싶으시면?

옥동 (고개 젓고) 놔둬이.. 놔둬.. 나중에, 나중에,

동석 (그 소리에 옥동 보며, 말도 안 된다는 듯) 나중이 어딨어. 어멍한테.

옥동 (동석이 아프단 소릴 할까 봐, 안방 쪽에 대고) 종우야, 제사상 차리라!

* 점프컷 》

제사장 차려져 있고, 종우부의 사진이 모셔진, 종우, 술잔을 종우부 사진에 놓고, 절을 하는, 동석, 한쪽에 앉아, 양부 사진을 빤히 보는, 옥동, 가만 앉아, 양부 사진을 담담히 보는,

* 점프컷 》

종우처, 종철처, 절을 하는, 다 하고,

종철처　(어색한) 도, 도련님도 절하세요.

동석, 싫다고 고개를 젓는 동시에, 종우가 말하는,

종　우　이제 그만 철상하지.
종철처　(눈치 보며) 도련님도 간만에 어렵게 오셨는데... 아버님한테 술이라도 한 잔,
옥　동　(동석을 보면)
동　석　(앉아, 괜히, 창가만 보는)
종　우　(맘에 안 드는, 처에게) 철상해. (하고, 답답하게, 넥타일 푸는)
옥　동　(앉은걸음으로 가서, 상에서 필요 없는 음식들을 빼, 쟁반에 담는)

* 점프컷 》

옥동(국물만 먹는), 동석(우적우적 맛있게 밥을 먹는), 종우, 종우처, 종철처, 밥을 먹는,

동　석　(밥을 맛있게 먹는데)
종철처　(옥동 보고) 어머닌, 왜 국물만 드세요. 고기도 좀 드시지?
동　석　못 먹어요, 고기. 밥알도 못 씹는데 무슨 고기. (하며, 밥에 고기에 우적우적 먹는)
종우처　속이 안 좋으세요?
종철처　어디가요?
옥　동　(손사래 치며) 별일 없쩨게. 먹으라.

종철처	(밥 맛있게 먹으며, 동석에게) 우리 애기 아빠가 동석도련님 말씀 더러 했어요.
옥동	(밥만 먹는)
동석	(밥 먹다, 종철처 보며) 뭔 얘기요? 여기 종우랑 지랑, 뻑함 나를 개 잡듯 두들겨 패고, 낄낄대고 놀았단 얘기? 그거 아님 다른 얘기는, 걔가 나에 대해 뭐 할 얘기가 없을 건데?
종우	(화나는, 수저를 딱 놓고, 물을 마시는)
동석	(종우를 꼬나보는)
종우처	(밥 먹다, 동석을 맘에 안 들게 보는)
종철처	(할 말 없는, 눈치 보는) 그냥... 그땐 다들 힘들었다고..
옥동	(수저 놓고, 동석에게) 밥 먹고 인나게.
동석	밥 먹고 인나지, 그럼. (밥을 먹으며) 누가, 여기 눌러앉아 살까 봐? (종우 보며) 넌 그 많던 너네 아방 재산 다 말아먹고 고작 이렇게 사냐?
옥동	(왜 이러나 싶은, 일어나, 소파로 가서 옷 입는) 가게.
종우처	(안 잡는 말투로, 옥동에게) 가시게요..
옥동	(웃옷 입으며) 가야지게..
종우	(동석을 꼬나보는, 화 참는)
동석	(밥만 먹으며) 너네 아방이 홧병 나 지레 돌아가실 만하다. 야, 그 많던 수십 척 배를 다 팔아먹고 말아먹고, (밥 먹으며, 종우 보며) 너네 집터에 밭터... 그거 도로 나면서, (옥동을 턱으로 가리키며) 저 노친네, 너네 집에서 허물어져가는 옛날 우리 집으로 쫓겨내고, 보상금 수십억 받아서... 어떻게 고작.. 이렇게 사냐, 너는?
종우	(화나, 간신히 참고, 일어나려 하는데)
동석	어딜 가, 사람 말하는데,
종우	(그 순간, 자기 국그릇을 동석 얼굴에 부어버리고, 동석의 멱살 잡고, 버럭) 우리 아방이 새끼야, 왜 홧병이 나서 돌아가셨는데! 니가 집 안에 있는 금붙이며, 돈뭉치, 싹 다 훔쳐, 달아나서!
동석	(말 끝나기 전에, 멱살을 거세게 풀어, 종우를 넘어트리고, 밥상을 들어 엎으려다가, 차마 못 하고, 옆으로 쾅 소리 나게 치워놓고, 달려들어, 넘어진 종우를 발로 밟을 듯, 차마 못 밟는) 콱 그냥..
옥동	(속상해, 서둘러, 동석에게 와서, 밀치고, 등짝 치고, 속상한, 정신없는) 가

게, 가게!

동 석 　(화를 참고, 벗어놓은 웃옷을 집는) 밟아버릴까 보다.. 진짜..

종철처 　(놀라고, 무섭고, 당황해, 주변 치우고)

종우처 　(종우를 일으켜 세우며, 버럭) 뭐 하는 짓이에요!

종 우 　(동석 보며, 일어나 앉으며) 밟아봐, 새끼야, 이 도둑놈의 새끼야!

동 석 　(도둑놈의 새끼란 말에 종우를 보며)

옥 동 　(종우 못 보게 동석의 앞 가리며, 힘들어도, 참고, 힘 있게) 동석아, 가게, 가게이,

동 석 　(화를 참으려 하는데, 안 되는, 옥동 차분히 밀치고) 도둑놈의 새끼? (하고, 갑자기, 상에 있는 잡채 접시를 종우에게 부어버리며, 덤빌 듯, 버럭) 다시 말해봐! 다시 말해봐, 이, 콱, 씨!

옥 동 　(동석을 잡고 못 가게 하며, 말리는데, 힘에 부치는) 종철아.

종철처 　(서둘러, 동석에게 와서, 동석 밀며) 이러지 말고, 가세요, 가세요, 도련님.

동 석 　(화나, 달려들 듯, 종우 보며) 도둑놈의 새끼?! 말이 좋아 금붙이, 돈뭉치지, 내가 그거 가져간 거 다 합쳐도 고작, 이천이 안 돼! 내가, 너한테 종철이 새끼한테 뻑하면 개 패듯 맞은 거.. 깽값도 안 돼, 자식아! 그거!

종 우 　(일어나, 웃옷 벗어, 동석을 여러 번 치는, 멱살 잡고 싶지만, 처가 말려 안 되는, 속상하고, 화난) 너 때문에 멀쩡하시던 우리 아방이 쓰러져 사지 운신 못 하다 죽었어, 이 새끼야! 이 도둑놈의 새끼야!

종우처 　(종우를 밀어, 한쪽으로 가며, 달래는, 속상한) 여보..

종 우 　콱! 감히, 여기가 어디라고, 나쁜 새끼.. 그지같이 사는 것들, 불쌍해 거둬 줬더니 도둑질이나 하고,

동 석 　(종철처와 옥동에게 밀려, 나가면서도, 화나고, 속상해, 종우를 보는) 뭐? 그지 같은 것들.. 불쌍한 걸 거둬줘?

옥 동 　(힘들어도 죽을힘을 다해, 동석을 말리다, 그 말에 속이 상해, 갑자기 동석 놓고, 상을 엎는)

종우, 동석, 종우처, 종철처 　(옥동 보는) ???

옥 동 　(종우 보며, 눈가 붉어, 소리치는) 느 어멍 느 아방이 무사 동석이 따문에 (때문에) 죽어시니?!(죽었냐?) 느 아방이 술 먹고 다치고... 느가, 배 팔아 땅 팔아 사업 말아먹엉 기가 차 돌아가셔신디(돌아가셨는디)! 너가 무사 야일(이 아일) 잡어!

종우, 종우처 (황당하고, 어이없고, 맘 아프게, 눈가 붉어 보는) ?!

옥동 (넋이 나간 듯 소리치는) 나가이 사지 운신 못 하는 느네 어멍 십오 년, 느네 아방 십 년 넘게... 똥 기저귀 갈아주멍(주면서) 종 노릇 한 돈 내놓으라! 그거 내놓으라! 그 돈 받음 나가이, 동석이 가져간 돈 갚으켜! 너네들은 육지 나왕, 어멍 아방 죽을 때 임종도 안 봐시멍(안 봤으면서) (버럭) 무사 할 말이 있쪄!

종우 (옥동에게) 사실은, 돈 더 빼돌렸죠?

동석 (성질난) 이걸 그냥, 갈아 마셔버릴까 부다. (하고, 달려들려 하면)

옥동 (동석 앞을 가로막는, 맘 아픈) 가게.

종우 (어이없고, 자기도 속상해, 앉아, 양말을 벗으며) 진짜.. 저런 것도 자식이라고 ..

옥동 (나가려다, 뒤돌아, 악을 쓰며, 버럭, 종우 보며) 야이가, 무사!

동석 (화 참고, 옥동 말리며) 가, 저딴 새끼랑 말 말고, 그냥 가 쫌!

종철처 (옥동을 말리며, 울며) 어머니, 가세요.

옥동 (둘을 밀치고(그러나 안 밀쳐져, 둘에게 잡힌 채로, 눈가 붉어, 소리치는), 종우에게 눈가 그렁해 악에 받쳐 따지는, 버럭) 야이가, 무사! 너네들 형제한티 빽하민 죄 없이 쥐 맞고, 지 어멍은, 첩살이에 종살이하는디, 야이가... 그만썩(그만큼) 참아심 많이 참았지게, 더 이상 뭘 어떻게 참을 거니?! 젊디젊은 새끼가, (맘 아픈, 큰소리) 홧김에 너네들한티, 나한티, 칼 안 들고, 지 배 안 가르고, 안 죽이고 산 것만도 고맙지게, (울며, 악쓰며) 무사, 야이를 욕햄시니? 너가이!

동석 (눈가 붉어, 그만 접자 싶어, 속상해, 옥동을 밀치며, 큰소리) 가가, 쫌! (하고, 데리고 나가는)

옥동 (끌려가며, 속상해, 울며, 미친 듯(?)이 맘 아프게 악을 쓰는) 어디서, 너네들이 야이한티 욕을 햄시니! 어디서! 그지 같댄, 도둑놈의 새끼랜 욕을 허냐! 어디서!

씬17. 아파트 현관 앞, 밤.

엘리베이터 안에서, 옥동(몸을 조금 바들바들 떠는, 힘든), 종철처(옥동 부

축한), 나오는,

종철처   (걱정) 어머니, 조심하세요.. 조심.. (하다가, 엘리베이터 쪽 보면) 도련님 안 내리세요?

옥 동   (고개 돌려 엘리베이터를 보는) ?

＊ 점프컷 – 엘리베이터 안 》

동 석   (담담히, 그러나 화가 자글자글 나는, 닫힘 버튼 누르고, 8층 눌러, 올라가는, 굳은)

씬18. 종우네 집 안, 밤.

종우, 더러워진 옷을 벗으며, 참담한,
종우처, 속상해, 주변을 치우는,
그때, 초인종 소리 나고,
종우처, 인터폰 보는, 걱정되는, 종우를 보면,

종 우   (앉은자리에서, 인터폰 보며, 자신도 맘 아픈, 화나는, 속도 상하는) 열어.

종우처   (문 열어주면)

동 석   (들어와, 주변 보고, 옥동이 들고 온 가방을 주워 들며, 상처 주려는 맘, 약간의 비아냥, 종우처에게, 맘에 없이) 미안합니다. (종우에게) 너가 봐줘라. 오늘이 나도, 너네 작은어멍 보는 것도.. 마지막일 테니까.

종우, 종우처   (뭔 소린가 싶은) ?

동 석   나중에, 장례도 오지 마. (하고, 나가려다가, 돌아보며) 너네 작은어멍, 말기 암. 얼마 안 남았어.

종우, 종우처   (조금 놀라, 멍한, 맘이 아픈)

동 석   그래서, 눈에 뵈는 게 없으신가 봐. 정신이 오가락가락... 맘 편히들 살어, 이제. (하고, 나가는데, 이를 앙다문, 시원하기도 한)

종우, 종우처   (멍한, 이게 뭔가 싶은, 눈가 붉어지는)

씬19. 목포 시내, 달리는 동석의 트럭 안, 밤.

　　　동석, 운전만 해 가는, 이를 앙다물고, 화를 참는 듯한, 그러다 신호등에 멈춰 서는, 그리고, 옥동을 보면, 화를 내 힘든지, 입을 벌리고 지쳐 기절한 듯 자는, 옥동을 가만 보는, 종우에게 옥동이 했던 말들이 생각나는, 슬픈 것도 아니고, 화가 나는 것도 아니고, 차가운 것도 아닌 듯, 그렇게 보기만 하는, 그때, 신호등이 바뀌면, 차를 몰아 가는데, 순간, 옥동, 용수철처럼 튀어 오르며, 콜록 하고, 구토가 나오려는지, 괴로워하는, 동석, 그걸 보고는, 앞 보고, 답답한, 조금 빠르게 차를 모는,

씬20. 골목, 밤.

　　　동석의 차가 한쪽에 세워져 있고, 옥동, 남의 집 벽을 잡고, 구토를 하는, 동석, 옥동의 등을 쳐주는, 모든 감정을 그냥 꾹꾹 참아, 모든 행동이, 무표정하고, 감정이 없는 듯, 옥동, 구토를 다 하고 기운을 차리려 하는, 동석, 주머니에서, 물병을 꺼내 따서 주면, 옥동, 물로 입을 헹구고, 동석에게 물병을 주고, 휘적휘적 힘들어, 벽을 잡고, 걸어가는,

동 석　(가는 옥동을 가만 보며, 왠지 눈가 붉은, 따라가며, 애써 담담히) 병원.. 갈까? ..링거 맞을래? 진통젤 맞든가?
옥 동　(가면서, 그냥 고갤 젓는)
동 석　(가만 멈춰, 옥동만 보는, 눈가는 붉지만, 속상해도 참고, 빠르게 걸어가서, 조수석 문 열고, 옥동 타는 걸 가만 보다가, 문 닫아주고, 운전석으로 와서, 타고, 운전해 가는)

씬21. 여관 전경, 밤.

씬22. 여관 복도, 밤.

동석, 옥동이 쓸 물건 담은 가방을 들고 앞장서고, 옥동, 힘들지만, 따라오
는,
동석, 방 앞에서 키로 문 열고 들어가는,

씬23. 여관방 안 + 복도, 밤.

동석, 옥동, 들어오는,
동석, 침대맡에 앉으며, 안 보고,

동 석   (담담히, 불편한 맘이다) 씻으셔.
옥 동   (가방을 놓고, 화장실로 들어가는)
동 석   (보일러의 온도를 올려놓고, 화장실에 대고) 침대에서 자? 방바닥에 이불
        깔어?
옥 동   ...
동 석   (왜 대답을 안 하지, 순간 걱정되는 맘, 참고, 차분히, 문 열고, 안을 들여다
        보면)

        ＊ 점프컷 – 욕실 안 》
        옥동, 이를 닦다가, 보는,

동 석   ... (안 아프네, 안 죽었네 싶은) ...침대? 바닥? 자리 어디다 펴?
옥 동   (이를 닦으며, 안 보고) 바닥. 너가이, 침대서 자라.
동 석   (문 열어놓고, 바닥에 이불 깔아주며) 내가 왜 여기서 자. 난 밖에서 잘 거
        야. 뭔 일 있음 전화하셔. (하고, 나가서, 현관 앞에서 신발을 신다가, 문득
        욕실 쪽의 옥동을 보며) 나한테 지금껏 살아오면서.. 왜.. 단 한 번도 미안
        하단 말을 안 해?
옥 동   (가만 보는, 맘이 복잡하다)

동석   (답답한, 화를 참고) 아까 종우한테 말하는 거 보니까, 내가 어멍 따문.. (고개 젓고) 때문에 힘들게 산 걸 전혀 모르는 것 같진 않던데... 말해봐.. 나한테 미안은 해? 미안한 짓 한 거, 상처 준 거 진짜 아시냐고?

옥동   (가만 보며, 처연한(?), 담담히) .....미안할 게 .나가이 너한티 뭐 이서.

동석   (이건 뭔 소리지 싶은, 미안하지 않다니, 잘못 들은 건가 싶은, 가만 옥동을 보는, 옥동을 원망스럽고 화나, 가만 보다가, 참고, 나중에 말하자 싶어, 문을 있는 힘껏 쾅 소리 나게 닫고, 나가는)

옥동   (문 쪽 보다, 차분히, 입 행구는)

씬24. 여관 복도, 밤.

동석, 복도를 화나 성큼성큼 걸어가는, 나중에 대판 붙어주리라 다짐하는, 화가 나다 못해, 분노에 찬,

씬25. 여관방 안, 밤.

옥동, 바닥에서 누워, 뒤척이다가, 일어나, 창가로 가, 고개를 내밀고, 창밖 주차장을 보면,

* 점프컷 》
동석, 트럭 안에서, 인상을 구기며, 자는, 달빛이 동석을 비추는,

* 점프컷 》
옥동, 자는 동석의 그 모습을 가만 보다, 문을 조금 열어두고, 다시 자리에 눕는, 생각이 많은,

씬26. 종철의 식당 밖 + 식당 안, 낮.

동석, 트럭 안에서, 핸드폰 보며, 있고, 화가 난 듯한,

* 점프컷 - 작은 고깃집 안, 낮 》
종철(맘 아픈)과 종철처, 옥동(종철이가 안쓰런) 두런두런 얘기하는 게 보이는, 종철처, 속상해, 눈물 찍으며 옥동의 손을 맞잡고 말하는 게 보이는, 장사는 잘되냐, 몸은 안 아프냐 등등 말하는 것 같은,

* 점프컷 - 식당 밖 + 트럭 안, 낮 》
종철, 식당에서, 박스(고기를 담은 듯)를 들고 나와, 트럭 문 열고, 싣는, 종철처와 옥동은 아직도 식당에 있는,

동 석   (어젯밤 일로 화가 난 듯, 핸드폰 보다, 종철 보는)
종 철   (차에 타, 답답한 듯 앉아) 우리 집 고기 좀 담았다..
동 석   (핸드폰 주머니에 넣고, 안 보고, 화를 참고) 누구 먹으라고 고길 담아, 암 걸린 노친네가 그걸 먹을 거야, 아님 내가 니가 준 걸 먹을 거야? ..내려.
종 철   (맘 아픈, 답답한, 동석 못 보고) 어제 형한테.. 작은어머니.. 아프시단 말씀 들었어... 형도 속상해 말을 못 하드라.. 아프신 거 알았음 그렇게 안 했을 거라고... 작은어머니.. 근데 저렇게 돌아다니셔도 되냐? 병원에 계셔야 하는 거 아냐?
동 석   (보며, 조금 꼬나보듯) 병원 가라고 해봐, 니가? 가시나? (고개 돌려 앞만 보며, 답답한)
종 철   (맘 아픈) ...나중에, 상 치르면 연락해라.
동 석   (꼬나보고) 분명히 말한다.. 상 나면 너네들한테 연락 안 해.
종 철   (속상한, 문 열고, 내리려다가, 동석 보며) 너도 나도.. 어려서, 그땐.. 다.. 힘든 시기였다..
동 석   (안 보고, 화를 참는, 앞만 보는)
종 철   (가는)

씬27.   도로, 낮.

동석, 옥동, 마당리를 찾아가는,
동석, 답답한, 어젯밤, 옥동의 미안한 게 없다는 말이, 화나는, 지금은 운전
에만 집중하자 싶은,

씬28. 시골 한적한 읍내, 낮.

트럭에 옥동, 힘들지만, 앉아 있는,
동석, 부동산에 들어가 뭔갈 물어보는 모습이 보이는, 이후, 동석, 나와, 다
시, 차에 오르는,

동 석 (답답한, 화를 참으며) 부동산 주인이 서울서 온 사람이라 예전에 동네 이
름은 모른대. 도시 정비로, 동네 이름을 다 바꿨대.
옥 동 (어쩌나 싶게 보는, 놀라기보단, 덤덤한)
동 석 (옥동 보고, 화 참고) 마을로 들어가, 동네 노친네들한테 한번 물어보고,
모른다면 그냥 제주 가. (시동 걸고) 근데.. 대체 마당리는.. 뭐야?
옥 동 고향...
동 석 (이상한) 제주가.. 고향 아니야?
옥 동 (고개 젓는)
동 석 (답답하게 보다, 차 몰아 가는, 제주가 고향이 아니라니, 뭔 소린가 싶다)

씬29. 시골 동네 + 트럭 안, 낮.

옥동, 차 안에서, 덤덤히, 구름만 보는, 차 안의 습기에, 손바닥을 찍어보고,
만 자를 써보는,
그때, 동석, 노인정에서 나와, 차에 타는,

동 석 (답답한, 속상한 듯) 마당리 없어졌대.
옥 동 (뭔 소린가 싶은) 동네가 어떵(어떻게) 어서져(없어져?)?
동 석 (화를 참고, 말하느라, 거친) 저수지 됐대, 원래는 저 산 넘언데, 지금은 저

수지. 이제 어디 가?

옥동	(가만 생각하는)
동석	(답답한, 조금 큰 소리) 말씀을 하셔, 어디 가?
옥동	(보며) 마당리 가.
동석	(어이없는, 보는) ? (다시 앞 보고, 옥동 보며) 저수지는 뭐 하러 가.. 집도 절도 다 없어졌을 건데?.... (꼭 그래야겠냐는 눈빛으로 옥동을 보는)
옥동	(가만 동석을 보고 있는, 꼭 가고 싶단 눈빛이다)
동석	(화를 간신히 참고, 산 쪽을 보고) 저긴 차 못 가. 걸어서 가야 돼. 배고파. 밥 먹고 가든지 말든지.. 뭐 드실 거? 점심?
옥동	너 좋아하는 된장,
동석	(빠르게) 된장 끊었어.
옥동	(보는)
동석	끊었다고, 안 먹는다고, 다른 거. 아님 따로 먹든가.
옥동	(보며) 짜장...
동석	(어이없게 보며) 짜장?
옥동	(고개 끄덕이고)
동석	(답답한) 그냥 따로 가서 (턱으로 옥동 가리키며) 된장 먹지? 소화 안 될 건데?
옥동	..짜장 먹어...
동석	(답답한) 그래 뭐.. 이제 와서.. 그거 안 먹는다고 얼마나 더 살겠어.. (하고, 차 몰아 가는)
옥동	(창 보다, 동석을 가만 보는)

씬30. 읍내 제법 큰 중국집 앞, 낮.

옥동, 중국집 길 건너편 평상에서 묶어놓은 강아지를 안고, 만지며, 힘들어도, 이쁘게 보는,

옥동	너는 이름이 뭐라? ...할망은 강, 옥동인디, 너는 이름이 뭐라? 기냥 강아지라? 검둥이? 깜장이라?

그때, 동석, 나와, 옥동 찾다가, 길 건너에서 환한 옥동의 모습을 보는, 옥동의 부드러운 모습이 낯선,

옥동　(강아지에게 말하는) 어멍, 어디 간? 무사 혼자 이디서 이시니?

동석　(가만 강아지에 잘하는 게 보기 싫은, 답답한) 개 보고는 웃을 줄도 아네... (조금 큰 소리) 들어와, 자리 잡았어! 짜장면 시켰어!

옥동　(그제야, 동석 보고, 강아지 보고) 할망 간다이. (하고, 강아지를 놓고, 길을 건너다, 달려오는 차에 치일 뻔하는)

동석　(놀라, 달려가 옥동 팔을 잡아채, 구하고, 차에 대고 버럭) 저걸... 진짜! (하고, 옥동 보며, 버럭) 뭐 한다고, 정신없이! 차도에서, 그러다 사고 남!

옥동　(미안한, 동석의 팔을 놓고, 중국집으로 혼자 가는)

동석　(맘에 안 들게 가만 한참 꼬나보다, 화나는) ...평생 자식새긴 본 등 만 등 하면서... 개는 보고 웃고..... (하고, 따라가는, 화가 나는)

씬31. 중국집 안 + 밖, 낮.

손님이 많은, 시끄러운, 종업원 두 명이 이리저리 손님 서빙 하느라, 바쁜, 동석, 옥동, 한구석에 앉아 있는, 동석, 나무젓가락을 쪼개, 두 손으로 먼지 털기 위해, 부벼놓고, 옥동을 보면, 옥동, 나무젓가락을 까서, 쪼개려는데, 잘 안 되는, 동석, 그 모습, 맘에 안 들게 보고, 옥동의 나무젓가락을 뺏어 쪼개 부벼서 앞에 놔주는, 그리고, 주인(동석 또래로 보이는)을 보면, 주방에서 나온 삼선짜장면 두 개를 들고, 바쁘게, 다른 손님(제법 깨끗하고, 말끔한) 테이블에 가져다 놓는,

동석　저기, 우리가 먼저!

주인　(동석 보면) ?

동석　(답답한) 우리가 먼저 왔다고요, 거기는 나중이고, (손으로 가져오라고 하며) 가져와요.

옥동　(무슨 분란이 날까 눈치가 보이는) ?

손 님   (아랑곳없이, 짜장에 젓가락을 꽂는)

주 인   (손님 보고, 동석에게, 웃으며) 아이고, 제가 실수를..

손 님   (그사이, 상관없단 듯, 짜장면을 먹는)

동 석   (손님 보며, 맘에 안 드는) 뭐야, 쌍...

손 님   (먹다가, 그 말에 동석을 꼬나보는)

주 인   (손님에게) 죄송합니다. 손사장님, 죄송합니다. (하고, 동석에게 불편한) 제
         가 서비스 드릴게, 서비스.

동 석   (반말은 뭐지 싶은, 화나는) 누가 서비스 달래? 주문한 삼선짜장 달랬지?

옥 동   (참으라는 뜻으로 동석의 손 잡는)

동 석   (옥동 손 탁 치고, 화 참고, 투박하게 말하는) 반말은 그쪽이 먼저 했어. 빨
         리 가져와.. 요.

         * 점프컷 》
         주인, 짜장을 가져와 동석과 옥동 앞에 조금 거칠게 탁탁 놓는, 서비스 만
         두도 놓는,
         동석, 주인의 거친 행동이 화나는, 옥동, 동석 눈치를 보는,
         주인, 그냥 가는,

동 석   (나무젓가락으로 휘휘 젓다가, 가는 주인 보고) 이거, 그냥 짜장인데? 내
         가 시킨 건 삼선짜장.

옥 동   (싸울까 싶어, 얼른 젓가락으로 짜장을 먹는)

주 인   (돌아보며, 맘에 안 드는) 아... 기달려요.. (하고, 와서, 옥동이 먹는 짜장을
         거칠게 집어, 쟁반에 탁탁 놓는)

동 석   (순간 열받는, 짜장을 뺏어, 테이블에 엎고, 제 것도 엎고, 일어나, 이만 원
         을 꺼내 놓고, 나가는)

주 인   (화 참고) 아, 진짜.. 저게.. 진짜... (하고, 치우는)

옥 동   (미안한, 굽신대며) 죄송해양... 죄송해양... (나가서, 문밖에서도, 인사하며)
         죄송해양.. 죄송해양..

         * 점프컷 》
         동석, 길을 가다, 뒤에서 죄송해양 하고, 인사하는 옥동의 말소릴 듣고, 화

가 나, 멈춰, 가만 숨 고르고, 돌아보며,

동석 (버럭) 뭐가 죄송해! 죄송한 짓, 한 게 없는데!

옥동 (말없이, 황망히, 동석의 차로 가는)

동석 (버럭, 답답한) 어디 가?! 짜장 안 먹어?!

옥동 기냥 가. (힘든, 조수석의 문을 여는데, 안 열리는)

동석 (속상해, 옥동을 가만 노려보듯 보다, 화를 눌러 참고, 성큼성큼 걸어서, 차 문을 키로 열고, 문 열어주는)

옥동 (차에 힘들게 올라, 조수석에 타면)

동석 (화를 간신히, 참고, 속상하고, 짜증스레) 손!

옥동 (손을 무릎에 얹으면)

동석 (있는 힘껏, 조수석 문을 쾅 닫고, 운전석에 올라, 안전벨트 하며, 옥동에게 안 보고) 벨트 매.

옥동 (안전벨트 매는, 잘 안 되지만, 해보는)

동석 (그런 옥동 꼬나보며, 화 참으며) 길가 강아지 새끼 보곤 실실 잘도 웃으면서.. 평생 자식인 나한텐 차갑게... 남들한텐, 죄송한 짓 미안한 짓 한 게 없는데도 굽신굽신하면서... 뭐... 나한텐 미안한 게 없어? (눈가 붉어, 이를 앙 다물고, 화를 참으며, 낮게) 왜, 미안한 게 없어, 나한테! 뭘 잘해서 미안한 게 없어?

옥동 (먹먹하니, 넋 나간 듯, 보는)

동석 (눈가 그렁해, 참고, 낮게) 그래, 가자, 마당리. 그리고 이제 거기 가면, 어멍.. (고개 젓고, 맘 아픈, 참고) 당신이.. 원하는 건 거기서 끝. 그담은 내 차례야, 기대하셔! (하고, 화나, 기어 움직여, 거칠게 유턴하며, 차를 달리는)

옥동, 막막하니 창가를 보는, 그런 두 사람 한 화면에 보이며, 엔딩.

20부 ───── 옥동과 동석 3

죽은 어머니를 안고 울며 나는 그제서야 알았다.
나는 평생.. 어머니, 이 사람을 미워했던 게 아니라,
이렇게 안고 화해하고 싶었다는 걸..
나는 내 어머닐 이렇게 오래 안고 지금처럼 실컷 울고 싶었다는 걸..

자막 : 옥동과 동석 3

씬1.   집 혹은 가게, 공사장 안, 낮.

선아, 일하는 사람들을 보며, 도면과 맞춰보는, 그러다, 공사 소장에게 가서,

선아   (편하게) 임소장님, 오늘 오반장님 오시면, 여기 목공, 도면대로 공사하시라고 해주세요.. 지난번 공사장에서 오반장님이 임의대로 도면 안 보고 대충 일해서, 재공사하는 바람에 공사비 추가된 적 있는 거 아시죠? 이번엔 그런 일 없게,

소장   (웃으며) 아, 진짜 오반장.. 왜 그래. 내가 주지시킬게요. (하고, 다시 자기 일하는 데로 멀찍이 가서 일하는)

선아   (임소장을 맘에 안 들게 보다, 임소장에게로 가며, 답답한) 말로만 네, 네 그러지 말고요. 나 낼 휴가 내서 현장 못 온다고..

소장   (웃으며) 알았다고, 알았다고요, 팀장님.

선아   (걸음 멈추고, 진지하게) 자꾸 건성건성 대답할 거예요? 나 진지해. 이렇게 일하면 나 임소장님한테 일 못 줘요, 진짜..

씬2.   공사장 일각, 낮.

선아, 공사장 한쪽에 기대서, 핸드폰으로 제주 비행기표를 끊는, 결제 완료
하고, 동석에게 톡 하는, 작게 웃음 띤, 조금 설레는,

선아   (E) 오빠, 엄마 이번 주에 못 오신대. 친구랑 여행 가신다고.. 그래서, 나 낼
오전에 제주 갈라고. 낼 봐. (하고, 웃고, 가는데, 전화 오면 받는) 어, 태훈
씨?

씬3.   공사장 밖, 낮.

선아, 걱정스런 얼굴로 서둘러 공사장에서 뛰쳐나와, 차를 타고 가는, 열이
가 다쳤단 소식을 들은, 그러나 얼굴이 넋이 나간 건 아니다, 서둘러 가, 열
이 상텔 확인하겠단 생각밖엔 없는, 진지한, 다부지게, 운전하는,

씬4.   도로 + 달리는 동석의 트럭 안, 낮.

동석, 차를 몰아 달리는데, 화가 잔뜩 난, 굳은,
옥동, 멍하니, 하늘의 구름만 유심히 보는, 먹구름이 몰려오는,

씬5.   저수지 가는 산길 + 트럭 안 + 입구, 낮.

동석(화가 잔뜩 난), 거칠게 차를 몰아 가는, 문자 알림 소리 들리는, 동석,
아랑곳없이 저수지로 가는 입구에 차를 세우는,
그때, 또 문자 알림 소리 들리는, 보면,

은희   (E) 동석아, 어멍 잘 모시고 다니냐?

그때, 옥동의 전화가 오는,

동석   (옥동 보면)

옥동   (춘희의 전화를 받으며, 누군가 하다, 춘희 목소리가 들리면) ....어, ..잘 지내... 나 신경 쓰지 말라게.

춘희   (E) 동석이 가이가 잘해쥄수꽈?

옥동   (동석 보고, 다른 데로 고개 돌리고) 어..

동석   (가만 옥동을 보는, 맘에 안 드는, 뭔지 모르게 자꾸 속상한) ..

* 점프컷 – 병원 일각, 교차씬 》

춘희, 벽에 기대 옥동과 전화하는, 맘이 아려도 숨기고, 담담한,

춘희   다니멍(다니면서).. 어머니랜 허맨?

옥동   ...

춘희   안 허맨?.... (속상하지만, 짐짓 담담하게) 경해도 암 걸린 게 복이우다. 암 안 걸려시민(걸렸으면), 동석이랑 놀러 다니멍, 호강이나 할 수 이시 꺼우꽈? ...고향은 가서(갔어?)

옥동   가는 길이여...

춘희   난 세 시 배 탕 제주 갈 거라... 언니는양 동석이허구 어멍 아방 산소 보고.. 천천히 옵서. 나가 언니네 집 강 불도 지펴 노으켜(놓게).

옥동   사나흘 더 있당 오라. 만수 은기 옆이(옆에)..

춘희   사나흘은 무신... 언니 보러 가크라(갈 거야). (하고, 끊고, 병실로 가는)

* 점프컷 – 동석의 차 안 》

옥동   (춘희 맘 아는지라, 맘이 짜르르한, 핸드폰을 접고)

동석   (옥동에게 이는, 화를 참고, 속상해 약간 비아냥조) 내리셔. 저수지 가자고. 나중에 우리 둘이 어찌 될망정. 어멍(어멍이란 소리가 불편한) ..하고 싶은 거는 다 하자고... 걸을 수 있으시지? 업고는 못 가.

옥동   (고개 끄덕이는)

동석   (내려서, 트럭 뒤로 가, 물병을 하나 꺼내고, 조수석으로 와, 옥동의 손을

잡아(손 닿는 느낌도 왠지 불편한), 내리게 하고, 먼저, 산을 성큼성큼 오르는)

옥동   (내려서 뒤따라가는)

씬6.   저수지 가는 산길 중턱, 낮.

옥동, 힘들게 산을 오르는데, 신발이 변변치 않아서, 발을 삐끗하는, 순간 아프지만, 악 소리도 안 내고, 가만 통증을 느끼고, 다시, 걸어가는, 발이 아파도, 참고, 짐짓 담담히, 가는,

＊ 점프컷 》
동석, 옥동의 상황을 모르고, 화를 참고, 앞서 멀리 걸어가다, 물을 마시고, 뒤를 보면, 옥동이 없는,
잠시, 담담히 기다리는, 이후, 멀리 옥동이 땀을 흘리며 힘들게 오기 부려 걸어서 오는 게 보이면, 가만 보다, 물병을 제자리에 놓고 걸어가는, 옥동 먹으라고 두고 가는 나름의 배려다,
옥동, 오다가 물병 보고, 물병을 들어 마시고, 물병 들고 걸어가는,

씬7.   저수지 앞, 낮.

동석, 먼저 와 한쪽에 앉아, 저수지를 가만 보는, 그때, 옥동이 와서, 동석에게서 조금 떨어진 한쪽에 힘들게 앉아 저수지를 가만 보는, 이리저리 보는, 어디쯤이 집이고, 어디쯤이 산손가 싶은, 모르겠는, 그러나 어쩌겠나 싶다,

동석   (저수지를 보다, 화를 참고, 투박하게) ..집은 ..어딨었어? (하고, 보는)
옥동   (가만 보다, 주변을 둘레둘레 둘러보는) .....
동석   (답답한, 저수지만 보며, 투박하게) 모르는구만. 여긴 언제 와보고 안 와봤어?

옥동	(고갤 젓고) ..동이 낳고 한 번....
동석	(답답한, 옥동 보고, 다시 저수지를 보며) 뭐 한다고 고향도 안 와보고 살어? 부모 형제.. 있었을 거 아냐?
옥동	(작게 고개 젓고) 어서..
동석	(답답한, 보며) 할망 하르방은 언제 돌아가셨어?
옥동	(멍하니, 저수지만 보며) 나 ..여섯 살인가, 일곱 살인가... 한 해 걸러..
동석	(가만 보다, 답답한, 투박하게) 왜?
옥동	......무신 병이 있었겠지이...
동석	(가만 보다) 참내.. (뭐 이런 인생이 있나 싶다, 저수지 보고, 답답하게) 이모 한 분 ...있었던 거 같은데.. 나 애기 때 제주 한 번 오신 거 같은데? (턱으로 옥동을 가리키며) 언니? 이모? 키가 작고.. 얼굴 이쁘장한...
옥동	(저수지만 보며) 삼 년 전에 ..죽었쩌.
동석	(놀라지도 않는, 답답한, 일어나, 옥동에게로 가서 물 마시고, 서서, 저수지 보며) 여기서?
옥동	(고개 젓고) 합판 읍내.. 아들네서..
동석	(답답한, 묻고 싶지도 않은 듯) 장례식은.. 갔어?
옥동	(고개 젓고, 멍하니, 저수지만 보며) 나중에.. 들었쩌.... 화장했다고... 애들이 연락을 안 해서...
동석	(답답한, 저수지만 보며) ..여기 왜 오자고 했어? 할망 하르방 산소 보러?
옥동	오라방 산소도..
동석	(보며, 답답한, 몰랐던 듯) 오빠도 있었어?
옥동	(가만 저수지만 보는, 고개 끄덕이는)
동석	(저수지 보며, 답답한) 연세가.. 돌아가셨겠네?
옥동	.. (담담히) 벌써 갔지이.. 나.. 열서너 살... 오라방, 열아홉에.... (저수지만 보며) 친구들하고 놀당(놀다가) 뱀에 물령... 어멍 아방 산소 옆에 묻어신디... (하고, 일어나는)
동석	(답답한, 옥동을 보고, 안됐기도 하고, 할 말도 없는, 속만 상하는) 이제.. 다 봤어?
옥동	(고개 끄덕이고 가는)
동석	그럼 내려가. (하고, 먼저 앞질러 성큼성큼 내려가는, 답답한)

씬8.　산길 내리막길, 낮.

동석, 앞서가다, 돌아보면, 멀리서, 옥동, 힘겹게 땀을 흘리며, 내려오는 게 보이는데, 다릴 저는,

동 석　(그 모습을 보다) 다린.. 왜.. 절어? (하고, 옥동에게로 가는)

옥 동　(보지도 않고, 대꾸도 없이, 길을 내려가는, 힘든)

동 석　(답답함을 참고, 와서, 걱정과 화가 섞인 투로) 앉아봐. (하고, 자기 팔을 내밀어, 지지하게 하는)

옥 동　(땀을 흘린 채, 앉는데, 발목이 아픈지, 손으로 주무르는, 아픈 내색도 없다, 땀만 흘리는)

동 석　발목은 왜?

옥 동　(안 보고) 기냥...

동 석　(답답한) 그놈의 기냥은... (하고, 옥동의 신발을 벗기는데, 초라한 신발도 맘에 안 드는, 한쪽에 놓고, 구시렁) 신발이라고.. 밭일해서 장에서 돈 벌어다 뭐 하는지.. (양말 벗기고, 발목을 보면, 멍 자국이 보이고, 부은, 만져보며, 답답한) 아파? 언제부터?

옥 동　(고개 젓는, 땀만 흘리는, 발목을 만지며) 좀 이시민(있다 보면) 나을 거여..

동 석　(순간, 속상해, 짜증이 나는) 좀 있다 보면 뭐가 나?! 좀 있다 나을 거면.. 그놈의 암도 벌써 다 나았겠네. (하다가, 화를 참고) 있어봐. (하고, 산속 쪽을 보고, 그리로 가서, 떨어진 나뭇가지 하나를 주워, 지팡이를 만들듯, 잔가지들을 꺾어내, 옥동 주고) 이거 들고 일어나 봐.

옥 동　(힘들게, 일어나, 지팡일 짚고 가는, 발목 아픈 걸 참는)

동 석　(가는 옥동의 뒷모습을 보며, 자꾸 화가 나는, 낮게 구시렁) 그러게.. 험한 길을 왜 오자고.. 집도 절도 다 잠긴 저수질 뭐 볼 게 있다고.... (가만 옥동 가는 모습만 보다가, 성큼성큼 걸어가, 옥동의 지팡일 잡아, 버리고, 등 대고, 앉아) 업혀.

옥 동　... (힘들지만, 짐짓 담담히) 기냥 가..

그때, 우르릉 쾅 하며 비가 한두 방울 오는,

동석	(얼굴에 빗방울이 떨어진 걸 느끼고, 일어나, 웃옷을 옥동에게 씌워주고, 다시 앉아, 속상해, 투박한) 업혀! 비 와, 고집부리지 말고, 짜증 나게.
옥동	(주저하다 업히는)
동석	(옥동을 업고, 일어나는데, 너무 가벼워 화가 나는, 뒤돌아보고, 낮게) 다 업힌 거야?
옥동	어..
동석	...뭐야, 가죽만 남아서는... .... (하며, 걸어가는데, 자꾸 화가 나고, 눈가가 붉어지는, 이를 앙다물고, 내려가는, 자꾸 속이 상하는)
옥동	(막막하니, 눈가 붉어지며, 업혀 가는)

그때, 우르릉 쾅 하며 비가 오는,

씬9.   산 아래 산 입구 + 차 안, 비 오는 낮.

동석, 옥동을 업고 산을 성큼성큼 내려와, 차 옆에 옥동을 내려놓고, 조수석 문을 열어주고, 옥동이 조수석에 타는 걸 보고, 트럭 뒤로 가서, 물병과 수건 한 장을 가져와, 운전석으로 와서, 차에 타서, 물병과 수건을 옥동에게 주는,

옥동	너 먼저..
동석	(눈가 붉어, 옥동을 화나 가만 보는, 왜 이렇게 초라하게, 암까지 걸려 사나 싶은, 속상함이 자꾸 화로 번지는)
옥동	(동석이 거부하는 걸 느끼고, 담담히, 물병과 수건을 받아, 물을 마시고, 물병 주는)
동석	(물병을 받아서, 물을 다 마셔버리는, 물병 옆에 놓고, 한숨 쉬고, 비 오는 창가를 가만 보다, 고개 돌려, 옥동을 보고, 이젠 따지겠다 맘먹는)
옥동	(수건으로 대충, 얼굴만 닦고, 차창 밖, 한쪽 집 처마에 개가 개집에 앉아 비를 피해 있는 걸 멀뚱히 보는, 개가 꼭 자신 같은)
동석	(그 모습을 보고, 화가 나는, 낮게, 비아냥조) 자식새낄 그렇게 개 쳐다보

　　　　듯 이쁘게, 한번 좀 처다봐봐.

옥동　　(동석 보는) ..

동석　　(가만 꼬나보듯 보는, 화가 나는)

옥동　　(동석 보던 고개 돌려, 다시, 개만 보는, 멍한)

동석　　(그런 옥동의 행동이 자꾸 화가 나는, 꼬나보는, 맘 아픈, 애써 참으려 하
　　　　지만, 안 되는, 비아냥조) 내가 종우 종철이한테 맞을 때.. 속이 상하긴 했
　　　　냐? 다른 어멍들은 자식이 아프면, 속이 썩어 문드러진다고 하던데.... 그래
　　　　서 내가 어멍 속 썩으라고 아프라고 그 새끼들한테 안 맞을 것도 부러 맞
　　　　아주고 그랬는데.. 어땠냐, 속이? 상했냐? 아님 뉘 집 개가 맞나, 했냐?

옥동　　(개만 보는, 쟤는 왜 비를 맞나 싶게 보는, 그래도 귀는 동석 쪽에 열어둔
　　　　듯한)

동석　　(가만 꼬나보다, 다 물어볼 작정을 하는, 화를 참으려 하는데 안 되는, 맘
　　　　아픈, 비아냥조) 남자가.. 그렇게 좋았냐? 자식이 있어도 남자 없음.. 못 살
　　　　겠었냐?

옥동　　(창가로 비만 보는, 내가 그랬지, 저 말이 맞다 싶은) ...

동석　　(맘 아픈, 꼬나보며, 화를 억누르려는데, 자꾸 안 되는, 맘 아픈, 비아냥조)
　　　　먹고살 게 걱정이면 내가.. 말했지? 학교 관두고, 육지 나가 막일을 해서라
　　　　도.. 먹여 살려준다고.. 그 열댓 살 쪼그만 어린 새끼가.. 애원했지.. (맘 아
　　　　픈, 자꾸 맘이 삐딱하게 꼬이는, 눈가는 붉어지는, 애써 화를 억누르려, 이
　　　　를 앙다문) ..더 커서는.. 도망 가자고도 했지? ..같이 ...서울 가자고..

옥동　　...

동석　　(말 안 하는 게 더 화가 나고, 밉고, 원망스런, 창가로 고개 돌려, 숨 한번
　　　　고르고, 다시 말하는) 늘... 뭐가 그렇게.. 당당해서, 나한테 미안한 게 없
　　　　냐? (맘 아픈, 비아냥) 암 걸려.. 가면 그뿐이다.. 그거야?

옥동　　(창가만 보며, 맘이 아린, 그저 개만 뚫어지게 보는)

동석　　(그런 옥동을 보며, 더 화가 자글자글 끓는, 원망스런, 화가 자꾸 격앙되는,
　　　　간신히 참으며) 그때 나는.. 아무도 없었는데.. 아방도, 누이도 죽고... 그때
　　　　나한테 있는 거라곤 (턱으로 옥동을 가리키며) 어멍, 엄마뿐이었는데......
　　　　엄마라고 부르지 말라고? (하고, 맘이 너무 아파, 진정시키려, 물을 마시려,
　　　　물병을 입에 대는데 물이 없는, 화를 물병에 담아, 물병을 차 앞 창가로 쾅
　　　　소리 나게 던지고, 화나, 옥동을 보며, 씩씩 숨을 고르며) 그때 어멍은 나한

옥동	테, 하나뿐인 마지막.. 어멍까지.. 뺏어간 거야. 나한테 그래놓고.. (화가 나 이를 앙다물고, 옥동을 계속 꼬나보며) 뭐 미안한 게 없어?
옥동	....
동석	(어쩌면 저렇게 울지도 않고, 당당한가 화가 나는, 눈가 붉어, 격앙된, 버럭) 어떻게 나한테 미안한 게 없어?! 어떻게, 나한테 미안한 게 없어!

그런, 동석의 얼굴 위로, (참고, 저스틴 비버의 'OFF MY FACE' 같은 류의 음악이 흐르며)

옥동	(E) 미친년이,
동석	(가만 옥동을 보는) ?!
옥동	(눈가 붉어, 개만 보며, 낮게) 어떵.. 미안한 걸 알아.
동석	(순간 맘이 짜르르한, 맘 아픈, 가만 눈을 찡그리고 옥동을 더 자세히 보고, 더 자세히 말을 들으려 하는, 자기도 모르게 눈가가 붉어지는) ?!
옥동	(창가로 비 맞는 개만 보며, 그때 과거를 생각하며, 차분히, 그러나 스스로에게 모질게 말하는, 자기도 모르게 눈가가 그렁해지며, 동석 보며, 낮게) ...느 어멍은 미친년이라..
동석	(미동도 없이, 옥동을 가만 보는, 맘이 너무 아픈) ...
옥동	(천천히 고개 돌려, 개를 보는, 과거를 생각하며, 툭툭 말하는, 자신이 이해도 용서도 안 되는, 그러나 감정적이기보단, 남 일처럼, 눈가는 자기도 모르게 눈물이 차오르는) 미치지 않고서야.. 지는 바당 들어가기 무서워하멍.. 딸년을 물질을 시켜 처죽이고.. 그래도 살 거랜.. 아무나 붙어먹고.. 그저 자식이 세끼.. 밥만 먹으민 사는 줄 알고.. 존 집에, 학교만 가민 되는 줄 알고.. 멍청이추룩.. 바보추룩..
동석	(옥동을 보는데, 눈물이 나는, 자식새끼 밥이 중요했구나, 이해도 되는, 그러나 이 상황과 그때 상황 모두가 화가 나는, 맘 아픈, 가만 눈물 그렁해 보기만 하는)
옥동	자식이 처맞는 걸 보고도.. 멀뚱멀뚱.... (창가의 개만 보며) 개가 물어뜯을 년... (보며, 동석 보며, 낮게) 나 죽으민, 장례도 치르지 말라. 울지도 말라... (다시 고개 돌려, 구토가 나려는 걸 잘 참고, 자신의 신세 같은 개만 보며) 너 누나.. 아방 이신(있는) 바당에.. 기냥.. 던져불라. (하다, 말을 다 못 잇고,

구토를 심하게 욱욱 하는)

동석   (맘 아픈, 눈물이 나는, 그런 옥동을 놀라지도 않고, 잠시 원망스럽고 맘
아프게 가만 보는데, 눈물이 나면 닦고, 시동 걸어, 빠르게 병원으로 달리
는, 이를 앙다문, 맘이 아픈)

* 점프컷 》
달리는 동석의 트럭 뒷모습,

씬10.   목포의 병원(춘희네와 다른 큰 병원), 전경, 낮.

씬11.   목포의 병원, 복도, 낮.

동석, 벤치에 멀뚱히 앉아, 핸드폰을 보면,

선아   (E, 밝은) 오빠, 엄마 이번 주에 못 오신대. 친구랑 여행 가신다고.. 그래서,
나 낼 오전에 제주 갈라고. 낼 봐.

그때, 간호사가 진료실에서 나와,

간호사   강옥동씨 보호자분,
동 석   (보면)
간호사   들어오세요.
동 석   (담담히, 들어가는)

* 점프컷 》
동석, 답답한 얼굴로 진료실을 나와, 걸어가는, 맘이 아프고 뭔가 아직도
화가 자꾸 나는, 참고, 가는,

씬12. 응급실 안, 낮.

동석, 응급실로 들어와, 옥동의 침대로 가면,
옥동, 링거를 맞고 자다, 동석 오는 소리에 눈떠 동석을 보는,

동석   (자리에 앉아, 링거를 보는, 거의 다 맞은, 그것만 보며, 옥동 안 보고, 맘이 불편해 투박하게 말하는) 의사가.. 나보고 자식이 맞네.. 자식이 돼서 어떻게 산송장 같은 어멍을 병원에 안 모시고... 이리저리 끌고 다니냐고.. 미쳤네. 돌았네.. (보며) 성질내드라고, 나한테. 의사가, 버럭버럭. 당장 입원시키래. (맘 아픈, 참고, 옥동 보며, 투박하게) 안 그럼 곧.. 상 치른대.

옥동   (힘들지만, 단호하게, 일어나며) ..가게.

동석   (가만 보는, 어둡지 않은, 담담한)

옥동   (동석 보고) 가, 제주.

동석   (가만 보며, 답답한) 가다가 일 날 수 있다고... 그냥 여기 있어. 병실 예약할게. (하고, 일어나려 하면)

옥동   (동석 보며, 담담한 애원) 일 나도.. 가. 집에.

동석   (일어나, 가만 담담히 그러나 맘은 아픈, 옥동을 가만 보기만 하는, 잠시 생각하는) ....

옥동   (동석 보며) 가게..

동석   (나가며, 속상하고, 불편하지만 단호히 말하는, E) 간호사님! 여기 링거 뽑아주세요!

간호사   (E) 담당 선생님이 입원 준비하랬는데..

동석   (E) 입원 안 해요, 링거 뽑아요.

간호사   (E) 그러시면 안 돼요.

동석   (속상한, E) 안 되는 게 어딨어, 내 엄마 내가 모시고 간다는데.. 뽑으라고요! 집에 가게!

옥동   (링거를 자기가 뽑는)

씬13. 목포 선착장, 어스름한 저녁.

옥동, 차 안에 앉아 있는, 사람들을 구경하는, 멀리 매표소 쪽에서 동석이 나오는, 조수석 문 열고,

동석   (속상한 맘 감추고, 투박하게) 배는 두 시간 후, 뭐, 먹어야지? 뭐 드셔? 국밥?
옥동   너 좋아하는 된장찌개..
동석   (가만 보며) 끊었다고 했지, 된장찌갠.
옥동   (가만 보다) 그럼 짜장.
동석   (가만 보다) 나오셔. (하고, 손잡아, 내리게 하고, 트럭 뒤로 들어가는)
옥동   (동석을 보고, 차에 기대서 있는, 그러다 지나가는 애기엄마랑 애기 보고, 눈으로 따라가며 좋은, 힘도 드는)

씬14.   트럭 뒤칸, 어스름한 저녁.

동석, 뒤칸 짐에서 뒤적뒤적 뭔가를 찾다, 신발 하나를 찾아서 나오는,

씬15.   값싼 중국집이 있는 길가, 저녁.

동석, 앞서가고,
옥동, 새 신발을 신고 뒤따라가는,
옥동, 걸어가다, 중국집을 지나쳐 가는 동석을 보고, 다시 동석을 따라가며, 새 신발을 보는,

씬16.   비싼 중국집 안, 저녁.

동석, 옥동, 앉아 있는,
그때, 주인, 짜장면을 가지고 오면,
동석, 제 것을 휘휘 젓고, 먹다가, 눈 들어, 옥동 보면,

옥동, 휘휘 젓는 것도 힘들어 보이는,

동석, 제 그릇을 옥동에게 주고, 옥동의 그릇을 집어서, 휘휘 저어 먹는,

옥동, 먹으려는데, 면발이 엄두가 안 나는지, 들어서 보고, 다시 놓고, 들어서 보는,

동 석   (그걸 보다, 홀에 대고) 여기 가위 좀 줘요!

* 점프컷 》
동석, 옥동의 짜장면을 다 가위로 썰어서, 숟가락을 그릇에 넣어주며,

동 석   퍼 드셔. (하고, 이내, 면을 먹으며, 안 보고) 언제부터야, 짜장을 좋아한 게. 어려서, 한 번도 짜장 먹는 거 본 적이 없는데.. 나랑 누나는 장날 장에서 먹어도..
옥 동   느네 아방 살아 이실 때(살아 있을 때)... 가끔 먹었쩌.. (하고, 먹는)
동 석   (먹다가, 옥동 보고, 속상해, 투박한) 아방이.. 잘해줬었어?
옥 동   (고개 끄덕이고, 먹는)
동 석   이뻐했어?
옥 동   (고개 끄덕이고, 짜장 양념만 먹는)
동 석   (안쓰럽고, 속상하지만, 농담하는) 어떻게 이뻐했냐? 머릴 쓰다듬으며 이쁘다 이쁘다 했냐?
옥 동   짜장 사줬지이..
동 석   (가만 보며, 어이없는) ...짜장 사준 게 뭐 이뻐한 거냐.. 탕수육도 아니고..
옥 동   (먹는)
동 석   (옥동과 이렇게 조용히 먹는 게, 어색한, 불편하기도 한, 짜장을 먹으며) 뭐 더 하고 싶은 건.. 있음 말해. 해줄게.
옥 동   (먹다, 보며) 구사읍 가.
동 석   (어딘가 싶은) 구사읍? ...거긴 또 어디야? 여기서 가까워?
옥 동   (고개 젓는)
동 석   그럼 못 가, 배 놓쳐, 제주 가 만날 사람 있어. (하고, 먹으며, 옥동 보는데)
옥 동   (서운하게 보다, 짜장을 먹는)
동 석   (그러든지 말든지 먹는)

그때, 톡 오는 소리 나고, 동석, 핸드폰을 보면,

선아   (E) 오빠, 열이가 다쳤어. 많이는 아니고. 걱정 안 해도 될 만큼. 근데, 널 제
          주는 못 갈 거 같애. 열이랑 있어야 해서. 미안해. 내가 다시 연락할게.

동석   (서운한 맘, 다잡고, 핸드폰 주머니에 넣고, 먹으며) 구사읍 가자. 배표 막
          배로 바꾸고.

옥동   (보고, 먹는)

씬17. 문 닫힌 허름한 식당 앞, 밤.

오래전에 문을 닫은 듯한, 장사 안 하는,
옥동, 동석, 그 식당을 가만 보는,

옥동   (가만 식당을 보는)

동석   (식당을 보며, 말하는) 여기서 배 타고 온.. 아방을 만났어?

옥동   (고개 끄덕이는)

동석   어멍은 여기서 뭐 했어?

옥동   (가며, 그때 생각하며) 밥 짓고.. 설거지도 하고이...

동석   (따라가며) 몇 살 때부터?

옥동   열셋인가... 넷인가..

동석   (답답한) ...진짜... 팔자도...

옥동   ...

동석   (자꾸 옥동이 안된, 그러나 투박하게) 제주 널 갈까...

옥동   (가며, 고개 젓는) 기냥 가.

동석   (뒤따라가며) 이모네 갈까? 조카들 보러? 집 알아?

옥동   기냥 가.

동석   왜 조카들이 (턱으로 옥동 가리키며) 가는 거 싫어해?

옥동   (가며) 사느라 바쁜디... 내불라(냅둬).

동석   ... (답답한) ..

씬18.　제주로 가는 배, 선실 안, 밤.

옥동, 배 안에서 검은 바다를 보는,
동석, 트럭에서 옷을 가져와서, 옥동에게 입혀주고, 그 옆에 앉아, 멀멀하
게 천장을 보다, 불쑥 말하는,

동 석　영주가 딸 낳았대.

옥 동　(보면) ?

동 석　3.3킬로. 건강하대. (하고, 핸드폰에서, 인권 호식이 애길 안고 있는 사진을
　　　　보여주며) 여기. 은희누나가 보냈어.

옥 동　(핸드폰만 보며, 감격스런) 아고.. 물애기네이.. 아꼽다. 영주 현이 다 닮았
　　　　쪄, 그지이?

동 석　(핸드폰 뺏어, 주머니에 넣고) 이제 자, 좀.

옥 동　(서운하게 동석 보다, 창으로 바다 보다, 동석 보며, 문득) 경 자는 어떵 쓰
　　　　는 거니?

동 석　(옥동 보는, 왜 그게 알고 싶은가 싶은) .. (이내, 선실 창가에 입김을 불어
　　　　서, 경 자를 쓰는)

옥 동　(경 자 앞에 어렵게, 오만이라고 쓰는)

동 석　오, 만경은.. 뭐야?

옥 동　(글자만 보며, 담담히) 어멍 이름.

동 석　(안쓰런, 맘이 불편한, 가만 보다) ...할망?

옥 동　(글자만 보며, 고개 끄덕이는)

동 석　...또 무슨 자가 알고 싶어?

옥 동　(보면)

동 석　내가 써줄게. 어멍의 아방 이름은 뭐야?

옥 동　강팔판.

동석, 강팔판이라고, 쓰는, 그 옆에 이천소라고 쓰는,

동석	이건 아방. 이천소. 그리고 나는 이동석, 누난 이동이, (하며, 입김을 불어가며, 이름을 쓰는, 입김이 가시면 이름이 사라지지만, 쓰는) 그리고 이건 강옥동. 어멍 이름.
옥동	(그 글자를 보며, 고개 끄덕이는)
동석	또 뭐 무슨 글자가 알고 싶어?
옥동	제주..
동석	(맘이 뭉클해지는, 담담하게 제주를 쓰는)
옥동	목포..
동석	(글자를 써주는)
옥동	바당. 푸릉..
동석	(바다, 푸릉이라고 쓰는)
옥동	얼룩이, 까망이,
동석	(써주는)
옥동	한라산.
동석	(쓰려다가 보고) 한라산 가봤어?
옥동	(고개 젓는)
동석	제주 사람이 한라산도 안 가보고 뭐 했어?
옥동	너는 ...가봐시냐(가봤냐)?
동석	(어이없단 듯) 가봤지, 빽하면, 열받으면, 어멍 미우면, 열불 나서, 백록담까지 수십 번도 더 갔어. 제주 사람이 한라산도 못 가보고.. (답답하단 듯) 아유.. (하고, 한라산이라고 쓰고, 옥동 보며) 가보고 싶어? 한라산?
옥동	(한라산 보며, 가보고 싶은) 가보고야 싶지이..
동석	못 가, (턱으로 옥동 가리키며) 아파서. (산의 경관을 떠올리며) 백록담 눈 덮인 거, 장관인데.. 세상에서 젤 이쁜데.. (하고, 의자에 누워, 천장 보는)
옥동	(동석을 보는, 가고 싶은, 그러다 다시 창가를 보는)

씬19. 도로, 제주 길, 어슴푸레한 새벽.

동석의 트럭이 달리는, 옥동, 기절한 듯 자는, 동석, 그런 옥동을 슬쩍 보고, 운전해 가는, 그러다, 신호에 멈추면, 누군가 빵, 경적을 울려서 보면,

차창 너머, 시장 나가는 정준과 은희의 트럭이 도로에 신호등에 걸려 서 있는 게 보이는,

정 준   (차창 열고) 형님, 잘 다녀오셨어요?

은 희   (차창 열고, 걱정) 느네 어멍은,

동 석   (차창 열고) 자.

은 희   어멍 목포 강 좋아하셨지이?

정 준   (걱정) 삼춘 몸은 .괜찮으세요?

동 석   (신호등 보고, 정준에게) 가, (은희에게) 가요. (하고, 먼저 가는)

은 희   (큰소리로) 나가이 너네 어멍 집에, 설렁탕 들여놨쩌?! 동석아, 내 말 들언! 냉장고 뒤정, 어멍 드리라이! 춘희삼춘이, 어멍 집에 불 지펴놨쩌! 동석아, 들언!

정 준   (답답한, 어이없게 은희 보며) 누나 전화해, 그냥. (하고, 가면)

은 희   (맞다 싶은) 그렇지, 전화하면 되지.. 나도 가만 보민 모자라도 한참 모자라. (하고, 운전해 가려는데)

그때, 경적 소리 나고, 인권의 차 와서 서며,

인 권   (버럭) 야, 은희야!, 너 한수 미란이한티 전화해시냐? 이번에 오산리랑 체육대회 하는 거 말해서?

은 희   갸이들 바쁜디, 무신 동네 체육대회 한다고.. 서울 애들을 오라 가라, 저거 이 미쳐서! (하고, 가는)

인 권   야, 전화해! 이번엔 오산리 이겨야지게! 이번에 또 짐 안 되게! (하고, 가는)

＊ 점프컷 》
동석, 한라산 표지판을 보고 차를 그쪽으로 모는,

씬20.   한라산 천백고지 앞 + 동석의 트럭 안, 눈이 날리는 밝은 새벽.

등산객 몇 명, 산을 오르는,

동석, 차 안에서 바깥 광경을 보는,

옥동, 자다 눈떠, 주변을 보며, 눈 온 광경에 아름다워 멍한,

동석, 옥동 보다, 바깥 보며,

동 석 (담담히) 천백고지. 한라산 중턱.

옥 동 눈 와?

동 석 눈은 지난주에 온 거... 바람이 부니까, 꼭 눈 오는 거처럼 날리는 거.. (옆에 있는 물통의 물 마시고) 설마 백록담은 몰라도 여긴 와봤지?

옥 동 (고개 젓고, 바깥만 보는, 아름답단 생각이 드는)

동 석 (안됐기도 하고, 답답하기도 한)

옥 동 (바깥 풍경만 보는) 백록담은 여기보다 더 좋지이?

동 석 말해 뭐 해, 천배 만배지. 눈 온 한라산 꼭대기 백록담은.. 진짜... (엄지를 드는) 최고.

옥 동 (보며) ..데령 ..가라.

동 석 (가만 보다, 어이없는) 가는 데만 네다섯 시간이야. 가다가 내려오지도 못하고 (바깥 보며, 답답한) 일 치러. 그냥 여기만 봐. (하고, 창가 보다, 다시 옥동을 보면)

옥 동 (가만 동석을 보는, 가자는 눈빛이다)

동 석 (안된, 답답한, 마지못해) 진짜.. 가?

옥 동 (보며) 가.

동 석 (시계 보고, 생각하다, 작심하는) ...그래 가자. (맘이 아파도, 담백하게) 가기 전에 하고 싶은 거 다 해보자.. 있어봐. (하고, 차에서 내리는)

* 점프컷 – 주차장, 동석의 트럭 뒤 》

동석, 트럭 뒤에서 목도리와 운동화를 뒤져, 찾고, 배낭에 텀블러며, 챙기는,

* 점프컷 – 트럭 안 + 앞 》

옥동, 조수석에 앉아 있는,

동석, 트럭 뒤에서 조수석으로 와서, 목도리 주며,

동 석   해.
옥 동   장에서 팔라, 이거는,
동 석   (보며) 하라고.
옥 동   (목도릴 하는)
동 석   (옥동의 발에 운동화를 신기고, 신발 끈도 매주는)
옥 동   (그런 동석을 그립게 고맙게 안쓰럽게 가만 보는)
동 석   (안 보고) 내리셔. (하고, 손을 잡아주는)
옥 동   (내리는)
동 석   뜨건 차 좀 사 올게. (하고, 먼저 가는)
옥 동   (가는 동석 보다, 따라가는)

쎈21. 등산길, 아침.

동석, 앞서가고,
옥동, 뒤에서 가는데, 힘든,
동석, 가다가, 뒤돌아, 그런 옥동을 기다려주고, 안쓰럽지만, 다시 가는,

＊ 점프컷 - 한라산 일각 》
옥동, 잠시 쉬며, 텀블러의 차를 마시고, 동석 주는,
동석, 텀블러의 차를 마시고, 시계 보며,

동 석   이제 삼십 분 왔어. 한참 더 가야 돼. 그냥 내려가자, 힘들어.
옥 동   (고개 젓고, 걸어가는)
동 석   (뒤에서 따라가며, 담담히 투박하게 묻는) 만약에.. 사람이 죽어서... 다시..
        태어날 수 있다 그러면.. 다시 태어나고 싶어?
옥 동   (가는) ..
동 석   다시 태어나는 거 싫어? 왜? 사는 게 징그러?
옥 동   ..다시 태어나면 좋지게...

동 석 (가며, 담담히) 뭘로 태어나고 싶어? 새? 꽃? 바람? 아님, 남자?

옥 동 (힘들게 가다, 멈추고, 앞의 길 보며, 몸이 힘든, 그러나 덤덤히) 돈 많은 부
잣집에.. 태어낭...

동 석 (멈춰 서서, 옥동을 보는)

옥 동 (저 산을 오를까 싶게 올려다보며) 돈 걱정 안 하고..... 글도 배웡 알고.. 자
식들도 일 안 시키고 공부 많이 시키고.. 느네 아방추룩 명 짧은 사람 말고
이, 명 긴 남자 만낭.. 그리 한번 살민.. 좋으켜... 아님 말고. (하고, 가는)

동 석 (안쓰럽지만, 참고, 가며) 어멍.. 다시 태어남 나랑.. 또 어멍 아들로 만나 살
까?

옥 동 (고개 젓고 가는)

동 석 (웬지 서운한) 왜 싫어? 내가 성질이 별나서 싫어?

옥 동 (담담히 고개 끄덕이고, 가는)

동 석 (너무 솔직한 게 어이없는) ...나도 어멍 다시 만나기 싫어... 나는 뭐 차가운
어멍이 좋아서 다시 만나 살고 싶겠냐?

옥 동 (힘든, 다시, 멈춰, 숨을 몰아쉬는)

동 석 (몸이 걱정되는) 앉아.

옥 동 (바위(혹은 벤치)에 걸터앉아, 쉬는데, 땀이 범벅이다)

동 석 (가서, 주머니에서 손수건 꺼내 주고, 옥동이 땀을 닦는 걸 보며, 자꾸 안
쓰런, 참고)

옥 동 (땀 닦고, 수건을 주면)

동 석 (받고, 안쓰런 맘 숨기고, 짐짓 농담처럼, 편하게) 내가 지금 같지 않고... 아
주 착하고 순하면... 어릴 때처럼 주먹 안 쓰고... 동이누나처럼 공부 잘하
고, 말 잘 듣고, 웃음 많고 살가우면... 그러면 다시 만나?

옥 동 (동석을 가만 보는데, 눈가가 붉어지는, 이제 얼마나 얘를 또 볼까 싶다, 한
참 보다, 고개를 끄덕이다, 돌리는)

동 석 (그런 옥동을 가만 보다, 맘이 짠해지는, 팍팍한 나를 만나, 힘들었겠다 싶
은, 길을 보며) 누난, 바당 좋아했어.

옥 동 (길만 보는)

동 석 (길만 보며, 담담하게) 어멍이 바다, 바당 들어가래서 들어간 게 아니라, 지
가 좋아 들어간 거라고. 말렸잖아, 들어가지 말라고. 물질은 어멍만 해도
된다고, 너는 하지 말라고. 그건 기억해, 내가.

옥동	(길만 보며, 동석의 그 말이 위로가 되는)
동석	(텀블러의 물을 조금 마시며) ...살면서 ...언제가 가장 좋았어?
옥동	.... (다른 데만 보며) 지금..
동석	(이상한) 암 걸린 지금?
옥동	(길만 보며) 너랑 한라산 가는.. 지금..
동석	(맘이 짠한, 참고, 가만 보다, 짐짓 편하게, 안 보고) ..참내 ...할 말이 없다. 천하 무뚝뚝한 아들놈이랑.. 기껏.. 제주 사람이 한라산을 가는 게.. 인생에서 젤 좋고.... (하고, 옥동의 이마를 보는데, 땀이 송골송골하고, 입술은 거친, 맘이 쓰이는, 오던 길 보고, 가야 할 길 보는, 그때, 남녀 등산객이 내려가는 게 보이는, 잠시 생각하다) 가자. 그만. 더 못 가. 저 젊은 사람들도 포기하고 가는 거야, 가자.
옥동	(보며) 백록담.. 가.
동석	(답답한, 단호한) 못 가. 여기 왔으면 한라산 온 거야, 가자.
옥동	가, 백록담. (하고, 일어나, 가는)
동석	(답답해, 좀 큰 소리) 뭘 가, 어딜 가? 입술이 다 터지고, 얼굴이 샛노란데!
옥동	(가는) 눈 온 백록담 볼 거라..
동석	(가만 옥동 가는 걸 답답하게 보다, 산 아래 내려가는 등산객에게 가서, 뭔가 말을 하고, 다시 옥동에게 가서, 속상하지만, 짐짓 단호하게) 내가 꼭대기 가서 눈 덮인 백록담 사진 찍어 올게. 그러니까, 나는 더 가고, 어멍은.. 엄마는 여기서 저 사람들 따라 내려가서, 택시 타고, 집에 가 있어, 그게 싫으면 산 아래 카페에 있든가.
옥동	(힘든, 등산객을 보고, 동석을 보는) ?
동석	금방 와, 뛰어갔다 금방 내려올게. (밑에 있는, 등산객에게) 부탁할게요! (하고, 옥동 두고, 먼저 가는)
옥동	(가는 동석을 보는, 마지막인가 싶어, 눈가가 붉은)

그때, 등산객들, '할머니 같이 내려가세요' 하고, 옥동에게로 오는,
옥동, 가는 동석을 보고,

씬22. 한라산 일각, 낮.

동석, 땀을 흘리며, 부지런히 산을 오르는,

씬23. 산 아래 카페 안, 낮.

옥동, 가만 밖을 구경하는, 주인이 차를 가져다주면, 차를 마시려다 말고,
핸드폰을 들어, 3번을 보고, 주저하다 누르는,

씬24. 사무실 안, 낮.

종우, 자리에서 전화기를 보면, 작은어멍이라고 쓰인, 맘 아픈, 미안한, 차
마 받지 못하는,

씬25. 카페 안, 낮.

옥동, 전화를 끄고, 맘 아픈, 차를 마시고, 창밖을 보는,

씬26. 한라산 일각, 낮.

동석, 혼자 땀을 흘리며, 산을 오르는, 그러다, 앞을 보면, 온통 눈 덮인 한
라산이 보이는, 다시, 부지런히 산을 오르는, 자신이 해줄 건 이제 백록담
을 보여주는 것밖에 없단 생각이 드는,

* 점프컷 − 1부부터 지금까지 옥동과 동석의 모습, 회상 》
종우 종철에게 맞은 걸 옥동에게 보여주던 어린동석, 어린동석을 패던 젊
은옥동, 서로 장터에서 각자의 일을 하던 모습, 인권의 순대가게에서 옥동
을 꼬나보던 동석, 동석에게 옷을 사 가던 옥동, 옥동에게 가 옷을 던져주

던 동석, 종우네서 밥상을 뒤엎던 옥동, 옥동을 업고 내려오던 동석, 차 안에서 개를 보던 옥동, 그런 옥동을 맘 아프게 꼬나보던 동석,

씬27. 카페 안, 낮.

옥동, 테이블에 엎드려, 자는 듯 죽은 듯 동석을 기다리는, 주변 사람들, 두어 명, 그런 옥동을 이상하게 보는,

씬28. 한라산 정상 부근, 입산 금지라는 팻말 앞, 낮.

동석, 땀을 흘리며, 입산 금지 팻말을 보다가, 주변의 가장 높은 곳을 보는, 그리고 다시, 산 전체를 보는, 어떻게 해야 하나 싶은,

씬29. 카페 안, 어두운 오후.

주인, 다른 테이블의 커피잔을 치우다, 여전히 테이블에 엎어져 있는 옥동을 보며, 다가서려는데, 문이 열리고, 동석이 들어오고, 주인, 동석을 보면, 동석, 주변 둘러보다, 옥동을 발견하고, 주인에게 계산하라고 카드 주고, 계산하면, 옥동에게로 와서,

동석 가요.
옥동 (그제야, 일어나, 동석을 보고, 자기 머리를 다듬는)
동석 (그 모습 보고, 나가며) 나와요.

씬30. 달리는 동석의 차 안, 어두운 오후.

동석, 운전해 가며, 슬쩍 옥동을 보면,

옥동, 동석이 찍어 온 동영상을 보는, 편안하고 따뜻한, 그리운 듯한,

＊ 점프컷 - 동영상 》
아름다운 한라산 전경, 그리고, 멀리 백록담 정상이 보이는,

동 석 (E) 눈이 너무 많아 와서, 입산 금지야, 백록담 못 가. (멀리 백록담을 보여
주며) 백록담은... 저거... 저기 가면.. 사슴도 노루도 와서, 물 마셔..... (화면
에 자신이 나오게 카메라 돌려, 눈가 붉지만, 짐짓 담담하게) 나중에.. 나
중에.. 눈 말고, 꽃 피면... 오자. (맘 아픈, 참고) 엄마랑 나랑 둘이.. 내가 텍
고 올게.. 꼭. (하고, 맘 아픈, 이내 전화기 끄는)

동 석 더 보고 싶으면 거기 화살표 그냥 눌러.

옥 동 (화살표를 눌러, 동영상을 다시 보는, 동석이 한라산이 한없이, 그리운, 작
게 미소 짓고 보는)

동 석 (옥동이 작게 웃자, 자기도 모르게, 편안한 웃음이 번지는)

씬31. 옥동의 집 앞, 불 켜진, 해 지는 저녁.

동석의 트럭 와서 서는,
동석, 차에서 내려, 조수석의 문을 열어주는데, 옥동이 들고 있는 동석의
핸드폰에서 문자 알림 소리가 들리는,
옥동, 손에 든 핸드폰을 동석 주면,
동석, 핸드폰 받아, 서서, 핸드폰을 보는, 그사이, 옥동, 힘들게 내려 집으로
가는,
동석, 문잘 보고, 집 안으로 들어가는 옥동을 보고,

동 석 춘희삼춘이 불 켜놓으셨네.... (말하는 게 어색하고, 불편한) 있잖아.. 나 사
는 데..

옥 동 (뒤돌아보면)

동 석 한번.. 가볼래? 힘들면, 들어가, 주무시고.

옥 동 (힘들어도, 동석 보는)

동석   가?

옥동   (고개 끄덕이는)

동석   오셔, 그럼. (하고, 다시 옥동을 조수석에 태우고, 운전석에 올라, 빠르게
        차를 모는)

씬32. 폐가, 해 지는 저녁.

동석의 차가 멈추는, 폐가에 불빛이 보이는,
동석, 차에서 내려, 옥동을 내리게 조수석 문 열고, 손잡고, 내리게 하는,
그때, 폐가 안에서 선아가 나오며,

선아   (밝게) 오빠? (하다, 옥동 보고, 좀 당황한, 어색한, 인사를 하는)

옥동   (누군가 싶은) ?

동석   (어색한, 선아에게) 엄마. (옥동에게, 어색한) 내가 좋아해, 저 사람.

옥동   (눈을 선아에게서 못 떼고, 고개 숙여 정중히 인사를 하는)

그때, 열이(손에 붕대를 하고, 크게 다치진 않은), 집 안에서 나와 선아의
다릴 잡고, 웃으며,

열   엄마, 누구?

선아   (동석 보며, 어색한) 열이가... 말 보고 싶다고 자꾸 떼를 써서.. 같이 왔어
        요....

동석   (열이 보고, 웃으며, 다가가, 앉아, 열이와 눈높이를 맞추) 난... 엄마 아
        는.. 음.. 엄마 옛날 동네 오빠. 넌 누구?

열   (웃고, 선아의 뒤로 숨는)

동석   (그 모습이 귀여워, 웃고)

씬33. 폐가 밖, 밤.

열이와 동석, 그네를 타고 있는, 동석, 열이만 보며, 웃는, 열이는 어색한, 잠시 그대로 있다가, 어색해 동석, 열이에게 말 거는,

동 석   ...어 ...있잖아, 아저씨, (자랑하듯) 말 탈 줄 안다.

열   (동석을 안 보고 있다가, 그제야 동석을 보는, 말이 타고 싶은)

동 석   낼.. 아저씨랑 타러 갈래, (말 타는 시늉) 말?

열   (웃으며, 고개 끄덕이는)

동 석   (웃고, 다시 발 굴러 그네를 타다가, 폐가 안쪽의 옥동과 선아를 보는)

＊ 점프컷 - 폐가 안 》

옥동(선아만 이쁘고, 짠하게 보는, 입가에 작은 미소가 지어진, 그러나 어색해 활짝 웃지도 못하는), 선아, 어색하게 차를 마시는,

선 아   (어색하지만, 조심스레 말을 거는, 애써 웃으며) 어머니 편찮으시다고.. 지금은 좀 어떠신지..

옥 동   (말꼬리 자르며, 수줍은 웃음 짓고) 동석이가 하영.. 많이.. 착해마씸..

선 아   (옥동 보며, 조금 눈가 붉어, 웃음 짓고) 알아요..

옥 동   (선아를 눈가 붉어, 이쁘고, 감격(?)스레, 보며) 하영.. 많이.. 착해마씸... (어색해, 차를 마시고, 밖에 대고) 동석아, 집에 가게.

선 아   (맘을 알겠는, 눈가 붉어져) 여기도 따뜻한데.. 주무시고.. 가시면 좋을 건데..

옥 동   (고개 젓고, 선아를 보는데, 너무 이쁘고, 좋고, 맘이 짠하면서도 행복한 미소를 짓는)

＊ 점프컷 》

폐가 밖에서, 동석, 옥동의 그런 모습을 가만 보는,

씬34. 옥동의 집, 불 켜진 전경, 밤.

씬35.　옥동의 집 안, 밤.

동석, 요와 이불을 깔아주고,
옥동, 방 한편에 기대앉아 있는,

동 석　자. 갈게. (하고, 나가려다가, 문 위에 아버지, 동이 사진을 보는, 맘이 이상한)

옥 동　(그런 동석을 보며) 좋은 데 갔을 거라.

동 석　(가만 사진 보며, 담담히) 어떻게 알아?

옥 동　(자리에 누우며) 가서는 다시 안 오는 거 보민 알지게.. 느네 아방, 동이도 춘희삼춘네 만덕이 만영이 만길이.. 다 가서 안 오는 거 보민.. 다들 간 데 가 좋으니 안 오는 거지게. (하고, 모로, 눕는)

동 석　(고개 돌려, 가만 옥동을 보며) 나 자고 갈까?

옥 동　여자랑 애 두고.. 가라..

동 석　안 무서?

옥 동　(안 보고, 모로 누운 채, 담담히) 안 무서... 뭐 무서울 거라.. 동이 간 데 가는디..

동 석　(죽음을 말하는 게, 불편한) 혼자 자는 거 무섭냐 물었더니.. 무슨 이상한 소릴 하고 있어.. 낼 아침에 된장찌개 끓여놔요, 먹으러 올게. (하고, 문 열고 나가려는데)

옥 동　(누워, 보며) 싫댄 하더니.. 된장찌개?

동 석　(가만 보다, 어렵지만 말하는) 어멍 건 맛있어.. 다른 건 맛이 없어서.. (맘이 풀려, 사투리도 쓰는) 안 먹는 거라.. 가. 나. (하고, 불 끄고, 나가는)

옥 동　문 열어두라.

동 석　(문 닫으며, E) 감기 걸려. (하고, 잠시 후, 시동 걸어 가는 소리 들리는)

옥 동　(일어나, 문 열어두고, 바람 맞으며, 이제 날 데려가라, 바람아, 그렇게 말하는 듯, 자리로 와, 이불을 덮고, 자는)

씬36.　동네에 안개가 걷히는 느낌, 옥동의 집 전경에서 주방으로 + 마당, 새벽.

옥동, 담담히, 파며, 호박, 감자를 썰어, 된장찌개를 끓이는, 가스레인지의
밥이 다 된, 불을 끄고, 그 옆의 개밥 끓인 걸, 바가지에 퍼, 마당에 나가,
개와 고양이에게 밥을 주며, 귀여워 작게 웃는, 손으로 고기를 발라, 어린
짐승들에게 주는,

씬37. 옥동의 집으로 가는 길, 새벽.

동석의 트럭 와서 집 앞에 서고, 동석, 내려서, 불 켜진 집으로 들어가는,

씬38. 옥동의 집 안, 새벽.

동석, '나 왔어!' 하고, 들어서면, 한쪽에 찌개며 밥이며, 놓여 있는, 집 안
이 깨끗, 요는 정리되어 있고, 옥동, 작은 이불을 덮고, 밥상 쪽으로 몸을
돌려 쪼그린 채 편한 모습으로 자고(?) 있는, 동석, 그 모습 보고, 자나 싶
은, 상에 앉아, 숟가락으로 된장찌개를 먹어보고, 맛있는지, '죽인다' 하고,
밥을 퍼먹으려다가, 옥동 보며, 무심히,

동석   자? 나, 왔쩌? 좀 깨? 선아가.. 애기랑 말 보러 가잰.. 같이 가게. (하고, 밥을
       다시 뜨려다가, 이상한, 수저 놓고, 옥동을 찬찬히 가만 보다, 담담히) ..엄
       마..

옥동   ...

동석   (맘이 쿵 하는, 무릎걸음으로 옥동에게 가는, 차분한, 천천히 옥동의 코에
       귀를 가져다 대는, 숨소리가 안 들리는, 눈물이 차오르는, 애써 차분히 슬
       픔을 참고, 전화기 들어, 춘희에게 전화하는, 막막한) 삼촌.. 춘희삼촌.. 저
       동석.. 이.

씬39. 춘희의 집 안, 아침.

춘희, 양말을 신고, 옥동의 집에 가려다 전화를 받은 듯한, 막막하게 전화기를 들고,

춘 희　...지금 느네 어멍 집 가잰 해신디(갈라고 했는데) ..알았쪄 ...정준이, 은희한티는 나가 전화하켜이.. 넌 어멍 옆이 가만이시라.... (하고, 전화를 끄고, 마저 양말을 신으며, 맘 아픈, 눈물이 차오르는)

씬40. 폐가 밖, 계단, 아침.

선아, 전화를 받으며 눈물이 나는,

선 아　그래.. 오빠.. 열이 깨면 같이 갈게요... 어... (하고, 전화를 끄는, 맘이 아픈, 그러나 어둡지 않은)

씬41. 옥동의 집 안, 아침.

동석, 눈물 그렁해, 전화를 만지작거리다 한쪽에 놓고, 옥동 옆에 누워, 옥동을 가만 그렇게 보고, 손을 잡고, 옥동을 팔베개해 꼭 안고, 눈을 감는데, 이제야 안아보나 싶다, 눈물이 흐르는, 이를 앙다물고, 고통스레 우는,

동 석　(N) 사랑한단 말도 미안하단 말도 없이, 내 어머니, 강옥동씨가, 내가 좋아했던 된장찌개 한 사발을 끓여놓고, 처음 왔던 그곳으로 돌아가셨다. 죽은 어머니를 안고 울며 나는 그제서야 알았다. 나는 평생.. 어머니, 이 사람을 미워했던 게 아니라, 이렇게 안고 화해하고 싶었다는 걸.. 나는 내 어머닐 이렇게 오래 안고 지금처럼 실컷 울고 싶었다는 걸..

* 점프컷 》
카메라, 동석이 옥동을 안고 우는 모습을 보여주다, 옥동의 집, 옥동의 마

을을 보여주다, 푸릉마을을 보여주는, 정준의 버스 안에서, 정준, 맘 아프게 뛰쳐나와, 트럭을 몰아, 옥동의 집을 향해 가는, 느린 그림,

* 점프컷 》
호식 인권의 빌라 계단, 호식과 인권이가 황망하게 뛰쳐나와, 멀리 트럭 있는 곳으로 달려가는 모습, 느린 그림,

* 점프컷 》
은희, 거실에서 옥동 소식을 듣고, 손으로 얼굴을 가리고, 울고, 영옥이가 울며 맘 아프게 안아주는 모습, 느린 그림,

* 점프컷 》
카메라, 은희의 거실에서, 먼먼 바다로 가는,

자막 : 1개월 후

씬42. 몽타주.

1, 제주 도로, 어두운 새벽.
동석, 자다 깼는지 부스스한 얼굴로, 운전해 가는, 신나고 힘 있는 노래가 차 안에서 흘러나오는, 트럭 룸미러 앞에 사진 펜던트(말 탄 열이 사진과 선아와 동석이 찍은 사진)가 걸린, 그때, 동석의 차 창가로 보면, 길가 가로수에 〈제23회 푸릉리와 오산리 친목 체육대회〉라고 쓰인 플래카드가 보이는,

2. 분주한 섭섭시장 일각, 낮(시간 경과한).
호식, 얼음 트럭에서 얼음자루를 리어카에 담고, 그 리어카를 끌고, '리어커 리어커! 얼음 얼음!' 하며 시장 안, 인권의 순댓국집 앞을 지나가는,

3, 인권의 순댓국집 앞, 낮.

인권, 현, 아줌마들, 열심히 순대를 썰고 국밥을 만들고, 설거지 등을 하며, 바쁜, 현, 손님 오면, 큰소리로 '어서 옵서!' 하는, 인권, 일하며, 바쁜, 화나는,

인 권 (사람들에게) 아, 고만 옵서! (현에게) 낼 친목 체육대회 연습해야 하는디! 손님 부르지 말라! (아줌마들에게) 뭔 순댓국을 이추룩 많이 끓였수꽈! 언제 다 팔라고!
아줌마들 (버럭) 사장이 끓였지게!
인 권 (황당한) 내가 그랬나?

4, 은희의 생선가게, 분주한 모습, 낮.
영옥, 정준, 은희, 기준, 달이, 생선 진열하는, 손님들도 물건을 보는,

정 준 (진지하게, 낮게, 생선 치며) 당일바리 시퍼런 갈치, 고등어, 오징어, 옥돔!
기준, 달이 (박수 치며) 삼치, 백조기, 은대구!
영 옥 (생선 씻으며) 달고기, 쥐치 있어요!!
은 희 (생선을 포장하다, 핸드폰 플래시를 비춰 보이면)
별 이 (다른 사람들 줄 커피를 타다, 은희의 핸드폰 불빛 보고)
은 희 (춘희삼춘 주라고, 손으로 손짓하는)
별 이 (알아듣고, 커피를 타서, 춘희에게로 가서 주면)
춘 희 (물건 앞에 있다, 별이가 주는 커피를 받는)
별 이 (은희가 췄다고 가리키는)
춘 희 (은희 보고, 커피 마시고, 지나가는 손님들에게) 물건 삽서!

그때, 누군가 와서 앉으며, '이거 싹 다 얼마마씸?' 하면,

춘 희 (고개 들어, 미란 보며, 환하게) 아이고, 우리 미란이다!
미 란 (춘희 안고, 몸 흔들며, 환하게, 밝게) 아이고, 엄마...

＊ 점프컷 – 동석의 트럭 앞 》
동석, 옷을 팔려고 손뼉을 치다, 앞 보고,

동 석	(황당한, O. L) 미쳤어? 아이고, 진짜... 왜 와, 여길?! 어멍 장례식에도 오고, 또? 한 달에 두 번씩이나? 돈 많다. 새로 간 은행이 바쁘다면서. (하고, 손을 바지에 문지르고, 손 내밀면)
한 수	(웃으며, 손 내밀어, 악수하고) 인권이 호식이 명보 은희, 미란이까지.. 난리 잖냐, 오라고.. 나도 오고 싶었어. 잘.. 지냈어?
동 석	(어색하게 웃으며, 악수하며) 그럼... 산 놈은 사니까..... 크크크.
한 수	(동석을 대견하게 보고, 웃고) ..

씬43. 초등학교 운동장, 오후.

정준, 운동복 차림으로 학교 쪽으로 열심히 뛰어가는, 그 뒤를 영옥, 죽어라 쫓아가는, 체육대회 연습에 늦은,

영 옥	같이 가!
정 준	(앞만 보고 뛰어가며) 빨리 와요!
영 옥	(숨 헉헉대며) 같이 가!
정 준	(아랑곳없이, 운동장으로 들어가며, 푸릉리 사람들에게 큰소리로) 늦었습니다! 죄송합니다!

* 점프컷 – 운동장 안》
한수, 은희, 인권, 미란, 호식, 현, 민군, 양군, 달이, 별이, 배선장, 혜자 등등 줄 맞춰 '핫둘핫둘' 하며 뛰고 있는,
체육대회 전 위밍업 하는 중인, 동석과 춘희(단단히 각오한 듯, 비장한 모습)는 한쪽에서 이인삼각 연습을 하고 있는, 정준, '늦었습니다, 죄송합니다' 하며 맨 앞줄로 가서, 뛰고, 영옥, 숨을 헐떡이며, 뒷줄에 서는데,

은 희	(뛰며, 열받아) 이것들이, 마을 인륜지대사 날 처자빠져 자느라 처늦고,
한 수	(웃고) 야, 그냥 니들 결혼해라!
인권, 호식	정준이 영옥이 니 둘은 지각한 벌로 전력 질주!

정 준	(힘들어도 혼자, 전력 질주하고)
혜 자	(영옥에게) 영옥인, 뭐 하맨, 뛰라!
영 옥	(힘든) 힘들어!
미 란	(힘든, 영옥에게) 야, 우리 푸릉이 이번에 지면 다 니 탓이야!
인권, 배선장, 호식, 은희	지기만 해, 둘 다 죽여버릴켜!
영 옥	아우, 진짜! (하며, 정준 쪽으로 가서 뛰고)

한수 외 모두 비장하게, '핫둘핫둘' 하며 뛰고,

＊ 점프컷 - 운동장 일각 》
춘희, 동석, 이인삼각(발을 서로 묶고, 달리는) 연습을 하는, 선 채로, 둘이
어깨동무를 하고, '핫둘핫둘' 하며, 그 자리에 서서 연습을 하는,

동 석	핫둘, 핫둘, 핫둘.
춘 희	(열심히) 핫둘, 핫둘.
동 석	이제 한번 뛰어요? 시작?
춘 희	(진지한, 고개 젓고, 그 자리에서 걸으며) 핫둘핫둘.
동 석	언제까지 제자리? 가마씸?
춘 희	(고개 젓고, 그 자리에서 걷는, 진지하게, 연습하는)
동 석	(답답한) 언제 가마씸? 이러다 여기서 날 샐 거마씸? 이러다 오산리한티 져양, 지난해에도 지고, 지지난해도 지고, 계속 지고, 또 져? 챔피하게이? 이겨야지?
춘 희	(앞만 보며, 긴장한, 작심하고) 가게.

동석, 춘희(열심이다) 진지하게 '핫둘' 하며 가는,

＊ 점프컷 - 단합대회 하는 운동장, 낮 》
운동장 내, 왁자한 분위기, 이인삼각 릴레이 경기(주자가 바뀔 때 풍선을
안아서 터뜨리기를 하는 방식)를 하는, 미란 은희 조, 한수 명보 조, 정준
영옥 조, 인권 호식 조, 동석 춘희 조로 준비하는, 마찬가지로 오산리 멤버
들도 준비하는,

* **점프컷** 》

은희와 미란(죽어라, 뛰는, O. L) 조와 오산리 40대 여자 커플이 뛰고 있는, 은희와 미란, 죽어라 달려 간발의 차이로 앞서는, 한수와 명보에게 바통 터치하자마자 미란은 힘들어 운동장에 눕는, 하늘 보는,

미란	아우, 난 못 해. 난 못 하네... 나 죽네.. 잘 살다 고향 와 죽네..
은희	(옆에 누우며) 크크크크..
미란	(달리는 한수 보며) 한수 여전히 멋지드라. 설레지? 그때마다 남의 남자다, 저건 그림의 떡이다, 그래라.
은희	(힘든, 고개 끄덕이고) 저건 남의 남자다, 저건 그림의 떡이다.
미란, 은희	(서로 보고 웃으며) 저건 남의 남자다, 저건 그림의 떡이다. 크크크크..

* **점프컷** 》

한수와 명보, 열심히 달리지만, 키가 맞지 않아 속도가 안 나는, 그사이 오산리 팀에게 역전당하는, 응원하던 푸릉 사람들 아쉬워하는, 그사이 바통은 영옥과 정준에게 전달되는, 두 사람 '핫둘핫둘' 스텝이 척척 맞는, 다시 오산리 주자를 역전하는, 그 모습을 본 영희, 응원석에서 환호하는, 바통을 넘겨받은 인권과 호식 죽어라 달리는, 빠른 속도로 앞서 나가지만, 마음이 급해 인권이 넘어지는, 오산리에게 재역전당하는, 응원석에서 영주와 현, 탄식하는, 뒤늦게 일어나 춘희와 동석에게 바통을 주려 하지만 풍선도 잘 안 터지는, 오산리 주자(동석 또래의 40대 남자와 할머니)는 벌써 앞서가는, 뒤늦게 바통 넘겨받은 동석과 춘희 죽어라 달리는, 푸릉리 사람들 죽어라 응원하는, 그때, 선아, 폐가에서 온 듯 일상복으로 조용히, 운동장에 들어와 영희 옆에 앉는, 동석과 춘희를 보고, 환하게 웃으며 보는, 동석과 춘희, 결승 라인을 끊으며 들어오고, 서로 보며, '이겼다!' 하며, 밝게 웃으며 부둥켜안고 신나는, 은기, 환호하고, 선아도 박수 치는, 그때, 동석, 선아를 보고, 밝게 손 흔드는, 은희 외 모두 뭔가 싶어, 웃는 선아 쪽을 보고, 다시 동석을 모두 보는, 춘희, 선아를 보다, 동석 보고,

춘희	(안 웃고) 너만 그런 거라, 자이도 너 좋다는 거라?

모 두	(긴장해, 동석을 보면) ?
동 석	(마을 사람들 가만 뚫어지게 보다, 춘희 보며, 어색해 안 웃고) ...나중에 ..둘이 인사 갈게요. (하고, 멋쩍게 가버리는)
춘희 외 모두	(깔깔대고, 웃거나 박수 치고, 아자! 하는)

＊ 점프컷 - 응원석 》

영옥, 단체복을 가져와, 선아 쪽으로 와 앉으며,

영 옥	(단체복 주며) 갈아입어요. (하는데, 씨름 시작한다는 휘슬 소리 들리면) 이런.. (하고, 일어나 두어 걸음 가다 선아 보며) 난 영옥이. 거긴?
선 아	(어색하게 웃으며) 선아요. 민선아.
영 옥	(웃고, 영희에게) 영희야, 선아언니 챙겨. (하고, 가는)
영 희	(영옥 보고, 선아 보고, 손잡고, 밝게) 이기자!
선 아	(웃고, 영희 손잡고, 어색하게) 이기자!

＊ 점프컷 - 여자 씨름장 》

영옥, 상대편 아줌마에게 들려 그냥 메다꽂히는,
응원하던, 정준, 속상해, '악!' 소리치는,

＊ 점프컷 - 여자 씨름장 》

영옥, 다시 재경기에서 밭다리 걸어, 상대를 이기고, '악!' 소리치는,
응원하던 영희, 신나서 '야!' 환호하는, 선아, 웃고, 정준, '악악!' 소리치며,
영옥과 서롤 보고, 신나는,

＊ 점프컷 - 여자 씨름장 》

혜자, 의기양양하게 등장하는, 그때 오산리에서 혜자보다 덩치가 큰 선수
가 나오는, 혜자, 힘써보지만 냅다 처박히는,

＊ 점프컷 - 여자 씨름장 》

은희와 혜자에게 이긴 오산리 선수와의 결승전, 은희, 힘에서 밀리지만 기
술로 상대방을 모래판에 처박아버리는, 응원하던 한수와 미란, 푸릉리 사

람들, '악!' 환호하는, 은희, 신나서 포효하는,

* **점프컷** 》
닭싸움 준비하는,
푸릉리와 오산리의 마지막 시합으로 남녀가 떼로 하는 닭싸움 준비를 위
해, 각 팀, 운동장 양 끝에서, 팀끼리 둥그렇게 어깨동무하고, 작전을 펴는,
춘희는 응원석으로 빠진,

* **점프컷** 》
푸릉리 선수들, 둥그렇게 원을 만든 채 작전 회의하는,

인권	나는 심복이.
혜자	난 창준이.
정준	나는 손만이.
미란	(진지한) 나는 그냥 도망 다닐래.
달이	난 향숙씨.
영옥	난 닥치는 대로!
동석	(진지한) 오산 푸릉 단합대회는 잊어. 쌍, 단합은 무슨... 죽고 사는 경기에! (버럭) 무조건 이겨!
은희	(버럭) 내 말이.. 무조건 조져!
호식	(버럭) 조져! 조져!

* **점프컷** 》
그때, 심판, 운동장 가운데로 나와, 호루라기 부는,

한수	자자자, 구호, (다 함께) 조지자, 조지자, 조지자!

* **점프컷** 》
푸릉과 오산 양 팀, 각자 진영에서 닭싸움 자세 취하는, 모두 결의에 찬 눈
치다, 다들, 손으로 잡은 다릴 흔들며, '부릉부릉' 차 시동 거는 소릴 내면
서 몸 푸는, 푸릉리는 한수, 정준, 동석이 맨 앞줄이고, 그 뒤에 다른 사람

들이 줄 선, 잠시 후, 심판의 휘슬 소리와 함께 동석 외, 푸릉리 사람들 전부 '가자, 조지자!' 하며 격렬히 그러나 즐겁게 상대 진영으로 닭싸움 자세로 뛰어가는 모습에서 슬로우,

＊ 점프컷 》

은희, 미란, 동석, 한수, 영옥, 정준, 인권, 호식, 뛰어가거나, 상대를 무너뜨리는 모습들 컷컷 보이고, 응원하는 춘희와 선아 외, 푸릉리 사람들 모두 컷컷 보여주고, 하이라이트 장면 이어지며, 엔딩.

우리가 잊지 말아야 할 분명한 사명 하나.
우리는 이 땅에 괴롭기 위해 불행하기 위해 태어난 것이 아니라, 오직 행복하기 위해 태어났다는 것.
모두 행복하세요!